HEYNE
BÜCHER

LESLIE O'GRADY

DSCHUNGELFIEBER

Roman

Deutsche Erstausgabe

WILHELM HEYNE VERLAG
MÜNCHEN

HEYNE ROMANE FÜR »SIE«
Nr. 04/177

Titel der Originalausgabe
SEEK THE WILD SHORE

Aus dem Amerikanischen
von Sabine Steinberg

Printed in France 1996
Umschlagillustration: Elaine Duillo / Agentur Schlück
Umschlaggestaltung: Atelier Ingrid Schütz, München
Satz: Fotosatz Prechtl, Passau
Druck und Bindung: Brodard & Taupin

ISBN 3-453-10887-6

Anmerkung der Autorin

Von allen Quellen, die ich zum Thema Amazonas durchsah, waren zwei von unschätzbarem Wert: *Lizzie: A Victorian Lady's Amazon Adventure,* zusammengestellt von Toni Morrison, Ann Brown und Anne Rose; und *The River That God Forgot* von Richard Collier.

Mein besonderer Dank gilt auch dem Orchideen-Liebhaber Hank Kelly für seine inspirierenden Erzählungen über Orchideensammler der viktorianischen Ära und meiner Großmutter für Zosias Geschichte.

Schließlich und endlich danke ich auch Michael, weil er immer für mich da war.

1

»Miss! Frauen ist das Betreten der Clubs der Forscher nicht gestattet!«

Maddie sah den Mann in grüner Livree an und hob zweifelnd die Augenbrauen. »Also, das kommt etwas überraschend, denn schließlich haben meine Geschlechtsgenossinnen in China den Amazonas und Arabien bereits erforscht ... Ich selbst habe die wildesten Teile Afrikas bereist, und zwar unter schier unerträglichen Bedingungen.« Sie blickte ihn vernichtend an. »Und da wagen Sie es, sich vor mich hinzustellen und zu behaupten, daß meine Anwesenheit hier nicht erwünscht ist?«

Der Majordomus entgegnete mit verlegen gerötetem Gesicht würdevoll: »Ich habe die Regeln nicht gemacht, Miss. Ich sorge nur dafür, daß sie eingehalten werden. Und eine dieser Regeln lautet nun einmal, daß nur Männer Zutritt zum Club der Forscher haben. Ich muß Sie daher bitten, zu gehen. Wenn nicht, werde ich Sie mit Gewalt entfernen müssen.«

Noch während der Majordomus sprach, hatte er sich direkt vor sie gestellt, als wollte er ihre Anwesenheit vor einigen männlichen Mitgliedern verbergen, die gerade das Foyer des Clubs betreten hatten. Es mißlang ihm. Ein distinguierter Mann mit schlohweißem Haar und Schnurrbart bemerkte sie und sah sie aufgebracht an.

Dann verschwand er mit seinem Begleiter durch eine solide Mahagonitür, vor der die Skulptur eines Zulukriegers mit Schild und Speer Wache hielt.

Für Maddie bildeten alle geschlossenen Türen eine Herausforderung. Es verlangte sie dann stets danach, die Tür einfach aufzureißen und sich den Menschen aufzudrängen, die sie ausschließen wollten. Aber heute widerstand sie diesem Impuls. Diese Angelegenheit war zu wichtig.

Sie schenkte dem Majordomus ihr hinreißendstes Lächeln. »Ich bin nicht gekommen, um mich an einem Ort aufzudrängen, wo ich nicht erwünscht bin, Mr. . . .?«

»Biddle.«

»Mr. Biddle. Ich möchte einen Mr. Nile Marcus aufsuchen.« Sie holte Luft. »Er ist doch Mitglied dieses Clubs, nicht wahr? Ist er anwesend?«

Biddle nickte. »Mr. Marcus ist in der Tat hier, aber Sie können ihn nicht sehen, tut mir leid. Sehen Sie, im Club der Forscher gibt es keinen Empfangssalon für Damen wie in anderen Londoner Clubs.«

Maddie begriff nur zu gut.

Sie griff in ihre Handtasche, nahm ihre Visitenkarte heraus und reichte sie Biddle. »Ich muß Mr. Marcus unbedingt sofort sehen. Wären Sie vielleicht so freundlich, ihm meine Karte zu geben und ihm mitzuteilen, daß ich hier auf ihn warte.«

Als Biddle die Karte nahm und den Namen las, veränderte sich sein Benehmen sofort. Er sah sie ungläubig an und seine eisige, feindselige Haltung schmolz dahin wie Eis in der Sommersonne.

»Sie sind Maddie Dare?« fragte er. »Vom *Morning Clarion?*«

Sie war daran gewöhnt, daß man ihren Namen kannte und lächelte freundlich. »Ja, die bin ich.«

Biddle nahm ihre Hand und schüttelte sie aufgeregt. »Miss Dare, Sie ahnen ja nicht, wie sehr es mich freut, Sie kennenzulernen! Sie sind die beste Reporterin, die der *Clarion* je hatte — der beste Reporter überhaupt! Ich versäume keinen Ihrer Artikel.«

»Danke für das Kompliment, Mr. Biddle.« Maddie errötete vor Freude, denn sie hörte es immer gern, wenn ihre Arbeit begeistert gelobt wurde. »Welche Artikel waren denn Ihre Favoriten?«

»Diejenigen, die Sie über Afrika schrieben. Als ich las, wie Sie von feindlichen Wilden umzingelt waren, standen mir die Haare zu Berge. Ich bekam eine Gänsehaut.« Er lächelte verlegen. »In dem Augenblick, als Sie sagten, daß Sie dort waren, hätte ich eigentlich wissen müssen, wer Sie sind, denn nicht viele Frauen können das von sich behaupten.«

Nachdem Maddie jetzt den Majordomus zu ihrem ergebenen Diener gemacht hatte, nutzte sie ihren Vorteil. »Wenn Sie jetzt Mr. Marcus für mich holen würden ...«

Biddle sah sich um, ob jemand sie beobachtete, aber das Foyer war leer. »Ich weiß etwas Besseres, Miss Dare. Im Büro unseres Managers können Sie sich unter vier Augen mit ihm treffen.«

»Oh, aber ich möchte nicht, daß Sie meinetwegen Schwierigkeiten bekommen, Mr. Biddle.«

»Machen Sie sich deshalb keine Sorgen, Miss Dare. Unser Manager ist heute nicht da, und ich bin sicher, es würde ihn nicht stören. Schließlich sind Sie eine Berühmtheit. Wenn Sie mir also bitte folgen würden ...«

Nachdem er sich noch einmal vergewissert hatte, daß niemand sie beobachtete, geleitete Biddle Maddie durch das Foyer, als wäre sie die Königin persönlich.

Sie folgte ihm den Flur hinunter zu einem Büro, in dem keine Trophäen wie Zulukrieger oder Tigerfelle zu sehen waren. Er deutete auf einen der beiden Stühle, die am Schreibtisch standen, und verließ sie, um Nile Marcus zu suchen.

Maddie blieb stehen, weil ihr plötzlich Bedenken kamen. Was war, wenn Nile Marcus ihrem Vorschlag nicht zustimmte? Was sollte sie dann tun?

Dann werde ich mir eben einen anderen suchen, dachte sie bei sich.

Aber es gab niemand anderen, der in der Lage war, eine so lange, gefährliche Mission durchzuführen. Nur zwei andere Männer in ganz Großbritannien besaßen das

Spezialwissen und die Erfahrung, die sie benötigte. Einer von ihnen befand sich zur Zeit auf einer Expedition in Tibet, die zwei Jahre dauern würde. Der andere hatte sie heute entschieden abgewiesen und ihr einen Vortrag darüber gehalten, daß es Wahnsinn sei, wenn eine Frau ein solches Unternehmen auch nur in Erwägung ziehe. Jetzt kam nur noch Nile Marcus in Frage.

Maddie besaß die Zähigkeit und den Spürsinn eines Bluthundes, wenn es darum ging, Menschen aufzuspüren und ihnen Informationen zu entlocken. So wußte sie bereits, daß Nile Marcus das einzige Kind der verstorbenen Rose Marcus war, einer gefeierten Weltreisenden. Ihr inzwischen ebenfalls verstorbener Ehemann Jason schien ein seltenes Exemplar seiner Gattung gewesen zu sein, denn er war offenbar damit zufrieden zusammen mit dem gemeinsamen Sohn Nile in England zu bleiben, während sie reiste. Nile — so genannt nach dem Fluß in Ägypten — hatte anscheinend die Rastlosigkeit seiner Mutter geerbt, denn er hatte, seit er erwachsen war, seinen Lebensunterhalt damit verdient, durch die Tropen zu reisen und seltene Orchideenarten für Privatsammler, Gärtnereien und botanische Gärten — eben alle, die genug Geld hatten, um so gefahrvolle und mühselige Expeditionen zu finanzieren — zu sammeln. Aber in letzter Zeit hatte ihn sein berufliches Glück offenbar etwas verlassen.

Maddie lächelte in sich hinein. Er würde nicht ablehnen. Das konnte sich ein Mann, der in einer solchen Pechsträhne steckte, nicht leisten.

Als Maddie Schritte im Flur hörte, richtete sie sich gespannt auf und wartete.

Die Tür ging auf und Biddle trat wieder ein. Seine massige, breitschultrige Gestalt verdeckte den Mann hinter ihm völlig.

»Miss Dare«, verkündete Biddle formell, »ich darf Ihnen Mr. Nile Marcus vorstellen. Mr. Marcus, das ist Miss Maddie Dare vom *Morning Clarion.*«

Dann trat er zur Seite, um Nile Marcus Platz zu machen.

In seinem konventionellen dunklen Anzug ähnelte der Mann eher einem Bankier als dem tollkühnen Abenteurer, den sich Maddie in ihrer lebhaften Fantasie ausgemalt hatte, und sie war irgendwie enttäuscht. Aber als sie ihn genauer musterte, merkte sie erleichtert, daß selbst die nüchterne Kleidung es nicht fertigbrachte, die Vitalität und die rauhe Männlichkeit zu verdecken, die er ausstrahlte.

Als Maddies Blick auf Nile Marcus' Gesicht fiel, prickelte eine Gänsehaut auf ihren Armen. Sie hatte noch nie einen so gutaussehenden Mann erblickt, und selbst wenn sie es gewollt hätte, wäre es ihr nicht möglich gewesen, ihre Augen abzuwenden. Die gnadenlose tropische Sonne hatte goldene Strähnen in seine ungebärdigen braunen Haare gebleicht und das glattrasierte Gesicht so dunkel getönt, daß seine hellbraunen Augen darin fast lohfarben brannten.

Und was für Augen er hatte! Ein Feuer schien sie von innen her zu erleuchten, während er sie musterte. Sie mußte ihm gefallen, denn seine sinnlichen Lippen verzogen sich zu einem anerkennenden Lächeln.

Mann, o Mann, schoß es Maddie durch den Kopf, während sie versuchte, diesem verführerischen Mann nicht gleich mit Haut und Haaren zu verfallen.

Als er auf sie zukam, waren Marcus' Bewegungen sparsam und graziös wie bei einem Mann, der es gewöhnt war, sich in dichtem Dschungel zu bewegen. Dabei strahlte er Wachsamkeit aus, damit ihn nichts überraschte.

Ich habe das Gefühl, im Käfig eines Jaguars zu stehen, dachte Maddie verwundert, während sie beobachtete, wie seine rastlosen Blicke jeden Winkel des Zimmers inspizierten, um dann mit verwirrender und unverhohlener männlicher Neugier an ihr haften zu bleiben.

Maddie riß sich zusammen, trat vor und streckte die

Hand aus. »Ich freue mich, Sie endlich kennenzulernen, Mr. Marcus.«

Sie war hochgewachsen und daran gewöhnt, kleineren Männern direkt in die Augen zu blicken, aber diesmal war sie gezwungen, zu ihm aufzuschauen.

Eine Hand mit kräftigen braunen Fingern und schwieliger Handfläche umschloß mit festem Griff die ihre. Maddie spürte die Wärme seiner Berührung durch Mark und Bein, und beinahe wäre sie zurückgezuckt.

Er mußte ihre Erregung bemerkt haben, denn um seinen Mund spielte die Andeutung eines amüsierten Lächelns. Mit tiefer, ruhiger Stimme sagte er: »Es ist mir ein Vergnügen, Miss Dare.«

Nachdem sie einander vorgestellt waren, schlüpfte Biddle diskret hinaus, schloß die Tür hinter sich und ließ Maddie allein mit Nile Marcus.

»Danke, daß Sie gekommen sind, Mr. Marcus«, meinte Maddie.

»Mich trieb nur die Neugier. Ich wollte doch hören, aus welchem Grund eine Reporterin mich treffen wollte.« Die lohfarbenen Augen verdunkelten sich mißtrauisch. »Ich gebe nämlich keine Interviews.«

»Ich weiß. Aber ich bin auch nicht wegen eines Interviews hier.«

»Warum dann, Miss Dare?«

Maddie holte tief Luft und sagte: »Ich möchte Sie anheuern. Oder besser gesagt: die Zeitung, für die ich arbeite, der *Morning Clarion,* will das.«

»Mich anheuern? Für was denn?«

»Mein Verlobter ist irgendwo am Amazonas im Dschungel verschollen, und ich möchte, daß Sie mir dabei helfen, ihn zu finden.«

Marcus sah sie so entgeistert an, als hätte sie eine Fremdsprache benutzt, die er nicht kannte. Dann lachte er hart auf. »Das meinen Sie doch sicher nicht ernst, Miss Dare!«

»Aber ja, Mr. Marcus. Sehr ernst sogar.«

Er lächelte, schüttelte den Kopf, drehte sich um und wandte sich zur Tür. »Das war ein sehr interessantes Gespräch, Miss Dare, aber leider reine Zeitverschwendung.«

Trotz ihres engen langen Rockes war Maddie vor ihm an der Tür und verstellte ihm den Weg, so daß ihr Opfer nicht mehr fliehen konnte.

»Bitte, Mr. Marcus«, flehte sie und sah ihn an. »Schenken Sie mir nur eine Viertelstunde Ihrer Zeit. Hören Sie an, was ich Ihnen zu sagen habe. Wenn Sie mir dann nicht helfen wollen, werde ich durch diese Tür gehen, und Sie werden mich nie wiedersehen, das verspreche ich Ihnen.«

Verärgerung blitzte in seinen Augen auf. »Miss Dare, ich ...«

»Bitte. Hören Sie mich nur an. Ich verspreche Ihnen, Sie werden es nicht bereuen.«

Er trat einen Schritt zurück und eine Art Bewunderung lag in seinem Blick. »Sie sind verteufelt starrsinnig.«

Sie lächelte entwaffnend, blockierte aber weiter die Tür. »Das muß man sein, wenn man als Reporterin Erfolg haben will. Werden Sie mich anhören?«

Er zögerte kurz und sagte dann: »Gut. Aber ich bezweifle, daß ich meine Meinung ändern werde.«

O doch, das werden Sie, Mr. Marcus, dachte Maddie bei sich. Ich werde Ihnen die beste Vorstellung meines Lebens liefern.

Graziös und geschmeidig wie eine Katze ging er wieder ins Zimmer und bot Maddie einen Stuhl an. Nachdem sie Platz genommen hatte, tat er es ihr nach und legte den linken Knöchel auf das rechte Knie. Diese gewollt lässige Geste lenkte die Aufmerksamkeit auf die langen Beine und die kräftigen Oberschenkel.

Maddie hatte Mühe, nur in sein Gesicht zu sehen. Sie beugte sich vor, um ihn von ihrer Aufrichtigkeit zu überzeugen. »Mein Verlobter ist Fotograf beim *Morning Cla-*

rion. Es gehört zu seinen Aufgaben, ins Ausland zu reisen und dort Land und Leute zu fotografieren. Vor einem Jahr wurde er an den Amazonas geschickt, um den Aufschwung des Kautschukhandels fotografisch zu dokumentieren.«

Maddie zwinkerte, damit ihr die Tränen in die Augen stiegen. »Seit über sechs Monaten hat man nichts mehr von ihm gehört, Mr. Marcus. Nicht ein Wort.« Der letzte Satz endete in einem wehen Schluchzen.

Die Tränen wirkten. Nach Marcus' panischem Gesichtsausdruck zu urteilen, hatte er bereits verloren. Er mochte vielleicht tapfer genug gewesen sein, sich den unzähligen Gefahren des Dschungels zu stellen, aber wenn eine Frau weinte, war er so hilflos wie ein Baby.

Schließlich griff er in seine Brusttasche, zog ein Taschentuch heraus und drückte es dann Maddie in die Hand.

»Da, nehmen Sie. Weinen Sie nicht«, sagte er sanft. »Sechs Monate sind gar nicht lange, wenn man bedenkt, welche Entfernungen die Post überwinden muß. Außerdem ist die Post dort langsam.«

Sie betupfte ihre Augen. »Aber ich bekam jede Woche einen Brief von ihm, und auch die Zeitung empfing wöchentlich seine Fotografien — nämlich immer dann, wenn er an einem Außenposten der Zivilisation ankam und alles abschicken konnte. Doch plötzlich kam überhaupt nichts mehr.«

»Und Sie glauben also, er sei verschollen?«

Maddie schluckte schwer und nickte. »Was könnte ihm denn sonst geschehen sein?«

»So vieles, daß man durchaus nicht zu diesem voreiligen Schluß kommen muß ...«

»Ben Thomas und ich lieben uns sehr, und wir hätten letzte Woche heiraten sollen. Ich glaube nicht, daß es einen Grund gibt, die Hochzeit zu versäumen, oder?«

Er musterte sie ungeniert von oben bis unten und grinste. »Nein. Nicht, wenn er zu einer so schönen Verlobten heimkehren kann.«

Sie spürte, wie ihr die Röte in die Wangen stieg und fluchte innerlich, weil dieser Mensch es offensichtlich genoß, sie zu verwirren.

Nile Marcus seufzte und fuhr sich mit der Hand übers Kinn. »Ich möchte Sie nicht aufregen, Miss Dare, aber Sie müssen sich klar machen, daß Ihr Verlobter tot sein könnte.«

Maddie sprang auf und wandte sich ab. »Das ist mir bewußt«, entgegnete sie mit zitternder Stimme. »Ich weiß, daß man am Amazonas kein Gesetz kennt, und daß unzählige Gefahren den Unvorsichtigen erwarten.« Sie drehte sich wieder zu ihm um, damit er die Tränen in ihren Augen sehen konnte. »Aber ich werde erst dann an Bens Tod glauben, wenn ich alles Menschenmögliche unternommen habe, um herauszufinden, was ihm zugestoßen ist.«

Marcus stand auf und räusperte sich. »Es tut mir leid, aber ich will Sie nicht belügen. Es ist unwahrscheinlich, daß er überlebt hat.«

»Und ich kann nicht den Rest meines Lebens mit dieser Ungewißheit leben! Tag um Tag, Monat um Monat nicht zu wissen, ob er tot ist oder lebt, und mich dabei zu fragen, ob ich wirklich alles getan habe, ihn zu finden ...« Maddie sah ihn hilflos an.

Marcus runzelte die Stirn. »Etwas macht mich stutzig. Warum wollen Sie unbedingt auf eine solche Expedition gehen? Warum engagieren Sie nicht einfach jemanden, der nach ihm sucht und Ihnen Bericht erstattet?«

»Weil ich nicht zu Hause bleiben und Däumchen drehen will. Ich gehöre nicht zu dieser Art Frauen.«

Nile lächelte. »Der Amazonas ist kein Ort für Damen.«

»Aber ich bin doch gar keine Dame, Mr. Marcus. Ich bin Reporterin. Außerdem sind mir widrige Umstände durchaus nicht fremd. Schließlich habe ich mich bereits in Afrika durchgeschlagen, um Missionaren, die in einem Stammeskrieg zwischen die Fronten geraten waren, Vorräte zu bringen. Fragen Sie doch unseren gemeinsamen Freund Mr. Biddle. Er kann Ihnen alles über meine Abenteuer erzählen.«

Marcus verdrehte die Augen. »Hölle und Teufel! Jetzt erzählen Sie mir bloß nicht, daß Sie zu den Frauen gehören, die in der Welt herumzotteln und ihre Nase in Sachen stecken, die sie nichts angehen!«

»Ihre Einstellung überrascht mich besonders, weil Ihre Mutter nach ihren Büchern zu urteilen zu dieser Sorte Frauen gehörte.«

Marcus erblaßte. »Meine Mutter kam um, als sie bei dem Versuch die Rocky Mountains zu überqueren, abstürzte«, erwiderte er kalt. »Ihr tragischer, sinnloser Tod sollte Frauen wie Ihnen eine Lehre sein.«

Maddie spürte sofort, daß er selbständige Frauen verabscheute. Sie würde ihn sehr vorsichtig einwickeln müssen.

»Gleich, wie man es dreht und wendet, Mr. Marcus — wenn Sie an dieser Expedition teilnehmen, werden Sie sich damit abfinden müssen, daß ich Sie begleite.«

Marcus sah sie finster an. »Wissen Sie denn überhaupt etwas über das Amazonasgebiet?«

»Natürlich. Die Hitze ist lähmend, und es gibt unzählige Gefahren dort.«

Er schnaubte verächtlich. »Gesprochen wie ein Schulmädchen, das seine Aufgaben auswendig gelernt hat, um den Lehrer zu beeindrucken.«

Er kam grinsend auf sie zu. Maddie mußte sich zusammennehmen, um nicht zurückzuweichen. Er blieb nur wenige Zentimeter vor ihr stehen und sah sie entschlossen an.

»Sie sind eine ungewöhnlich schöne Frau, Miss Dare«, schnurrte er mit seidenweicher Stimme, »aber Sie würden es nicht mehr sein, wenn der Amazonas erst einmal mit Ihnen fertig ist.«

Er streckte die Hand aus und streichelte ihr unverschämt über die Wange.

Maddie zuckte unter der Berührung zusammen, die so sanft war wie ein Schmetterlingsflügel. Wieder spürte sie eine unerklärliche Erregung in sich aufsteigen, obwohl sie gegen die Verzauberung ankämpfte, die dieser Mann auf sie ausübte.

Gnadenlos fuhr die tiefe, hypnotische Stimme fort: »Die gnadenlose Sonne würde Ihre milchweiße Haut verbrennen. Und der dichte Dschungel würde Ihr goldenes Haar so verfilzen lassen, daß kein Kamm mehr hindurchkommen würde.«

»Dann werde ich eben einen Hut tragen.«

Ihre bissige Antwort schien er nicht erwartet zu haben, denn er trat zurück und sah sie überrascht an. Doch er faßte sich sofort und versuchte es mit einem anderen Thema. »Haben *Sie* Angst vor Schlangen, Miss Dare?«

»Nicht besonders.«

Er schüttelte den Kopf. »Ich habe schon vermutet, daß Sie das antworten würden. Aber ich wollte damit nicht die harmlose Art ansprechen, die man in englischen Gärten findet. Ich spreche von den giftigen, die ohne Vorwarnung von den Bäumen fallen und von der riesigen Anakonda, die an Flüssen und Bächen lebt. Die werden fast zehn Meter lang und können einen Mann erwürgen. Oder eine Frau.«

Maddie unterdrückte ein Schaudern, und es gelang ihr, gleichmütig die Achseln zu zucken. »Schlangen sind mir schon in Afrika über den Weg gelaufen, und ich habe es überlebt.«

»Na gut, wenn Sie eben davor keine Angst haben, dann gibt es dort Ameisen, deren schmerzhafter Stich einen Mann — oder eine Frau — lähmen kann. Und natürlich darf ich nicht vergessen, die fleischfressenden Fische zu erwähnen, die innerhalb von Minuten einen Mann — oder eine Frau — bis zum Skelett abnagen können.«

»Ich glaube, man nennt sie Piranhas«, entgegnete Maddie kühl. Seine Versuche, sie von ihrem Vorhaben abzubringen, langweilten sie langsam. »Aber ich vertraue darauf, daß Sie mich retten werden, falls ich in einen Fluß fallen sollte.«

Ein schattenhaftes Lächeln umspielte seine Lippen. »Ich würde natürlich mein Bestes tun, aber garantieren kann ich es nicht.«

Maddie riß erstaunt die Augen auf. »Dann wollen Sie mich also auf dieser Expedition begleiten?«

»Hölle und Verdammnis!« brüllte er. »Ist denn nichts von dem, was ich gesagt habe, in Ihren sturen Schädel vorgedrungen? Natürlich will ich es nicht! Ich versuche nur, Sie davon zu überzeugen, diese wahnsinnige Idee aufzugeben!«

Dann schüttelte er verächtlich den Kopf. »Eine Frau, die zum Amazonas will . . . Ihre Koffer und Taschen allein würden die Expedition schon zum Scheitern bringen, ehe sie angefangen hat!«

»Ich darf Ihnen mitteilen, daß ich stets mit einem Minimum an Gepäck reise.«

»Und was ist mit Ihrer Zofe?«

»Meine Zofe?« wiederholte Maddie und unterdrückte ein Kichern. »Mr. Marcus, ich arbeite ebenso wie Sie für meinen Lebensunterhalt. Ich kann mir keine Zofe leisten. Ich reise allein.«

»Die Frauen in Brasilien gehen nie ohne Anstandsdame aus.«

»Dann werden Sie mir wohl genügen müssen.«

»Sind Sie ebenso taub wie stur? Ich habe Ihnen doch deutlich gesagt, daß der Amazonas kein Ort für Frauen ist!«

»Ach, kommen Sie, Mr. Marcus!« riß Maddie der Geduldsfaden. »Dort leben schließlich Europäerinnen. Ich habe gehört, daß Manaus eine Weltstadt ist, die — was Luxus und Annehmlichkeiten angeht — sogar mit London und Paris konkurrieren kann. Dort gibt es sogar ein Opernhaus. Ein *Opernhaus,* Mr. Marcus, mitten im Dschungel!«

Er verschränkte die Arme über der Brust und lächelte lüstern. »Natürlich gibt es Frauen in Manaus, aber sie gehören vermutlich nicht zu der Sorte, mit der Sie gesellschaftlich verkehren.« Sein Lächeln erstarb, und er musterte sie noch einmal. »Für eine schöne Frau wie Sie gibt es dort noch andere Gefahren. Unter einer dünnen Schicht der Kultiviertheit ist Manaus eine äußerst verderbte Stadt, die dekadenteste Stadt der Welt. Dort gibt es Männer, die Sie verkaufen und andere, die Sie nur zu gern kaufen würden. Sie könnten auf Nimmerwiedersehen verschwinden.«

»Ich wiederhole noch einmal — ich vertraue darauf, daß Sie mich davor behüten, ein solches Schicksal zu erleiden, Sir.«

»Woher wissen Sie denn, daß Sie mir trauen können?« Marcus ließ die Arme sinken, kam geschmeidig auf sie zu und blickte auf ihren Mund.

Sie hielt den Atem an und wußte nicht, was dieser unberechenbare Mann als nächstes tun würde. Dabei war sie zwischen Furcht und Vorfreude hin- und hergerissen.

»Wußten Sie, daß ich einen schlechten Ruf habe, was Frauen angeht?« schnurrte er, und seine Augen wurden dunkel. »Wer weiß schon, was passiert, wenn wir erst allein im Dschungel sind? Ich könnte versuchen, Ihnen meine Aufmerksamkeit aufzuzwingen.« Er hob die Hand und liebkoste ihr Kinn mit den Fingerspitzen. »So verführerisch ...«

Maddie ignorierte ihr hämmerndes Herz und nahm sich zusammen, um vor seiner Berührung und der süßen Verheißung, die sie beinhaltete, nicht zurückzuzucken. »Sie machen mir keine Angst.«

»Dann sind Sie eine Närrin.«

Plötzlich umfaßte er mit beiden Händen ihr Gesicht, und sein Mund preßte sich in einem brutalen Kuß, der wie eine Bestrafung war, auf den ihren.

Maddie hatte kaum Zeit, Luft zu holen, als sie wilde Erregung überschwemmte. Benommen öffnete sie die Augen, kreischte aber nicht entsetzt auf oder fiel in Ohnmacht. Sie ohrfeigte ihn auch nicht. Statt dessen packte sie gelassen seine Handgelenke und zog die Hände, die immer noch ihr Gesicht umschlossen, fort.

»Sie haben mir Ihren Standpunkt klargemacht, Mr. Marcus«, sagte sie und hatte Mühe, ruhig zu sprechen, »aber ich weiß auch, daß Sie ein ehrenwerter Mann mit hohen Prinzipien sind. Wenn Sie zu dem Zweck angestellt sind, mir als Führer und Beschützer zu dienen, dann werden Sie genau das tun.«

Es schien ihn zu bekümmern, daß sie seinen Bluff durchschaut hatte. Er trat einen Schritt zurück. »Trotzdem — wenn eine unverheiratete Frau mit einem ledigen Mann loszieht ... Denken Sie doch an den Skandal, Ihren Ruf ...«

»Meiner Meinung nach ist das Leben meines Verlobten wichtiger als jeder Skandal und sogar als mein guter Ruf.«

Marcus rang die Hände und fuhr herum. »Mit Ihnen kann man einfach nicht vernünftig reden! Meine Antwort ist übrigens immer noch nein. Suchen Sie sich einen anderen Dummkopf als Begleitung.«

»Es gibt keinen anderen!« jammerte Maddie. »Sir Calvin Stone hält sich augenblicklich in Tibet auf, und Colonel Beswick hat es schlichtweg abgelehnt, eine Frau auf eine solche Expedition mitzunehmen.«

»Da hat Sir Calvin Glück, und Beswick scheint mehr Verstand zu haben, als ich gedacht habe.« Er verneigte sich. »Ich wünsche Ihnen einen guten Tag, Miss Dare. Es war eine höchst interessante Viertelstunde.«

Er ging zur Tür.

Wieder war Maddie schneller als er und verstellte ihm den Weg. »Warten Sie, Mr. Marcus! Bevor Sie gehen, sollten Sie sich anhören, was ich Ihnen noch zu sagen habe.«

»Miss Dare, ich ...«

»Bitte! Wenn Sie sich nicht davon rühren lassen wollen, daß ich mit dem Mann, den ich liebe, wieder zusammen sein möchte, dann sind Sie vielleicht versucht, in Ihrem eigenen Interesse zu handeln.«

Er erstarrte und musterte sie mißtrauisch. »Was wollen Sie denn damit sagen? Kommen Sie, Miss Dare, heraus damit! Meine Zeit ist kostbar.«

»Der *Morning Clarion* wird die Expedition finanzieren, und ich kann Ihnen versichern, daß Sie großzügig entschädigt werden.« Maddie hielt inne und sprudelte dann ohne Rücksicht auf weitere Verluste heraus: »Ich habe auch erfahren, daß Sie sich in sehr gespannten finanziellen Verhältnissen befinden, Mr. Marcus.«

Er wurde bleich und seine braune Haut aschfahl.

»Wo haben Sie eine so gemeine Lüge gehört?«

»Ist es wirklich eine Lüge? Das bezweifle ich. Ich bin Reporterin, Mr. Marcus. Es gehört zu meinem Beruf, alles über mein Zielobjekt zu erfahren.«

Er sah so aus, als würde er sie am liebsten mit bloßen Händen erwürgen. »Tod und Teufel! Sie irren sich!«

Maddie gab ihm den Weg frei, und zu ihrer Erleichterung stürmte er nicht verärgert hinaus. Zumindest war es ihr gelungen, seine Aufmerksamkeit zu erregen.

»Ich weiß, daß Sie Ihren Lebensunterhalt damit verdienen, Orchideen für reiche Sammler zu besorgen«, begann sie. »Mir ist auch bekannt, daß diese Blumen sehr empfindlich sind — aus diesem Grund bezahlen die Sammler ja auch einen so hohen Preis dafür. Und eben weil sie so empfindlich sind, birgt es ein großes Risiko, sie über den Atlantik zu transportieren. Viele von ihnen gehen ein, ehe sie Englands Küsten erreichen.« Sie holte Luft. »Habe ich das bis jetzt richtig erklärt?«

»Ach, Sie haben doch immer recht, nicht?«

»Nicht immer. Aber ich weiß, daß Ihre beiden letzten Orchideen-Expeditionen völlig fehlgeschlagen sind. Nachdem Sie monatelang hart gearbeitet hatten, hat keine Pflanze die Reise übers Meer überlebt.«

Marcus reckte grollend den Kopf. »Ein kleiner Rückschlag, nicht mehr. Viele Jäger erleben eine oder zwei enttäuschende Expeditionen. Das ist Berufsrisiko.«

»Aber jetzt schrecken Ihre Stammkunden davor zurück, Sie zu engagieren. Wenn es kommt, dann ganz dick, wie das Sprichwort sagt. Warum sollten sie eine Ihrer Expeditionen finanzieren, wenn ihre hohen Ausgaben keinen Gewinn bringen?«

»Weil ich trotz einer derzeitigen Pechsträhne der Beste bin, und das wissen sie alle. Es stimmt, daß manche mich im Augenblick nicht engagieren wollen, aber die besinnen sich schon wieder. Das tun sie immer.«

»Sind Sie sich da wirklich so sicher?«

»So sicher wie ich hier stehe.«

»Aber es könnte Monate — sogar ein Jahr — dauern, ehe man Sie in England wieder engagiert, Mr. Marcus. Ich hingegen biete Ihnen einen Posten an, der Ihnen sofort Geld bringt.«

»Und das wäre ...?«

»Der *Morning Clarion* wird nicht nur diese Expedition finanzieren und Sie angemessen dafür bezahlen, sondern man wird Ihnen auch zugestehen, während unseres Aufenthalts dort Orchideen zu sammeln. Und natürlich wird man die gesamten Frachtkosten übernehmen.«

Marcus lehnte ihr Angebot mit einer wegwerfenden Handbewegung ab. »Das ist kein Anreiz für mich, Miss Dare. Die zugänglichen Stellen des Amazonasgebietes sind bereits von skrupellosen Orchideenjägern leergefegt worden, denen die Pflanzen selbst gleichgültig sind. Seltene Orchideenarten sind jetzt dort sehr rar.«

»Das wußte ich nicht. Aber selbst wenn Sie keine Orchideen sammeln können, so würden Sie immer noch für die Expedition sehr gut bezahlt. Ich darf hinzufügen, daß man Sie nicht zur Verantwortung ziehen wird, wenn ... wenn mir ein Unglück zustoßen würde, und Sie werden sogar bezahlt, wenn wir meinen Verlobten nicht finden sollten. Nehmen Sie es als Übergangslösung, bis sich Ihnen etwas Besseres bietet.« Maddie lächelte ihn an. »Sie können dabei nichts verlieren, Mr. Marcus, sondern nur gewinnen.«

»Dann glauben Sie also, mich mit Ihrem kleinen Erpressungsversuch jetzt genau dort zu haben, wo Sie wollen, ja?«

Das glaube ich in der Tat, Mr. Marcus, sagte Maddie bei sich. Aber sie zuckte nur nichtssagend die Achseln. »Es geht hier nicht um Erpressung. Ich kann Sie nicht zwingen, mein Angebot anzunehmen. Es steht Ihnen frei, es abzulehnen.«

Er lächelte triumphierend. »Nun, ganz gleich, was Sie glauben mögen, könnte einer meiner früheren Arbeitgeber mir doch vielleicht ein Angebot machen. Und falls das der Fall sein sollte, werden Sie wohl ohne mich nach Südamerika reisen müssen.«

Maddie seufzte. »Falls dem so sein sollte, wünsche ich Ihnen alles erdenklich Gute. Aber wenn nicht, bleibt mein Angebot bestehen. Falls Sie Ihre Meinung ändern, dann finden Sie mich im Gebäude des *Morning Clarion.* Mr. Biddle hat Ihnen ja wohl bereits meine Karte gegeben.«

Nachdem sie Nile Marcus einen guten Tag gewünscht hatte, drehte sie sich um und verließ das Büro, wohlwissend, daß ein Paar lohfarbene Augen ihr nachstarrten.

Nach Verlassen des Clubhauses stellte sie sich an die Bordsteinkante, um eine Droschke herbeizuwinken, die sie zu den Büros des *Clarion* zurückbringen sollte.

Als sie gerade die Hand heben wollte, klang neben ihr eine Männerstimme auf. »Erlauben Sie, Miss.« Maddie fuhr herum und erblickte keinen geringeren als den weißhaarigen Gentleman, der sich wegen ihrer Anwesenheit im Club der Forscher so gestört gefühlt hatte.

Aber da Maddie jetzt nicht mehr eine Bedrohung für diese exklusive männliche Bastion bildete und so harmlos und hilflos wie jede andere Frau aussah, war der Gentleman offenbar bereit, seine Verärgerung zu vergessen und ihr höflich eine Droschke herbeizurufen.

Als eine Drosche vor ihr hielt, half der Herr ihr hinein. Danach beugte sie sich vor, lächelte mit spitzbübisch funkelnden Augen und sagte leise: »Eines möchte ich Ihnen nur sagen — eines Tages werden wir Hosen tragen, das Wahlrecht haben und zu Ihrem Club zugelassen werden!«

Danach wies sie den Kutscher an loszufahren und ließ den sprachlosen weißhaarigen Herrn stehen.

»Verdammtes Weib!« fluchte Nile, der in seinem Zimmer im ersten Stock stand und der Droschke nachsah. Nach dem wütenden Gesicht des alten Parker zu urteilen, mußte die dreiste Miss Dare ihm irgend etwas gesagt haben, was ihn ärgerte.

Nile vermutete, daß die unverschämte Miss Dare es genoß, alle Welt zu verärgern — besonders Männer.

Plötzlich fühlte er sich beengt. Nachdem er Jackett, Weste und Krawatte abgelegt hatte, war ihm wohler zumute. Er legte sich auf das Bett, verschränkte die Hände hinter dem Kopf und dachte über die unverfrorene Maddie Dare und ihren ungeheuerlichen Vorschlag nach.

Er hatte nicht gewußt, wer ihn erwartete, als Biddle zu ihm in den Salon kam und ihm mitteilte, daß eine Reporterin ihn sehen wollte. In der Erwartung, eine verschrumpelte alte Jungfer mit grauen Haaren vorzufinden, hatte ihn der Anblick einer hübschen jungen Frau, die keinen Tag älter als fünfundzwanzig sein konnte, völlig aus der Fassung gebracht.

Nur ein Blinder hätte von einer so blendenden Schönheit unberührt bleiben können. Aber Nile ordnete Maddie Dare den Frauen zu, die ihr Aussehen rücksichtslos einsetzten, um zum Erfolg zu kommen. Wenn sie sich zu ihrer vollen Größe von einem Meter achtzig reckte, konnte sie ihr Opfer leicht durch ihre körperliche Überlegenheit einschüchtern. Und dieses vollkommene, ovale Gesicht mit der makellosen Elfenbeinhaut, der geraden Nase und den vollen rosigen Lippen konnte einen mit seiner Schönheit verhexen, und ein vielversprechender Blick aus ihren schmelzenden blauen Augen konnte den vernünftigsten Mann in einen stammelnden Toren verwandeln.

Aber Nile war kein stammelnder Narr. Er ließ nur selten zu, daß eine hübsche Larve sein Urteilsvermögen trübte.

Nile runzelte die Stirn. Für seinen Geschmack war sie einfach zu dreist und zu ehrgeizig. Er war altmodisch genug, um dem Glauben anzuhängen, Frauen seien dazu bestimmt, zuhause zu bleiben und nicht in der Welt herumzureisen. Wenn nicht allein der Gedanke mit einer Frau den Amazonas hinaufzufahren so absurd wäre, würde er versucht sein, Miss Dares Angebot anzunehmen — wenn auch nur, um sie an ihren Platz zu verweisen.

Unglücklicherweise blieb ihm keine Zeit zu zaudern. Er brauchte eine Expedition und das schnell.

Er stand auf, schob die Hände in die Hosentaschen und tigerte durch das Zimmer wie ein eingesperrtes wildes Tier. Dann blieb er stehen und blickte über die Dächer von London. England wirkte im März des Jahres 1897 sehr depressiv. Die Atmosphäre war trostlos und grau. Nile schauderte zusammen, denn er hatte sich nach der feuchten Hitze Brasiliens immer noch nicht an die Kälte gewöhnt. Heimweh stieg in ihm auf.

Er sehnte sich nach kräftigen Farben — strahlendblauem Himmel, tiefgrünem Dschungel, farbenfrohen tropischen Orchideen und Papageien, die in gelb und rot prunkten. Anstatt des Hufgeklappers und dem rastlosen Dröhnen des sogenannten Fortschritts hungerte Nile förmlich danach, nachts den Schrei des wilden Jaguars zu hören und von dem wilden Gezeter der Brüllaffen aufzuwachen. Er würde lieber schwitzen, als jeden Tag zu frieren.

»Ich muß unbedingt zurück«, stöhnte er mit zusammengebissenen Zähnen. »Ich brauche wieder eine Expedition.«

Er lächelte in sich hinein, als er nach seiner Krawatte griff und sie wieder umband.

»Nun, Miss Maddie Dare«, sagte er zu seinem Spiegelbild. »Ich habe noch ein paar Asse im Ärmel. Nile Marcus liegt noch nicht völlig am Boden.« In gehobener Stimmung nahm er seinen Mantel und verließ den Club.

Maddie eilte durch den betriebsamen Redaktionsraum des *Morning Clarion* und nahm sich dabei kaum die Zeit, die Grüße ihrer Reporterkollegen zu erwidern, während sie stracks zu Sams Büro ging.

»Ich würde dort nicht hineingehen, wenn ich Sie wäre«, warnte einer der Männer sie. »Der Chef hat verdammt üble Laune.«

»Schau'n wir mal«, entgegnete Maddie und klopfte an.

Als eine Männerstimme bellte »Was wollen Sie?« schauderte sie zum Amüsement ihrer Kollegen theatralisch zusammen, öffnete die Tür und trat ein.

»Sie hatten recht«, sagte Maddie und schloß die Tür. »Sie haben wirklich schlechte Laune.«

Der Mann hinter dem großen Eichenschreibtisch lehnte sich zurück und lächelte. »Jetzt nicht mehr.«

Maddie strahlte ihn voller Zuneigung an. Sie hatte Sam Vincent ihre Karriere zu verdanken.

Als sie vor sieben Jahren im Alter von achtzehn nach London gekommen war, und bei jeder Zeitung anklopfte, war Sam der einzige gewesen, der über ihre Schönheit und Unerfahrenheit hinweggesehen und sie nur wegen ihrer journalistischen Fähigkeiten eingestellt hatte. Maddie hatte sein Vertrauen in sie hundertfach zurückgezahlt, und für sie war er inzwischen so etwas wie ein wohlwollender Onkel.

Maddie zog ihre Jacke aus und setzte den Hut ab, ehe sie Platz nahm. Sam Vincent sah sie fragend an. »Nun, hat er dir deine Lügengeschichte abgenommen?«

»Natürlich. Zweifelst du etwa an meiner Überzeugungskraft?«

Sam grunzte nur und schüttelte den Kopf. »Dann will er dich also nach Brasilien begleiten, um deinen vermißten Verlobten zu suchen?«

Maddie senkte den Blick. »Noch nicht.«

»Wie bitte? Willst du mir damit etwa sagen, daß Maddie Dare versagt hat? Ich traue meinen Ohren nicht.«

Sie fuhr auf. »Ich versage nie ... nun, fast nie, und das weißt du, Sam Vincent. Das ist nur ein momentaner Rückschlag. Es stimmt, daß Mr. Marcus nicht eingewilligt hat, mich zu begleiten. Der arme, irregeleitete Mensch glaubt immer noch, daß einer seiner früheren Arbeitgeber ihn für eine Expedition engagieren will. Aber ich habe ihm meine Karte dagelassen und ihm gesagt, er solle mir Bescheid sagen, wenn er seine Meinung ändert.« Sie verschränkte die Hände und lächelte. »Und das wird er tun.«

Sam schüttelte den Kopf. »Du bist immer so selbstsicher.«

»Ein schwaches Herz gewinnt nie die Schöne, wie man so sagt.« Dann fügte sie hinzu: »Natürlich bin ich selbstbewußt. Das muß man sein, wenn man als Journalistin Erfolg haben will. Das hast du mich gelehrt.«

Er hob die Hände, als wolle er sich ergeben. »Ich weiß, ich weiß. Aber man kann auch zu selbstbewußt sein, Maddie, und eines Tages ist es dein Untergang.«

»Niemals.«

Da er merkte, daß dieses Gespräch zu nichts führte, wechselte Sam das Thema. »Wie ist dieser Nile Marcus eigentlich? Vermutlich jung, gutaussehend und hinreißend.«

»Natürlich. Die Verkörperung des legendären Tropenforschers. Braungebrannt, sonnengebleichte Haare, Augen, in denen eine Frau ertrinken kann ...«

Und was seinen Kuß angeht ... dachte sie, während ihr Gesicht bei der Erinnerung daran warm wurde.

Sam verzog den Mund und schüttelte den Kopf. »Davor hatte ich Angst. Du hast dich bereits in ihn verliebt, nicht wahr?«

Maddie sah ihn erschrocken an. »Sam Vincent, wie kannst du so etwas von mir annehmen? Ich bin eine verlobte Frau!«

»Entschuldigung, das hatte ich vergessen. Aber beantworte meine Frage, Maddie«, forderte Sam sie auf. »Wie ist dieser Marcus wirklich?«

Maddie zögerte und rief sich ins Gedächtnis, wie Nile Marcus das Büro des Clubs betreten und sofort den Raum durch seine starke Persönlichkeit ausgefüllt zu haben schien. Sie sah ernst drein und wählte ihre Worte behutsam.

»Man hat mir Marcus als hart und verläßlich beschrieben, aber auch als jähzornig und als einen Mann, der lieber allein arbeitet. Das mit dem Jähzorn kann ich bezeugen«, fügte sie kläglich hinzu. »Außerdem ist er so von sich eingenommen, daß es schon wieder an Arroganz grenzt.«

»Wie meinst du das?«

»Obwohl ich mein Leben darauf verwetten würde, daß er am Rande des finanziellen Ruins steht, hat er sich benommen, als würde man ihm morgen eine neue Expedition anbieten.«

Sam schüttelte den Kopf. »Entweder belügt er sich oder er ...«

»Oder er weiß, wie gut er wirklich ist.«

Sam schwieg und überlegte. Dann sagte er: »Und es wäre dir recht, mit so einem Mann allein zu reisen? Würdest du ihm wirklich vertrauen?«

Maddie antwortete nicht sofort, denn ihr fiel ein, daß Nile Marcus ihr die gleiche Frage gestellt hatte. »Du brauchst dir keine Gedanken zu machen, Sam. Ich glaube nicht, daß Mr. Marcus mich und meinen Beruf billigt. Du mußt also nicht befürchten, daß er versuchen könnte, mir seine Aufmerksamkeiten aufzudrängen — falls du davor Angst haben solltest.«

»Genau das befürchte ich.«

Maddie hatte, was das anbetraf, ihre eigenen Befürchtungen, aber sie behielt sie für sich und lächelte nur. »Wie lieb, daß du dich um mich sorgst.«

»Ich mache mir wirklich Sorgen«, entgegnete er barsch und wandte den Blick ab. »Ich kenne die Schwächen meines Geschlechts nur zu gut, und ich bin mir sicher, daß dieser Marcus, wenn es um Frauen geht, kein grüner Junge mehr ist.«

Obwohl Madie das bezeugen konnte, sagte sie nur: »Das sind alles nur nutzlose Spekulationen, denn bis jetzt hat er noch nicht eingewilligt, mich zu begleiten.«

»Warum nicht?«

Bitterer Groll blitzte in ihren Augen auf. »Oh, natürlich aus den üblichen dummen Gründen. Ich bin eine schwache, hilflose Frau, die beim Anblick einer Schlange ohnmächtig würde. Außerdem ist Mr. Marcus der Meinung, daß der Amazonas ›kein Ort für eine Dame‹ ist — so hat er es zumindest ausgedrückt. Ehrlich, Sam — als er das sagte, hätte ich ihn am liebsten vors Schienbein getreten.«

Sams Gesicht verdüsterte sich. Er stand vom Schreibtisch auf und ging zu einem von den Fenstern, die auf die *Fleet Street* hinausblickten. »Ich bin mir nicht so sicher, ob er nicht vielleicht recht hat.«

Maddie ruhr herum. »Sam!« jammerte sie konsterniert.

»Jetzt sag mir nicht, daß du — gerade du! — mich jetzt im Stich lassen willst, wo doch alles mit Ben arrangiert ist!«

»Ich bin mir nicht sicher, ob mir der Gedanke gefällt, dich wieder in so große Gefahr zu bringen, Maddie. Als du in Afrika warst, war ich krank vor Sorge. Ständig habe ich gefragt, wann ich ein Telegramm bekommen würde, in dem stände, daß du in einem Fluß ertrunken oder von Kannibalen verspeist worden wärst. Nach allem, was ich gehört habe, ist es am Amazonas sogar noch gefährlicher. Menschenfressende Fische, Eingeborene, die aus Blasrohren vergiftete Pfeile schießen ...«

Sie stand auf und ging zu ihm. »Aber ich werde nicht in Gefahr sein. Ich verspreche dir, daß ich nur bis Manaus reise und den großen, tapferen Mann allein weiterfahren lasse. Ich werde dort so sicher sein wie in London. Wir haben doch alles mit Ben abgesprochen. Wenn er erst einmal gerettet ist und wir wieder vereinigt sind, werden mein vermißter Verlobter und ich unter Jubel nach England zurückkehren.«

Sam seufzte. »Ich habe eine bessere Idee. Warum rufen wir Ben nicht einfach zurück und vergessen diesen haarsträubenden Plan?«

»Das haben wir doch längst durchgekaut, Sam«, begann sie sanft, um ihn zu beruhigen. »Es ist zum Besten des *Clarions* — und was gut für die Zeitung ist, ist auch gut für uns. Du weißt doch, was so eine Geschichte für die Auflage tun wird — von unserem Ruf ganz zu schweigen. Denk doch an die Schlagzeilen: ›UNERSCHROCKENE REPORTERIN SUCHT IM DSCHUNGEL NACH VERMISSTEM GELIEBTEN‹.«

Sam musterte sie lange und verzog dann das Gesicht zu einem ergebenen Lächeln. »Wir sind schon ein Ganovenpaar, was?«

Maddie erwiderte sein Lächeln. »Das sind wir, Sam Vincent. Das sind wir.«

»So, ich glaube, du mußt noch einen Artikel abliefern ...«

»Das muß ich doch immer.«

Sie lächelte Sam an und verließ dann sein Büro, um sich an ihren Schreibtisch zu setzen.

Doch als sie ihren Artikel weiterschreiben wollte, konnte sie sich nicht konzentrieren, da sie immer wieder an das Gespräch mit Nile Marcus denken mußte.

Diesen Mann konnte man kaum vergessen.

Sie sah ihn immer noch vor sich — elegant wie eine Raubkatze auf Beutezug war er ins Büro gekommen. Dieser Mann war so katzenhaft, daß er wahrscheinlich im Dunklen sehen konnte. Es war auch etwas Ungezähmtes an ihm, weil er so lange außerhalb der Zivilisation gelebt hatte. Maddie war Ähnliches schon bei einigen der Händler und Großwildjäger in Afrika aufgefallen, aber nie so stark wie bei Nile Marcus.

Ihr fiel wieder etwas ein, was Sam zu ihr gesagt hatte: »... wäre es dir recht, mit solch einem Mann allein zu reisen?« Allein mit Nile Marcus, einem Mann vom Scheitel bis zur Sohle, der willensstarke Frauen verabscheute ... Ihr Überleben würde allein von seinem Können und seiner Stärke abhängen. Wie würde Maddie, die doch daran gewöhnt war, eine Situation zu beherrschen, damit fertig werden, ins zweite Glied zu treten — selbst, wenn es zu ihrem Besten war? Allein der Gedanke ließ sie erschauern — und das nicht aus Angst.

»Du machst dir wegen nichts und wieder nichts Sorgen, Maddie Dare«, schalt sie sich, während sie eine Zeile ausradierte. »Noch hat er nicht eingewilligt.«

Aber als sie an seine glutvollen lohfarbenen Augen dachte, stieg in ihr die Hoffnung auf, daß er es tun würde.

2

»Verdammt noch eins!«

Glücklicherweise war Nile der einzige Passagier in einem Abteil erster Klasse des Zuges, der gerade von Kent zurück nach London schnaufte, und konnte deshalb nach Herzenslust fluchen.

Als ihm keine Flüche mehr einfielen, lehnte er sich zurück, versuchte sich vom Rattern des Zuges einlullen zu lassen und betrachtete dabei die liebliche Landschaft, die einmal sein Zuhause gewesen war. Er hatte gerade einen bekannten Orchideensammler besucht, mit dem er in der Vergangenheit oft Geschäfte gemacht hatte, und schamlos auf ihre alte Freunschaft gepocht, um einen Auftrag für eine Expedition zu bekommen, die er so dringend brauchte.

Der Mann hatte ihn höflich und mit heuchlerischem Bedauern abgewiesen, und behauptet, daß er gerade einen anderen nach Burma geschickt hätte, und es sich nicht leisten könne, zwei Expeditionen gleichzeitig zu finanzieren. Kommen Sie in einem Jahr wieder, hatte er gesagt.

Ein Jahr war jedoch eine Ewigkeit.

Nile lehnte sich mit einem enttäuschten Stöhnen zurück. Er hatte alle seine Möglichkeiten erschöpft. Es gab niemanden mehr, an den er sich wenden konnte.

Doch dann fiel ihm die Visitenkarte in seiner Tasche ein. Er zog sie heraus und blickte auf den Namen, der in erhabenen schwarzen Lettern darauf geprägt war. Sofort erstand vor seinem inneren Auge eine Vision von goldenen Haaren und bezaubernden blauen Augen. Nile fuhr sich mit einer Hand durch die Haare und stöhnte. Konnte er es wirklich wagen, ihr Angebot anzunehmen? Monatelang einer schönen Frau — auch wenn sie einem anderen Mann gehörte — nah zu sein, war eine Versuchung, die kein heißblütiger Mann ertragen konnte.

Maddie Dare bedeutete Ärger, das spürte er in allen Knochen. Aber jetzt hatte er keine Wahl.

Nile trat über die Türschwelle und ließ seine Blicke durch den geschäftigen, großen Saal schweifen, sah jedoch nur Männer.

Nile konnte spüren, daß in der Luft Spannung und Erwartungsfreude hing wie dicker Zigarrenrauch. Durch den Lärm drang das stetige Tippen von Schreibmaschinen und Telefonklingeln. Ganz gleich, was in London oder der Welt passierte — diese Leute würden als erste davon erfahren, und Nile vermutete, daß dieses Wissen erregend war.

Aber er war hergekommen, um Maddie Dare zu finden, und genau das würde er tun.

»Entschuldigen Sie«, wandte er sich an einen der Männer. »Ist Maddie Dare im Hause?«

Ohne aufzusehen, grunzte der Mann und wies mit dem Kopf in die hintere Ecke des Saales, wo eine Gruppe von Leuten stand.

Nile dankte ihm und ging in die angegebene Richtung. Plötzlich bemerkten ihn auch die Männer. Jeder hörte auf zu arbeiten und starrte ihn an, als wäre irgendein sagenhaftes Tier in ihrer Mitte erschienen. Er ignorierte ihre neugierigen Blicke und konzentrierte seine Aufmerksamkeit auf die Frau, die er suchte.

Obwohl Maddie Dare in einem schwarzen Rock und einer weißen Bluse mit weiten Ärmeln eher unauffällig gekleidet war, stach sie allein durch ihr Geschlecht und ihre blaßgoldenen Haare aus der Menge heraus. Anders als ihre Kollegen nahm sie Niles Anwesenheit nicht wahr, sondern zog einen Bleistift aus ihrem Haarknoten und begann etwas auf dem Block aufzuschreiben, den sie in Händen hielt. Sie war so vertieft, daß es sie überhaupt nicht zu interessieren schien, was in ihrer Umgebung vorging.

Erst als sie gegen Nile prallte, wachte sie auf. Sie fuhr zusammen und hob den Kopf. »Ach, Entschuldigung!« Die großen blauen Augen weiteten sich überrascht. »Ja, Mr. Marcus!«

»Miss Dare.«

Sie drückte ihren Block an die Brust. »Ich gestehe, daß ich überrascht bin, Sie hier zu sehen. Haben Sie sich demnach entschlossen, mein Angebot anzunehmen?«

Er nickte gemessen. »Unter schweren Vorbehalten.«

Obgleich sie neugierig war, warum er seine Meinung geändert hatte, besaß sie doch genügend Verstand, um nicht zu fragen. Aber ein kindlich aufgeregtes Lächeln konnte sie nicht unterdrücken. »Hervorragend. Ich möchte Sie gerne meinem Chef Sam Vincent vorstellen, und wir können dann gleich die Details klären.«

Nile folgte ihr zu einer Tür am anderen Ende und stand schweigend neben ihr, während Maddie Dare anklopfte.

»Was wollen Sie?« knurrte eine Stimme von innen.

Unbeeindruckt warf Maddie Nile einen Blick zu. »Beachten Sie dieses bärbeißige Getue einfach nicht. Sams Bellen ist viel einschüchternder als sein Beißen.«

Dann öffnete sie die Tür und betrat den Raum. Nachdem auch Nile eingetreten war und sich kurz umgesehen hatte, schloß Maddie die Tür und sagte: »Mr. Marcus, ich möchte Ihnen Sam Vincent, den Chefredakteur des *Clarion* vorstellen. Sam, das ist Nile Marcus, der soeben eingewilligt hat, mich nach Brasilien zu begleiten, um nach Ben zu suchen.«

Mit seinem blassen Gesicht und den gebeugten Schultern bot Sam Vincent das Bild eines Mannes, der hinter dem Schreibtisch geboren ist und wahrscheinlich auch dort sterben wird. Aber Nile war zu gescheit, um sich von der äußeren Sanftheit, der beginnenden Glatze und dem Schmerbauch täuschen zu lassen. Der Blick des Mannes war offen und herausfordernd und ließ auf einen scharfen Verstand schließen, der wohl auch nötig war, um eine so hohe Stellung zu erreichen. Nile war sofort klar, daß er diesen Mann nicht unterschätzen durfte.

Vincent erhob sich langsam aus seinem Drehstuhl, und Nile sah, daß er ebenso groß war wie Maddie.

»Ich freue mich, Sie kennenzulernen, Mr. Marcus.«

Nile wurde mit scharfem Blick gemustert, aber der Ausdruck in den klugen Augen gab nichts über die Einschätzung von Niles Person preis.

»Vincent«, entgegnete Nile.

»Nehmen Sie bitte Platz, damit wir über die Expedition sprechen können.« Nachdem sie alle saßen, lehnte sich Vincent zurück. »Ich bin mir sicher, daß Maddie Sie bereits mit der Situation vertraut gemacht hat.«

Nile nickte. »Stimmt. Sie möchte, daß jemand sie den Amazonas hinaufführt, damit sie nach ihrem vermißten Verlobten suchen kann.«

»Ja. Der *Clarion* wird die Kosten der Expedition und alle Ausgaben tragen, die Sie haben, während Sie in Brasilien sind. Außerdem werden wir Ihnen für Ihre Dienste ein Gehalt von tausend Pfund zahlen. Sind Sie damit einverstanden?«

Diese Summe war höher, als er gehofft hatte, aber Nile blieb ruhig, um nicht zu zeigen, wie begeistert er war. »Das reicht wohl. Aber auch ich habe noch ein paar Bedingungen.«

Er spürte, daß Maddie, die neben ihm saß, unruhig wurde und ihn scharf ansah. »Und welche, Mr. Marcus?«

»Sobald wir in Brasilien sind, habe ich das Sagen«, sagte er und blickte ihr direkt in die Augen, »und Sie werden ohne zu fragen genau das tun, was ich Ihnen befehle.«

In ihre Augen trat ein rebellisches Glitzern. »Bis daß der Tod uns scheidet?«

Er grinste. »Genau.«

»Damit bin ich einverstanden«, sagte sie, aber Nile konnte erkennen, daß sie nicht erfreut war.

Er fügte hinzu: »Außerdem handeln Sie auf eigenes Risiko. Wenn Ihnen etwas zustößt, werde ich nicht dafür zur Rechenschaft gezogen.«

»Einverstanden«, willigte sie ein.

Jetzt wandte er sich an Vincent. »Und falls Miss Dare irgendwann die ganze Sache abbrechen sollte, bekomme ich trotzdem mein Geld.«

Der andere Mann zögerte, und einen Augenblick lang dachte Nile, daß er diese unverschämte Bedingung zurückweisen würde. Aber Sam Vincent nickte zustimmend.

»Schön«, meinte Nile. »Demnach sind wir uns wohl einig.«

Vincent fügte hinzu: »Wir können das alles schriftlich fixieren, wenn Sie möchten, Mr. Marcus.«

»Das ist nicht nötig«, entgegnete Nile und erhob sich. »Ich stehe gewöhnlich zu meinem Wort, und ich vertraue darauf, daß Sie das auch tun. Ich werde die Ausrüstungsgegenstände kaufen, die wir brauchen, und uns eine Passage auf dem nächsten Schiff nach Lissabon buchen.«

»Warum schiffen wir uns in Lissabon und nicht in Liverpool ein?« wollte Maddie wissen.

»Wenn wir auf einem portugiesischen Schiff reisen, bekommen wir eher Kontakt zu den Einheimischen«, erwiderte er. »Ich werde Ihnen auch den Namen einer Bank in Manaus mitteilen, auf die Sie bitte telegrafisch weitere Geldmittel anweisen. Manaus ist eine sehr teure Stadt, und wir werden Geld brauchen, wenn wir erst einmal dort sind.«

Er nickte Maddie und Vincent zu. »Ich wünsche Ihnen beiden einen guten Tag. Sie werden schon bald von mir hören.«

Doch noch ehe Nile hinausging, sagte Vincent: »Ach, Marcus, da ist noch eine Sache, die wir bis jetzt nicht erwähnt haben.«

»Und was?«

»Der *Clarion* wird eine Artikelserie über die Expedition

bringen. ›REPORTERIN SUCHT IHREN VERSCHOLLENEN GELIEBEN‹ – in dem Stil etwa. Natürlich wollen wir Sie unseren Lesern als den Mann vorstellen, der Maddie bei der Suche unterstützt.«

Nile spürte Wut in sich aufsteigen, beherrschte sich aber. Er wandte sich an Maddie und sagte: »Ich hatte Ihnen doch gesagt, daß ich nie Interviews gebe.«

»Richtig, aber ich dachte, solche Artikel könnten Ihnen in der Zukunft von großem Nutzen sein.«

Das erregte sein Interesse. »Wie?«

»Es würde allen Zweiflern und Ungläubigen zeigen, daß jemand genug Zutrauen zu Nile Marcus hatte, um ihn mit einer weiteren Expedition zu betrauen. Vielleicht erregt es auch weit mehr Interesse, und Sie bekommen so weitere Kunden.«

»Das bezweifle ich. Orchiedeensammler stellen eine kleine, exklusive Gruppe dar. Man kennt sich untereinander und neigt dazu, immer die gleichen Männer anzuheuern.«

Vincent schaltete sich ein. »Die Artikel sind im Paket drin, Marcus. Wenn Sie sich nicht interviewen lassen, dann ...«

Nile stand einen Augenblick lang schweigend da und dachte über ihre Forderung nach. »In Ordnung. Ich werde mich interviewen lassen.«

Dann wünschte er ihnen noch einmal guten Tag und ging.

Nachdem sich die Tür hinter Nile Marcus geschlossen hatte und seine Schritte nicht mehr zu hören waren, wandte sich Maddie an Sam. »Und was hältst du von ihm?«

Sam verzog das Gesicht. »Gut, er ist schlau, aber ich mag ihn nicht.«

Maddie hob überrascht die Brauen. »Ich habe noch nie gehört, daß du jemanden nach dem ersten Eindruck so hart beurteilst, Sam. Warum magst du ihn nicht?«

»Ich hab' da so ein mieses Gefühl. Auf ihn trifft Caroline Lambs Beschreibung von Lord Byron zu.«

»Verrückt, schlecht und gefährlich?«

»Richtig. Und er ist mir auch zu eingebildet.«

»Ach, laß dich nicht von seiner Arroganz zum Narren halten.« Sie steckte den Bleistift wieder in ihren Dutt und sprach überlegt. »Trotz seines selbstbewußten Auftretens vermute ich, daß seine letzte Chance, einen Geldgeber zu finden, danebengegangen ist — deshalb ist er zum *Clarion* gekommen. Wir waren seine letzte Zuflucht.«

»Maddie, du bist eine verdammt gute Reporterin — eine der besten —, aber du kannst keine Männer beurteilen.«

Sie hob beleidigt den Kopf. »Ach ja? Ich bin der Meinung, daß ich das sehr gut kann! Schließlich habe ich dich als Chef ausgesucht, oder?«

»Das ist etwas anderes. Ich bin ein anständiger Kerl, ehrlich und vertrauenswürdig. Aber dieser Marcus ... ich weiß nicht, Maddie.«

»Sam, du führst dich wieder auf wie eine Glucke.«

»Ich kann nicht anders. Du bist für mich wie eine Tochter. Ich weiß nicht, ob mir die Idee gefällt, daß du mit diesem Mann nach Südamerika fährst.«

Maddie beugte sich vor und sah ihn eindringlich an. »Sam, ganz egal, was du für Nile Marcus empfindest — er ist der beste Mann für diesen Job. Ich habe ihn gründlich überprüft. Er kennt das Amazonasgebiet wie seine Westentasche, und er ist daran gewöhnt, mit den gefährlichsten Situationen fertig zu werden. Ich würde ihm mein Leben anvertrauen.«

»Muß ich dich wirklich daran erinnern, daß du genau das tun wirst? Bist du sicher, daß du es riskieren willst? Mir schien er ziemlich schnell bereit zu sein, jede Verantwortung für dein Wohlergehen von sich zu schieben. Ich habe schon Alpträume, wie er dich irgendwo mitten im Dschungel alleinläßt, wenn es einmal schwierig wird.«

Maddie schüttelte den Kopf. »Jeder, der ihn kennt, ist

der Meinung, daß er ein ehrenwerter, integrer Mann ist. Ich glaube nicht, daß er mir das antun würde, Sam.«

»Wenn du so sicher bist ...«

»Ja. Ich vertraue ihm. Außerdem möchte ich dieses Abenteuer um nichts in der Welt versäumen.«

Sam zuckte ergeben mit den Schultern. »Damit ist alles abgemacht. Aber mir wäre es immer noch lieber, du würdest nicht gehen.«

Maddie stand auf, ging um den Schreibtisch herum, legte die Hände auf Sams Schultern und beugte sich vor, um eine kahle Stelle auf seinem Haupt zu küssen. »Danke, daß du es nicht abgeblasen hast.«

Er drehte sich so ruckartig herum, daß sie einen Schritt zurückwich. »Ich würde dich nie von etwas abhalten, was du wirklich machen willst, Maddie. Ich würde dich nie zurückhalten. Dazu bist du eine viel zu gute Reporterin.«

»Das weiß ich, Sam. Und ich danke dir dafür.«

Ein schwaches Lächeln umspielte seinen Mund. »Jetzt ist es aber genug mit dem sentimentalen Geschwätz, Dare. Geh wieder an die Arbeit.«

»Jawohl, Sir, Mr. Vincent. Sofort, Mr. Vincent.«

Sie salutierte zackig, ehe sie hinauslief.

Am späten Nachmittag hatte eisiger Nieselregen eingesetzt, und als die Droschke endlich vor Maddies kleinem Haus in der Dover Street hielt, war sie durchgefroren, müde und zitterte am ganzen Leib.

Sie bezahlte den Kutscher, stieg aus und lief die Vordertreppe hinauf. Als sie drinnen war, seufzte sie erleichtert auf, zündete die Gaslampen an und vertauschte Mieder und Korsett mit einem fließenden Kleid aus Samt. Dann setzte sie sich mit einer Tasse Tee vor den Kamin, dachte an Nile Marcus und fragte sich, ob sie wohl in den nächsten acht Monaten miteinander auskommen würden. Schließlich reiste sie mit einem völlig Fremden in ein fernes, tropisches Land. Da konnte niemand wissen, was passierte.

Als sie sich seinen durchdringenden Adlerblick ins Gedächtnis rief, schauderte sie zusammen. Wenn Nile Marcus sie ansah, hatte sie immer das Gefühl, er würde ihr bis in die Seele schauen und jedes ihrer Geheimnisse entdecken. In all den Jahren als Reporterin hatte sie noch nie einen Mann wie ihn kennengelernt. So verführerisch. So beeindruckend. Und so stolz.

Ihr fiel ein, wie er sie angesehen hatte, als sie seine schwierigen finanziellen Verhältnisse erwähnt hatte — diesen Blick voll nackter Verzweiflung, der so schnell verschwunden war, daß sie beinahe glaubte, sie hätte ihn sich nur eingebildet. Dieser Blick hatte sich wie ein Stachel in ihr Gewissen gebohrt, und für einen Augenblick schämte sich Maddie, weil sie ihn so gedemütigt hatte.

Sie stand auf und stellte ihre Teetasse hin. »Ich werde ihn irgendwie dafür entschädigen«, sagte sie laut.

Doch erst einmal mußte sie sich überlegen, was sie auf die Expedition mitnehmen sollte. Sie hatte Nile — der Vorräte einkaufen und die Überfahrt buchen würde — versichert, daß sie ohne das übliche weibliche Brimborium reisen würde, und das erforderte sorgfältige Überlegungen.

Maddie machte auf dem Absatz kehrt, um sich ihr Abendessen zu kochen und danach noch etwas zu arbeiten.

Just als Nile hinter Maddie und Sam die Kutsche verließ, betrachtete er die Szenerie, die sich vor ihm ausbreitete mit schlecht verhohlenem Abscheu.

Halb England mußte sich aufgemacht haben, um sie zu verabschieden. Eine riesige Menschenmenge füllte das Dock, an dem die *Northstar* — der Dampfer, auf dem Maddie und er die erste Etappe ihrer Reise absolvieren würden — lag. Überall herrschte freudig erregte Volksfeststimmung. Als Maddie sich zeigte, brüllte die Menge so laut, daß sie sogar die Band übertönte, die gerade ›Rule Britannia‹ spielte und hunderte von britischen Fahnen wurden geschwenkt. Ein Transparent, auf dem ›Viel Glück, Maddie‹ stand, wurde hochgehalten.

»Ist das alles Ihr Werk?« fragte Nile Maddie, die lächelnd in die Menge winkte und offenbar die Szene genoß.

»Natürlich«, erwiderte sie leise. »Ich habe doch all diese Artikel nur geschrieben, um auf die Expedition aufmerksam zu machen.«

»Das ist dir auch wie immer gelungen«, meinte Sam Vincent. Nile erinnerte sich an die Artikel, die Maddie geschrieben hatte — auch einer über ihn war dabei gewesen.

Ein trockenes Lächeln umspielte seine Lippen. Er mußte zugeben, daß ein Teil von ihm geschmeichelt gewesen war, denn der Artikel zeichnete ihn als couragierten Abenteurer, der fähig war, mit einer Hand blutdürstige Wilde abzuwehren, während er mit der anderen eine Anakonda bändigte. Aber ein anderer Teil von ihm war durch die Unaufrichtigkeit, die dieser Artikel aufwies, abgestoßen gewesen. Er hatte Maddie und Sam Vincent gegenüber seinen Gefühlen in klaren Worten Ausdruck gegeben, aber sie hatten ihm versichert, daß es nichts schaden würde, die Wahrheit ein wenig zu schönen.

»Ich glaube, es ist Zeit für euch an Bord zu gehen«, sagte Vincent. Er reichte Nile die Hand. »Viel Glück, Marcus. Und sorgen Sie dafür, daß Maddie heil und gesund nach Hause kommt.«

Nile schüttelte ihm die Hand. »Danke für Ihr Vertrauen, Vincent. Ich werde mein Bestes tun.«

»Mach dir keine Sorgen, Sam«, meinte Maddie und umarmte ihren Chef. »Wir werden schon bald alle zurück sein. Und ich werde dir, wann immer ich kann, Artikel schicken.«

»Das solltest du auch«, entgegnete Vincent mit verdächtig feuchten Augen. Er räusperte sich und trat einen Schritt zurück. »Ihr solltet jetzt besser an Bord gehen, sonst fährt das Schiff noch ohne euch ab.«

»Auf Wiedersehen, Sam«, sagte Maddie und winkte noch ein letztes Mal der Menge.

Plötzlich drängte die Menge gegen das Seil der Absperrung und gute Wünsche erfüllten die Luft.

»Viel Glück, Maddie.«

»Hoffentlich findest du deinen Ben und kommst heil und gesund wieder heim.«

»Du wirst uns fehlen, Maddie!«

Als Nile hinter Maddie die Gangway hinaufging, hörte er eine Frau kreischen: »Ach, sieht dieser Nile Marcus gut aus!« gefolgt von: »Man stelle sich vor — mit dem allein im Dschungel!«

Maddie mußte es gehört haben, denn sie drehte sich um und grinste ihn an. »Sie haben ganz bestimmt auch Ihre Bewunderer, Mr. Marcus.«

Er sah sie trocken an, setzte ein künstliches Lächeln auf und winkte. Das kollektive »Aaah!« unzähliger Frauen traf ihn allerdings unvorbereitet.

Er schüttelte abweisend den Kopf und folgte Maddie weiter die Gangway hinauf. Er war froh, die brüllende, kreischende Menge zurückzulassen und sie gegen die Weite des Meeres einzutauschen.

Maddie stand an der Reling und winkte und lächelte, bis sie den Blicken der Menge auf dem Dock entschwand. Dann sah sie den Mann an, der neben ihr stand. Jetzt, da sie endlich allein waren, fragte sie sich wieder, ob sie wohl miteinander auskommen würden. Während der Vorbereitungen für die Expedition in den letzten zwei Wochen hatten sie nur einmal miteinander geredet — nämlich, als Maddie ihn interviewt hatte. Und selbst da hatte Nile Marcus verdammt wenig von sich preisgegeben.

Der Mann schien meilenweit weg zu sein, und sein Profil zeichnete sich scharf vor dem grauen Himmel ab.

»Also wirklich«, meinte Maddie, »das war ein ziemlich rauschender Abschied.«

»Sie genießen diesen Rummel, nicht wahr?«

Sie sah ihn ruhig an. »Ja, das tue ich. Ich genieße es, die Menschen mit meinen Artikeln zu bewegen und dafür anerkannt zu werden.«

»Wenn wir erst einmal in Brasilien sind, wird Sie keiner erkennen.«

»Als ich in Afrika war, wußte dort auch niemand, wer ich bin, aber das machte keinen Unterschied für mich.«

Nile sah sie auf eine merkwürdige Weise an.

Maddie packte die Reling fester. »Mr. Marcus, wir werden in den kommenden Wochen viel Zeit miteinander verbringen, und ich möchte vorschlagen, daß wir uns zumindest anstrengen, höflich zueinander zu sein.«

»Ich werde engagiert, Ihren Verlobten zu finden. In unserer Vereinbarung war nicht davon die Rede, daß wir höflich zueinander sein müssen.«

Maddies Wangen begannen zu glühen. »Offene Worte, das muß ich schon sagen.«

»So bin ich nun einmal. Gewöhnen Sie sich dran, oder schwimmen Sie an die Küste zurück!«

Sie sah ihn schräg von der Seite an. »Sie mögen mich nicht, oder?«

»Nicht besonders.«

»Warum?« fragte sie getroffen. »Sie kennen mich noch nicht einmal.«

»Mir gefällt einfach nicht, was ich bis jetzt gesehen habe.« Er sah sie an, und in seinen goldenen Augen glitzerte Abscheu. »Sie haben versucht, mich zu erpressen.«

Sein anklagender Blick weckte in Maddie Schuldgefühle. »Das tut mir leid. Ich versuchte auf diese Weise meine Arbeit zu erledigen.« Sie blickte zu ihm auf und streckte die Hand aus. »Nehmen Sie meine Entschuldigung an?«

»Ich lege Wert auf meine Intimsphäre«, sagte er, ignorierte grob ihre ausgestreckte Hand, lehnte sich an die Reling und starrte zur Küste. »Ich verabscheue Menschen, die in meinem Privatleben herumschnüffeln.«

Maddies Hand sank herab, und die Schamröte stieg ihr ins Gesicht. »Ich habe eigentlich nicht erwartet, daß Sie nachtragend sind, Mr. Marcus.«

»Das bin ich auch nicht.«

Noch ehe Maddie wußte, wie ihr geschah, hatte er ihre Hand ergriffen und führte sie an seine Lippen. »Entschuldigung angenommen. Und ich werde von jetzt an versuchen, höflich zu Ihnen zu sein. Aber garantieren kann ich das nicht.«

Dann ließ er sie los, grinste und ging davon. Maddie sah ihm verblüfft und nachdenklich hinterher.

3

Maddie stand an der Reling der *Esperança* und seufzte erleichtert. Der Sturm, der in der vergangenen Nacht das Schiff mit Blitz und Donner in eine Nußschale verwandelt hatte, war vorbei. Maddie schluckte schwer, und ein Schauder überlief sie.

Die *Esperança* war jetzt seit fünf Tagen auf See und Maddie betete um gutes Wetter für die nächsten fünf Tage, die es noch dauern würde, ehe sie in den brasilianischen Hafen Pará einlaufen würden.

Sie blickte auf die geschlossene Tür der Kabine von Nile Marcus und fragte sich, wann er wohl hinauskommen würde.

Plötzlich schwang die Tür auf, und Nile trat heraus. Heute morgen war seine nachlässige Kleidung wohl kaum passend für den Anblick einer Dame. Sein weißes Hemd stand am Hals offen und der V-Ausschnitt zeigte einen kräftigen Hals und den Ansatz lockiger, schwarzer Haare auf seiner breiten Brust. Die enganliegende schwarze Hose betonte die schmalen Hüften und kräftigen Oberschenkel. Anders als der dunkle Anzug, den er in England ständig getragen hatte, paßte diese Art Kleidung perfekt zu ihm.

Oh, oooh, schoß es Maddie durch den Kopf.

Sie konnte ihre Augen nicht von ihm abwenden, als er sich wie ein Löwe räkelte, der nach langem Schlaf erwacht war und sich zu seiner vollen Höhe reckte. Dann atmete er tief die salzige Luft ein.

Maddie schluckte schwer, als Nile ausatmete. Ihr war heiß, obwohl die Seeluft, die über ihre erhitzten Wangen strich, kühl war. Dann dachte sie an Bens herzliches Lachen und faßte sich wieder.

Nile drehte sich um, merkte, daß sie ihn beobachtete und kam zu ihr.

Maddie begrüßte ihn mit einem herzlichen Lächeln. »Guten Morgen, Mr. Marcus.«

Er nickte höflich und lächelte schmal. »Miss Dare.«

»Was für ein herrlicher Morgen«, sagte Maddie. Als Nile darauf nicht anwortete, fuhr sie fort: »Wenn man sich diesen Sonnenschein anschaut, fällt es schwer zu glauben, daß wir letzte Nacht einen so furchtbaren Sturm hatten.«

»Hatten Sie Angst?«

»Ich bin fast gestorben vor Angst, vor allem, als ich aus meiner Koje flog. Ich dachte schon, wir alle würden vom Klabautermann geholt.«

Ihr offenes Geständnis schien ihn zu verblüffen, denn er musterte sie genau. »Die wagemutige Maddie Dare läßt sich von einem kleinen Sturm aus der Fassung bringen? Du liebe Güte. Was würde Ihre Leserschaft wohl sagen, wenn sie davon wüßte?«

»Wenn ich meinen Job anständig mache, wird sie ein eiskalter Schauder überlaufen und sie können meine Angst nachempfinden.«

»Hmph.«

Maddie sah ihn an. »Höre ich da etwa Mißbilligung in Ihrem Ton?«

Er grinste unverschämt und zeigte dabei kräftige weiße Zähne. »Ich glaube, eine Frau kann ihre Zeit und ihre, ähm, Fähigkeiten besser nutzen ...« Sein Blick schweifte über ihre Brüste und verharrte dort eine Sekunde zu lange »... als durch die Welt zu streifen und sich Gefahren auszusetzen.«

»Zum Beispiel? Kommen Sie, klären Sie mich auf.«

Nile Marcus lehnte sich an die Reling und verschränkte die Arme. Seine Augen funkelten spitzbübisch. »Eine Frau sollte heiraten, das Haus besorgen und Kinder gebären — was Sie meiner Ansicht nach auch tun werden, falls Sie Ihren Verlobten gefunden haben.«

»Nicht ›falls‹«, korrigierte Maddie ihn, »›wenn‹ wir ihn finden. Das traue ich Ihnen schon zu, Mr. Marcus. Außerdem werde ich meinen Posten beim *Clarion* auch nach der Heirat mit Ben Thomas behalten.«

Nile hob die Brauen. »Und wenn Ihr Mann darauf besteht, daß Sie ihn aufgeben?«

Maddie lächelte. »Das würde er nie tun. Das unterscheidet ihn von Ihnen.«

Sein Gesicht versteinerte. »Und wenn Sie nun ein Kind bekommen? Was dann, Miss Dare? Den armen Wurm irgendeinem gefühllosen Verwandten überlassen?«

»Hat Ihre Mutter das getan?« Maddie bereute diese spontane Frage noch im gleichen Augenblick.

Nile holte scharf Luft, erbleichte, und einen Augenblick lang war er bar aller Selbstsicherheit und strahlte so viel Schmerz aus, daß Maddie ihn am liebsten in den Arm genommen und gewiegt hätte wie ein Baby.

Zum Glück widerstand sie diesem Impuls.

Nile ballte die Hände zu Fäusten und knirschte: »Das, Miss Dare, geht Sie überhaupt nichts an.« Er machte auf dem Absatz kehrt.

»Warten Sie, Mr. Marcus!«

Er fuhr herum und funkelte sie an. »Ja?«

»Entschuldigen Sie«, sagte sie einfach. »Es war gedankenlos, daß ich das gesagt habe. Ich wollte mich nicht in Ihr Privatleben einmischen.«

»Ich glaube, genau davor habe ich Sie schon einmal gewarnt«, knurrte er, offenbar noch immer wütend. »Wenn Sie mich jetzt entschuldigen wollen . . .«

Maddie trat zur Seite, und er verschwand in seiner Kajüte. Dabei schlug er die Tür vernehmlich hinter sich zu.

Sie starrte einen Augenblick lang auf die geschlossene Tür, drehte sich dann um und ging ebenfalls zu ihrer Kajüte.

Innen nahm sie Papier und Stift und begann ihren Artikel über den Sturm der letzten Nacht zu schreiben. Aber nachdem sie ein paar Sätze geschrieben hatte, warf sie ihren Bleistift angeekelt hin.

Nile Marcus ging ihr nicht aus dem Kopf.

Sein Gesichtsausdruck, als sie diese gedankenlose Bemerkung über seine Mutter gemacht hatte, hatte sich in ihr Gedächtnis eingebrannt. Hatte er sich als Kind verlassen gefühlt, weil seine Mutter seinen Vater und ihn allein zurückließ, während sie durch die Welt reiste? War er deshalb ihr gegenüber so feindselig eingestellt und so sehr dagegen, daß eine Frau ihn zum Amazonas begleitete?

Maddie stand auf und ging unruhig in ihrer Kabine hin und her. Ihre journalistischen Instinkte waren durch ein verwirrendes Puzzle geweckt, das den Namen Nile Marcus trug. Aus einer ihrer Taschen zog sie eine abgegriffene Fotografie von Ben. Schon sein bloßer Anblick ließ Maddie erschauern, denn er war ein gutaussehender Mann — zu gutaussehend. Sam hatte immer behauptet, daß Bens blaßblaue Augen stets einladend funkelten, während sein schräges Lächeln Erfahrung und Verderbtheit verriet. Aber verglichen mit Nile war Ben regelrecht unkompliziert.

Vielleicht sollte ich ihn einfach darauf ansprechen, dachte sie. Nein, das wäre nicht gut. Er würde mich nur anschnauzen und mir sagen, ich sollte mich um meine Angelegenheiten kümmern. Und wenn ich ihn wirklich wütend machen würde, so ist er hitzköpfig genug, um die ganze Expedition abzublasen und mich auf dem nächsten Schiff zurück nach England zu schicken. Unsere Pläne wären dahin, und Sam würde sich nicht sehr darüber freuen.

Maddie lächelte, als sie Bens Foto wieder in die Tasche steckte.

Hüten Sie sich, Mr. Marcus, dachte sie. Ehe das alles hier vorbei ist, werde ich alle ihre Geheimnisse kennen, oder ich will nicht mehr Maddie Dare heißen.

Sie griff wieder nach ihrem Stift und begann zu schreiben.

Zwei Stunden später wurde das Mittagessen ausgerufen. Maddie legte Papier und Stift weg und schlenderte allein zum Speisesaal. Zu ihrer großen Überraschung war Nile bereits da und erhob sich, als sie eintrat.

Maddie zögerte kurz und suchte in den lohfarbenen Augen nach einer Spur Feindseligkeit, aber sie blickten so unschuldig drein wie die eines Babys. Sie nahm daher an, daß er ihre gedankenlose Bemerkung vergessen — oder zumindest verziehen hatte.

Nachdem sie den portugiesischen Kapitän in fließendem Französisch begrüßt hatte, bemerkte Maddie, daß die anderen Passagiere noch nicht hier waren.

Sie wandte sich an Nile. »Kommen die anderen nicht?«

Gerade als Nile die Schultern zuckte, tröpfelten die anderen Passagiere herein.

Als Nile sah, wer als erster hereinkam, erhellte ein Lächeln sein Gesicht, und er sagte: *»Bonjour, Mademoiselle D'Arqueville.«* Dann ging er um den Tisch herum und rückte ihr den Stuhl zurecht.

Die stattliche, brünette Französin lächelte reizend, murmelte *»Merci beaucoup, Monsieur Marcus«* und nahm mit einem koketten Blick auf Nile Platz, der heldenhaft versuchte, nicht auf ihren ausladenden Busen zu starren.

Ihr folgten die Zwillinge, zwei blonde, stämmige Polinnen in jugendlichem Alter, die weder Französisch noch Englisch sprachen und lange Nachnamen hatten, die Maddie noch nicht einmal aussprechen konnte. Sie blickten schüchtern zu Nile auf, als er sie zu ihren Stühlen führte, und nickten Maddie und dem Kapitän nur zu.

Sie wurden begleitet von einer weiteren Polin mit dem Namen Zosia, die ein wenig Französisch sprach und so als Übersetzerin fungieren konnte.

Als letzter erschien Señor Calistro.

Maddie durchfuhr ein Schauder, als der dürre, hagere Mann lautlos wie eine Schlange in den Raum kam. Irgend etwas an ihm verursachte bei ihr eine Gänsehaut. Es umgab ihn eine solche Aura der Rücksichtslosigkeit, daß Maddie unwillkürlich an Torquemada und die spanische Inquisition denken mußte. Falls die Augen wirklich die Spiegelbilder der Seele waren, dann besaß Señor Calistro keine, denn seine pechschwarzen Murmeln waren so ausdruckslos wie Obsidian.

Ich frage mich, was die alle hier machen, dachte sie, während ihr Blick über den Damenflor schweifte, der teure Roben trug. Ich weiß, daß sie alle in Lissabon an Bord kamen, und Señor Calistro scheint ihr Begleiter zu sein ... obwohl er sich eigentlich eher benimmt wie ein Gefängniswärter, denn er treibt sie immer zusammen wie eine Kuhherde, und läßt sie nur für einen kurzen Spaziergang auf dem Deck aus den Augen.

Plötzlich spürte Maddie den Blick der kalten schwarzen Augen auf sich, und sie schauderte unwillkürlich. Sie zwang sich dazu, seinem Blick zu begegnen, und es gelang ihr sogar, ihm höflich zuzunicken.

Nachdem alle Platz genommen hatten, und der Kapitän das Tischgebet gesprochen hatte, wurde frischgefangener Fisch serviert.

Zuerst plauderten alle bis auf Señor Calistro höflich in vier Sprachen über den Sturm der letzten Nacht und das schöne Wetter des heutigen Tages. Aber im Verlauf der Mahlzeit wuchs in Maddie die Entschlossenheit, mehr über ihre Mitpassagiere zu erfahren. Sie witterte eine Story, und sie wollte verdammt sein, wenn sie nicht herausfand, um was es ging.

Sie begegnete Zosias Blick.

»Verzeihen Sie mir meine Neugier, *Mademoiselle*«, begann sie, »aber Südamerika ist so weit entfernt von Ihrer Heimat. Warum unternehmen Sie eine so weite Reise?«

»Wir sind als Gouvernanten engagiert worden«, entgegnete Zosia.

Maddie, die sich die geistlosen Zwillinge nicht als Gouvernanten vorstellen konnte, zwang sich zu einem Lächeln.

Señor Calistro beteiligte sich zum ersten Mal am Gespräch. Seine Stimme war so schleimig wie ein Ölfilm auf dem Wasser. »Es gibt viele reiche Familien in Manaus, *Mademoiselle*, die gerne europäische Gouvernanten für ihre Kinder engagieren. Und sie zahlen viel mehr als es in Europa üblich ist.«

Maddie zwang sich dazu, seinem starren Blick zu begegnen. »Vermutlich unterstützen Sie diese Familien bei der Suche, oder, Señor?«

Er nickte, aber sein Schweigen verriet Maddie, daß er das Thema nicht weiter vertiefen wollte.

»Und Sie, Mademoiselle D'Arqueville?« erkundigte sich Maddie. »Warum reisen Sie nach Brasilien?«

»Ich besuche Verwandte in Manaus«, erwiderte sie. »Señor Calistro hat sich netterweise bereit erklärt, mich zu begleiten.«

Sie sah Nile an. »Eine Frau, die alleine reist, beschwört Gefahren doch geradezu herauf, meinen Sie nicht auch, Monsieur Marcus?«

Maddie war versucht der Französin zu widersprechen, indem sie sich selbst als bestes Beispiel für das Gegenteil hinstellte, ließ es aber dann doch lieber sein — irgendwie glaubte sie, daß so etwas bei Mademoiselle D'Arqueville schiere Verschwendung wäre.

Wie Maddie es erwartet hatte, sagte Nile: »*Oui, Mademoiselle.*«

Señor Calistro blinzelte und fragte Maddie: »Und was ist mit Ihnen, Mademoiselle Dare? Warum reisen Sie nach Brasilien?«

Als sie ihm den Grund erläuterte, sah Señor Calistro sie zunächst nur an. Dann lächelte er, wobei er spitze Zähne zeigte.

»Sie sind sehr tapfer, Mademoiselle, und wagen eine sehr gefährliche Reise. Den Frauen in meiner Heimat wäre das nicht gestattet.«

»Aber sie ist nicht allein«, meinte Nile. »Ich bin ihr Führer . . . und ihr Beschützer.«

Unter anderen Umständen wäre Maddie bei dem Wort ›Beschützer‹ aufgefahren, doch hier spürte sie eine unausgesprochene Spannung zwischen den beiden Männern und hielt deshalb ihren Mund.

Als Calistro den Blick senkte und wieder anfing zu essen, wußte Maddie, daß Nile diese wortlose Auseinandersetzung gewonnen hatte. Sie seufzte innerlich erleichtert auf und wandte sich auch wieder ihrem Essen zu.

Nile plauderte weiter mit Mademoiselle D'Arqueville und dem Kapitän, aber seine Gedanken waren bei Maddie.

Diese verdammte Neugier, dachte er. Hat sie denn noch nicht gemerkt, was für ein Mann Calistro ist, und aus welchem Grund diese Frauen bei ihm sind? Ich hoffe, sie ist nicht dumm genug, den Versuch zu wagen, einzugreifen.

Falls sie das tat, mußte er sie aufhalten, ehe sie ihrer beider Leben aufs Spiel setzen würde.

Nach dem Essen zog sich Maddie in ihre Kabine zurück, und Nile sah sie für einige Zeit nicht mehr.

Erst Stunden später erblickte er sie auf Deck, wo sie an der Reling lehnte und völlig in dem Anblick des Sonnenuntergangs versank.

Sie trug keinen Hut, und die warmen Sonnenstrahlen verwandelten ihre blonden Haare in flüssiges Gold. Die kühle Brise hatte ein paar Locken gelöst, die liebkosend um ihr Gesicht flirrten. Nile schoß durch den Kopf, daß ihr Profil vor dem Schein der untergehenden Sonne fast wie ein Engel aussah.

Maddie sah ihn an, als er sich zu ihr gesellte.

»Das ist wunderschön, nicht wahr?« meinte sie, während sie auf das Meer hinausblickte. »Ich habe noch nie einen solchen Sonnenuntergang gesehen.«

Nile folgte ihrem Blick und betrachtete die untergehende Sonne, die inzwischen als rotglühender Ball den Horizont in allen Schattierungen von rot und purpur tauchte.

Die friedliche Szene beruhigte ihn, und einen Augenblick lang vergaß er sogar, warum er eigentlich wütend auf Maddie war.

Er sagte: »Warten Sie, bis wir am Amazonas sind. Am Tag sieht man dort nur eine undurchdringliche Dschungelwand, aber wenn die Sonne untergeht . . .« Plötzlich versagte ihm die Stimme, dann zuckte er mit den Schultern.

Maddie strich sich eine Locke zurück. »Weiter. Erzählen Sie mir, wie es ist.«

Zuerst glaubte er, sie wolle ihn zum Narren halten, aber als er in ihr Gesicht blickte, stand darin nur ernsthaftes Interesse.

»Die ersterbenden Strahlen der Sonne scheinen direkt in den Dschungel. Man kann plötzlich erkennen, welche Bäume dort stehen — Mahagoni, Rosenholz, Feigen, Kakaobäume. Und das Laubwerk — ich habe in meinem Leben noch nie so viele verschiedene Grautöne gesehen.«

»Na, Mr. Marcus«, murmelte Maddie mit einem nekkenden Glitzern in den Augen, »ich glaube unter der rauhen Schale des Abenteurers schlummert ein Poet.«

Er zuckte die Achseln. »Ich habe nie viel für Poesie oder Bücher übrig gehabt. Ich kenne nur das, was ich sehe, und Sie haben mich gebeten, es zu beschreiben, das ist alles.«

»Sie haben Ihre Eindrücke hervorragend wiedergegeben. Haben Sie je daran gedacht, sie aufzuschreiben und selbst Zeitungsreporter zu werden?«

»Das wäre nicht das Meine. Die ganze Zeit im Leben anderer Menschen herumzuschnüffeln, sich in etwas hineindrängen, wo man nicht erwüscht ist ... das hört sich nicht nach einer Arbeit an, auf die ein Mann — oder eine Frau — stolz sein kann.«

Maddie fuhr herum, und in ihren Augen brannte eine solche Wut, daß Nile versucht war, außer Reichweite zu kommen. Aber sie lächelte nur und schnurrte: »Und ich vermute, daß Blumen pflücken eine Arbeit ist, auf die ein Mann stolz sein kann, ja? Das hört sich wie eine Tätigkeit an, die ... sonst nur ein Dandy tut.«

Niles Wangen röteten sich, und er sehnte sich danach, seine Finger um ihren schlanken Hals zu legen. »Ja, Hölle und Teufel! Ein Dandy soll ich sein?« Er kam so nahe, daß sich ihre Nasen fast berührten. »Ihr Leben könnte von diesem *Dandy* abhängen, Miss Dare, und Sie täten besser daran, den Mund zu halten.«

Zu seiner Verblüffung unterdrückte sie ein Kichern. »Du meine Güte, sind wir empfindlich.« Sie schüttelte den Kopf. »Und was das Mund halten angeht ... Sie sollten eigentlich inzwischen wissen, daß ich das nie tue, Mr. Marcus.«

Aber beim Mittagessen hatte sie es bei Señor Calistro getan. Niles Wut verschwand, als er sich fragte, warum.

Maddie schauderte zusammen. »Also, es war wirklich schön, mit Ihnen ein Streitgespräch zu führen, aber der

Abend ist kühl, und ich werde wohl besser in meine Kabine gehen. Gute Nacht.«

Als sie gehen wollte, legte Nile ihr die Hand auf den Arm. Sie blieb stehen und sah ihn überrascht an.

»Ja?«

»Heute beim Mittagessen haben Sie nicht widersprochen, als ich Calistro sagte, ich wäre Ihr Beschützer.«

»Ja und?«

»Ach, kommen Sie, tun Sie doch nicht so unschuldig. Eine wortgewandte, selbständige Frau wie Sie würde nie ruhig sitzenbleiben, wenn ein Mann sich zu Ihrem Beschützer erklärt. Doch Sie taten es. Ich möchte gern wissen, warum.«

Zu seiner Überraschung tat sie seine Frage nicht mit einer ausweichenden Antwort ab. Ruhig erwiderte sie: »Ich bin keine Närrin, Mr. Marcus. Irgend etwas an Señor Calistro verursacht mir eine Gänsehaut. Ich weiß, daß es in meinem ureigenen Interesse liegt, ihn glauben zu lassen, daß Sie mein Beschützer sind. Deshalb habe ich Ihrer Behauptung nicht widersprochen.«

»Sehr weise.«

Ein schwaches Lächeln kräuselte ihre Lippen. »Das dachte ich auch.« Dann wünschte sie ihm noch einmal eine gute Nacht und ging zu ihrer Kabine.

Am nächsten Morgen stand Maddie an Deck und beobachtete Señor Calistro und seine Begleiterinnen.

Die Art, wie er sie stets unter Aufsicht hielt, erinnerte Maddie durchaus nicht an einen Schäfer, der seine Herde bewacht — dieser Vergleich war entschieden zu freundlich —, sondern an jemanden, der Vieh zum Schlachter führt.

Maddie drehte unentschlossen ihren Sonnenschirm. Sollte sie zum Kapitän gehen und ihm von ihrem Verdacht berichten, oder sollte sie einfach den Mund halten und die Frauen ihrem Schicksal überlassen?

Noch ehe sie entschieden hatte, was sie tun sollte, trat Nile aus seiner Kabine und kam zu ihr.

»Guten Morgen«, sagte er. »Sie haben in der letzten Nacht doch bestimmt gut geschlafen, nicht wahr?«

»Guten Morgen. Ich habe in der Tat sehr gut geschlafen, danke.«

Er schaute sich auf dem Deck um. »Ich sehe, daß unsere Mitpassagiere gerade ihren morgendlichen Rundgang machen.«

»Richtig. Ich habe versucht mit Mademoiselle D'Arqueville allein zu sprechen, aber Señor Calistro meinte, es wäre unhöflich die anderen Frauen auszuschließen.« Sie sah Nile direkt an. »Ich fand das höchst seltsam.«

Nile zuckte die Schultern. »Calistro ist übermäßig besorgt um seine Schutzbefohlenen.«

»Das glaube ich wiederum ganz und gar nicht.«

»Ach ja? Und was glauben Sie? Sie werden es mir doch bestimmt sagen, oder?«

Maddie sah ihn aufgebracht an. »Ich glaube, es sind Prostituierte.«

Nile zuckte mit keiner Wimper. »Sehr scharfsinnig geschlossen.«

Maddie seufzte. »Ach, du liebe Güte. Genau das hatte ich befürchtet.«

Nile legte die Hände auf die Reling und blickte aufs Meer. »Was haben Sie denn erwartet?« fragte er mit tiefer Stimme, in der Verärgerung mitschwang. »Als Sie mir damals vorschlugen, Sie zum Amazonas zu begleiten, habe ich Ihnen doch erzählt, wie es in Manaus zugeht.«

»Ich glaube, Sie sagten ›verdorben‹ Und redeten von der ›dekadentesten Stadt der Welt‹.«

»Richtig. Also gewöhnen Sie sich besser daran, vieles zu sehen, das Ihre weibliche Empfindsamkeit beleidigt.« Er funkelte sie an. »Und stecken Sie Ihre Nase nicht in die Angelegenheiten anderer Leute, sonst bringen Sie unser beider Leben in Gefahr.«

»Sie brauchen sich keine Sorgen zu machen«, erwiderte sie kühl. »Ich bin hier, um Ben zu finden — nicht, um die Bordelle Brasiliens aufzulösen.«

»Daran sollten Sie sich auch halten, sonst setze ich Sie auf das nächste Schiff nach England, und die Expedition ist abgeblasen, so wahr mir Gott helfe.«

Maddie sagte einen Augenblick lang nichts und beobachtete, wie Señor Calistro die Frauen zurück in ihre Kabinen scheuchte.

Als Niles Verärgerung schließlich nachließ, meinte sie: »Ich würde nur eines gern wissen.«

Nile sah sie schräg an. »Was ist nun schon wieder?«

»Ist Calistro so eine Art Zuhälter?«

Er nickte bedächtig. »Aber ein ganz kleiner Fisch. Er reist regelmäßig nach Europa, um außergewöhnliche Frauen für Männer zu finden, die sich das Beste leisten können.«

»Faszinierend.«

Niles goldene Augen funkelten spitzbübisch. »Nehmen wir nur einmal Mademoiselle D'Arqueville. Sie ist nicht nur schön, sondern ich vermute auch, daß sie weiß, wie man einen Mann heiß macht.«

Maddie wußte, daß er absichtlich versuchte, sie mit seiner ungeschminkten Ausdrucksweise in Verlegenheit zu bringen, aber sie wollte ihm nicht die Genugtuung bereiten, aus der Fassung zu geraten. Sie hob die Brauen und entgegnete kühl: »Das schätze ich auch.«

Er versuchte es noch einmal. »Irgendein Gummibaron wird sie zu seiner Geliebten machen und ihr einen großen *Palácio* in Manaus einrichten.«

»Das wird er bestimmt. Zumindest so lange bis er ihrer müde wird und sich eine sucht, die schöner und ... passender ist. Und was wird aus den Zwillingen und Zosia?«

»Polnische Geliebte erzielen wegen ihrer hellen Haut und den blonden Haaren bei den dunkelhäutigen Spaniern den höchsten Preis. Und was die Zwillinge angeht

— ich vermute, sie werden an einen Mann gehen, der besondere Vorlieben hat.«

Seine nüchternen Bemerkungen waren zuviel für Maddie, und sie ging wütend auf ihn los. »Wie können Sie nur so kalt und gefühllos daherreden? Es sind doch fast noch Kinder! Kümmert es Sie denn gar nicht, was mit ihnen geschieht?«

»Natürlich kümmert es mich«, erwiderte Nile. »Für was für ein Monster halten Sie mich eigentlich?«

Maddie spürte, daß sie rot anlief. »Ich ... ich habe nicht behauptet, Sie wären ein Monster.«

»Halten Sie mir das zugute — ich würde nichts lieber tun, als Calistro den Hals mit bloßen Händen zu brechen und ihn den Haien zum Fraß vorzuwerfen. Aber dann würde man mich nur verhaften und in einem brasilianischen Gefängnis verschimmeln lassen. Diese Frauen sind freiwillig bei Calistro. Erinnern Sie sich doch bitte daran, ehe sie losstürmen, um sie zu retten.«

Maddie holte ein paarmal tief Luft, um sich zu beruhigen, und gab dann zu: »Sie haben natürlich recht.«

»Wenn ich hier draußen eins gelernt habe, dann ist es, sich um seine eigenen Angelegenheiten zu kümmern. Und ich schlage vor, Sie tun das auch. Haben Sie verstanden?«

»Vollkommen«, entgegnete Maddie, obwohl sie innerlich schäumte.

»Gut. Dann verstehen wir einander ja.« Nile bot ihr den Arm. »Kommen Sie, gehen wir frühstücken.«

Als Maddie später an diesem Morgen wieder in ihrer Kabine war, ließ sie der Gedanke an die anderen Frauen nicht los.

Als Journalistin hatte sie Aspekte des Lebens kennengelernt, die den meisten Menschen verschlossen blieben — eine dumpfe Unterwelt, in der jedes unaussprechliche Verbrechen mit Genuß von jenen begangen wurde, die es in der Öffentlichkeit verurteilten. Obwohl sie nicht dagegen zu Felde zog, war Maddie immer wieder entsetzt über die Nachtseiten der menschlichen Natur und die Heuchelei der Männer.

Sie versuchte einen Artikel für Sam über Calistro und die Frauen zu schreiben, aber ihr fiel nichts ein. Sie ließ frustriert ihren Stift sinken und ging unruhig durch die winzige Kabine.

Was kann ich nur machen, fragte sie sich. Soll ich mit den Frauen reden und versuchen, sie davon zu überzeugen, nach Europa zurückzukehren? Vielleicht hören sie mir noch nicht einmal zu. Sie haben selbst entschieden, welchen Weg sie gehen wollen.

»Nile hat recht«, murmelte sie. »Ich sollte mich um meine Angelegenheit kümmern und mich darauf konzentrieren, Ben zu finden.«

Dann legte sie das Papier weg und versuchte, es zu vergessen, aber ein paar Abende später geschah etwas, das sie so schnell nicht vergessen konnte.

In der stickigen Kabine konnte Maddie spüren, wie ihre Haut feucht vor Schweiß war.

»Was würde ich jetzt für einen kühlen englischen Regen geben«, murmelte sie, während sie sich wohl zum hundertsten Mal den Schweiß von der Stirn wischte. »Aber Nile darf das nicht hören.«

Maddie wollte gerade ihre Kabine verlassen, um sich an der hoffentlich kühlen Nachtluft zu erfrischen, als laute Stimmen aus der Kabine nebenan sie innehalten ließen.

Sie lauschte. Zuerst kam eine tiefe, unverständliche Stimme. Ihr folgte die laute, hysterische Stimme einer Frau in schnellem, atemlosen Französisch.

»Nein, das ist nicht wahr! Sie sagten, wir würden Gouvernanten sein.«

Maddie stand stocksteif da und wagte nicht zu atmen. Die tiefe Stimme sagte wieder etwas, worauf herzzerbrechendes Schluchzen ertönte.

Maddie reckte sich, rannte aus ihrer Kabine und klopfte an die Tür der Kabine nebenan.

»Ist alles in Ordnung, Zosia?« rief sie.

Die Tür ging auf, Calistro stand vor ihr, und Maddie wich erschreckt zurück.

»Ich hörte Schluchzen«, sagte Maddie und versuchte an dem Mann vorbei in die Kabine zu blicken.

Calistro trat geschmeidig vor und schloß hinter sich die Tür. »Ein simples Mißverständnis, Mademoiselle Dare. Ich schlage vor, Sie gehen in Ihre Kabine zurück.«

»Die Frau ist erregt. Ich würde gern zu ihr gehen.«

»Das wird nicht nötig sein.«

Maddies Wangen röteten sich vor Ärger. »Señor Calistro, wenn Sie jetzt nicht sofort die Kabinentür öffnen, werde ich . . .«

»Mischen Sie sich nicht ein, *Mademoiselle.* Falls Sie es doch tun, wird nicht einmal Ihr tapferer Beschützer in der Lage sein, Sie zu retten.«

Calistro sprach leise, ohne die Stimme zu heben, aber sein Ton war so gefährlich, daß Maddie sich die Haare sträubten. Sie zweifelte nicht eine Sekunde daran, daß dieser böse kleine Mann die Kraft hatte, eine solche Drohung auszuführen.

Ohne ein Wort zu sagen, drehte Maddie sich auf dem Absatz um und ging wieder in ihre Kabine, wo sie zitternd stehenblieb. Im Laufe ihrer beruflichen Karriere war sie schon oft bedroht worden, und sie hatte sich diesen Drohungen immer unbeirrt gestellt. Aber diesmal hatte selbst sie Angst.

Sie hörte, daß das Schluchzen aufgehört hatte.

Eine Stunde später beschloß Maddie, vor dem zu Bett gehen noch etwas über Deck zu schlendern.

Als sie ihre Kabine verließ, blickte sie sich um und war erleichtert, als sie merkte, daß Calistro nirgendwo zu sehen und sie allein war.

Maddie atmete tief die frische Seeluft ein, genoß die Kühle auf ihrer feuchten Haut und beruhigte sich.

Plötzlich hörte Maddie eine Tür aufgehen und leichte Schritte über das Deck eilen. Sie drehte sich gerade rechtzeitig um, um Zosia die Hände auf die Reling legen zu sehen. Zosia zögerte kurz, und gerade als Maddie sie begrüßen wollte, schwang sie sich auf die Reling.

Eine endlose Sekunde lang konnte Maddie sie nur entsetzt anstarren. Dann fand sie ihre Stimme wieder. »Zosia!« schrie sie und lief hin, um sie aufzuhalten.

Aber nichts konnte die Frau von ihrer Absicht abbringen. Mit einem Schwung stieß Zosia sich ab und verschwand mit einem gellenden Schrei in der Tiefe. Die erschrockene Maddie konnte nur noch ins Leere greifen.

Sie beugte sich über die Reling und beobachtete entsetzt, wie Zosia mit ausgestreckten Armen, Kopf voran herunterstürzte und geräuschvoll auf das Wasser aufschlug. Sofort wurde sie von den gierigen Wogen verschlungen, als wollten sie das Opfer annehmen.

Maddie wartete nicht, bis Zosia wieder an die Oberfläche kam. »Mann über Bord!« brüllte sie und hämmerte gegen die Kabinentüren, während sie zur Brücke hastete, um Hilfe zu holen.

Eine Tür ging auf, und Maddies rasender Lauf wurde von einer Männerbrust gestoppt, die so hart wie eine Mauer war. Kräftige Hände packten ihre Arme, und sie starrte in Nile Marcus verschlafenes, mürrisches Gesicht.

»Was ist los?« fauchte er.

»Zosia ist gerade über Bord gesprungen. Sie ... sie hat sich umgebracht.«

Nile riß entsetzt die Augen auf. Dann murmelte er: »Verdammt!«

Maddie versuchte sich loszureißen, aber er hielt sie fest. »Alarmieren Sie den Kapitän. Wir müssen ihr helfen.«

Irgend jemand mußte bereits Alarm geschlagen haben,

denn die Alarmglocke läutete, und plötzlich war das Deck hell erleuchtet. Seeleute riefen laut Befehle auf Portugiesisch und eilten hin und her, während sie ein Rettungsboot zu Wasser ließen, um Zosia zu suchen. Maddie rannte gefolgt von Nile an die Reling und hielt verzweifelt nach der Frau Ausschau.

Nichts regte sich auf der ruhigen Oberfläche.

Maddie umklammerte verzweifelt die Reling. Ihr war kaum bewußt, daß Nile neben ihr stand und dem Kapitän knappe Befehle erteilte. Sie hatte die Situation immer noch vor Augen, wie die Frau haltlos in die gnadenlose See stürzte, und ihr dünner, schriller Schrei hallte noch immer in Maddies Kopf.

Sie merkte erst, daß man sie angesprochen hatte, als Hände ihre Schultern umfaßten und sie sanft von der Reling wegzogen. Wieder stand sie vor Nile, aber diesmal war sein Gesicht freundlich und mitfühlend. Da erst bemerkte sie, daß er kein Hemd trug. Unter der Haut spielten die Muskeln seiner Schultern und Arme bei jeder Bewegung. Aber sie war immer noch so schockiert, daß der Anblick eines halbnackten Mannes sie gar nicht aufregte.

»Sie werden nach ihr suchen«, erklärte er, während seine Hände fest und beruhigend auf ihren Schultern ruhten, »aber ihre Chancen zu überleben, stehen . . .« Er schüttelte den Kopf.

Maddie schluckte schwer und kämpfte gegen hilfloses Weinen an. »Ich sah sie. Sie ist gesprungen. Sie hat sich einfach über die Reling geschwungen und ist *absichtlich* gesprungen.«

Sie schauderte zusammen, als sie endlich mit weichen Knien dem Schock nachgab.

»Vorsicht«, warnte Nile sie und zog sie an sich, als sie beinah stürzte.

Maddie erstarrte und wollte sich von ihm lösen, aber da hatte er seinen linken Arm bereits um ihre Taille geschlungen und hielt sie fest, während seine rechte Hand ihren Kopf an seine Schulter legte und dann auf ihrem Rücken ruhte.

»Wehr dich nicht gegen mich, Maddie«, flüsterte er mit der Wange an ihrem Haar. »Diesmal nicht.«

Sie schloß die Augen und ließ sich mit einem ergebenen Seufzen von dem Trost, den er ihr bot, einhüllen. Sie schlang ihre Arme um seine Taille und drückte sich eng an ihn wie ein Kind an sein Lieblingsspielzeug nach einem Alptraum. Mit einer Wange an seiner nackten Schulter holte sie tief und zitternd Luft, um sich zu beruhigen und sog den warmen, würzigen Duft von Niles Haut ein. Als ihre Kräfte wiederkehrten und die Benommenheit schwand, regte sie sich wieder.

»Besser?« murmelte Nile an ihrem Haar.

Maddie nickte, machte aber keinen Versuch, sich aus seiner Umarmung zu lösen, denn sie wußte, daß sie sich ohne seine Kraft beraubt vorkommen würde.

Nile ließ sie los und zog sich sanft von ihr zurück. Und ein bißchen widerstrebend, dachte Maddie verwundert.

Einen Augenblick lang glaubte sie, er würde sie küssen wie damals im Club der Forscher, aber er machte keine Anstalten dazu.

»Bist du wieder in Ordnung?« fragte er mit einem undeutbaren Ausdruck in den Augen.

Sie nickte, etwas verblüfft über seine Freundlichkeit. Diese Seite an Nile Marcus kannte sie noch nicht — diesen sanften, mitfühlenden Mann, der nicht nur zu befehlen, sondern auch zu trösten verstand. »Mir geht es gut, danke.«

»Warum gehst du nicht wieder in deine Kabine und versuchst noch etwas zu schlafen?« sagte Nile. »Ich bin mir sicher, der Kapitän wird dir Bescheid sagen, wenn — falls — man sie findet.«

Maddie war nicht nach Ausruhen zumute. Der erste Schock war überwunden, und jetzt war sie nur noch Journalistin, die Antworten auf ihre Fragen haben wollte.

Aber sie brauchte Zeit, um nachzudenken, und deshalb folgte sie Niles Vorschlag. Er legte die Hand unter ihren Ellbogen und führte sie über das Deck.

Dabei kamen sie an den anderen Frauen und ihrem Beschützer vorbei. Das Gesicht von Mademoiselle D'Arqueville war unbeteiligt, während die Zwillinge sich verwirrt aneinanderdrückten.

Maddie wurde wütend, als sie Calistros gleichgültigem Blick begegnete.

Sie war sicher, daß er für Zosias Selbstmord verantwortlich war, und sie würde dafür sorgen, daß er dafür bezahlte.

Nile blieb stehen, um den Frauen ein paar tröstende Worte zu sagen, aber Maddie ging weiter. In ihrer Kabine angekommen, schloß sie die Tür hinter sich und wartete auf Nachrichten über Zosia.

4

»Du kannst gar nichts tun«, sagte Nile zu Maddie, als sie am nächsten Tag zusammen an Deck standen.

Er beobachtete, daß Maddie die Reling so umklammerte, daß ihre Fingerknöchel weiß wurden. Als sie zu ihm aufblickte, konnte er die Wut in ihren Augen wie eine kalte blaue Flamme leuchten sehen.

»Das hat der Kapitän gestern abend vollkommen klargestellt«, knurrte sie und schlug mit der Handfläche auf die Reling. »Dabei habe ich ihm gesagt, daß Calistro der Verantwortliche ist. Ich könnte wetten, daß er Zosia die Wahrheit erst gestern abend gesagt hat.«

Nile seufzte und erinnerte sich an die emotionsgeladene Szene in der Kabine des Kapitäns. Trotz aller Warnungen Niles sich herauszuhalten, hatte Maddie den eisigen Señor Calistro beschuldigt, die Frauen unter falschen

Vorspiegelungen nach Südamerika zu locken, um sie zu Huren und nicht — wie versprochen — zu Gouvernanten zu machen. Als Zosia die Wahrheit erfahren hatte, hatte sie beschlossen, sich lieber das Leben zu nehmen, als diese unerträgliche Schande zu erdulden.

Maddie machte den schockierten, beleidigten Tonfall des Kapitäns nach: »Aber nein, Señorita Maddie, Sie irren sich. Ich kenne Señor Calistro seit Jahren. Er ist ein ehrenwerter Mann. Er würde so etwas nie tun.«

Sie schaute Nile an. »Ich frage mich, wieviel Calistro dem Kapitän wohl bezahlt hat, damit er taube Ohren für meine Anschuldigungen hat?«

»Wahrscheinlich eine ganze Menge«, erwiderte Nile. »Bestechung gehört hier einfach dazu. Du kannst nicht dagegen ankämpfen, daran gewöhnst du dich besser.«

Maddie grollte: »Vielleicht werden mir ja die Behörden in Paris glauben.«

»Du hast vor, das der Polizei zu melden?«

»Natürlich! Wegen Calistro ist eine Frau gestorben, und ich will, daß er seine Strafe bekommt!«

Nile versuchte ruhig zu bleiben. Gegen alle Hoffnung glaubte er, daß sie es vielleicht noch einmal überdenken würde.

»Und was würdest du damit deiner Meinung nach erreichen?«

»Gerechtigkeit!« fauchte sie.

Nile drehte sich lässig zu ihr um. »Hast du die Absicht, die Suche nach Ben Thomas abzublasen?«

»Natürlich nicht.«

»Ich möchte dich nur warnen — Calistro seiner gerechten Strafe zuzuführen, könnte Monate dauern.«

»Bestimmt nicht.«

»Aber ja. Erstens — welchen Beweis hast du dafür, daß Calistro für Zosias Tod verantwortlich ist? Hat er sie gestoßen? Nein. Er war noch nicht einmal an Deck, als es passierte, und deshalb steht sein Wort gegen deins. Außerdem besitzt Calistro einflußreiche Freunde — zweifellos frühere Kunden. Und wenn es hart auf hart geht wird Mademoiselle D'Arqueville bestimmt schwören, daß alle Frauen vor ihrer Abreise aus Europa genau wußten, warum sie nach Südamerika reisten.«

Maddie machte ein langes Gesicht und starrte auf das Meer.

Nile kannte kein Erbarmen. »Du hast keine Chance. Die Behörden in Paris hätten keinen Grund, Calistro zu verhaften, und du würdest nur kostbare Zeit verlieren.«

Sie schwieg lange, und Nile konnte förmlich hören, wie sie über seine Worte nachgrübelte und mit der Wahrheit rang. Schließlich seufzte sie ergeben.

»Du hast natürlich recht.«

»Wenn es um das Amazonasgebiet geht, ja. Du hast mich wegen meiner Kenntnisse angeheuert, und die gebe ich an dich weiter. Das mindeste, was du tun kannst, ist auf meinen Rat hören.«

»Es ist einfach nur deshalb, weil ich Ungerechtigkeit hasse. Wenn ich so etwas sehe, fühle ich mich verpflichtet, etwas dagegen zu tun.«

Er blickte in ihre bekümmerten Augen und bekam Schuldgefühle, weil er so rauh mit ihr umgesprungen war.

»Das ist eine bewundernswerte Eigenschaft«, meinte er sanft, »aber du mußt sie unterdrücken, während wir hier sind. Du wirst bald in Brasilien sein, nicht in England. Und dort könnte man unfreundlich auf deine Einmischung reagieren.«

»Du brauchst dir keine Sorgen zu machen«, sagte sie. »Ich bin hier, um Ben zu suchen, und das wird bei mir immer Vorrang haben.«

»Gut. Dann verstehen wir einander also.«

»Vollkommen.«

Sie blickte wieder aufs Meer hinaus, aber ihre zögernden Blicke verrieten Nile, daß sie noch etwas sagen wollte.

Er seufzte theatralisch. »Spuck es aus, ehe du explodierst.«

Sie sah ihn verlegen an. »Du warst gestern nacht, als ich so ... so erregt war, sehr lieb zu mir«, murmelte sie. »Ich wollte dir nur sagen, wie sehr ich das zu schätzen weiß.«

Er konnte ihr nicht sagen, daß er sie in die Arme genommen hatte, weil der Ausdruck in ihren Augen ihn sehr berührt hatte. Vielleicht war es die Verzweiflung gewesen oder ihre Verletzlichkeit. Vielleicht hatte er aber einfach nur jemanden festhalten müssen.

Aber er tat ihren Dank statt dessen mit einem barschen »Du wärst doch sonst zusammengeklappt!« ab.

»Trotzdem möchte ich dir danken.«

Sie schwiegen verlegen, und jeder hing seinen Gedanken nach.

Einen kurzen Augenblick später meinte Maddie zu ihm: »Darf ich dich fragen, wie lange du eigentlich im Amazonasgebiet gelebt hast?«

Nile war in guter Stimmung und erwiderte: »Vierzehn Jahre. Seit meinem sechzehnten Lebensjahr.«

»Und warum hast du dich dort niedergelassen? Die Welt ist groß und es gibt viele Orte, wo ein Mann sein Glück machen kann. Australien ... China ... Afrika.«

Nile zuckte die Achseln. Was sollte er ihr antworten, wo er doch selbst die Antwort nicht kannte? Aber er versuchte es immerhin. »Vermutlich, weil es für mich so ganz anders als England war. Exotisch eben.«

»Und wie hast du dir den Lebensunterhalt verdient?«

»Mit allem und jedem. Ich habe gearbeitet. Auch auf einer *Fazenda* ...«

»Eine *Fazenda?* Was ist das denn?«

»Eine Ranch. Ich habe dort eine Zeitlang gearbeitet, und als es mir langweilig wurde, Rinder zu hüten, bin ich zu einer Reederei gegangen.«

Maddie sah ihn neugierig an. »In einer Reederei hast

du offenbar nichts über den Dschungel oder das Orchideensammeln lernen können.«

»Nein, das habe ich einem Mann namens Providence Brown zu verdanken.«

»Providence klingt so puritanisch. Ist das sein richtiger Name?«

Nile lächelte und schüttelte den Kopf. »Er ist Amerikaner und stammt aus dem Ort Providence in Rhode Island. Irgendjemand hat ihn einmal so genannt, und der Name blieb hängen. Wenn ich so darüber nachdenke, dann hat er mir nie seinen wirklichen Namen gesagt. Er lebt zusammen mit seiner Geliebten direkt am Fluß. Provy hat mir alles, was ich weiß über das Überleben am Amazonas beigebracht.«

»Du sprichst mit großer Zuneigung von ihm und mußt ihn sehr schätzen.«

»Das tue ich auch«, gestand Nile. »Er war wie ein Vater zu mir.«

Er bedauerte sofort, daß er so viel über sich preisgegeben hatte — besonders als er Interesse in Maddies Augen aufblitzen sah.

Er sagte: »Ich rechne damit, daß Provy uns helfen wird, Thomas zu finden. Wenn der Mann noch lebt, wird Provy es wissen.«

»Er scheint ein interessanter Mann zu sein«, meinte Maddie. »Ich freue mich darauf, ihn kennenzulernen. Vielleicht werde ich sogar einen Artikel über ihn schreiben.«

Nile wandte sich zum Gehen. Er hatte Maddie Dare für einen Morgen genug erzählt. »Wir müßten die Mündung des Amazonas in etwa einer Stunde erreichen.« Er gähnte. »Ich habe gestern nacht dank dir verdammt wenig geschlafen — wenn du mich also entschuldigen würdest ...«

Er tippte kurz an seine Hutkrempe und schlenderte davon.

Maddie sah ihm nach, bis er in seiner Kabine verschwand und schaute dann aufs Meer hinaus. Nile hatte sie überrascht. Maddie hatte nicht erwartet, daß er ihr von seiner Vergangenheit erzählen würde, denn er hatte ihre persönlichen Fragen so erbost abgewehrt. Trotzdem hatte er ihr gerade von seinen ersten Jahren in Brasilien und seiner Freundschaft mit diesem Providence Brown erzählt. Wie hatte Nile doch noch gesagt: »Er war wie ein Vater zu mir.« Ein weiteres Teil des Puzzles, das sich Nile Marcus nannte, war enthüllt worden.

Erschöpft von der drückenden Hitze ging Maddie in ihre Kabine, um ein Nickerchen zu machen.

Eine Stunde später weckte Nile sie, um ihr mitzuteilen, daß sich das Schiff der Mündung des Amazonas näherte. Als sie mit Nile an Deck stand und dem grandiosen Kampf des Süßwassers mit dem Salzwasser zusah, spürte Maddie die Erregung, die sie immer fühlte, wenn sie kurz vor einem großen Abenteuer stand. Dann informierte Nile sie, daß sie die *Esperança* verlassen würden, nachdem sie in Pará achtzig Meilen flußaufwärts angelegt hatten.

Dort würden sie sich ein paar Tage aufhalten, damit Nile Vorräte einkaufen konnte, und danach auf einem brasilianischen Dampfschiff nach Manaus fahren.

Sie würden Señor Calistro nie wiedersehen, was Maddie sehr recht war.

Zwei Tage später stand Maddie auf dem Kai in Pará und sah sich das Dampfschiff an.

»Die *Rio Madeira*«, sagte Nile. »Jetzt wirst du wie die Brasilianer auf dem Amazonas reisen. Denk doch einmal, wie authentisch deine Artikel für den *Clarion* jetzt werden.«

Maddie ging nicht auf den neckenden Unterton in seiner Stimme ein und fuhr fort, das Schiff zu mustern. Es war größer, als Maddie erwartet hatte, und bestand aus drei Decks, von denen jedes von einer Reling umgeben war, was dem Schiff das Aussehen eines Vogelkäfigs verlieh.

»Es sieht sehr offen aus«, bemerkte sie. »Ich sehe nur wenige Kabinen.«

»Es gibt auch nicht viele«, erwiderte er. »Die meisten Passagiere schlafen in Hängematten auf den Decks. Dort ist es auch viel kühler.«

»Das wird sicher eine ganz neue Erfahrung für mich sein«, sagte sie unbekümmert.

»Ach, dich braucht das nicht zu kümmern. Da wir dank der Großzügigkeit des *Clarion* erster Klasse auf dem Oberdeck reisen, werden wir Kabinen haben. Ich darf hinzufügen, daß sie ziemlich luxuriös sind — mit Kojen, Duschen und Toiletten mit Wasserspülung.« Er grinste verschmitzt. »Man könnte denken, daß man auf einem Luxusdampfer ist.«

Maddie hob die Brauen. »Irgendwie bezweifle ich das.«

»Falls dir das nicht gefällt, dann kannst du immer noch ein Schiff zurück nach England nehmen.«

»Da muß ich dich leider enttäuschen — so leicht wirst du mich nicht los. Du wirst für dein Gehalt arbeiten müssen.«

»Wir werden sehen«, sagte er geheimnisvoll. »Unsere Reise hat ja erst begonnen.« Dann sah Nile sich um und fügte hinzu: »Wir gehen jetzt besser an Bord, ehe die Passagiere zweiter Klasse eintreffen.«

»Vermutlich sind das Einheimische«, sagte Maddie, während sie zur Gangway gingen.

Nile schüttelte den Kopf. »Es sind meist Einwanderer aus Spanien, die auf den Kautschukplantagen arbeiten wollen. Arme Teufel. Sie wissen nicht, welches Schicksal sie erwartet.«

»Gibt es nicht genug Brasilianer für diese Arbeit?«

»Es gibt nie genug«, entgegnete er, »und ich kann ihnen das nicht verdenken.« Seine goldbraunen Augen sahen Maddie eindringlich an. »Es ist ein hartes Leben. Würdest du gern mitten im Dschungel — meilenweit von jeder Zivilisation entfernt — in einer dürftigen Umgebung leben, Kautschukbäume schröpfen und deine Seele dem Patron verkaufen? Ich glaube nicht.«

Noch ehe Maddie etwas erwidern konnte, wurden Nile und sie vom Kapitän begrüßt und zu ihren Kabinen geführt, die wirklich luxuriös waren.

Als sie wieder an Deck waren, machte Maddie sich mit ihren Reisegefährten bekannt.

Ein paar Tage später hatte es sich Nile nach einem guten Essen in einem Sessel bequem gemacht, trank ein Glas Champagner und hörte Maddie zu, die sich gerade mit ihren Tischnachbarn unterhielt, als würde man sich ein Leben lang kennen.

Während er schweigend danebensaß, konnte Nile nicht umhin, ihren Mut zu bewundern. Sie ging dieses Unternehmen mit der Neugier und der Begeisterung eines Kindes an und stellte so viele Fragen, daß Nile zuweilen das Verlangen hatte, ihr den Mund zu stopfen. Sie verschwand täglich für ein paar Stunden in ihrer Kabine, um ihre Artikel zu schreiben, und war dann kurz darauf wieder an seiner Seite.

Wenn der Amazonas mich nicht umbringt, dachte Nile griesgrämig, dann machen mir bestimmt Maddie Dares Fragen den Garaus.

Als die Nacht hereinbrach und der Champagner immer reichlicher floß, merkte Nile, daß mit Maddie irgend etwas nicht stimmte. Sie war ungewöhnlich still, und wenn jemand sie ansprach, grinste sie nur dümmlich und nickte. Aber als sie dann wie eine Kneipenwirtin die Ellbogen auf den Tisch stemmte und die Wange in die Hand legte, wußte Nile, daß es für Maddie Zeit war, ins Bett zu gehen.

Er stand auf. »Darf ich dich in deine Kabine bringen, Maddie?«

Sie sah ihn benommen an. »Aber es ischt noch nicht Chlafenszeit.«

»O doch, ich glaube schon«, entgegnete er mit einem düsteren Lächeln. Er ging um den Tisch zu Maddies Platz. »Wenn Sie uns jetzt entschuldigen wollen, meine Herren ...«

»Will noch nicht chlafen«, sagte Maddie.

»O doch.« Nile zog sie hoch und betete, daß sie nicht umfallen würde.

Sie seufzte. »Wenn du ... du darauf beschtehst.«

»Das tue ich.« Er legte den Arm um ihre Taille und führte sie über das Deck zu ihrer Kabine. Er blieb an der Tür der Kabine stehen und wünschte sich sehnlichst, daß die portugiesische Kaufmannsfrau Señora Ramos — der einzige andere weibliche Passagier erster Klasse — nicht früh zu Bett gegangen sei — sie könnte sonst Maddie beim Auskleiden behilflich sein.

»Danke«, sagte Maddie mit schwerer Zunge und so würdevoll wie möglich.

»Kommst du zurecht?«

»Klar.« Sie sah recht stabil aus, aber das konnte täuschen.

»Dann gute Nacht.«

Doch gerade als Nile die Tür geschlossen hatte, hörte er einen dumpfen Knall. Er riß die Tür auf und sah sofort, daß Maddie ausgestreckt auf dem Boden lag. Sie hatte offenbar bei dem Versuch ihre Koje zu erreichen, den Halt verloren.

Nile schüttelte den Kopf, kniete nieder und setzte die verwirrte Maddie auf, wo sie stöhnend wieder zu Bewußtsein kam.

»Hast du dich bei dem Fall verletzt?« fragte er.

»Mir dreht sich alles«, lallte sie und sackte gegen ihn.

Einen Augenblick lang blickte er in ihr Gesicht, das trotz des dämlichen Grinsens wunderschön war, und plötzlich erfaßte ihn das Verlangen, sie zu küssen. Ihre weiße Haut sah so weich aus, und ihre rosigen Lippen waren so verführerisch und saftig wie Erdbeeren. Er sehnte sich danach, sie noch enger an sich zu ziehen.

Als er auf Deck Stimmen hörte, kam er wieder zu Sinnen.

»Steh auf, Maddie«, befahl er, erhob sich und zog sie mit.

Sie protestierte schwach, stand aber auf, doch ihre Beine gehorchten ihr nicht recht, und sie sackte wieder gegen ihn, wobei ihre weichen vollen Brüste sich verführerisch an seinen Oberkörper preßten.

Nile stockte ob dieses unerwartet intimen Kontakts der Atem, und er versuchte mit übermenschlicher Kraft gegen die unwillkürliche Reaktion seines Körpers anzukämpfen.

Aber er hatte so lange keine Frau mehr gehabt, daß Maddies Nähe auf ihn wirkte wie ein Streichholz auf trockenes Reisig. Niles Herz begann schneller zu schlagen und er keuchte. Er schluckte schwer. Als er den süßen Schmerz in seinen Lenden spürte, wußte er, daß er schnellstens von ihr weg mußte, denn sonst würde er etwas tun, was er bestimmt morgen früh bereuen würde.

Als seine Hände sich um ihre schmale Taille schlossen, um sie wegzuschieben, schlug Maddie langsam die Augen auf und sah ihn an. Sie mochte zwar etwas verschwommen dreinblicken, aber selbst im Dämmerlicht der Kabine war das wilde Verlangen in ihren Augen zu erkennen.

Ihr Blick senkte sich hypnotisch in den seinen, während ihre linke Hand über seine Brust bis zum Hals glitt, wo ihre Finger verführerisch in seinen Haaren spielten. Mit einem erwartungsvollen Seufzen schloß sie wieder die Augen und zog seinen Kopf herunter, damit sie seinen Mund mit dem ihren erreichen konnte.

Zuerst war Nile zu verblüfft über ihre dreisten Annäherungsversuche, um sich zu wehren. War diese Dirne die gleiche Frau, die stets so tat, als wäre es unsittlich, einen Mann zu begehren?

Er versuchte wieder, sich ihr zu entziehen, aber ihre Lippen waren zu weich und warm und schmeckten schwach nach Champagner. Außerdem küßte sie ihn mit überraschender Leidenschaft und widerstand ihm nicht wie damals im Club der Forscher. Nile schoß noch durch den Kopf, daß es der Kuß einer erfahrenen Frau war, ehe sich alles um ihn zu drehen begann und er keinen klaren Gedanken mehr fassen konnte.

Als ihre zarten, feuchten Lippen sich unter den seinen teilten, und sie versuchte mit geschickter Zunge den Kuß zu vertiefen, dachte Nile, er würde gleich explodieren. Ein Teil von ihm wollte nehmen, was ihm so freigiebig geboten wurde, und sie lehren, fremde Männer nicht zu küssen wie eine Straßendirne, aber der Klang von Stimmen brachte ihn ganz schnell wieder auf den Boden der Tatsachen zurück.

Er packte ihre Handgelenke und löste sich von ihr. Gerade als er ihr die Standpauke ihres Lebens halten wollte, schwankte sie und brach zusammen. Erst jetzt merkte er, daß sie zu betrunken war, um zu wissen, was sie tat.

Du hast irgendjemanden geküßt, aber nicht mich, dachte er, während er sie mühelos hochhob und auf ihr Bett setzte.

Dann drehte er sich auf dem Absatz um und ließ Maddie ihren Rausch ausschlafen.

Spät am nächsten Morgen, als Nile gerade sein Frühstück beendete, erschien Maddie an Deck.

Sogar er empfand Mitleid, als er sah, wie sie mit vorsichtigen Schritten herankam und bei dem geringsten Laut schmerzlich zusammenzuckte. Allerdings schien die Schadenfreude auf den Gesichtern ihrer Mitreisenden sie etwas zu verwirren.

Nile stand auf, als sie an den Tisch kam. »Guten Morgen«, sagte er und rückte ihren Stuhl zurecht.

»Guten Morgen«, entgegnete sie ziemlich leise und setzte sich.

Nile konnte der Gelegenheit, sie ein wenig aufzuziehen, nicht widerstehen. »Du fühlst dich ein wenig unwohl heute morgen, was? Siehst ein bißchen grün um die Nase aus.«

Maddie funkelte ihn wütend an. »Ich glaube, ich habe gestern abend zuviel Champagner getrunken.«

»Das ist noch untertrieben. Ich frage mich, was die treuen Leser des *Clarian* wohl sagen würden, wenn sie ihre Maddie in einem solchen Zustand sähen?«

»Sie würden mich als eine der ihren betrachten«, entgegnete sie schniefend.

Nile schüttelte nur den Kopf.

Als der Kellner Brötchen und Kaffee für Maddie brachte, widmete sie sich ihrem Frühstück und bedeutete Nile damit, daß ihr nicht nach einem Gespräch war.

Während er kurze Zeit später über die Reling auf den Dschungel am Ufer schaute, fragte er sich, ob sie sich wohl daran erinnerte, daß sie ihn gestern abend so schamlos geküßt hatte. Er war in teuflischer Stimmung und fragte: »Weißt du noch, was gestern abend war?«

Maddie sah ihn über den Rand ihrer Kaffeetasse hinweg an, wandte den Blick schnell ab. Ihre Wangen färbten sich rot. Sie murmelte etwas Unverständliches.

»Was hast du bitte gesagt?«

»Ich sagte«, entgegnete sie verärgert, »daß ich nur noch weiß, wie ich in meiner Kabine zusammengebrochen bin. Als ich die Augen wieder aufschlug, war es Morgen, und ich lag in meiner Koje!«

»Sonst war nichts?«

»Nein!«

Nile war seltsamerweise enttäuscht. Die meisten Frauen pflegten sich noch lange an seine Küsse zu einnern.

Maddie saß einen Augenblick lang schweigend da und musterte ihn gründlich. »Ich habe mich komplett blamiert, nicht wahr?«

Nile beschloß, sie für die Verletzung seiner männlichen Eitelkeit zahlen zu lassen. »Leider muß ich das bestätigen.«

Maddie schloß die Augen und stöhnte. »Was habe ich getan? Auf dem Tisch getanzt?«

»Leider etwas viel Schlimmeres.« Er machte eine wirkungsvolle Pause. »Zuerst hast du Herrn Schnitzler einen Antrag gemacht und dann Donna Isabella ihren Rosenkranz aus der Hand gerissen und ihn in hohem Bogen über Bord geworfen.«

»Den Rosenkranz von Señora Ramos?« Maddie wurde schamrot und vergrub ihr Gesicht in den Händen. »Das kann nicht wahr sein!«

»Aber sicher. Du hast sogar angeboten hinterherzuspringen und den Rosenkranz zurückzuholen, aber es ist uns gelungen, dich zurückzuhalten. Fünf Männer waren dazu nötig.«

»Nein!«

»Ja. Und das war auch gut so, denn ein hungriger Kaiman hat ihn geschluckt — du hättest dieses Abenteuer wohl nicht überlebt.«

»Hat sich die Señora sehr aufgeregt?«

»Die arme Frau war untröstlich. Sie hat geweint und die Hände gerungen. Ich habe in meinem ganzen Leben noch nie so eine Jammerarie gehört.«

Maddie ließ die Hände sinken und seufzte. »Ich werde mich bei ihr entschuldigen, und ihr das Angebot machen, Ersatz zu beschaffen.«

»Ich glaube nicht, daß du das kannst. Der Rosenkranz ist irgendein kostbares Erbstück aus dem Mittelalter und ist seit Jahrhunderten im Besitz ihrer Familie gewesen. Er ist unbezahlbar.«

Maddie stöhnte.

Nile hätte sie stundenlang weiter verulken können, aber als Señora Ramos höchstpersönlich vorbeiging und den Rosenkranz hielt, der angeblich Krokodilfutter geworden war, konnte er sich nicht mehr halten und brach in schallendes Gelächter aus.

Als Maddie klar wurde, daß sie das Opfer eines üblen Scherzes geworden war, funkelte sie ihn an. »Das war nicht sehr komisch!«

»Im Gegenteil. Du hättest dein Gesicht sehen sollen, als ich erzählte, daß du angeboten hättest, dem Rosenkranz hinterherzuspringen.«

Maddie konnte nur schwer das Lachen unterdrücken. »Du bist ein sehr überzeugender Lügner. Ich hätte dir beinah geglaubt.«

»Vielleicht wird dich das lehren, dich nicht in Champagner zu ertränken.«

»Ich habe meine Lektion gelernt, aber laß dich warnen! Ich habe die Absicht, es dir bei der nächsten Gelegenheit heimzuzahlen.«

Er lächelte. »Ich werde auf der Hut sein.«

Um die Mittagszeit war Maddies Wut über Nile so weit verraucht, daß es ihr gelang, sich während des Essens höflich mit ihm zu unterhalten. Beide taten so, als wäre nichts gewesen. Aber Maddie bemerkte eine kleine Veränderung bei Nile. Seit dem gestrigen Abend betrachtete Nile sie mit einem wissenden Blick, als ob er etwas an ihr entdeckt hätte, was sie niemandem verraten wollte. Sie wünschte, sie würde sich daran erinnern, was gestern zwischen dem Zeitpunkt, als sie in ihrer Kabine zusammengebrochen war und dem nächsten Morgen geschehen war, aber die Erinnerung daran war vom Champagnerrausch verdeckt. Irgendwie wußte sie, daß dies der Schlüssel zu Niles seltsamem Benehmen war.

Nun ja, dachte sie, ich habe noch genug Zeit, um mich an das, was passiert ist, zu erinnern.

In zweieinhalb Tagen würden sie in Manaus eintreffen, und dort begann das wirkliche Abenteuer.

5

Manaus.

Als Maddie an der Reling stand und dieses Paris des Dschungels zum ersten Mal sah, spürte sie, wie eine Welle der Erregung durch die Mitreisenden lief. Ein paar flüsterten aufgeregt und gestikulierten, während andere hingerissen dastanden.

Maddie stieß Nile an, der neben ihr stand. »Was für ein Gebäude ist das?«

»Das ist das *Teatro Amazona*«, entgegnete er, »das Opernhaus.«

»Du meine Güte. Das ist also die Oper, von der ich schon soviel gehört habe. Ich bin beeindruckt.«

»Es ist beeindruckend, richtig. Aus ganz Europa wurden Handwerker und Arbeiter herübergeholt, um daran zu arbeiten.«

»Ich würde gerne einmal hineingehen. Vielleicht könnten wir eine Vorstellung besuchen.«

»Nur, wenn der *Clarion* dafür bezahlt.«

»Mach dir keine Gedanken«, sagte Maddie. »Ich bin sicher, daß Sam inzwischen alle Geldmittel, die wir brauchen, telegrafisch angewiesen hat.«

»Das hoffe ich, denn sonst ist die Expedition vorbei, noch ehe sie begonnen hat. Manaus prahlt damit, eine der teuersten Städte der Welt zu sein, aber das ist meiner Meinung nach übertrieben.«

Aber Maddie hörte ihm gar nicht zu, sondern blickte um sich wie ein neugieriger Vogel. »Wir scheinen uns überhaupt nicht zu bewegen. Warum docken wir nicht an?«

»Schiffe mit Einwanderern, die zu den Gummiplantagen wollen, legen nie in Manaus an«, erklärte Nile. Dann wurde sein Blick kalt. »Die armen Hunde. Sie haben inzwischen den Dschungel gesehen und wissen, was sie erwartet. Wenn man ihnen erlauben würde, das Schiff zu verlassen, würden die meisten weglaufen und nie zurückkommen. Deshalb werden die privilegierten Passagiere erster Klasse — so wie wir — mit einer *Lancha,* einer Fähre, ausgeschifft. Die Einwanderer werden an Bord bleiben, damit sie ihre Verträge erfüllen — egal, ob sie ihre Meinung geändert haben oder nicht. Gott hilf ihnen.«

Maddie fiel darauf keine Antwort ein.

Bald kam die Fähre längsseits, und sie schifften sich zusammen mit den anderen Passagieren erster Klasse aus. Maddie wußte, daß es das Beste war, wenn sie nach vorn schaute und nicht auf die resignierten und sehnsüchtigen Gesichter derer, die zurückblieben.

Als die Fähre an einem der Ozeandampfer vorbeikam, sah sie, daß es die *Esperança* war, und die Erinnerung an Zosia drohte sie zu überwältigen.

»Schau«, sagte sie und legte eine Hand auf Niles Arm. »Die *Esperança.*«

Er hatte offenbar ihre Gedanken erraten. »Grüble nicht über das nach, was geschehen ist«, meinte er rauh. »Du hättest es nicht verhindern können.«

»Das sage ich mir ja auch dauernd, aber irgendwie hilft es nicht.«

Nile antwortete nicht darauf, aber sie konnte spüren, daß sein Ärger aufflammte.

Maddie holte tief Luft, um sich zu beruhigen, und erstickte fast an einem ätzenden, widerlichen Geruch, der an ein Feuer erinnerte, das mit Wasser gelöscht worden war, aber seit Tagen weiterschwelte. Sie runzelte angeekelt die Nase. »Was ist das für ein furchtbarer Gestank?«

»Das ist das Parfum von Manaus, *Señorita*«, erklärte einer der anderen Passagiere. »Gummi.«

Maddie wurde still, als sie sich dem Kai näherten, auf dem ein großes Gewimmel herrschte. Sie war hier, um als Journalistin ihre Erlebnisse für die Leser des *Clarion* aufzuzeichnen, und deshalb mußte sie sehr objektiv und aufmerksam sein.

In dem Augenblick, als Nile ihre Hand nahm, um sie von der Fähre zu führen, lief Maddie ein Schauder den Rücken herunter. Sie empfand ein Gemisch aus Aufregung und Vorfreude.

Nile führte sie über den lauten Kai, auf dem es vor Menschen wimmelte, und Maddie fragte sich, was wohl Ben von Manaus gehalten hatte, als er seine ersten Fotos machte.

Hatte er auch den wahnsinnigen Optimismus gespürt, den sie bei diesen Menschen fühlte und hatte er versucht, genau das für die Nachwelt festzuhalten?

Maddies Blicken entging nichts. Besonders fielen ihr die vielen Frauen auf, die alle weite rote Röcke mit großen grünen Sternen darauf trugen.

»Was sind das für Frauen?« fragte Maddie leise.

Noch ehe Nile ihr antworten konnte, kam eine der Frauen auf ihn zu, schwenkte aufreizend ihre wohlgeformten Hüften und lächelte ihn vielversprechend an. Zu Maddies Erstaunen waren die Zähne der Frau mit Diamanten verziert.

Nachdem er sie anerkennend von oben bis unten gemustert hatte, grinste Nile, schüttelte den Kopf und erklärte auf portugiesisch, daß er es sehr bedauerte. Die Frau wirkte enttäuscht, warf einen neugierigen Blick auf Maddie und versuchte es dann bei einem anderen Mann.

»Du brauchst nichts mehr zu sagen«, schnitt Maddie Nile das Wort ab. »Meine Frage ist soeben beantwortet worden.« Dann runzelte sie die Stirn und sah der Frau nach, die gerade von Mann zu Mann ging. Plötzlich überkam sie große Traurigkeit.

»Werden wir die Zwillinge unter diesen Frauen finden

oder Mademoiselle D'Arqueville, was glaubst du?« fragte sie.

Nile sah sie an, und sein Gesichtsausdruck machte deutlich, daß sie seine Geduld eindeutig überstrapazierte. »Diese Frauen sind gewöhnliche Huren. Calistros Frauen werden nur einem Herr dienen, und es wird sehr gut für sie gesorgt werden.«

»Irgendwie beruhigt mich das nicht.«

»Das sollte es auch nicht.« Niles goldene Augen blickten stahlhart. »Ich will nicht, daß du diese Frauen noch einmal erwähnst, verstehst du mich?«

Maddie wurde wütend. »Wie kannst du nur so gefühllos sein?«

Er zuckte die Achseln. »Nenn es wie immer du willst. Ich verschwende nie Zeit damit, über Dinge nachzugrübeln, die ich nicht ändern kann, und das solltest du auch tun, sonst überlebst du hier draußen nicht.«

Wie ein gescholtenes Kind schwieg sie, nahm wieder seinen Arm, und sie gingen gemeinsam zum Zoll.

Als sie die Zollabfertigung hinter sich hatten und im Grand Hotel eintrafen, hatte sich Maddies Laune sichtlich gebessert. Sie wußte aus Bens schwärmerischen Briefen bereits, daß das Grand Hotel so gut und luxuriös war wie die Hotels in London oder Paris, aber auch das hatte sie nicht auf die großartige Eingangshalle mit den Säulen aus rosa Marmor und dem Streichorchester vorbereitet. Außerdem freute sie die Tatsache, daß ihr Zimmer ein richtiges Bett mit sauberen Laken und ein Bad hatte. Als sie Nile sagte, daß sie vorhätte, stundenlang zu baden und dann ein Nickerchen zu machen, meinte er, daß er den ganzen Nachmittag weg wäre, um ein paar alte Freunde zu besuchen, die vielleicht wüßten, wo Ben sich befinden würde.

Nach einem fast einstündigen Spaziergang durch die Straßen Manaus traf Nile endlich an seinem Ziel ein,

einem bescheidenen, unauffälligen Haus in einer stillen Straße.

Er klopfte, und ein paar Sekunden später öffnete ein Diener die Tür.

»Señor Marcus. Ich möchte zu Señor Belgrave«, sagte Nile. »Ist Don Winston zu Hause?«

Der Diener nickte und führte Nile in eine Art Salon mit maskulinem Gepräge.

Als Schritte erklangen, drehte Nile sich um und sah seinen alten Freund Winston Belgrave auf der Türschwelle.

»Marcus!« rief der andere Mann zugleich erstaunt und erfreut.

Dann kam er auf Nile zu, und die beiden Männer umarmten sich und lachten, während sie sich auf den Rükken schlugen.

Dann trat Winston Belgrave einen Schritt zurück und schüttelte den Kopf. »Ich wollte meinen Ohren nicht trauen, als Bento mir sagte, wer hier ist. Ich glaubte dich in England, wo du versuchst, einem deiner gierigen, sklaventreibenden Sammler eine neue Expedition abzuluchsen.«

»Das habe ich auch getan, aber jetzt bin ich mit einer anderen Mission hier.«

Belgrave hob die Brauen. »Ach ja? Aber setz dich doch, ehe du es mir erzählst, o König der Orchideenjäger. Was kann ich dir als Begrüßungsschluck anbieten? Champagner? Oder tut es auch ein Brandy?«

»Brandy«, entgegnete Nile und setzte sich bequem hin. »Ich habe so viel Champagner getrunken, daß es ein Leben lang reicht.«

Belgrave grinste und goß ihnen zwei große Gläser Brandy ein. »Man kann nie genug Champagner trinken, alter Freund.«

Obwohl er fünf Jahre älter als Nile war, sah Winston Belgrave wegen seines glatten blonden Haares, dem jungenhaften Gesicht und den schmalen Schultern fünf Jahre jünger aus. Aber er hatte nichts Weibisches an sich.

Nachdem auch Belgrave sich gesetzt hatte, hob er sein Glas. »Auf alte Freunde.«

»Auf alte Freunde«, wiederholte Nile und trank einen Schluck Brandy.

Belgraves grüne Augen funkelten. »So, Nile, jetzt erzähle mir von deiner Expedition, ehe ich vor Neugier platze. Willst du Smaragdminen suchen? Oder vielleicht eine Stadt aus Gold? Nur der Himmel weiß, wie viele es davon gibt.«

»Leider ist es nicht so aufregend«, entgegnete Nile. »Ich suche einen Mann.«

Belgrave hob die Brauen. »Einen Mann? Wen? Jemanden, den ich kenne?«

Nile griff in seine Brusttasche, zog eines der abgegriffenen Fotos, die Maddie ihm von Ben Thomas gegeben hatte, heraus und gab es seinem Freund.

»Du kennst ihn zwar nicht, hast ihn aber vielleicht gesehen«, sagte Nile, während Belgrave sich das Foto ansah. »Er ist Fotograf von der englischen Zeitung *Morning Clarion* und verschwand, während er Fotos machte. Ich bin angeheuert worden, ihn zu finden.« Als Belgrave ihm das Foto mit einem verneinenden Kopfschütteln zurückgab, fügte Nile hinzu: »Ich dachte nur, du hättest ihn vielleicht gesehen, weil du Außenhandel betreibst und Mitglied der englischen Kolonie bist.«

»Er kommt mir nicht bekannt vor, aber ich kann ja einmal herumfragen. Vielleicht kennt ihn jemand anders.«

»Danke. Ich würde deine Hilfe sehr schätzen, besonders weil die Verlobte des Mannes mit mir hergekommen ist.«

»Die Verlobte?« staunte Belgrave. »Willst du mir etwa sagen, daß du mit einer Frau hergekommen bist? Du mußt verrückt gewesen sein, als du deine Einwilligung dazu gegeben hast, mein lieber Marcus!«

Nile zuckte die Achseln und trank einen großen Schluck Brandy. »Sie gehörte gewissermaßen mit zum Paket, und ich konnte dem Geld nicht widerstehen. Deshalb werde ich mein Bestes tun, um den Job zu erledigen, und hoffe, daß sie lebend aus der Sache herauskommt.«

Belgrave stand verärgert auf. »Du lieber Himmel, Marcus! Wie konntest du nur? Du weißt doch, daß der Amazonas nichts für eine anständige, gottesfürchtige Engländerin ist!«

Nile reagierte nicht beleidigt, weil er seinen Freund nur zu gut kannte und wußte, mit welchen Dämonen er privat zu kämpfen hatte. Er schnaubte nur: »Maddie Dare fürchtet sich vor nichts, noch nicht einmal vor Gott, und was ihre Anständigkeit betrifft — nun, darüber kann man streiten.«

»Sie heißt Maddie Dare?«

Nile nickte, und nachdem Belgrave sich wieder hingesetzt hatte, erzählte er ihm rasch alles.

Nachdem Nile geendet hatte, schüttelte Belgrave nur den Kopf. »Du bist verrückt, weißt du das?«

»Wenn ich schon verrückt bin, dann ist Maddie Dare mit Sicherheit wahnsinnig.«

»Wo willst du diesen Fotografen denn suchen? Wo damit anfangen? Du weißt, wie groß das Amazonasgebiet ist und wie viele Nebenflüsse es gibt. Das ist die Suche nach der Nadel im Heuhaufen.«

Nile schüttelte den Kopf. »Vielleicht nicht. Den letzten Brief bekam Maddie Dare aus Manaus. Darin heißt es, daß ihr Liebster flußaufwärts fahren wollte. Wir wissen nicht, ob er je dort angekommen ist oder zurückfuhr.«

»Also fährst du flußaufwärts.«

»Ja, wir werden sein Foto in jeder Siedlung herumzeigen und hoffen, daß jemand ihn gesehen hat, damit wir seine Spur finden. Wenn wir ihn nicht finden, wird Maddie Dare ihn als verschollen ansehen und nach England zurückkehren, wo sie hingehört.«

Belgrave schritt nachdenklich durchs Zimmer. »Vermutlich wirst du bei Provy vorbeikommen und ihn besuchen.«

Nile zögerte einen Augenblick, ehe er erwiderte: »Und natürlich auch Amaryllis.«

Belgrave starrte wortlos aus dem Fenster, aber Nile sah, daß sein Rücken sich verkrampfte, und er unruhig eine Faust ballte und wieder öffnete. Dann stieß der Mann einen schweren Seufzer aus.

»Sag ihr alles Liebe von mir, ja?«

»Ich habe eine bessere Idee. Warum begleitest du uns nicht und sagst es ihr selbst?«

Belgrave sah ihn an, und einen Augenblick lang stand in seinen Augen Qual und bittersüße Sehnsucht.

»O nein, mein Freund«, meinte er schmerzhaft auflachend und strich sich die Haare aus der Stirn. »Ich bin der Letzte, den Amy sehen will, und du weißt das.«

»Woher willst du das wissen? Wann hast du sie denn das letzte Mal gesehen?« wollte Nile wissen.

»Vor sechs Monaten, kurz nach deiner Abreise nach England. Sie ist nach Manaus gekommen, um Vorräte einzukaufen, und wir sind uns dank meiner weisen Planung begegnet. Sie hat mir erzählt, daß Fred tot ist.«

Niles Augen weiteten sich erschrocken, und er konnte seinen Freund nur entsetzt anstarren.

Als er wieder seiner Stimme mächtig war, flüsterte er. »Nicht Fred.« Dann goß er einen großen Schluck Brandy hinunter. »Wie ist es passiert?«

»Eine Buschmeister hat ihn gebissen. Muß ich noch mehr sagen?«

Nile wurde blaß und schüttelte den Kopf, denn er wußte, daß die Buschmeister eine der gefürchtetsten und tödlichsten Giftschlangen des Dschungels war. Er beneidete Fred nicht um diesen Tod.

»Wie trägt Amy es? Ich erinnere mich, daß ihr Bruder und sie sich sehr nahestanden.«

»Sie sah herzzerreißend aus. Und verloren. Und erschöpft. Ich mußte an mich halten, um sie nicht in diesem Haus einzusperren und nie mehr wieder herauszulassen.«

»Warum hast du es denn nicht getan?«

Belgraves Antwort bestand in einem verächtlichen Schnauben, denn er kannte die Antwort auf diese Frage ebensogut wie Nile.

Als Belgrave wieder in Schweigen verfiel, drang Nile weiter in ihn. »Und was hat sie dir sonst noch gesagt?«

»Sie war mir gegenüber immer noch so feindselig, als wäre ich der Teufel höchstpersönlich.«

»Ich bin sicher, daß sie dich immer noch liebt«, meinte Nile lahm.

Belgrave schüttelte den Kopf. »Das ist nur Wunschdenken, mein alter Freund. Ich habe Amys Liebe in dem Augenblick verloren, als ich es vorzog, Mammon und nicht Gott zu dienen. Damit habe ich bewiesen, daß wir nicht zueinander passen.«

Nile konnte nichts darauf erwidern.

Belgrave seufzte schwer. »Genug von der Vergangenheit geredet. Ich würde gerne deine Miss Dare kennenlernen und ihr sagen, daß ich alles tun werde, um ihr zu helfen, ihren Verlobten zu finden. Vielleicht können wir zusammen essen und hinterher in die Oper gehen. Wie wäre es mit heute abend?«

Nile stand auf. »Warum nicht morgen abend?« Er grinste anzüglich. »Ich habe heute abend schon Pläne und zwar Pläne mit den erfindungsreichen Damen bei Chloe oder Phoenix. Es war eine lange, rauhe Überfahrt, und ich brauche dringend etwas Entspannung.«

Belgrave murmelte: »Eines Tages werden diese Exzesse noch dein Tod sein, Marcus.«

»Aber ein schöner Tod, was?« meinte Nile mit leisem Lachen. Er sah seinen Freund an und sagte dann: »Warum begleitest du mich nicht? Vielleicht merkst du es ja nicht, Winston, alter Freund, aber du hast schon zu lange keine Frau mehr gehabt.«

Als Belgrave protestierend den Kopf hob und ablehnte, sagte Nile: »Außer du findest jetzt eher Geschmack an kleinen Jungen.«

Belgrave erstarrte, und sein Gesicht wurde rot vor Wut. »Wenn jemand anders als du diese Bemerkung gemacht hätte . . .«

»Wäre er ein toter Mann«, beendete Nile den Satz für ihn.

»Du strapazierst unsere Freundschaft sehr, Marcus.«

Nile wurde unruhig, denn er wußte, daß er zu weit gegangen war. »Ich weiß, daß es nicht stimmt«, murmelte er als Entschuldigung. »Ich habe es nur gesagt, um eine Reaktion von dir zu erzwingen.«

»Nun, das ist dir gelungen und beleidigt hast du mich noch dazu.«

Nile sah ihn finster an. »Verdammt nochmal, Belgrave! Du kannst nicht für den Rest deines Lebens wie ein Mönch leben, nur weil Amaryllis dich nicht will. Das Zölibat mag ja für Priester und Mönche ganz normal sein, aber für uns normale Männer ist es unnatürlich.«

Belgrave brach in schallendes Gelächter aus, und seine gute Laune kehrte zurück wie die Tropensonne nach einem Gewitter.

»Vielleicht trifft das auf dich zu, alter Freund, aber ich bin immer noch zu sehr Missionar, um mich mit Huren zu umgeben.«

»Dann such dir eine Frau. Sicher gibt es noch ein oder zwei achtbare Frauen in Manaus. Du siehst ganz gut aus, bist reich ... Irgendeine Bankierstochter mit guten Verbindungen würde eine gute Frau für dich abgeben und könnte deiner Karriere förderlich sein.«

Belgrave lächelte schmal. »Vielleicht sollte ich eine Neigung zu deiner Miss Dare fassen.«

Nile schauderte gespielt zusammen. »Das würdest du

bestimmt bedauern, Belgrave, glaub mir. Wenn es je eine jungfräuliche Amazone gab, dann ist sie es.« Er schaute auf die Wanduhr. »Nun, es wird Zeit, daß ich gehe, mein Freund. Ich muß noch hinunter zu den Docks und mein exorbitantes Gehalt mit der Suche nach diesem Thomas verdienen.«

»Ich werde dir morgen abend um sechs Uhr die Kutsche schicken«, sagte Belgrave, während er Nile zur Tür brachte. »Don Antonio Aguirre hat mich eingeladen, seine Loge in der Oper jederzeit zu benutzen, und deshalb gehen wir hinterher in die Vorstellung.«

Nile streckte die Hand aus. »Ich freue mich darauf.«

»Und ich freue mich darauf, deine Miss Dare kennenzulernen.«

»Sie ist nicht *meine* Miss Dare, und ich wäre dir dankbar, wenn du daran denken würdest.«

Belgrave lachte laut, als Nile sich verabschiedete und ging.

Auf dem Weg zum Hotel waren Niles Gedanken bei Winston Belgrave. Er war wahrscheinlich der letzte Mensch in dieser dekadenten Stadt, der wenigstens noch ansatzweise Moral hatte, und Nile fragte sich, wie er so vielen Versuchungen widerstehen konnte, nachdem er das Predigerkleid ausgezogen hatte.

Nile war kein Mann, der sich leicht religiösen Betrachtungen hingab, aber wenn er an Winston Belgrave dachte, kam ihm immer ein gefallener Engel in den Sinn. Nicht gerade Luzifer, sondern einer der weniger bedeutenden. Wobei Winston nicht aus dem Himmel vertrieben worden war, sondern Amaryllis' Liebe verloren hatte. Nile vermutete stark, daß dies für seinen Freund ein- und dasselbe bedeutete. Doch dann dachte er an die schönen, willigen Frauen des Phoenix und zog den Schluß, daß dieser Abend in mehr als einer Hinsicht zu den glücklicheren in seinem Leben zählte. Aber zuerst mußte er seiner Arbeitgeberin Bericht erstatten, und sie zum Essen begleiten.

»So, Nile«, meinte Maddie, nachdem der Ober sie zu einem Nischentisch des Hotelrestaurants geführt hatte, »hast du schon irgend etwas über Ben in Erfahrung gebracht?«

Er griff nach der Speisekarte und studierte sie eingehend. »Du solltest deine Neugier zügeln, bis wir bestellt haben. Das Essen hier ist hervorragend. Nur in Paris kannst du besser speisen.«

»Und vermutlich sollte ich herzhaft zulangen, solange ich noch die Gelegenheit dazu habe«, murmelte sie, bevor auch sie sich der Speisekarte widmete.

»Richtig, denn wenn wir erst auf dem Fluß sind, gibt es anstelle von Filet Mignon nur noch gegrillte Affen und gebratene Papageien.«

Maddie riß die Augen auf und funkelte ihn spitzbübisch über den Rand der Speisekarte hinweg an. »Gegrillte Affen essen und einem Leierkastenmann seine Hauptattraktion nehmen? Niemals!«

Nile sah sie eindringlich an. »An deiner Stelle würde ich das nicht so leicht abtun. Wenn wir erst einmal die zivilisierte Welt hinter uns gelassen haben, könnte jede auf den ersten Blick inkonsequente Entscheidung Leben oder Tod bedeuten.«

Maddie war sofort ernüchtert. »Mir ist der Ernst unseres Unternehmens durchaus bewußt.« Ihr Lächeln wurde schmeichelnd. »Aber bis dahin sind wir noch in dieser wunderschönen Stadt, warum genießen wir es nicht?«

Noch ehe Nile etwas erwidern konnte, erschien der Ober an ihrem Tisch, um die Bestellung anzunehmen. Nachdem er gegangen war, fragte Maddie: »Was hast du diesen Nachmittag also erfahren?«

»Geduld, Maddie. Wir sind erst seit acht Stunden in Manaus, also erwarte nicht sofort Wunder.«

»Oh, das tue ich auch nicht«, entgegnete sie und blickte auf die Gäste, die gekleidet waren wie vornehme Pariser. »Ich würde nur gerne einen Bericht haben, damit ich sicher bin, daß Sams Geld gut angelegt ist.«

Nile schnaubte. »Wenn ich dich nur lebendig zurückbringe, ist sein Geld schon gut angelegt.«

»Komm, komm. Funkle mich nicht an wie ein mißbilligender Onkel. Ach, guck mal. Da kommt ja der Ober mit unserem Champagner. Trinken und genießen wir.«

»Wie du es auf der *Rio Madeira* getan hast?« fragte er hinterhältig.

Maddie zuckte zusammen, obgleich sie sich kaum an diese Nacht erinnerte, und ihre Wangen färbten sich rosig. »*Du* mußtest mich natürlich daran erinnern. Das ist nicht gerade die Art eines Kavaliers.«

Als der Ober eine große Sektflöte vor sie hinstellte, sagte sie: »Ich verspreche dir, daß ich mich heute abend mit einem Glas begnüge.«

»Bitte tu das. Ich habe nämlich keine Lust, eine Frau, die ihrer Sinne nicht mehr mächtig ist, zurück in ihr Zimmer zu tragen.«

Ihre blauen Augen wurden dunkel vor Neugier. »Hast du das an dem Abend auf der *Rio Madeira* getan?«

Es geht nicht um das, was *ich* getan habe, dachte Nile bei sich, sondern darum, daß du dich mir an den Hals geworfen und schamlos geküßt hast.

»Ich habe dich in deine Kabine gebracht, ja«, sagte er.

Darüber lachte Maddie nur leise. »Armer, geschlagener Nile.«

In der Tat. Wenn sie nur wüßte ...

Als Nile auch sein Glas hatte, hob Maddie das ihre. »Auf den Erfolg unserer Expedition.«

»Darauf lebend zurückzukehren.«

»Ts, ts. Immer so pessimistisch.«

»Nur realistisch.«

Maddie lächelte nur, trank schweigend ihren Champagner und sah sich weiter um.

Nile musterte sie genau und meinte dann: »Du wirkst heute abend ungewöhnlich angeregt.« Es kam heraus wie eine Anklage.

Maddie beugte sich vor und lächelte offen. »Ich hatte einen sehr produktiven Nachmittag. Ich habe ein paar Artikel für Sam fertig geschrieben, und muß in aller Bescheidenheit gestehen, daß sie zu den besten gehören, die ich je geschrieben habe.«

»Oh«, sagte Nile nur.

Maddie ignorierte seine mangelnde Begeisterung. »Es ist unglaublich. Kaum hatte ich die Feder aufs Papier gesetzt, flossen die Worte wie von selbst.« Sie lehnte sich zurück und sagte inbrünstig: »Ich kann kaum erwarten, daß Sam sie liest.«

»Worüber hast du denn geschrieben?«

»Och, über Pará, die Fahrt auf der *Rio Madeira,* unsere Ankunft in Manaus«, entgegnete sie. »Ich werde die Artikel morgen in die Post geben und ehe wir abreisen noch ein paar über Manaus schreiben.« Sie zögerte. »Aber ich schweife ab. Du wolltest mir gerade erzählen, was du heute in der Stadt unternommen hast.«

Während der Kellner das Essen servierte, erzählte Nile, daß er auf der Bank gewesen war und das versprochene Geld vom *Clarion* vorgefunden hätte.

»Wir haben übrigens für morgen abend eine Einladung zum Abendessen«, sagte er und berichtete von Winston Belgrave.

»Ich freue mich darauf, ihn kennenzulernen«, sagte Maddie. Dann grinste sie. »Ich bin gespannt darauf, welche Sorte Mann dich Freund nennt.«

Vom Champagner milder gestimmt, lächelte Nile ihr gutgelaunt zu. »Was für eine Art Mann denn, was glaubst du?«

Maddies Lächeln erstarb, und ihr Gesicht wurde nachdenklich. »Ein tapferer und ziemlich obstinater Mann.«

Nile schnaubte. »Wenn du das glaubst, wirst du überrascht sein.«

Ihr Gespräch wandte sich neutraleren Themen zu, und Maddie mußte immer häufiger ein Gähnen unterdrükken. Als das teure, reichliche Mahl beendet war, bot Nile ihr an, ihr noch etwas von der Stadt zu zeigen, doch als sie behauptete, müde zu sein, war er erleichtert.

Damit blieb sein Gewissen rein, und er konnte den Abend nach seinen Wünschen gestalten.

Als Nile hinunter zu den Docks ging und kurz vor dem Eingang zum Phonnix war, mußte er beim Anblick der Huren an Maddies frisches, bei allem Verlangen doch unschuldiges Gesicht denken.

Er verdrängte die ungebetene Vision und erinnerte sich daran, daß ein Mann eben manchmal eine Dosis Verderbtheit brauchte. Dabei versuchte er an runde Hinterteile und große Brüste zu denken.

Nile stieß entschlossen die Schwingtüren des Phoenix auf und ging hinein.

6

Maddie war den ganzen Tag wütend auf Nile gewesen.

Sie stand vor dem Spiegel und strich sich eine lose Haarsträhne zurück, bevor sie hinunter in die Halle ging, wo Nile sie hoffentlich erwartete, um sie zum Dinner ins Haus seines Freundes zu begleiten. Nile — wenn sie an ihn dachte, konnte Maddie ihre Verärgerung kaum verbergen.

Sie hatte einen ganzen Tag vergeudet, und das war allein Niles Schuld.

Als sie ihm die Nachricht geschickt hatte, daß er mit ihr vor der Besichtigungstour durch die Stadt, die er ihr versprochen hatte, zu Mittag essen sollte, hatte er ihr barsch mitteilen lassen, daß es ihm nicht gut ginge, weil er heute erst im Morgengrauen ins Hotel zurückgekommen wäre. Seine Indisponiertheit hatte unglücklicherweise bis weit in den Nachmittag hinein gedauert. So war Maddie vor Wut kochend auf ihrem Hotelzimmer gewesen, denn so keck sie auch gewöhnlich war, wußte sie doch, daß Manaus keine verschlafene englische Kleinstadt war, wo eine Frau ohne Begleitung spazierengehen konnte, ohne Angst haben zu müssen, vor der Kirche mißbraucht zu werden.

»Ich wette, er hat rumgehurt«, knurrte sie und glättete ihre Brauen mit der Spitze ihres kleinen Fingers.

Endlich fertig, trat sie zurück, um sich noch ein letztes Mal zu bewundern. Zufrieden mit dem, was sie sah, lächelte sie ihrem hübschen Spiegelbild zu. Sie war sich ihrer zarten blonden Schönheit nur allzu bewußt, fühlte aber auch, daß sie ein zweischneidiges Schwert war, das ihr das Leben, zumindest was Männer anging, sowohl erleichtern als auch erschweren konnte.

Trotzdem war sie froh, daß sie wenigstens ein Abendkleid eingepackt hatte, und daß die fließende hellblaue Seide mit dem züchtigen Ausschnitt nicht nur die Überfahrt, sondern auch die groben Hände der Zöllner überstanden hatte, denn sie hatte gehört, daß die Damen von Manaus der feuchten tropischen Hitze in Seide aus Paris und steifem Taft trotzten. Und obwohl Maddies schlichtes Kleid nicht mit einer solchen Extravaganz konkurrieren konnte, würde es sie doch nicht als Provinzlerin brandmarken.

Sie drehte sich um und ging hinunter in die Halle.

Als Maddie die Haupttreppe hinunterschritt, achtete sie nicht auf die bewundernden Blicke einiger Herren in Abendgarderobe, sondern hielt nur nach Nile Ausschau. Erst als sie unten an der Treppe angelangt war, sah sie ihn.

»Guten Abend!« murmelte sie, vergaß momentan ihre Verägerung und nahm seinen Arm.

Als er beim Klang ihrer Stimme zusammenzuckte und Maddie sah, daß seine Augen blutunterlaufen waren und tiefe Ringe hatten, kehrte ihre Wut mit voller Kraft zurück. Aber sie beherrschte sich. Später, wenn sie allein waren, würde genug Zeit sein, um ihn wissen zu lassen, wie ungehalten sie war.

Während sie durch die Halle gingen, warf Nile einen Blick auf Maddies Kleid und meinte: »Du sagtest doch, du würdest dich auf Reisen nicht mit den Eitelkeiten deines Geschlechts beschweren.«

»Mein einziger Luxus«, entgegnete sie und beachtete seinen anklagenden Ton nicht. »Und«, fügte sie hinzu und blickte auf die elegant gekleideten Damen, die sie hinter ihren Fächern von oben bis unten musterten, »sehr gescheit von mir dazu.«

»Hast du etwa vor, diesen Fummel mit auf den Fluß zu nehmen?«

»Natürlich. Ich werde es tragen, wenn du uns Affen zum Dinner schießt. Die armen Tiere werden so verblüfft über meinen Anblick sein, daß sie vor Staunen gleich von den Bäumen in den Kochtopf fallen.«

Niles Lippen verzogen sich in der Andeutung eines kleinen Lächelns, aber er sagte nur: »Das ist Belgraves Kutsche.«

Maddie war nicht erstaunt, daß die Kutsche, bespannt mit einem Paar Brauner andalusischer Abstammung, so komfortabel war wie eine in London oder Paris.

Nachdem sie auf dem weichen Ledersitz Platz genommen hatte, wartete Maddie, bis auch Nile sich gesetzt hatte, ehe sie auf ihn losging.

»Ich habe mich sehr über dich geärgert«, sagte sie, als der Kutscher mit Peitschengeknall losfuhr.

Er hob amüsiert eine Braue. »Und was habe ich diesmal verbrochen?«

Maddie atmete durch, um Mut zu fassen. In letzter Zeit hatten Nile und sie sich ziemlich gut verstanden, und sie wollte ihre zerbrechliche Beziehung nicht dadurch strapazieren, daß sie ihm unter die Nase rieb, daß er ihr Angestellter war. Aber trotzdem konnte sie sein Benehmen nicht dulden.

»Du solltest mich heute eigentlich durch Manaus führen«, sagte sie, »aber ich glaube, du hast den Tag im Bett zugebracht, und ich brauche dich wohl nicht daran zu erinnern, daß das eine Verschwendung des Geldes des *Clarion* ist. Ich mußte auf meinem Zimmer bleiben — dabei hätte ich nach Ben suchen können.«

Sein Gesicht wurde starr, aber seine Augen brannten vor Wut. »Verdammt und zugenäht, du bist nicht mein Vormund! Selbst der gewöhnlichste Dienstbote hat ab und an einen Abend frei!«

»Das will ich nicht bestreiten. Was du in deiner freien Zeit tust, ist deine Sache, aber wenn es meine Arbeit beeinträchtigt, werde ich dagegen angehen.«

Er grinste höhnisch. »Und was willst du tun, wenn ich weiterhin die Nächte durchmache und tagsüber schlafe wie ein Taugenichts? Willst du mich dann entlassen und mir sagen, daß ich meine Sachen packen soll?«

Maddie wußte wie nutzlos leere Drohungen waren — das galt besonders bei einem Mann wie ihm. Sie sagte sehr ruhig: »Natürlich nicht. Ich will dich nur daran erinnern, daß du zugestimmt hast, für den *Clarion* zu arbeiten. Und du gehörst eigentlich nicht zu der Sorte Mann, die ein gegebenes Wort bricht.«

Da seufzte er, denn sie hatte ihn dadurch überrascht, daß sie ihre Beschwerde nicht durch Keifen oder Kreischen vorbrachte, sondern sachlich. »Du hast natürlich recht«, räumte Nile ein, obwohl in seiner Stimme noch Groll mitschwang. »Es wird nicht wieder passieren.«

»Danke.«

Weil sie wußte, daß es zuviel verlangt war, mehr an Entschuldigung von ihm zu erwarten, wandte Maddie ihre Aufmerksamkeit jetzt den Sehenswürdigkeiten der Stadt zu.

Später, als sie spürte, daß die feindselige Atmosphäre

sich aufgelöst hatte wie Morgennebel am Fluß, sah sie Nile an und fragte leise: »Wie ist dieser Winston Belgrave eigentlich? Wenn ich im Haus eines Mannes zu Gast bin, weiß ich gerne etwas über ihn.«

Ihr versöhnlicher Ton schien ihn zu beschwichtigen. »Er wird dir gefallen. Er ist intelligent, amüsant und ein exzellenter Gastgeber. Außerdem kennt er in Manaus nahezu jeden. Wenn uns jemand helfen kann, die Spur von Ben Thomas zu finden, dann ist es Belgrave.«

»Ist er einer der berüchtigten Kautschukbarone, von denen ich soviel gehört habe?«

Nile lächelte. »Nein. Er exportiert Kautschuk für eine amerikanische Firma. Er gehört nicht zur Liga der Kautschukbarone, aber das wird er dir wahrscheinlich als erstes sagen.«

»Wie hast du ihn kennengelernt?«

Nile zögerte, als wollte er es nicht erzählen. Schließlich zuckte er mit den Schultern. »Vor sieben Jahren war ich auf einer Orchideen-Expedition. Meine Männer und ich hatten gerade unsere Boote mit Pflanzen beladen, als ein Boot mit Missionaren auf einer Sandbank auf Grund lief.«

Er schüttelte den Kopf. »Die armen Kerle. Ihr Führer war ihnen weggelaufen, und sie trieben auf dem Wasser dahin. Sie waren mitten im Dschungel am Verhungern, weil sie nicht jagen konnten und nichts zum Fischen hatten.«

»Du hast ihnen also das Leben gerettet«, sagte Maddie.

Nile tat ihr Lob mit einer wegwerfenden Handbewegung ab. »Belgrave hat mir diesen kleinen Gefallen mehr als einmal vergolten.«

Plötzlich verstand Maddie. »Winston Belgrave war einer der Missionare?«

»Ja, damals noch.«

»Die meisten Missionare sind meiner Meinung nach eine scheinheilige Bande. Ständig diese Beterei und das

Gerede über unsere unsterblichen Seelen. Diejenigen, die ich in Afrika kennenlernte, haben eine Dame ohne Begleitung nicht gerade freundlich aufgenommen.«

»Das kann ich ihnen eigentlich nicht verdenken, aber Belgrave ist nicht so. Außerdem habe ich dir doch gesagt, daß er nicht mehr Missionar ist.«

Sie lehnte sich gegen die weichen Polster. »Ein Missionar, der Kautschuk-Exporteur wurde ... wie interessant! Darf ich fragen, warum er sein Leben so radikal verändert hat?«

Nile zog die Brauen grimmig hoch. »Ich werde es dir erzählen, aber du mußt mir versprechen, daß du es nicht in einem deiner Artikel verarbeitest. Winston besitzt Verwandte in England, und ich möchte ihn weder in Verlegenheit bringen, noch ihm Kummer bereiten.«

Maddie war zu sehr Sams Schülerin, um sofort in diese Bedingung einzuwilligen, ohne darüber nachzudenken, welchen Einfluß das auf eine mögliche Story haben könnte. Aber nachdem sie ein paar Minuten mit sich gerungen hatte, sagte sie wider besseres Wissen: »Du hast mein Wort.«

»Die Schätze des Amazonas haben ihn verführt«, verkündete Nile einfach.

Maddie sah ihn an. »Wenn er sich davon verführen ließ, kann seine religiöse Überzeugung nicht sehr groß gewesen sein.«

»Ich wage zu behaupten, daß er inbrünstiger glaubte als die meisten. Doch er war dem Amazonas nicht gewachsen. Zuerst hat er ihn zerbrochen und ihm dann mehr geschenkt, als er in seinen kühnsten Träumen hoffte.«

»Und bedauert er die Wahl, die er getroffen hat?«

Ein trauriges Lächeln umspielte Niles Mund. »Die Wahl nicht, nur den Preis, den er dafür bezahlen mußte.«

»Und das war ...?«

»Er verlor die Frau, die er liebte.«

Das war eine simple Feststellung, aber die Wehmut, die

darin mitschwang, ließ Maddie ahnen, daß Nile Marcus, dieser kaltblütige Abenteurer, in Herzensdingen sentimental veranlagt war. Diese Erkennnis verblüffte sie so, daß sie still dasaß und ihr keine neckende Erwiderung einfiel.

Schließlich sagte sie: »Wie traurig. Gibt es denn gar keine Hoffnung mehr für ihn?«

»Keine. Weißt du, die Dame hat sich entschlossen, die Beziehung zu beenden. Winston hätte es gern andersherum gehabt.« Nile überlegte einen Augenblick und sagte dann: »Trotzdem ist Winston ein sympathischer Kerl, und er wird dir bestimmt gefallen. Ich habe dir nur von früher erzählt, damit du weißt, was den Mann bewegt. Ich zähle darauf, daß du es für dich behältst.«

»Ich werde mein Wort nicht brechen«, entgegnete Maddie steif.

Nile nickte zufrieden.

Fünfzehn Minuten später erreichten sie Winston Belgraves Haus.

Schon nach dem ersten Blick auf das schlichte Haus, lächelte Maddie zustimmend. »Mr. Belgrave gefällt mir jetzt schon.«

Ihre Bemerkung freute Nile. Entspannt bot er ihr seinen Arm und führte sie zum Portal, das ihnen der portugiesische Butler sofort öffnete.

Nile hatte dem Mann gerade seinen Hut gereicht, als eine sonore Stimme sagte: »Willkommen, meine Freunde.«

Maddie blickte auf und erblickte ihren Gastgeber. Er kam mit ausgestreckter Hand und herzlichem Lächeln auf sie zu.

Die beiden Männer waren so verschieden wie das Amazonasgebiet und die Antarktis. War Nile ein wilder, ungezähmter Jaguar, so verkörperte sein Freund mehr die geschmeidige Hauskatze, die aber bei aller Zahmheit durchaus wild werden konnte.

»Ich bin Winston Belgrave«, stellte er sich mit wohlwollender Tenorstimme vor, »und Sie müssen Miss Dare sein.«

Maddie neigte grüßend den Kopf. »Ich freue mich, Sie kennenzulernen, Mr. Belgrave.«

Als Winston Belgrave sich über ihre Hand beugte, fiel eine blaßblonde Locke über seine Stirn, und als er sich wieder aufrichtete, strich er sie mit einer ungeduldigen Geste zurück, die den Smaragdring, den er trug, auffunkeln ließ. Maddie blickte in Augen, die so grün wie die einer Katze waren und genauso geheimnisvoll.

Sie wartete darauf, daß diese Augen sie abschätzend anblickten, wie sie das von Männern gewohnt war, aber Belgrave sah ihr offen ins Gesicht, ohne daß sein Blick auf ihre blonden Haare oder ihre bloßen Schultern abschweifte. Es war ganz klar, daß er nicht an ihr interessiert war.

Na, dachte Maddie verwundert, seine große Liebe hat ihn wohl immer noch in ihren Krallen.

»Ganz meinerseits«, erwiderte er. Dann schüttelte er Nile die Hand und lächelte. »So sehen wir uns also wieder, o König der Orchideenjäger.«

Das ließ Nile grinsen.

Belgrave zwinkerte Maddie verschwörerisch zu. »Er ist so bescheiden, wissen Sie. Nie darf man ihn loben. Hat er Ihnen je erzählt, daß er einmal einen ganzen Stamm Kopfjäger mit einer Hand bekämpfte?«

Bezaubert von seinem feinen Humor sagte Maddie: »Nein, das hat er nicht. Bitte klären Sie mich auf.«

»Halt dich zurück, Winston!« grollte Nile. »Dir glauben und dann darüber einen Artikel schreiben ist eins bei ihr!«

Winston lachte nur leise. »Immer so bescheiden. Gut, noch halte ich mich zurück und bewahre die spannenderen Abenteuer für später. Warum kommt ihr beide nicht mit mir auf einen Sherry in den Salon?«

Nachdem Maddie und Nile es sich beide mit einem Drink in der Hand auf einer wuchtigen Couch bequem gemacht hatten, fragte er sie: »Was halten Sie von Manaus?«

»Diese Stadt ist mit keiner anderen zu vergleichen, die ich kenne«, entgegnete Maddie aufrichtig.

Belgrave nickte. »Manaus ist voller Gegensätze. Einerseits haben wir ein Opernhaus und die modernsten Verkehrsmittel, und dann entsorgen die Geier den Müll.«

Nile meinte: »Aber zumindest hat man hier einen Hauch von Zivilisation. Wenn wir erst einmal im Dschungel sind, ist ein Repetiergewehr das einzige Gesetz.«

Belgrave nahm ihnen gegenüber Platz. »Da stehen wir an der Schwelle des zwanzigsten Jahrhunderts, Miss Dare, und ein Großteil des Amazonasgebiets ist so wild und ungezähmt wie der Wilde Westen Amerikas vor zirka fünfzig Jahren. Also schließen Sie nicht von Manaus auf das gesamte Amazonasgebiet.«

»So etwas Dummes würde ich nie tun«, sagte Maddie.

Belgrave sagte verständnisvoll: »Nile hat mir bereits erzählt, warum Sie hier sind, und ich werde Ihnen helfen, wo ich kann.«

»Dann stünde ich ewig in Ihrer Schuld.«

Nile fügte hinzu: »Wenn jemand herausfinden kann, wohin Thomas sich gewendet hat, dann Winston. Er kennt jeden in dieser Stadt.«

Sein Freund sagte: »Du überschätzt mich gewaltig.«

»Wer ist denn jetzt bescheiden?« Nile trank einen Schluck Sherry. »Jeder Mann, der dich unterschätzt, ist ein Narr, Winston.«

Während sie tranken, bat Belgrave Maddie, ihm alles über Ben Thomas und seine Gewohnheiten zu erzählen, was sie auch tat.

Eine halbe Stunde später erschien der Diener im Salon. Belgrave blickte auf. »Ah, Bento möchte uns mitteilen, daß das Essen serviert ist.«

Dann stand er auf und bot Maddie galant seinen Arm. »Gestatten Sie mir, Sie an den Tisch zu führen, Miss Dare?«

Maddie lächelte, legte eine Hand auf seinen Arm, und sie gingen Richtung Speisezimmer.

Nile sagte wenig während des Essens. Er zog es vor, sich zurückzulehnen und zuzusehen, wie Maddie Winston bezauberte.

Und sie machte das gut. Nile lächelte. Trotzdem würde keine Frau mehr als oberflächliches Interesse in Winston erzeugen, weil sein Herz nun einmal Amaryllis gehörte.

Aber er mußte widerwillig zugeben, daß Maddie eine Frau war, die einen Mann ins Schleudern bringen konnte. Selbst er konnte ihr Schönheit nicht absprechen. Ihr goldenes Haar war zu einem losen Haarknoten im Nacken geschlungen, und ihre blauen Augen funkelten wie Saphire. Der Ausschnitt ihres Kleides entblößte die Schultern und zeigte gerade den Ansatz ihres Busens, ohne vulgär zu sein, es reichte gerade aus, um einen Mann zu fesseln.

Nile wandte die Augen ab und trank rasch noch einen Schluck Champagner.

In einem kurzen Anfall von Einsicht merkte Nile, daß Maddie — obwohl sie als Zeitungsreporterin mit dem Abschaum der Menschheit zu tun hatte, trotz ihrer offenen Bemerkungen über Prostituierte und ihres dreisten Kusses auf der *Rio Madeira* — eine anständige Frau, eine englische Dame, war.

Und in ein paar Tagen würde er eine gute, anständige englische Dame in die Hölle begleiten.

Er trank einen Schluck Champagner, verschluckte sich und zog damit die Aufmerksamkeit auf sich.

»Alles in Ordnung?« fragte Winston.

Nile preßte seine Serviette auf den Mund und nickte.

»Trink einen Schluck Wasser«, riet Maddie.

Nachdem Niles Hustenanfall vorbei war, hob Winston die Tafel auf. »Kommen Sie«, sagte er und half Maddie von ihrem Stuhl. »Ich würde Ihnen gern mein Gewächshaus zeigen, ehe wir in die Oper fahren. Es wird Ihnen gefallen.«

»Da bin ich mir sicher«, entgegnete Maddie lächelnd, stand auf und nahm Winstons Arm.

Nile folgte ihnen.

Selbst in der Abendkühle war es in Winstons Gewächshaus so heiß und feucht wie in dem Dschungel um Manaus. Als sie hereinkamen, stieg ihnen der Geruch von feuchter Erde und exotischen Pflanzen in die Nase.

»Meine Orchideen«, verkündete Winston.

Maddie sah sich um. »Hat Nile diese Pflanzen für sie gesammelt?«

»Ein paar«, entgegnete Winston. »Andere habe ich selbst gezüchtet.«

»Was für eine Farbenpracht!« rief Maddie verwundert aus und ging von einer Blüte zur nächsten.

Zu ihrer Überraschung entdeckte sie, daß es Orchideen in allen Regenbogenfarben gab — von lebhaftem Scharlachrot, Orange und Gelb bis hin zu blassem Lavendel, Grün und Weiß.

»Und die Vielfalt ist verblüffend«, setzte sie hinzu.

Manche Blüten waren so zierlich geformt wie ein Damenpantoffel, während andere riesig und üppig waren. Ebenso war ihr Wuchs völlig unterschiedlich. Manche hatten dünne Stengel, andere dicke, oder sie wuchsen in Dolden, die an große Motten erinnerten.

Die Blumen lenkten Nile für einen Moment ab. Sein Entdeckerinstinkt regte sich. Er ging durch das Gewächshaus und hielt nach exotischen Sorten Ausschau, die er nach England mitnehmen könnte. Wenn die Sammler in England erst einmal sahen, was er heranschaffen konnte, würden sie ihm bestimmt wieder eine Expedition finanzieren.

Und dann sah er sie, eine *Zygopetalum intermedium*, mit Blüten in einem so leuchtenden Blau, wie er es noch nie zuvor gesehen hatte.

Auch Maddie waren die blauen Orchideen aufgefallen, und sie staunte: »Du meine Güte! So etwas Exquisites habe ich noch nie gesehen!«

Winston trat neben sie und pflückte zwei Blüten. Er reichte sie Maddie. »Hier! Jede schöne Frau sollte Blumen im Haar tragen.«

Nile zuckte zusammen und stöhnte innerlich, als er sah wie die Orchidee wegen einer Kavaliersgeste beraubt wurde.

»Oh, vielen Dank«, murmelte Maddie erfreut.

Geschickt befestigte sie die Orchideen in ihrer Frisur und lächelte die beiden Männer an.

»Nun, meine Herren, wie ist das?« fragte sie mit einem koketten Funkeln in den Augen.

Winston strich sich die Haare aus der Stirn. »Wunderschön«, sagte er.

Nile fand keine Worte. Die leuchtendblauen Blüten betonten Maddies Augen und verwandelten ihre zarte blonde Schönheit in eine exotische.

Da er wußte, daß man von ihm ein paar Worte erwartete, zuckte er schließlich die Achseln: »Sieht ganz nett aus.«

Maddie seufzte übertrieben und meinte dann zu Winston: »Er würde es doch noch nicht einmal bemerken, wenn ich so hinreißend aussähe wie Kleopatra.«

Da irrst du dich aber, Maddie Dare, sagte Nile bei sich.

Winston schien die plötzliche Spannung bei Nile zu spüren und sagte nervös: »Sollen wir fahren? Sonst kommen wir noch zu spät in die Oper.«

Die drei verließen das Haus und stiegen in die Kutsche.

Als Maddie aus der Kutsche stieg und das Teatro Amazona zum ersten Mal aus der Nähe sah, konnte sie nur stammeln: »Du meine Güte!« Sie fand einfach keine Worte, um dieses majestätische Gebäude zu beschreiben.

Neben Maddie sagte Winston: »Man sagt, es käme der Scala gleich.«

»Ich kenne die Scala, dieser Vergleich stimmt tatsächlich.«

Während Maddie dieses Monument menschlichen Ehrgeizes anstarrte, wußte sie nicht, ob sie applaudieren oder ehrfürchtig den Kopf neigen sollte.

»Wieviel hat das gekostet?« fragte Nile, der sich inzwischen zu ihnen gesellt hatte.

»Bis jetzt vierhunderttausend Pfund«, antwortete Winston, »und die Kosten werden noch höher werden. Wenn man bedenkt, daß die Eisenstreben des Gebäudes per Schiff aus Glasgow kamen und die Ziegel der Kuppeln aus Elsaß-Lothringen ...« Er zuckte die Achseln. »Wenn man nicht nach Europa kommt, holt man Europa eben nach Manaus.«

Nile schüttelte verächtlich den Kopf. »Welches Opernensemble, das bei Verstand ist, würde denn mitten in den Dschungel kommen und es riskieren, Gelbfieber zu bekommen?«

Winston grinste. »Es scheint so, als wären die Stadtväter bereit, ziemlich gut für diese Ehre zu bezahlen.« Er sah sich um. »Warum gehen wir nicht hinein? Dort erwarten euch garantiert noch mehr Sehenswürdigkeiten.«

Nachdem sie die Freitreppe hochgeschritten waren, sah Maddie, daß die Balustrade und die Säulen nicht aus gewöhnlichem Stein waren, sondern aus kühlem, weißen Marmor. Auch im Foyer prunkte Marmor; sogar der Fußboden war aus rosa Marmor, auf dem die Schritte der Menschen, die darauf warteten, zu ihren Plätzen geführt zu werden, hohl hallten.

Maddie spürte die bewundernden Blicke der anderen Männer sehr wohl, aber sie achtete nicht darauf, sondern unterhielt sich mit Winston.

Sie wurden von einem lauten Gong gestört. »Der erste Aufruf. Gehen wir lieber zur Loge von Señor Aguirre.«

Von zwei Menschen flankiert, schritt Maddie mühelos die breite Treppe hinauf, und nach wenigen Augenblikken waren sie vor der Loge von Señor Aguirre. Als Winston den Vorhang zur Seite schob, konnte Maddie darin einen Mann und eine Frau sitzen sehen.

»Warten Sie hier«, sagte Winston.

Maddie wandte sich an Nile. »Was hältst du davon?«

Er schnaubte. »Es ist so maßlos übertrieben wie alles in Manaus.«

»Ach, komm, wie kann dir etwas so Geschmackvolles nicht gefallen?«

Noch ehe er etwas erwidern konnte, kehrte Winston zurück. »Señor Aguirre wäre hocherfreut, wenn wir seine Loge mit ihm teilen. Bitte, kommt herein.«

Als Maddie in die Loge trat, erhob sich Antonio Aguirre, um sie zu begrüßen. Anders als Nile oder Winston hatte seine Erscheinung nichts Besonderes. Von mittlerer Größe, mit einem Körper, der vom Wohlleben gezeichnet war, war er für Maddies Geschmack zu schmierig mit seinen fettigen schwarzen Haaren und dem gewachsten Schnurrbart. Seine Augen waren noch das auffallendste an ihm. Sie waren groß und so dunkel, daß sie beinahe schwarz wirkten. Außerdem trug er eine gewisse Arroganz zur Schau.

Jetzt zogen diese Augen Maddie förmlich aus.

»Miss Dare«, sagte Aguirre in perfektem Englisch, entblößte lächelnd seine schiefen Zähne und beugte sich über ihre Hand. »Es ist mir ein Vergnügen.«

»Señor Aguirre, das Vergn ...«, Maddie stockte mitten im Wort, als seine Begleiterin sich in ihrem Sessel umdrehte und lächelte.

Maddie war so verblüfft, daß ihr der Mund offen stehenblieb. Doch sie gewann sofort ihre Fassung wieder und rief: »Mademoiselle D'Arqueville!«

»*Bon soir*«, sagte die Französin. »Wie schön, Sie wiederzusehen.«

Aguirre sah sie verwirrt an. »Die Damen kennen sich bereits?«

»Ja, Antonio. Wir trafen uns auf der *Esperança*.«

Zu diesem Zeitpunkt hatten Winston und Nile ebenfalls die Loge betreten, und Nile war ebenso überrascht wie Maddie, als er merkte, wer Aguirres Begleiterin war. Nachdem er Aguirre begrüßt hatte, nahmen sie alle Platz, denn die Oper begann bereits.

Maddie blickte kaum auf, denn ihre Gedanken kreisten um die schöne Französin, die vor ihr saß.

Ein Verwandtenbesuch, also wirklich!

Da war Señor Calistro also nach Europa gereist, um eine stilvolle Mätresse für Antonio Aguirre zu beschaffen, der nach den riesigen Diamanten, die auf seinem Hemd blitzten, zu urteilen, reich genug war, um für die schönsten Frauen zu bezahlen.

Maddie dachte an Zosia und trotz der Hitze überlief sie ein Schauder.

Sie beugte sich vor und klopfte auf die Schulter Mademoiselle D'Arquevilles. Als die Frau mit fragendem Blick den Kopf wandte, flüsterte Maddie: »Was ist mit den Zwillingen geschehen?«

Mademoiselle D'Arqueville schüttelte beredt den Kopf. »Ich weiß es nicht.«

Maddie lehnte sich zurück und versuchte sich auf die Musik zu konzentrieren, dabei merkte sie nicht, daß Nile sie beobachtete.

Sie ist heute abend die schönste Frau hier, dachte er und musterte die Zuschauer im Rang und der Galerie.

Verglichen mit den anderen Frauen, die in dunklen Kleidern und Diamanten prunkten, stach Maddies Mangel an Schmuck und ihre Schlichtheit noch mehr hervor. Mit ihrer hellen Haut und den blonden Haaren wirkte sie so kühl und verführerisch wie Eis.

Nile rutschte unruhig hin und her. Von seinem Platz aus konnte er sehen, wie ihre Brüste sich bei jedem Atemzug hoben und senkten. Aus Eis wurde plötzlich Feuer, und er mußte wegschauen, sonst hätte er sich in Verlegenheit gebracht.

Aber das dauerte nicht lange.

Als er sie wieder anschaute, merkte er, daß ihre Augen ins Leere blickten und daß sich zwischen ihren Brauen eine tiefe Falte gebildet hatte. Offensichtlich schenkte sie der Musik, die auch Nile selbst nur für mittelmäßig hielt, nicht viel Aufmerksamkeit. Als sie seufzte und besorgt dreinblickte, kannte Nile den Grund für ihr Verhalten.

Hölle und Verdammnis! Sie denkt wieder an Calistro und diese Polin.

Er wußte, was sie vorhatte, und er mußte sie irgendwie aufhalten.

Während der Pause, erklärte Winston Maddie, daß es üblich war, sich Erfrischungen zu holen. Deshalb verließen sie die Loge und reihten sich in die Schlange ein, die zum Foyer strebte.

Als Maddie gerade die Treppe hinunterging, packte sie eine Hand am Ellbogen. Als sie aufblickte, sah sie in Niles aufgebrachtes Gesicht.

»Du siehst aus wie ein Bär, der sein Abendessen verspeisen will«, sagte sie.

»Du hast dich bei Mademoiselle D'Arqueville nach Calistro erkundigt, nicht wahr?«

»Ich habe sie nur gefragt, was aus den Zwillingen geworden ist«, entgegnete Maddie und versuchte leise zu sprechen, um keine unerwünschte Aufmerksamkeit zu erregen.

»Und was hat sie gesagt?«

»Sie wußte es nicht.«

»Eine kluge Frau«, sagte Nile, als sie gerade unten an der Treppe ankamen. »Sie weiß, daß man Calistro nicht in den Weg kommen darf, und du solltest das gleiche tun!«

»Aber . . .«

»Zum letzten Mal, Maddie, laß die Sache ruhen!« zischte er in ihr Ohr. »Wenn Calistro hört, daß du nach ihm gefragt hast, könntest du in Gefahr sein.«

Dann gesellten sich die anderen zu ihnen, und sie konnten dieses Thema nicht vertiefen.

Als sie die Promenade erreichten, die bereits voller Menschen war, beherrschte Aguirre das Gespräch.

»Winston hat mir berichtet, Miss Dare, daß Sie Reporterin sind und hier nach ihrem Verlobten suchen.«

»Ja, Señor Aguirre«, antwortete sie.

Er schüttelte den Kopf, aber seine Augen liebkosten sie. »Die Wildnis ist kein Platz für eine schöne Frau.«

»Genau das habe ich ihr bereits hundert Mal gesagt«, meinte Nile aufgebracht. »Aber sie ist entschlossen, zu gehen.«

Aguirre hob scheltend einen Finger. »Wenn ich Sie wäre, würde ich mir einen neuen Mann suchen, einen, der Ihrer Schönheit Achtung erweist, indem er Sie daheim hält und nicht in Gefahr bringt.«

Maddie seufzte dramatisch und faltete die Hände vor der Brust. »Aber ich liebe ihn verzweifelt, Señor. Ich würde bis ans Ende der Welt reisen, um an seiner Seite zu sein.«

»Ah, Herzenssachen bedürfen keiner Erklärung«, sagte Aguirre, griff effekthaschend nach der Hand Mademoiselle D'Arquevilles und küßte sie übertrieben, damit sie ihm nicht böse war, weil er Maddie zuviel Aufmerksamkeit geschenkt hatte.

Kurz darauf sagte er zu Maddie: »Dann möchten Sie also für Ihre Zeitung etwas über Manaus schreiben?«

»Ja«, erwiderte Maddie. »Ich möchte allen in England von Ihrer wunderschönen Stadt berichten.«

»Das ist gut. Die Welt muß von Manaus erfahren. Zu

lange ist uns der rechtmäßige Platz in der Welt verwehrt worden.«

»Ich möchte die Wahrheit über Manaus berichten«, entgegnete Maddie.

Augirre sagte: »Ich bin ein bescheidener Mensch, Miss Dare. Ich prahle nie mit meinem Reichtum und meinem Einfluß. Ich würde es als große Ehre betrachten, Ihnen auf jede nur erdenkliche Art und Weise helfen zu dürfen.«

»Ich danke Ihnen, Señor Aguirre«, sagte Maddie.

Für Niles Geschmack war sein Lächeln ein wenig zu lüstern, als er sagte: »Bitte nennen Sie mich doch Don Antonio.«

Maddie sagte: »Ihre Großzügigkeit überwältigt uns, Don Antonio, und wir möchten Sie bitten, uns dabei zu helfen, jeden zu finden, der diesen Fotografen gesehen hat.«

»In Ordnung«, entgegnete der Kautschukbaron.

Nile fügte hinzu: »Auch ein Empfehlungsbrief an Mr. Fitch auf Ihrer Plantage würde uns sehr helfen. Wir kommen bei unserer Fahrt flußaufwärts bestimmt dort vorbei.«

»Sie haben mein Wort, daß Mr. Fitch Ihnen in jeder Weise helfen wird.«

Da ertönte der Gong.

Aguirre sagte: »Sie müssen morgen zum Abendessen in meinen *Palácio* kommen. Ich würde die Señorita gerne mit echter brasilianischer Gastfreundschaft beehren.«

»Wir freuen uns auf Ihre Einladung, Señor«, nahm Nile das Angebot an.

»Sehr schön. Ich erwarte Sie dann morgen abend um acht Uhr.«

Dann gingen sie wieder in Aguirres Loge.

Nachdem die Oper vorbei war, war Maddie überrascht, als die Kutsche zuerst Winston zu Hause absetzte und dann weiter zum Hotel fuhr. Aber als Nile sagte: »Jetzt können wir uns ungestört unter vier Augen miteinander unterhalten«, wußte sie, daß er es so geplant hatte.

Maddie zog die verwelkten Orchideen aus ihrem Haar. »Bitte, erspar mir eine weitere Predigt wegen Calistro.«

»Hölle und Verdammnis! Das würde ich nur zu gerne tun, wenn ich wüßte, daß es etwas nutzen würde!«

Maddie funkelte ihn an. »Ich wollte doch nur herausfinden, was aus den Zwillingen geworden ist. Was ist daran so schlimm?«

Nile verdrehte ärgerlich die Augen. »Calistro handelt offenbar im Auftrag Aguirres, der ein reicher, mächtiger Mann ist, wie du vielleicht bemerkt haben dürftest. Wenn du ihm in den Weg kommst, wirst du dich in irgendeinem Bordell wiederfinden, und sogar ich werde dich nicht mehr herausbekommen.«

Maddie lächelte ihn spitzbübisch an. »Du sorgst dich wirklich rührend um mein Wohlergehen.«

»Ich halte nur mein Versprechen«, entgegnete er steif.

Ihre gute Laune schwand. »Dann glaubt also Winston, daß Aguirre uns dabei helfen kann, Ben zu finden.«

Nile nickte. »Er mag ja behaupten, daß er ein bescheidener Mensch ist, aber er ist in Wirklichkeit rücksichtslos. Er kennt die Menschen und weiß, wie er sie benutzen kann. Er kontrolliert auch den Fluß, den wir hochfahren müssen, und deshalb ist es wichtig, ihn auf unserer Seite zu haben.«

Maddie hob erstaunt die Brauen. »Er kontrolliert einen ganzen Fluß?«

»O ja, den Juruá. Dort liegen seine Kautschukplantagen, und er hat eine Privatarmee von zirka sechshundert Männern, um alles zu kontrollieren.«

Maddie keuchte: »Sechshundert Männer?«

»Sechshundert Männer am ganzen Fluß verteilt. Alle bewaffnet und völlig gewissenlos. Provy lebt in der Gegend und auch ein paar Missionarsfreunde von Winston

— deshalb ist es besonders wichtig, daß Aguirre uns wohlgesonnen ist.«

»Ich freue mich auf das Abendessen morgen abend mit ihm«, sagte Maddie. »Ich glaube ein Interview mit einem echten Kautschukbaron vom Amazonas wird von großem Interesse für die Leser des *Clarion* sein.«

»Werde bloß nicht zu interessant für ihn, sonst findest du dich noch auf Madame D'Arquevilles Platz wieder.«

Sie lächelte spitzbübisch. »Deswegen mache ich mir keine Sorgen. Du wirst mich schon retten.«

Nile sah sie rätselhaft an, sagte aber bis zum Hotel keinen Ton mehr.

Unter dem Moskitonetz fand Maddie keinen Schlaf. Die Nacht war heiß und schwül, kein Windhauch kühlte ihre Haut. Sie verschränkte die Hände hinter ihrem Kopf und versuchte ihre wirren Gedanken zu ordnen.

Nile hatte recht. Ihre Besessenheit in Bezug auf Calistro war dabei, ihre gesamte Expedition zu gefährden. Aber sie konnte nicht dagegen an.

»Du kannst die Welt nicht ändern, Maddie«, murmelte sie. »Vergiß Zosia und die Zwillinge, sonst wirst du Ben nie finden.«

Alles lief genau nach Plan. Wenn Nile erst einmal mit den Nachforschungen anfing und begann, Bens Foto herumzuzeigen, würde sich bestimmt jemand finden, der angab, daß ein Mann, auf den Bens Beschreibung paßte, flußaufwärts gefahren war. Sie vertraute darauf, daß Ben — genau, wie sie es geplant hatten — eine deutliche Spur hinterlassen hatte.

Sie mußte jetzt nur noch abwarten.

Maddie schloß die Augen und schlief endlich ein.

7

Maddie stand vor Aguirres *Palácio,* der im Stil eines englischen Landhauses erbaut war, und sah Nile an. »Wenn hier nicht Palmen ständen, könnte ich schwören, wieder in England zu sein.«

Nile schnaubte verächtlich. »Es ist eine Vergewaltigung der Natur.«

Winston grinste Maddie an und klopfte Nile auf die Schulter. »Unser König der Orchideensammler ist ein Mann mit einfachem Geschmack. Er ist zufrieden, wenn man ihm eine strohgedeckte Hütte mit gekalkten Wänden, klapprigen Möbeln und einer Hängematte gibt.«

Nile murmelte nur: »Gehen wir endlich rein, ja? Je eher das hier vorbei ist, desto glücklicher werde ich sein.«

»Er hatte noch nie Manieren«, erklärte Winston Maddie gerade so laut, daß Nile es mithören konnte. »Seit Jahren bemühe ich mich, diesen Wildling zu erziehen, aber er macht einfach nicht mit.«

Nile beteiligte sich an der Neckerei: »Ja, wirf mir ruhig ein Stück rohes Fleisch hin, wenn ich knurre.«

»Ah, aber ich habe ihn nicht wegen seiner Manieren eingestellt«, entgegnete Maddie.

Winston tat verblüfft. »Darf ich dann fragen, weswegen Sie ihn eingestellt haben?«

Maddie war in Necklaune und antwortete: »Wegen seiner Muskeln. Als schwache Frau brauchte ich einen starken Mann, der meine Koffer trägt, und der mir mit einem Palmwedel zufächelt, wenn die Hitze unerträglich ist.«

Nile blieb ruckartig stehen und fuhr herum. »Verdammt und zugenäht! Wenn du denkst, ich ...« Er stockte mitten im Satz, weil er sah, daß Maddie und Winston ihn auslachten.

»Ich, ich wollte nicht lachen«, sagte Maddie und versuchte ihr Schmunzeln zu verbergen, was ihr mißlang ... »Aber du hast mir das doch nicht geglaubt, oder?«

In Niles Augen tanzte ein boshafter Funke. »Hat dir deine Mutter nicht beigebracht, einen hungrigen Hund nicht zu necken?«

Und ohne ein weiteres Wort drehte er sich um und ging zur Haustür. Maddie und Winston folgten ihm auf dem Fuße.

Ein livrierter Butler öffnete ihnen die Tür, führte sie durch eine riesige Eingangshalle in eine Art Salon. Als die Besucher angemeldet wurden, erhoben sich Señor Aguirre und Mademoiselle D'Arqueville, um sie zu begrüßen.

»Willkommen im *Palácio* Aguirre, meine Freunde«, sagte der Señor mit breitem Lächeln. Aguirre und seine Geliebte waren beide in schwarzer Abendgarderobe, auf der Diamanten glitzerten, obgleich Mademoiselle D'Arquevilles Schmuck diesmal etwas dezenter war.

Nachdem man sich begrüßt hatte, sagte Aguirre: »Champagner für alle.«

Nile sah Maddie streng an, und sie sagte rasch: »Bitte für mich nur Sherry, Señor Aguirre.«

Aguirre sah sie gekränkt an. »Aber eine schöne Frau sollte immer nur das Beste bekommen.«

Maddie lächelte entschuldigend. »Leider reagiert mein Magen bei Champagner mit Übelkeit.«

Er verbeugte sich. »Es liegt mir fern, mich den Wünschen einer Dame zu widersetzen. Dann also Sherry, Señorita.«

Aguirre klatschte in die Hände und scheinbar aus dem Nichts erschien ein weiterer Diener, der ihnen die Getränke in Kelchen aus purem Silber servierte.

Aguirre sagte zu Maddie: »Ich sehe, daß Sie die Kelche bewundern.«

»Sie sind sehr schön«, entgegnete Maddie und musterte genauer die reichverzierten Stiele.

»Die Inkas nannten dieses Edelmetall ›Tränen des Mondes‹«, erklärte ihr Gastgeber. »Gold hingegen war der ›Schweiß der Sonne‹.«

»Was für seltsame Ausdrücke!«

Aguirres dunkle Augen funkelten begehrlich. »Meine Landsleute waren — sind — einer sehr bildhaften Sprache mächtig.«

Als alle saßen, brachte ihr Gastgeber einen Trinkspruch aus. »Auf den Kautschuk.«

Als Maddie ihren schweren Kelch hob, glaubte sie in Mademoiselle D'Arquevilles schönem Gesicht so etwas wie Verärgerung zu lesen, daß der Trinkspruch nicht auf sie gemünzt war, aber der Eindruck verflog so schnell wie er gekommen war.

»So, Señorita Dare«, sagte Aguirre. »Was halten Sie von meinem *Palácio*?«

Maddie ließ ihre Blicke schweifen. »Es ist bestimmt eines der prächtigsten Häuser, die ich je gesehen habe, Señor, und es kann sich ohne weiteres mit den Häusern in meiner Heimat messen. Ihr hervorragender Geschmack kann nur bewundert werden.«

Die verlogenen Phrasen blieben ihr fast im Hals stekken, aber sie brachte sie doch heraus. Aguirre war eitel, und wenn sie wollte, daß er ihr half, mußte sie seiner Eitelkeit schmeicheln.

Aquirre schwoll die Brust. »Obwohl ich ein bescheidener Mensch bin, darf ich doch behaupten, keine Ausgabe gescheut zu haben.« Er wies auf den Tisch mit der weißen Marmorplatte, der vor ihnen stand. »Das ist feinster Cararra-Marmor, und der Fuß ist aus solidem Gold, oder besser gesagt: »aus dem ›Schweiß der Sonne‹. Er ist so schwer, daß sechs Männer ihn hineintragen mußten. Verstehen Sie, ich möchte damit nicht prahlen, sondern Sie nur informieren.«

»Sie haben einen exquisiten Geschmack, Señor«, sagte Winston und prostete ihm zu.

Nile sagte nichts, und als Aguirre ihn erwartungsvoll ansah, um auch von ihm gelobt zu werden, trat Maddie Nile vors Schienbein.

Er zuckte zusammen, funkelte sie aber nicht an, sondern zeigte ein gezwungenes Lächeln. »Hervorragender Geschmack.«

Aguirre strahlte, und seine Geliebte sah belustigt drein.

»Kommen Sie«, erhob sich ihr Gastgeber.

Sie gingen nach unten und verspeisten ein üppiges Diner, das durchwegs aus teuren, importierten Delikatessen bestand. Danach kehrten sie in den Salon zurück, und Maddie befragte Señor Aguirre über sein Kautschukimperium. Zwei Stunden später gingen sie und hatten genau das, weswegen sie gekommen waren — einen konkreten Plan, der ihnen helfen sollte, Ben Thomas zu finden.

Die nächsten Tage verbrachte Maddie meist in ihrem luxuriösen Hotelzimmer, schrieb ihre Artikel und einen Brief an Sam, während Nile auf den Docks Bens Foto herumzeigte.

Am vierten Tag erreichte Maddie endlich die Nachricht, auf die sie gewartet hatte. Als man ihr sagte, in der Halle würde ein Mann auf sie warten, lief Maddie nach unten. Es war Winston.

Als er sie sah, strahlte sein jungenhaftes Gesicht auf, und er eilte auf sie zu. »Gute Neuigkeiten.«

»Über Ben?« fragte Maddie sofort.

Winston nickte. »Aguirre hat mir heute morgen eine Nachricht geschickt. Einer seiner Männer hat mit dem Kapitän eines Dampfschiffs gesprochen, das gerade flußabwärts gekommen ist. Er erkannte Ihren Mr. Thomas auf dem Foto und sagte, er würde sich deshalb an ihn erinnern, weil er eine Kamera bei sich hatte und ständig fotografiert hat.«

Maddie war nahe daran, vor Erleichterung ohnmächtig zu werden. »Dann ist Ben also flußaufwärts gefahren. Hat der Kapitän gesagt wie weit?«

»Bis Tefé«, erwiderte Winston. »Wenn wir also annehmen, daß er von dort nicht nach Manaus zurückgekehrt ist, muß er weiter flußaufwärts gefahren sein.«

»Das klingt nach Ben. Das hätte er bestimmt getan«, sagte Maddie. »Er wollte bestimmt soviel wie möglich Land und Leute fotografieren.«

»Zumindest haben Sie jetzt einen Ansatzpunkt.«

Maddie lächelte und legte eine Hand auf seinen Arm. »Ich danke Ihnen aus tiefstem Herzensgrund, Winston.«

Seine grünen Augen tanzten. »Danken Sie nicht mir, danken Sie dem ›bescheidenen‹ Senor Aguirre. Ihre dreiste Schmeichelei an jenem Abend zeitigt jetzt Früchte — obwohl unsere Selbstachtung sehr darunter gelitten hat.«

Maddie schlug die Hände zusammen. »Ich bin so aufgeregt! Jetzt können Nile und ich uns auf den Weg machen.«

»Kommen Sie heute abend zum Essen«, sagte Winston, »dann können wir feiern.«

»Danke. Ich komme gern und ich glaube Nile auch.«

»Wunderbar. Ich schicke Ihnen um sechs meine Kutsche.«

Winston rückte seinen Hut zurecht, verabschiedete sich von Maddie und ging.

Nile trank zuviel von Winstons Champagner, aber er konnte nicht anders.

Als er am späten Nachmittag ins Hotel zurückgekommen war, erwartete ihn Maddie mit strahlendem Gesicht in der Halle. Sie erzählte ihm, daß ihre Suche endlich von Erfolg gekrönt worden war — Ben Thomas war gesehen worden, als er flußaufwärts fuhr.

Zu diesem Zeitpunkt war Nile noch erleichtert gewesen. Endlich würde ihre Expedition losgehen. Er würde ein Boot mieten, Vorräte besorgen und das tun, wofür er bezahlt wurde. Mit etwas Glück würden sie den unmöglichen Ben Thomas in irgendeiner Stadt am Fluß finden, wo er nichtsahnend Fotografien machte und wahrscheinlich keine Ahnung davon hatte, daß seine Verlobte sich um ihn sorgte.

Aber als er jetzt in Winstons Haus Maddie gegenüber saß, wurde er erneut von Zweifeln geplagt.

Ich kann nicht bei Verstand gewesen sein, als ich hierzu meine Einwilligung gab, sagte er bei sich. Sie wird nie überleben. Schau sie dir doch an. Sie gehört in einen Ballsaal, nicht in den Dschungel.

Heute abend sah Maddie so zart und zerbrechlich aus wie eine von Winstons Orchideen. Sie trug wieder dieses verdammte blaue Kleid, und ihre Haare waren zur Seite gekämmt, wo sie verführerisch über ihre linke Schulter flossen und ihre Brust bedeckten.

Nile dachte daran, wie diese milchweiße Haut wohl aussehen würde, wenn die schwarzen Bisse der Sandfliegen sie zeichneten, und sein Entschluß geriet wieder ins Wanken. Ich kann es nicht tun, dachte er. Ich kann es einfach nicht. Soll mich doch der *Clarion* verklagen, weil ich meinen Vertrag gebrochen habe. Das ist mir egal.

Der Klang seines Namens riß ihn aus den Gedanken. Er blickte auf und entdeckte, daß sowohl Winston als auch Maddie ihn befremdet ansahen.

»Du hast ausgesehen, als wärst du tausend Meilen weit weg«, sagte Maddie.

Winston grinste. »Zweifellos tausend Meilen flußaufwärts.«

Nile trank noch einen Schluck Champagner.

Maddie beugte sich vor, ihre Augen funkelten erregt. »Was wird unser nächster Schritt sein? Schließlich wissen wir jetzt, daß Ben sich flußaufwärts gewandt hat. Werden wir wieder auf einem Dampfschiff wie der *Rio Madeira* reisen?«

Nile schüttelte den Kopf und starrte in sein Glas. Was kümmerte es ihn, was mit ihr geschah? Sie kannte die Gefahren und Risiken. Warum sollte er sich für eine überkandidelte, hirnlose Frau verantwortlich fühlen, die nicht genug Verstand besaß, um zu Hause zu bleiben, wo sie hingehörte?

»Sie fahren zu unregelmäßig, und wir wären dem Terminplan des Kapitäns ausgeliefert«, sagte er. »Ich schlage vor, daß wir mit dem Geld des *Clarion* ein Boot chartern.«

»Auf diese Weise könnt ihr nach Thomas in eurem eigenen Tempo suchen und in flacherem Wasser fahren«, meinte Winston. »Außerdem ist so ein Boot groß genug, um alle Vorräte, die ihr nötig habt, aufzunehmen.«

»Klingt großartig.«

»Verdammt und zugenäht, es ist ganz und gar nicht großartig!« Nile knallte sein Glas so heftig auf den Tisch, daß der Stiel mit einem scharfen Knacken brach.

Maddie und Winston erstarrten und sahen ihn nur an.

Dann stand Winston auf. »Komm, ich nehme das«, damit nahm er das kaputte Glas aus Niles Hand.

»Was ist los?« fragte Maddie mit besorgtem Blick.

Nile sah sie an. »Alles. Unsere Vereinbarung ist gestorben. Ich nehme dich nicht mit. Der Amazonas ist nichts für Frauen.«

Maddies Wangen färbten sich zornrot, und ihre Nasenflügel bebten wie die eines wilden Stiers. Ihre Augen waren dunkelblau wie Saphire, als sie mit der flachen Hand auf den Tisch schlug.

»Jetzt hör mir endlich zu, Nile Marcus«, knirschte sie, »eine Vereinbarung ist eine Vereinbarung. Das haben wir schon tausendmal durchgekaut. Jetzt, wo wir so weit gekommen sind, läßt du mich nicht mehr sitzen.«

»Du kannst doch hier in Manaus bei Winston bleiben und auf meine Rückkehr warten.«

»Nein.«

»Ich werde dir Thomas zurückbringen, aber ich werde es allein tun.«

»Ich sagte nein!«

»Und ich sagte *ja!*« donnerte er und sprang auf. »Es ist zu gefährlich.«

Maddie fuhr hoch. »Du hast einen Vertrag mit dem *Clarion,* und ich binde dich hiermit daran.«

»Wir sind jetzt in Südamerika. Ich bezweifle, daß ein solcher Vertrag hier Gültigkeit besitzt.« Er lächelte träge. »Ich kann hier untertauchen, und niemand wird mich finden.«

»Gut. Brich dein Wort. Ich hätte dir nie trauen sollen. Du bist ein Lump der schlimmsten Sorte und offensichtlich kein Mann von Ehre.«

»Es nutzt nichts, mich zu beschimpfen. Man hat mir schon schlimmere Sachen gesagt.«

Sie musterte ihn schweigend mit schmalen Augen. Dann schüttelte sie langsam den Kopf, und ihre Wut schien zu schwinden. »Gut«, sagte sie scharf. »Wenn du mich nicht mitnehmen willst, suche ich mir einen anderen, der es tut. Du bist nicht der einzige Mann, der sich am Amazonas auskennt. Vielleicht wird Señor Aguirre so nett sein und mir jemanden empfehlen.«

»Droh mir nicht. Wenn du Aguirre vertraust, wirst du nicht nur Thomas nie finden, sondern auch in einem Bordell landen, wo du seinen *Seringueiros* zu Diensten sein mußt.«

»Nile ...« warnte Winston.

Maddie reckte trotzig das Kinn. »Ich fahre flußaufwärts, Nile Marcus. Mit oder ohne dich.«

»Du dumme kleine Närrin!« Nile ballte die Fäuste und stürmte ins Gewächshaus. Dort blieb er eine Zeitlang stehen und atmete tief durch, um sich zu beruhigen. Dann fuhr er sich mit einer Hand durchs Haar, und er spürte, wie die Wut langsam aus seinem Körper wich.

Eine Minute später hörte Nile Schritte. Er drehte sich um und erwartete, Maddie zu sehen, die ihn niedermachen wolle, aber es war Winston.

Winston sagte zunächst nichts, sondern sah Nile nur interessiert an. Dann sagte er: »Darf ich mich auf unsere alte Freundschaft berufen und dich fragen, was dieser Wutausbruch sollte?«

Nile hob abweisend eine Hand. »Das ist offensichtlich, oder?«

»Nein. Ich dachte, zwischen euch wäre alles geregelt. Warum diese Sinnesänderung? Es sieht dir gar nicht ähnlich, dein Wort zu brechen.«

»Ich muß wahnsinnig gewesen sein, als ich einwilligte eine Frau mit an den Amazonas zu nehmen, sogar diese ... diese ...« Er suchte nach dem passenden Wort und gab es dann auf.

Winston schüttelte den Kopf. »Verzeih mir, alter Freund, aber ich vermute, daß mehr daran ist. Amaryllis lebt seit Jahren am Fluß, und du bewunderst sie sogar wegen ihrem Mut und ihrer Kraft. Maddie ist genau wie Amy — eine starke Frau, die anscheinend weiß, sich gegen alle Widrigkeiten durchzusetzen.«

Als Nile nichts sagte, meinte Winston sanft: »Komm, was stört dich eigentlich in Wirklichkeit? Du weißt, daß du mir alles sagen kannst, und ich nichts weitertrage.«

Nile seufzte. Er hätte wissen müssen, daß er Winston nichts vormachen konnte. Der Mann war einfach zu scharfsichtig. Er preßte heraus: »Verdammt noch eins! Ich liebe sie.«

Sein Freund schwieg und murmelte dann: »Ich verstehe.«

»Nein, du verstehst gar nichts, verdammt nochmal«, fuhr Nile ihn an. »Ich liebe nicht so, wie du Amaryllis liebst.«

»Wie dann? Klär mich auf.«

Nile zögerte und ordnete seine Gedanken. »Als Maddie mit ihrem Plan in England zu mir kam, willigte ich ein, weil ich vom Pech verfolgt war und dringend das Geld brauchte. Wenn eine dreiste Närrin unbedingt ihren Hals riskieren wollte, warum sollte ich sie aufhalten? Ich würde sie dorthinbringen, wohin sie wollte, und wenn sie es überlebte, gut. Wenn nicht ...« Er zuckte die Achseln. »Aber inzwischen habe ich sie kennengelernt. Ich fühle mich irgendwie für sie verantwortlich.« Nile seufzte niedergeschlagen. »Ich kann es nicht erklären.«

Winston nickte weise. »Wenn ihr irgend etwas passieren würde, würdest du genauso empfinden, als wenn Amaryllis oder mir etwas zustieße. Du hast sie in den letzten Wochen besser kennengelernt, und jetzt liebst du sie wie ein Freund.«

»So kann man es ausdrücken.«

»Warum sagst du ihr das nicht? Vielleicht ändert sie dann ihre Meinung.«

Nile schnaubte. »Und riskiert damit, eine gute Story für ihre Zeitung zu verlieren? Nicht sehr wahrscheinlich.«

Winston ging zu einer der Pflanzen, einer seltenen Tulpenorchidee aus den Anden. »Dann hast du keine andere Wahl. Sie muß dich begleiten.«

Als Mile den Mund öffnete, um zu protestieren, brachte Winston ihn mit einer Handbewegung zum Schweigen. »Laß mich ausreden. Wenn du sie nicht mitnimmst, wird sie Aguirre oder sonst einen Schurken um Hilfe bitten und ein weit schlimmeres Schicksal erleiden, als es ihr in deiner Gesellschaft zuteil würde.«

Winston legte eine Hand auf die Schulter seines Freundes. »Siehst du es denn nicht? Du kannst sie nur vor Schaden bewahren, wenn du sie ständig unter Aufsicht hast — und das bedeutet, du nimmst sie flußaufwärts mit.«

Nile erkannte, wann er geschlagen war. »Du hast natürlich recht. Das ist die einzige Möglichkeit — abgesehen von der, diese Teufelin auf deinem Speicher einzuschließen und den Schlüssel wegzuwerfen.«

Sein Freund grinste. »Diese Möglichkeit steht dir leider nicht offen.«

Nile musterte Winston mit schmalen Augen. »Du bist ein gerissener Mann, Belgrave.«

»Für einen ehemaligen Missionar?«

Nile lachte. »Für einen Borgia.«

Winston strich sich seine Tolle aus der Stirn. »Komm.

Sagen wir Miss Dare, daß ihr beide gemeinsam flußaufwärts fahrt.«

Sie fanden Maddie angespannt vor einem der Fenster des Eßzimmers. Als sie die beiden kommen hörte, drehte sie sich um und sah Nile direkt an. »Nun?«

»Ich breche nie mein Wort«, sagte er.

Sie atmete auf. »Das habe ich auch nie gedacht.«

»Da jetzt alles geklärt ist, sollten wir jetzt das Dessert essen, oder?« meinte Winston.

Sie setzten sich, um das Mahl zu beenden, und als die Unterhaltung wieder in Fluß kam, war der Ton so umgänglich, als wäre Niles Wutausbruch nie geschehen.

Drei Tage später erstarb jedes Gespräch, als Maddie durch die Hotelhalle ging.

Sie bezweifelte, daß die modebwußten Einwohner von Manaus jemals eine Frau gesehen hatten, die so gekleidet war wie sie. Da sie schließlich flußaufwärts fuhr und nicht in die Oper ging, hatte sie ihre Kleidung passend zu diesem Vorhaben gewählt.

Maddie trug einen breitkrempigen Hut, der sie vor der Sonne schützen sollte. Um sich nicht mit Haarnadeln abmühen zu müssen, hatte sie ihre Haare zu einem festen Zopf geflochten, der ihr den Rücken hinunterhing. Um es bequemer zu haben, hatte sie das Korsett ganz weggelassen — sie genoß das Gefühl unter ihrer langärmeligen weißen Bluse unbeengt zu sein, obwohl die anständigen Bürger von Manaus es — nach ihren Mienen zu urteilen — mißbilligten.

Zweifellos gefiel ihnen auch ihr moderner Hosenrock nicht, denn der Saum endete keineswegs auf dem Boden, sondern in Knöchelhöhe und ließ ihre kniehohen Stiefel sehen.

Doch Nile gefiel ihr Aufzug. Er musterte sie und knurrte dann: »Anständig. Gehen wir, Winstons Kutsche wird uns zu den Docks bringen.«

»Wo ist Winston?« fragte Maddie und bemühte sich, mit ihm Schritt zu halten.

»Muß arbeiten. Er hat aber versprochen, uns nachzuwinken.«

»Das habe ich gehofft. Ich mag ihn.«

»Und er mag dich. Gott weiß warum.«

Maddie hörte den scherzenden Unterton und lachte nur.

Als sie in der Kutsche saßen, sagte sie: »Hast du alle Vorräte gekauft, die wir brauchen?«

Nile nickte. »Alles gekauft und bezahlt — dank dem *Clarion*. Sie sind bereits an Bord des Bootes.«

»Gut. Und mein Gepäck?«

»Das auch.« Nile sah sie an. »Du nimmst nur eine Tasche mit?«

Maddie lächelte. »Ich habe dir doch gesagt, daß ich mit einem Minimum weiblicher Accessoires reise.«

In seinen Augen stand widerwillige Bewunderung. »Das hast du getan, aber ich habe dir nicht geglaubt.«

»Ich werde keine Belastung für dich sein, Nile«, sagte sie ernst. »Als ich sagte, daß ich eine Krise meistern kann, habe ich das auch so gemeint.«

Er verschränkte die Arme über der Brust. »Das wird sich noch herausstellen.«

»Ich bitte dich nur darum, mir eine Chance zu geben und es beweisen zu können.«

»Das ist nur fair.«

Sie schwiegen, aber zwischen ihnen war genug Spannung, um die Kutsche explodieren zu lassen.

Als sie an den Docks ankamen und Nile Maddie heraushalf, sah er sie an. »Ich weiß, daß es reine Zeitverschwendung ist, aber ich sage es trotzdem. Es ist immer noch Zeit, deine Meinung zu ändern.«

»Nicht um alles in der Welt.«

Er warf den Kopf zurück und lachte herzlich.

Maddie wurde bewußt, daß es ihr wirklich gefiel, wenn

Nile so gelöst war. Es hörte sich so gut an, daß ihre Laune stieg.

Dann nahm sie seine Hand und stieg aus. Kurz darauf kam Winston auf sie zu. Nachdem er Maddie von oben bis unten gemustert hatte, beugte sich Winston über Maddies Hand.

»Sie sehen ausgesprochen hinreißend aus. Ich garantiere Ihnen, daß jede Dame in Manaus Ihren Stil in einer Woche kopiert.«

»Irgendwie bezweifle ich das«, meinte Maddie.

Winston strich sich die Haare aus der Stirn. »Ich hoffe, daß Sie eine sichere und erfolgreiche Reise haben, Maddie Dare.«

Nile verdrehte die Augen. »Verdammt und zugenäht, das habe ich befürchtet. Er wird dir eine seiner salbungsvollen Abschiedsreden halten.«

Winston achtete gar nicht auf ihn. »So widerwärtig es Ihnen auch sein mag, aber tun Sie das, was Nile sagt. Ich weiß, daß er ein unerträglicher und anmaßender Flegel ist, und dazu neigt, zu glauben, daß seine Art etwas zu erledigen immer die richtige ist, aber er kennt den Amazonas.«

Nile unterbrach ihn. »Kannst du es kurz machen, Belgrave? Wir haben nicht den ganzen Tag Zeit.«

Wieder achtete Winston gar nicht auf ihn und fuhr fort: »Er gewährleistet Ihre Sicherheit.«

»Das erwarte ich von ihm«, entgegnete Maddie, der Tränen in die Augen stiegen.

Dann beugte sich Winston vor und küßte sie auf die Wange. »Viel Glück und gute Reise. Ich werde für Ihre glückliche Rückkehr beten.«

»Glaub ihm nicht«, knurrte Nile. »Er hat seit Jahren nicht gebetet.«

Aber nachdem Maddie Winston lebwohl gesagt hatte, bemerkte sie, daß auch Niles Augen unnatürlich glänzten.

Nile entschuldigte sich für einen Augenblick und nahm

Winston beiseite. »Soll ich Amaryllis etwas von dir ausrichten?«

Ein Schatten glitt über Winstons jungenhaftes Gesicht. »Du kannst ihr sagen, daß ich sie immer noch liebe — auch wenn ihr das nichts bedeutet.«

»Das werde ich tun. Man kann nie wissen. Vielleicht ändert sie eines Tages ihre Meinung.«

»O nein, mein Freund. Das wird leider nie passieren. In ihren Augen bin ich ein Verdammter, eine auf ewig verlorene Seele.«

»Aber da sie in der Branche arbeitet, die Seelen rettet, sollte man eigentlich meinen, daß sie die Herausforderung deine zu retten, annimmt.«

Winston schüttelte den Kopf. »Leider handelt sie nicht so, mein Freund.«

Nile wußte nicht, was er darauf antworten sollte, denn Winston war so verbittert, daß es nichts mehr zu sagen gab. Deshalb umfaßte er nur kurz tröstend die Schulter des Freundes, drehte sich um und ging.

Da Winston zu arbeiten hatten, blieb er nicht, um Nile und Maddie abfahren zu sehen. Arbeit war alles, was ihm noch blieb.

Als er allein in seiner Kutsche saß und an Amaryllis dachte, spürte er tief in seiner Seele zerfressende Trauer. Seine Seele ... Er fragte sich, ob er überhaupt noch eine hatte. Er mußte eine haben, um solche Sehnsucht nach einem anderen menschlichen Wesen zu haben.

Er sehnte sich nach Amaryllis. Körperliche Vereinigung war nicht so dauerhaft wie eine Seelengemeinschaft. Leidenschaft konnte niemals den Platz von Lachen und geistiger Einheit einnehmen.

Winston schaute aus dem Fenster der Kutsche und zögerte. Es war immer noch Zeit für ihn, umzukehren und Nile zu bitten, an der Expedition teilzunehmen. Vielleicht würde Amaryllis, wenn sie ihn wiedersah, merken, wie sehr sie ihn liebte.

Er stöhnte verzweifelt. Es hatte keinen Zweck. Amaryllis und ihm war das Schicksal bestimmt, niemals zusammenzukommen. Gott in seiner unendlichen Weisheit hatte es so bestimmt.

Maddie schüttelte den Kopf, als sie die Kutsche wegfahren sah. »Ich wünschte, ich könnte ihm irgendwie helfen.«

Nile sagte: »Wenn wir die Mission erreichen, kannst du versuchen Amaryllis gut zuzureden.« Er hakte sich bei Maddie unter und ging den Kai hinunter. »Nicht, daß das etwas nutzen würde. Amaryllis Gates war immer schon eine starrköpfige Person.«

Maddie grinste spitzbübisch. »Ich mag sie jetzt schon.«

»Ich habe diese Missionare nie verstanden. Sie sind immer so sicher, daß es allein Gott gibt, und sie sorgen dafür, daß jeder auf der Welt auch so denkt.«

»Das ist eine unpopuläre Meinung, aber ich stimme dir zu. Ich denke, es ist an der Zeit, daß wir aufhören, Eingeborene in gute kleine Engländer, wie wir es sind, zu verwandeln. Wir sollten endlich ihre Kulturen anerkennen.«

Er grinste. »Was haben wir denn da? Eine Vertreterin des Empire?«

»Nur eine Frau von ungewöhnlichem Verstand«, entgegnete sie.

Niles blieb vor einem kleinen Dampfboot stehen. »Das ist es. Komm an Bord und begrüße unseren Kapitän.«

Maddie trat an Deck, und ein dunkelhäutiger Mann kam mit fröhlichem Gesicht aus der Kabine.

Nile begrüßte ihn auf portugiesisch, und der Mann lächelte strahlend.

»Das ist Jayme, unser Kapitän«, sagte Nile zu Maddie. »Er spricht nur Portugiesisch, deshalb kannst du leider keinen meiner Befehle an ihn widerrufen.«

»Es war sehr klug von dir, ihn anzuheuern«, lächelte Maddie und reichte Jayme die Hand, der sofort seinen Hut abnahm und etwas auf portugiesisch sagte.

»Er sagt, du seist eine wunderschöne Frau, und er sei geehrt, dich als Passagier auf seinem bescheidenen Boot zu haben«, übersetzte Nile.

»Sag ihm, daß die Ehre ganz meinerseits ist.«

Nachdem Nile das getan hatte, sagte er: »Möchtest du jetzt deine Kabine sehen? Leider ist sie nicht so groß wie die auf der *Rio Madeira.*«

Die Kabine war so klein, daß man sich kaum darin umdrehen konnte und fensterlos, aber zumindest war eine Koje darin und eine Tür, die man zumachen konnte. Ihre Tasche und ihr Erste-Hilfe-Kasten standen bereits in einer Ecke.

»Meine Kabine ist gleich gegenüber«, sagte Nile. »Jayme schläft an Deck.«

Er verschwand in seiner Kabine, und als er zurückkehrte, hielt er ein Repetiergewehr in der Hand. »Ein Geschenk für dich. Ich nehme an, du weißt, wie man damit schießt.«

Er warf es ihr zu.

Da sie erwartet hatte, daß er so etwas tat, fing Maddie es fachmännisch mit einer Hand auf und überprüfte gleich, ob es geladen war. Das brachte ihr ein anerkennendes Lächeln von Nile ein.

»Obwohl ich eine bescheidene Frau bin, muß ich dir sagen, daß ich eine ausgezeichnete Schützin bin.«

Nile seufzte. »Irgendwie habe ich erwartet, daß du das sagen würdest.«

»Das ist keine eitle Prahlerei, mein Freund. Ich habe sogar an einem Schießwettbewerb in Sandringham, an dem sogar der Prinz von Wales teilnahm, mitgemacht, und ich war die einzige Frau dort.«

Er hob die Brauen. »Ich bin beeindruckt. Aber Moorhühner sind wohl kaum mit feindlichen Wilden, die Blasrohre und vergiftete Pfeile haben, zu vergleichen.«

»Mach dir keine Sorgen«, sagte sie. »Wenn die Zeit da ist, werde ich das tun, was ich zu tun habe.«

Also das glaube ich auch, sagte Nile zu sich.

Als sie wieder an Deck gingen, sagte Nile etwas zu Jayme, der sofort seinem Befehl nachkam.

Nile wandte sich an Maddie. »Verabschiede dich von Manaus und bete, daß du es lebend wiedersiehst.«

Endlich fuhren sie los.

8

Wenn es in der Hölle so heiß war wie am Amazonas, würde sie ihr Leben ändern müssen, beschloß Maddie.

Jayme stand am Steuer und summte eine Melodie, die so bittersüß war, daß es nur um unerwiderte Liebe gehen konnte, während Nile dabei war, die Winchester zu reinigen und zu ölen, um sie vor Rost zu bewahren.

Maddie beobachtete ihn, als seine großen Hände mit den kräftigen Fingern mit einem sauberen Lappen über den Gewehrlauf fuhren. Diese Berührung war so sanft, daß sie fast wie eine Liebkosung wirkte, und sie ertappte sich bei der Frage, wie es wohl wäre, diese Fingerspitzen auf ihrer Haut zu fühlen.

Es ist die Hitze, Maddie, schalt sie sich. Dadurch bekommst du seltsame Vorstellungen. Du wirst nie hier durchkommen, wenn du zuläßt, daß Nile Marcus dich ablenkt.

Maddie seufzte. Da waren sie erst fünf Stunden von Manaus entfernt, und sie langweilte sich bereits.

Maddie schloß die Augen und legte den Kopf zurück. Sie dachte an England Ende Oktober und konnte beinahe die kalte, rauhe Herbstluft riechen und den Regen auf ihrem Gesicht spüren.

Ein Schütteln an ihrer Schulter riß sie aus ihren Träumereien. Maddie schlug die Augen auf. Nile kauerte mit besorgtem Blick neben ihrem Stuhl.

»Bist du krank?«

»Nein, ich genoß nur einen schönen Tagtraum, das ist alles.«

Sie wurde nicht ausführlicher, denn sie wußte, wenn er erfuhr, daß sie an England dachte, würde er das als Vorwand benützen, um sie genau dorthin zurückzuschikken.

Er stand wie üblich mit katzenhafter Gewandtheit auf und schaute auf sie herunter. »Bist du sicher? Es ist nicht zu spät, um umzukehren.«

Maddie lächelte träge. »Danke, daß du dich so sorgst, aber ich bin sicher. Es tut mir leid, wenn ich dich enttäusche.«

»Dann ist es ja gut.« Nile nahm die Gewehre und verschwand im Schiffsrumpf.

Als er wieder hochkam, ging er zu Jayme und unterhielt sich ein paar Minuten mit ihm. Dann ging er an die Reling. Maddie stand auf und gesellte sich zu ihm.

»Eines will ich unbedingt wissen. Wie navigiert Jayme auf dem Fluß? Ich habe bemerkt, daß er manchmal das Boot mitten auf den Fluß steuert und manchmal nah am Ufer fährt. Doch er benutzt keine Karte.«

»Ich werde ihn fragen und dir seine Antwort übersetzen«, sagte Nile, wandte sich an ihren Kapitän und stellte ihm Maddies Frage.

Jayme lächelte. Offenbar schmeichelte ihm Maddies Interesse. Dann antwortete er auf portugiesisch.

»Der Amazonas ist wie eine Frau, *Señorita.* Obwohl man nicht weiß, was sie denkt, spürt man ihre Stimmung, wenn man sie zu erkennen weiß. Zuerst muß man lernen, den Fluß zu lesen und zu hören, was er einem erzählt. Beobachten Sie die treibenden Blätter, Holzstücke und sogar den Schaum, denn diese Sachen suchen immer das Meer und werden Ihnen sagen, wo das Wasser rasch und tief ist. Wenn Sie wissen wollen, wo sich die Sandbänke verbergen, beobachten Sie das ruhige Wasser oder folgen Sie den welligen Flächen. Und wählen Sie immer den direkten Weg durch einen Kanal zwischen zwei Sandbänken und nie eine Kurvenlinie, denn dort ist das Wasser am tiefsten.«

»Faszinierend«, sagte Maddie lächelnd, dankte ihm und überließ ihn wieder seiner Arbeit.

Nile sagte: »Behalt das im Gedächtnis für den Fall, daß Jayme oder mir etwas zustößt und du das Boot einmal allein navigieren mußt.«

»Oh, mach dir keine Sorgen, das werde ich schon.« Maddie musterte ihn kurz schweigend und sagte dann: »Jetzt bist du dran. Erzähl mir, wie du vorgehst, wenn du Orchideen sammelst.«

Ein trockenes Lächeln kräuselte seine Lippen. »Willst du damit sagen, daß du es nicht weißt? Sonst scheinst du doch alles über mich zu wissen.«

»Das ausgenommen.«

»Wenn ich in ein Gebiet komme, heuere ich Eingeborene an, die sich im Dschungel auskennen. Wir gehen zu Fuß hinein oder manchmal auch mit Maultieren, das hängt ganz von der Situation ab. Wenn ich Orchideen finde, fällen die Männer den Baum, der die Pflanzen erhält.«

»Warum ist es nötig, den ganzen Baum zu fällen? Warum nimmt man nicht einfach nur die Orchideen?«

»Weil es Parasitenpflanzen sind. Ihr Leben hängt von dem Baum ab. Die Orchideen überleben die Reise nach England besser, wenn sie immer noch in der Rinde des Baums verwurzelt sind. Wenn die Orchideen dann alle gesammelt sind, werden sie in Kisten gesteckt, in denen es feucht ist, wie im Dschungel, so eine Art kleine Gewächshäuser.«

Und Maddie fügte hinzu: »Und dann bringst du sie zum nächsten Ozeandampfer nach England.«

»Ja. Aber manchmal überleben sie die Überfahrt nicht, wie du mich ja so beredt bei unserem ersten Treffen erinnert hast.«

Sie ignorierte die Verbitterung in seiner Stimme. »Wie viele Orchideen hast du auf deiner erfolgreichsten Expedition gesammelt?«

»So etwa zehntausend von viertausend Bäumen.«

Maddie starrte ihn sprachlos vor Verblüffung an.

Nile grinste. »Warum so überrascht? Du hast doch nicht geglaubt, daß ich mein Leben und meine gesunden Glieder bloß für ein oder zwei Pflanzen riskiere, oder?«

»Nein, eigentlich nicht. Ist so ein Unternehmen profitabel?«

»Wenn sie selten ist, kann eine Pflanze um die tausend Guineen bringen.«

Maddie wich unter der Wucht dieser Information zurück. »Du meine Güte. Ich glaube, ich mache den falschen Job.«

Nile schnaubte: »Davon gibt es nur sehr wenige. Vor allem zur Zeit, wo die meisten Stellen leergeräumt sind und es große Konkurrenz gibt.«

»Willst du damit etwa sagen, es gibt noch mehr wie dich?«

Er nickte. »Manche Sammler lassen zwanzig Jäger auf der ganzen Welt nach seltenen Sorten suchen. Manche arbeiten für Kew Gardens und andere für die botanische Gesellschaft. Und es gibt natürlich auch reiche, private Sammler.«

»Ach, so wie der Mann, der sich geweigert hat, dir eine weitere Expedition zu finanzieren.«

Niles Augen verdunkelten sich. »Genau.«

»Nun schau mich nicht so wild an«, neckte Maddie ihn. »Wenn er deine Expedition finanziert hätte, würden du und ich jetzt nicht hier stehen und das Abenteuer unseres Lebens erleben.«

»Ich muß daran denken, daß ich ihm danke«, sagte Nile.

Seine giftige Bemerkung ließ Maddie leise glucksen. »Du solltest inzwischen wissen, daß ich immun gegen deine Beleidigungen bin.«

»Du hast wirklich eine dicke Haut, das muß ich schon sagen.«

Beide schwiegen und hingen ihren Gedanken nach, während Jaymes bittersüßes Lied die Luft erfüllte und der Rhythmus der Maschine die Zeit anzuhalten schien.

Maddie wandte sich an den Mann neben ihr. »Was hast du davon, Nile? Warum riskierst du dein Leben, um die Launen eines reichen Mannes zu befriedigen? Ist es Abenteuerlust?«

Nile sah sie scharf an. Schließlich sagte er: »Ich tue es, weil es befriedigend ist. Mein Ziel ist es, die seltenste Orchidee zu finden. Wenn ich sie finde und heil zurückbringe, habe ich etwas vollbracht, was nicht viele Menschen schaffen. Es mag nicht wichtig sein, Blumen zu sammeln, aber der Gedanke erfreut mich, daß ich dabei helfe, etwas Seltenes und Schönes in das Leben der Menschen zu bringen.«

Bewegt von seiner schlichten Beredtheit und Aufrichtigkeit, sagte Maddie: »Ich fühle das gleiche, wenn ich schreibe. Dann tue ich etwas, was nicht jeder kann. Aber ich tue es und auch noch gut.«

Sie betrachtete Niles strenges Profil aus den Augenwinkeln und erwartete halb und halb, daß er mit seiner üblichen Schmährede über den wahren Platz einer Frau anfangen würde, aber diesmal tat er es nicht.

Dann entschuldigte er sich und ging wieder zu Jayme.

Maddie kehrte zu ihrem Stuhl zurück und versuchte weiter zu schreiben, aber Niles Worte beschäftigten sie. Also das trieb ihn an — er wollte sich irgendwie von den Millionen anderer Menschen absetzen, die auf der Erde lebten. Das verstand sie nur zu gut.

Jayme sang ein neues Lied, diesmal eine flotte, jubelnde Melodie, die Maddie von ihren philosophischen Betrachtungen ablenkte und in ihr den Wunsch auslöste, zu tanzen. Sie widerstand dem Impuls, weil sie bei sich dachte, daß Nile diesen Schock nie verkraften würde.

Statt dessen fuhr sie fort, an ihren Artikeln zu schreiben, und hörte erst damit auf, als es Zeit zum Abendessen war.

Der zweite Tag auf dem Fluß verlief ereignislos, aber als es Abend wurde, wußte Maddie, daß irgend etwas mit Nile nicht stimmte.

Sie hatte den ganzen Nachmittag geschrieben. Ab und zu hatte sie aufgeschaut und versucht, Nile in ein Gespräch zu verwickeln, aber als er stets nur einsilbig antwortete und die Absicht zu haben schien, allein zu bleiben, hatte sie es bald aufgegeben und ihn in Ruhe gelassen.

Zum ersten Mal vermutete sie, daß etwas nicht stimmte, als sie ihr übliches Abendessen aus Dosenerbsen einnahmen. Maddie fiel auf, daß Niles Gabel beim Essen leicht zitterte.

»Geht es dir gut?« fragte sie. »Deine Hand zittert ja.«

Als er sie anschaute, merkte sie, daß seine Augen stumpf und glanzlos waren.

Er wischte ihre Sorge mit einer lässigen Handbewegung beiseite. »Ist schon in Ordnung. Ich fühle mich nur ein bißchen komisch, das ist alles. Vermutlich sind es die Erbsen.«

»Sind sie verdorben? Dann darfst du sie nicht essen. Du wirst sonst krank. Und ich muß dich wohl nicht daran erinnern, daß kein Arzt an Bord ist.«

Plötzlich schien Nile vor Maddies Augen alle Kraft zu verlassen. Er sackte in sich zusammen, sein Kopf sank auf die Brust, und sein linker Arm fiel haltlos zur Seite, so daß die Dose seinen schlaffen Fingern entglitt und auf das Deck fiel, wo die Erbsen nach allen Seiten auseinanderspritzten.

»Nile!« schrie Maddie bestürzt, sprang auf und griff nach ihm.

Niles Augen schlossen sich und noch ehe Maddie bei

ihm war, um ihn aufzufangen, kippte er vom Stuhl und krachte auf das Deck.

»Nile.« Maddie kniete neben seiner bewußtlosen Gestalt und mühte sich, ihn umzudrehen. Er war schwer, aber es gelang ihr.

»Mein Gott, er hat Schüttelfrost!« sagte sie zu Jayme, der herbeigelaufen war und jetzt neben ihnen stand und aufgeregt auf portugiesisch auf sie einredete.

Maddie hob Niles Kopf an und legte ihn in ihren Schoß. Sie streichelte sein Haar, während ihre Gedanken rasten. »Nile! Kannst du mich hören?«

Seine Augen gingen auf, starrten sie aber nur blicklos an. Seine Zähne klapperten hörbar.

»Nile.« Maddie streichelte über seine rauhe Wange. »Waren es die Erbsen? Bitte, du mußt es mir sagen, damit ich dir helfen kann.«

Mühsam öffnete er die Augen, und für einen Augenblick wurde sein Blick klar. »Malaria«, flüsterte er, als ein weiterer Krampf ihn schüttelte.

Maddie spürte brennende Erleichterung. »Ich habe Chinin in meiner Tasche. Das müßte helfen.«

Plötzlich wurde der Schüttelfrost so schlimm, daß es Niles Körper schüttelte. »Ich friere.«

Maddie empfand tiefes Mitleid, als er die Knie auf die Brust zog und sich zu einem Ball zusammenrollte in dem Versuch, sich warmzuhalten. Er sah so hilflos und einsam aus — ein Goliath — gefällt von einem Moskito.

Maddie legte seinen Kopf sanft hin, stand auf und lief unter Deck in ihre Kabine.

Sie öffnete ihre Arzneitasche, nahm eine kleine Flasche mit Chininpulver heraus und rannte wieder hoch zu Nile.

Er lag in Krämpfen da, und zum ersten Mal in ihrem Leben hatte Maddie richtig Angst. Was, wenn er sterben würde? Was würde dann aus ihr werden?

Er wird nicht sterben, sagte sie sich, während sie hastig

das Pulver mit ein wenig Wasser mischte, damit er die Medizin nehmen konnte.

Als Maddie wieder neben ihm kniete, öffnete Nile die Augen, und sein Blick flehte um Hilfe. »So kalt«, flüsterte er. »Kann nicht warm werden.«

Sie hob seinen Kopf an. »Hier ist etwas, das dir helfen wird. Es ist Chinin, aber du mußt es trinken.« Als sie die Tasse an seine Lippen hielt, versuchte Nile zu trinken, aber seine Zähne klapperten so stark, daß er es nicht schaffte. Maddie nahm die Tasse weg.

»Versuch es noch einmal«, sagte sie.

Dieses Mal bekam Nile die Flüssigkeit mühsam hinunter.

Nachdem das vollbracht war, beschloß Maddie, ihn ins Bett zu schaffen. Mit Gesten bedeutete Maddie Jayme, der die ganze Zeit wie eine alte Jungfer neben ihr gestanden hatte, was sie von ihm wollte. Jayme nickte und packte einen Arm von Nyle, während Maddie den anderen nahm. Mit vereinten Kräften gelang es ihnen, den halb bewußtlosen Mann auf die Füße zu stellen, wobei er bedrohlich schwankte.

Ehe Niles Knie nachgeben konnten, hatte Maddie seinen Arm um ihre Schultern gelegt, so daß sie ihn stützen konnte. Jayme tat auf seiner Seite dasselbe. Maddie stolperte und fiel fast hin, als Nile gegen sie prallte, aber sie war eine kräftige, große Frau, und es gelang ihr, sie beide aufrecht zu halten, obwohl sie wußte, daß sie morgen Muskelkater haben würde.

»Nile, wach auf!« rief sie. »Wir wollen dich ins Bett bringen, aber du mußt uns helfen. Bitte!«

Der drängende Ton in ihrer Stimme mußte durch den Nebel der Krankheit gedrungen sein, denn Nile riß sich zusammen, so daß Maddie und Jayme ihn unter Deck in seine Kabine schaffen konnten.

Nachdem Nile auf seiner Koje lag, wischte sich Maddie den Schweiß von der Stirn und holte Luft, während sie nachdachte, was als nächstes zu tun war. Sie lächelte Jayme an, dankte ihm und schob ihn hinaus.

Nile hatte immer noch Schüttelfrost. Als Maddie ihn so leiden sah, machte ihre Hilflosigkeit sie wütend. Sie mußte doch noch mehr für ihn tun können!

Eine Decke. Sie brauchte eine Decke, um ihn warmzuhalten. Vielleicht würde dann das Fieber gesenkt werden.

Aber sie hatten keine Decke mitgenommen. Wer braucht schon in der stickigen Hitze am Amazonas Decken?

»Kalt«, murmelte Nile. »So kalt.«

Maddie konnte nur noch eins tun.

Sie ging zu der Koje und setzte sich auf den Bettrand, wobei sie das Moskitonetz um sie beide zog. Obwohl das Bett schmal war, würde gerade genug Platz für Maddie sein, wenn Nile und sie auf der Seite lagen.

Maddie legte sich hin, zog ihren Rock glatt und legte einen Arm um seine Taille, damit sie ihn eng an sich drükken und ihn so mit ihrem Körper wärmen konnte. Obwohl sein Körper so hart und stark wie Eisen war, schauderte er im Griff des Malariaanfalls hilflos an ihrem.

Ich hätte nie gedacht, daß ich jemals mit Nile Marcus im Bett landen würde, dachte sie und lächelte in die Dunkelheit.

So hielt sie ihn stundenlang, lauschte auf sein schweres Atmen und dem unzusammenhängenden Gemurmel. Dann merkte sie, daß der Schüttelfrost nachließ.

»Jetzt ist es warm«, flüsterte er noch, ehe er einschlief.

Bald danach schwitzte er, und das Fieber ließ nach. Das Chinin schien das Fieber tatsächlich gesenkt zu haben.

Maddie drückte ihre Lippen auf sein Haar, schloß die Augen und schlief ein.

Als ein erschöpfter Nile die Augen aufschlug, war es dunkel. Wo war er? Als ihm langsam seine Umgebung bewußt wurde, war er wach genug, um zu merken, daß er mit einer Frau im Bett war.

Wer immer sie auch war, sie fühlte sich gut an. Ihr warmer Atem streichelte seinen Nacken, und ihre weichen Brüste drückten sich provokativ an seinen Rücken. Sie mußte an ihn gekuschelt liegen, denn ihr Unterleib schmiegte sich an sein Hinterteil, und ihre Beine preßten sich an seine Schenkel. Er spürte ihren Arm, der besitzergreifend um seine Taille lag, als wollte sie ihn nie mehr loslassen.

Sie stöhnte leise im Schlaf und drückte sich unbewußt enger an ihn wie eine liebevolle Katze, die gestreichelt werden möchte. Als Reaktion auf diese unschuldige Geste spürte Nile sein Glied hart werden. In der Dunkelheit konnte er nicht erkennen, wer sie war und warum sie beide angezogen waren — aber war das nicht egal? Sie wäre nicht mit ihm im Bett, wenn sie ihn nicht begehrte. Und ganz bestimmt begehrte er sie. Ausziehen würden sie sich, wenn es an der Zeit war.

Er schloß die Augen und murmelte: »Luizhina.« Das war der Name der Hure, mit der er an jenem ersten Abend in Manaus geschlafen hatte.

Er packte ihren Arm und drehte sie mit einer fließenden Bewegung, so daß sie auf ihm lag. Die Frau wehrte sich mit überraschtem Keuchen, als sie erwachte, aber noch ehe sie protestieren konnte, drückte Nile ihren Kopf zurück, damit er sie küssen konnte.

Ihre Lippen fühlten sich genausogut an wie ihr übriger Körper. Sie waren weich und verlockend und teilten sich schläfrig.

Nile nutzte den Vorteil mit seiner ganzen Erfahrung und liebkoste ihre Lippen mit seiner Zungenspitze, ehe er ganz von ihrem Mund Besitz ergriff.

Ihr Körper erstarrte unter dieser intimen Liebkosung, und sie quietschte abwehrend. Sie versuchte sich zu wehren, obgleich er sie fest an sich drückte und den Kuß intensivierte.

Sie trat um sich und hämmerte gegen seine Schultern,

aber ihre Bemühungen erregten ihn nur noch mehr. Er mußte sie hier und jetzt nehmen.

Nile unterbrach seinen Kuß gerade lange genug, um zu murmeln: »Ah, meine süße Luizhina, wehr dich nicht.« Die schattenhafte Gestalt über ihm kämpfte wie eine Wildkatze und schnappte nach Luft.

»Ich bin nicht ›deine süße Luizhiuna‹, und wenn du mich nicht augenblicklich losläßt, wirst du wünschen, nie geboren worden zu sein.«

Die vertraute Stimme hatte die gleiche Wirkung wie ein Eimer kalten Wassers auf glühenden Kohlen. Nile ließ sie sofort los und spürte, daß Maddie sofort vor ihm zurückwich, als hätte er die Lepra.

Während er schweratmend dalag und versuchte, wieder zu Sinnen zu kommen, hörte er sie nach etwas suchen. Dabei fluchte sie leise.

Als die Lampe angezündet war, drehte sie sich zu ihm um. Sogar im Schein der Lampe waren Maddies Augen so dunkel wie der Nachthimmel und glitzerten vor Wut, während sie ihn furchtlos ansah. Ihre Wangen waren gerötet, und ihre Nasenflügel blähten sich wie bei einem wilden Tier, das flüchten will.

»Was zur Hölle hattest du da vor?« grollte sie.

Er schwang die Beine über die Bettkante und rieb sich seinen schmerzenden Kopf. Als er etwas klarer sah, blickte er auf und funkelte sie an. »Warum sollte ich mich verteidigen?« krächzte er. »Hat dir niemand gesagt, was mit einer Frau passiert, die zu einem fremden Mann ins Bett steigt? Wenn hier jemand eine Erklärung verlangen kann, dann doch wohl ich!«

»Du hattest einen Malariaanfall und hast gefroren. Ich habe nur versucht, dich zu wärmen.«

Nile barg den Kopf in den Händen, als die Benommenheit zurückkehrte und die Kabine sich um ihn drehte. Darum hatte er das Gefühl, als wäre eine Rinderherde über ihn hinweggetrampelt.

»Ich habe nicht erwartet, als Lohn für meine Mühen so mißhandelt zu werden«, sagte Maddie beleidigt.

Er blickte zu ihr auf. »Tut mir leid. Ich wußte nicht, was ich tat. Jetzt sind wir quitt.«

Sie knöpfte ihre Bluse zu und sah verwirrt auf ihn nieder. »Quitt? Worüber redest du da?«

»Über den Abend auf der *Rio Madeira,* als du zuviel Champagner getrunken hattest.«

»Ich erinnere mich.«

Nile lächelte langsam. »Genau das ist der Punkt. Du weißt nicht mehr, was passiert ist, nicht wahr?«

»Nichts ist passiert. Ich bin ohnmächtig geworden, mehr nicht.«

Er schüttelte den Kopf. »Du hast mich geküßt. Du hast dich mir an den Hals geworfen und mich geküßt.«

Maddie wurde blaß. »Du lügst. Du erzählst das nur, um mir eins auszuwischen.«

Obwohl er sich nach dem Malariaanfall noch sehr schwach fühlte, gelang es Nile aufzustehen und die Arme vor der Brust zu verschränken.

»Du hast mich an diesem Abend wirklich verblüfft. Da warst du, eine verlobte Frau, und küßt einen anderen. Nicht sehr damenhaft. Du warst eine richtige Verführerin.«

»Ich glaube dir nicht.«

»Es ist wahr. Und wenn ich nicht widerstanden hätte, hättest du mich wahrscheinlich auf deine Koje gezerrt und dies und das mit mir getrieben, also rede mir nicht von Mißhandlung.«

Maddie starrte ihn eine kleine Ewigkeit lang an. Schließlich schluckte sie schwer. »Es ... es tut mir leid, daß ich dich so angefahren habe.«

»Entschuldigung angenommen. Du hattest nicht das Recht, in mein Bett zu kommen — aus welchem Grund auch immer — und mich dann zu behandeln wie ein Monstrum, als ich reagiert habe wie ein normales männliches Wesen.«

Ihr Lächeln erstarb. »Ich habe nur getan, was ich tun mußte.«

»Trotzdem bist du ein großes Risiko eingegangen.«

»Aber nein. Wie du gestern nacht ja schon gesagt hast — du wärst nicht weiter gegangen, nachdem du mich erkannt hattest.«

Ihr Vertrauen erschütterte ihn. »Du bist dir so sicher«, sagte er und blickte über den Fluß in den Dschungel.

»Das bin ich. Wir haben eine Vereinbarung, weißt du.«

Er lächelte trocken. »Unser mündlicher Vertrag. Natürlich. Wie könnte ich das vergessen?«

Als ob sein Ehrenwort ihn abhalten könnte, wenn er sie wirklich begehrte ...

Maddie schwieg kurz. Dann sagte sie: »Warum hast du mir nicht erzählt, daß du Malaria hast?«

»Ich dachte, es hätte keine Bedeutung. Ich hatte lange keinen Anfall mehr.«

»Und diese Anfälle kommen immer ganz plötzlich?«

Er nickte.

»Wann hast du diese Krankheit bekommen?«

»Vor zwei Jahren. Ich war zwölf Jahre hier, ohne sie zu bekommen, und dann hatte ich eben Pech.« Er drehte sich um und schaute sie an. »Es gab eine Epidemie, und ich überlebte. Viele, die davon befallen waren, starben.«

»Du hast viel Glück gehabt.«

Nile grinste. »Wenn ich einen Anfall so wie gestern habe, zweifle ich daran.«

»Aber zumindest lebst du noch. Das ist doch das einzige, was zählt.«

»Du hast recht.«

Dann widmete sich Maddie wieder ihren Artikeln, und Nile ging, um die Winchester und die Munition zu prüfen. Sie waren in der Nähe einer kleinen Siedlung, und er hatte vor, anzulegen und etwas frisches Fleisch für das Abendessen zu schießen.

Die Siedlung war nicht mehr als eine Ansammlung von

ein paar Hütten und einem baufälligen Pier am Flußufer, aber die Bewohner begrüßten sie herzlich. Nile ließ Maddie dort und ging in den Dschungel.

Eine halbe Stunde später war er mit seiner Beute wieder zurück.

Maddie begrüßte ihn mit kummervollem Gesicht. »Armer Papagei«, murmelte sie und musterte den leblosen Vogel in Niles Hand.

»Das ist kein Papagei, du Greenhorn, das ist ein *Garcia*«, entgegnete Nile. »Das ist eine Fasanenart, und wir beide wissen doch, wie schmackhaft die sind.«

»Nun, in diesem Fall habe ich nichts dagegen, ihn zu essen.«

Nile grinste.

Er setzte sich hin und begann damit, seine Beute mit einem Messer auszuweiden. »Das dachte ich mir. Wenn du natürlich lieber eine schmackhafte Anakonda möchtest, läßt sich das auch machen. Ich habe im Dschungel eine gesehen. Sie war mindestens neun Meter lang. Genug Fleisch für eine Woche.«

Maddie lächelte schwach. »Ich glaube, da ziehe ich den *Garcia* vor, danke.« Sie überlegte. »Ich will ja nicht mekkern, aber warum hast du nur einen gejagt? Wäre es nicht klug gewesen, unseren netten Gastgebern ein Gastgeschenk zu offerieren?«

Nile zuckte mit den Schultern, während er damit anfing, den Vogel fachmännisch zu rupfen. »Das ist dein erster Besuch am Amazonas, deshalb werde ich über deine Unwissenheit hinwegsehen. Ein Mann, der mit einem Gewehr im Dschungel jagt, hat nur einen Schuß, weil der Lärm alles Wild aufscheucht. Darum jagen die Indios mit Blasrohren und Pfeilen, die in *Wourali*, ein tödliches Gift, getaucht sind. Lautlos und tödlich. Bei dem Lärm, den ich gemacht habe, hatte ich Glück, daß ich überhaupt einen *Garcia* erwischt habe.«

Maddie sah ihn richtig betreten an. »Oh, ich verstehe.«

Nile wählte die drei schönsten Federn aus und reichte sie ihr. »Ein Souvenir.«

Sie lächelte, dankte ihm und steckte sie gleich an ihren Hut. »So. Jetzt habe ich einen Hut, der auch für Ascot gut genug wäre.«

Er lachte. »Jetzt brauchen wir nur noch ein Feuer, und dann werden wir bald speisen wie die Könige.«

Er stand auf und ging mit Maddie zu den Hütten.

Am späten Nachmittag waren sie nach dem üppigen Mahl wieder auf dem Boot und fuhren den Fluß hinunter.

Maddie seufzte zufrieden. »Das war köstlich. Ich bin gestopft wie eine Weihnachtsgans.«

»Nach dem ewigen Dosenfleisch schmeckt selbst Anakonda köstlich«, meinte Nile.

»Verzeihung, aber das glaube ich nicht.«

»Ich habe es bei mehr als einer Gelegenheit gegessen, und es schmeckt wie Hühnchen.«

»Als ich in Afrika war, erzählte man mir, das Krokodil schmeckt wie Hühnchen. Ich habe den Eindruck gewonnen, daß jedes exotische Tier dieser Erde schmeckt wie das simple Haushuhn. Bestimmt sind sie irgendwie verwandt.«

Darüber lachte Nile herzlich, und Maddie mußte unwillkürlich daran denken, wie gut sie miteinander auskamen: Wir sind eher Freunde und nicht mehr Arbeitgeber und Angestellter.

Nile schlug sich auf den Hals. »Moskitos. Ich glaube, ich gehe lieber ins Bett, ehe sie mich bei lebendigem Leib auffressen.«

Maddie entschloß sich, noch eine Weile an Deck zu bleiben und Jaymes leisem Gesumme zuzuhören, während er das Boot für die Nacht herrichtete.

Ungefragt suchten sie plötzlich Geister aus der Vergangenheit heim, und sie schauderte zusammen, denn es gelang ihr nicht, sie zu verdrängen.

Dunkelheit senkte sich herab, und Jayme wollte die Laterne anzünden. Maddie stand auf, wünschte ihm gute Nacht und ging in ihre Kabine.

Das Boot schaukelte plötzlich so heftig, daß Maddie fast aus ihrer Koje gefallen wäre. Sie war sofort hellwach, zog sich rasch an und nahm sich noch nicht einmal die Zeit, die Haare zu flechten. Als sie nach oben ging, merkte sie, daß es schon Morgen war und sie verschlafen hatte.

Ein besorgt dreinblickender Nile besprach sich gerade mit Jayme, der seine ganze Lockerheit verloren hatte und mit wilden Gesten etwas auf portugiesisch plapperte.

»Was ist los?« wollte Maddie wissen.

Nile drehte sich um, wobei sein Blick für einen Moment an ihren offenen Haaren verweilte. »Stromschnellen«, entgegnete er. »Wir nähern uns einem besonders gefährlichen Teil des Flusses.«

Maddie überlief eine Gänsehaut, wie immer, wenn sie Gefahr witterte. »Werden wir sie umschiffen können?«

»Das sollten wir eigentlich. Jayme hat diesen Teil des Flusses schon einmal durchfahren. Er muß das Boot nur achtsam steuern.«

»Wie kann ich helfen?«

»Setz dich hin und steh nicht im Weg.«

Sein barscher Ton ließ Maddie verärgert das Gesicht verziehen, aber sie folgte der Anweisung. Jetzt war nicht der richtige Zeitpunkt, Niles Autorität in Frage zu stellen.

»Soll ich unter Deck gehen?« fragte sie.

»Nein. Wenn das Boot leckschlägt, sitzt du in der Falle und ertrinkst. Du bleibst besser bei uns an Deck. Halt dich an den Streben fest, die das Dach tragen und bleib von der Reling weg. Ich werde dir nämlich nicht nachspringen, wenn du ins Wasser fällst, also versuche es gar nicht erst.«

»In Ordnung«, sagte Maddie, packte die nächste Strebe und stellte ihre Füße fest auf das Deck.

Während Nile und Jayme auf portugiesisch konferierten, hielt Maddie den Mund, um sie nicht zu stören. Statt dessen blickte sie auf den Fluß und versuchte ihn zu ›lesen‹, wie Jayme es sie gelehrt hatte. Hier war der Amazonas schmaler, und das Wasser schien schneller zu fließen und zu versuchen, das kleine Boot zurückzustoßen. Aber die Maschinen ratterten stetig und brachten sie Stück für Stück vorwärts.

Während das Boot schaukelte, konnte Maddie vor ihnen weißen Schaum sehen, und sie vermutete, daß dort unter der Wasseroberfläche Felsen lauerten, die den Unvorsichtigen auflaufen ließen. Vor ihr stand Jayme am Steuer und behandelte es so sanft wie ein kostbares Instrument — manchmal drehte er es nur ein wenig, und dann ließ er es sachte herumschnurren, so daß das Boot sich auf die Seite legte.

Maddie verrenkte sich den Hals und versuchte über die Bootsseite zu sehen. Sie hielt den Atem an, als sie im Wasser einige schwarze Felsen aufragen sah. Immer dann, wenn sie erwartete, daß das Boot gleich auflaufen würde, schoß es daran vorbei.

Sie verlor jedes Zeitgefühl. Ihre Finger waren taub von der Anstrengung, den Pfahl zu umfassen und ihre Beine steif. Nile schaute nie zu ihr hinüber, sondern sah mit besorgtem Blick nur auf Jayme und den Fluß.

Plötzlich brüllte Nile: »Halt dich fest!«

Maddies Mund wurde vor Angst trocken, als sie ihren Griff verstärkte und sich wappnete. Sie spürte den Ruck in ihrem ganzen Körper, als sie ein kratzendes Geräusch hörte, und der Schiffsrumpf über einen versteckten Felsen schrammte. Maddie wartete atemlos vor Angst darauf, daß das Boot auseinanderbrach und sie auf Gnade und Ungnade dem Fluß auslieferte, aber nichts geschah.

Genauso plötzlich wie es begonnen hatte, war es vorbei.

Sie merkte sofort, daß sie die Stromschnellen hinter

sich hatten. Der Fluß war irgendwie anders. Das Boot schüttelte sich einmal, als würde es erleichtert aufseufzen, dann wurde es ruhig und ratterte weiter. Ein grinsender Jayme wandte sich an sie und sagte etwas, das Nile auflachen ließ.

»Was hat er gesagt?« erkundigte sich Maddie.

»Er sagte, du hättest uns Glück gebracht. Der Amazonas hätte keine Frau gewollt und uns arme Männer deshalb auch verschont.«

»Sage Jayme, ich würde mich für sein Kompliment bedanken.«

Nile tat es, dann ging er unter Deck. Als er eine Minute später wieder hochkam, sagte er, daß der Felsen, den sie gerammt hatten, den Rumpf nicht beschädigt hätte, so daß sie für den Augenblick sicher wären.

Nachdem die Gefahr vorüber war, spürte Nile, wie die Anspannung aus seinem Körper wich. Seine Muskeln lockerten sich. Jayme fühlte sich so erschöpft, daß er noch nicht einmal singen konnte, und Maddie setzte sich hin, um ihre Haare zu kämmen.

Als Nile zusah, wie der Kamm mühelos durch die schimmernde, goldene Flut glitt, spürte er, wie in seinen Lenden Verlangen aufstieg.

Triumph über eine Gefahr schürte stets sein Verlangen, das nur eine willige Frau stillen konnte, aber diesmal kam es sehr ungelegen.

Er holte tief Luft und schaute weg, aber er genoß immer noch das Geräusch, das erotische Knistern ihres Haares, das aufregende Knacken statischer Elektrizität. Er hätte am liebsten sein Gesicht in dieser seidigen Flut vergraben und sie durch die Finger gleiten lassen.

Nile versuchte sie aus seinen Gedanken zu verbannen, indem er an Provys Siedlung dachte, die nicht weit von hier am Rio Juruá lag, und wie sehr er sich darauf freute, seinen alten Freund wiederzusehen, aber es klappte nicht. Dauernd schlichen sich quälende Visionen von Maddie in seine Gedanken.

Nile rief sich ins Gedächtnis, wie fordernd und weich ihre Lippen an jenem Abend auf der *Rio Madeira* gewesen waren, und wie sich ihr Körper an seinen geschmiegt hatte, als er gegen den Schüttelfrost bei der Malaria ankämpfte. So süß und doch so sinnlich. Genug, um einen Mann jedes Versprechen vergessen zu lassen und sich keinen Deut um die Konsequenzen zu scheren.

Auf eigene Gefahr riskierte er einen Blick zu ihr und sah, daß sie den Kamm weggelegt hatte und anfing ihre Haare zu flechten. Er sah hingerissen zu, wie sie das blind tat, als ob jede ihrer Fingerspitzen ein Auge hätte.

Es ist einfach reine Wollust, schalt er sich. Ich bin ein Mann, und sie ist eine Frau, und wir sitzen zusammen in einem Boot — und weit und breit kein Bordell in Sicht. Ich wäre kein Mensch, wenn ich sie nicht begehren würde.

Aber er konnte sie nicht haben. Abgesehen von der Tatsache, daß er versprochen hatte, während der Expedition auf sie aufzupassen, würde Nile auch nie im Revier eines anderen Mannes wildern.

Doch sie sah nicht aus wie eine Frau, die einem Mann angehörte. Sie besaß nicht diese Unnahbarkeit, diese emotionale Distanz und das fehlende Interesse an anderen Männern, das durch das Wissen einem Mann allein zu gehören ausgelöst wird. Nile fand es auch seltsam, daß Maddie nicht unaufhörlich über ihren Geliebten redete, wie es die wenigen verlobten Frauen, die er kannte, getan hatten. Sie erwähnte Thomas eigentlich ziemlich selten — ein widersprüchliches Verhalten für eine Frau, die Tausende von Meilen reiste, um ihren verschollenen Verlobten zu finden.

Nile schüttelte den Kopf. Er klammerte sich an Strohhalme, um Argumente zu finden, die sein Vorhaben rechtfertigten.

»Fertig«, sagte Maddie, als sie ihre Haare gerichtet hatte. Sie sah Nile an. »Wann werden wir in Provys Siedlung ankommen?«

»In zirka einer Stunde kommen wir an die Mündung des Rio Juruá«, erwiderte er. »Provys Siedlung liegt eine Stunde weiter flußabwärts.«

»Gut. Ich freue mich, ihn kennenzulernen.«

Auch Nile freute sich darauf, seinen alten Freund wiederzusehen. Zumindest würde Provy Maddie aus seinen Gedanken verbannen.

Eine Stunde später durchfuhr das Boot die Mündung des Flusses Juruá.

Eine weitere Stunde später umschifften sie eine schmale Flußbiegung und der Pier von Provys Niederlassung kam in Sicht.

Nile runzelte die Stirn — ihm gefiel nicht, was er sah — oder besser gesagt nicht sah.

Maddie, die neben ihm stand, bemerkte sofort sein Unbehagen. »Stimmt etwas nicht?«

»Es liegen keine Boote am Pier.«

»Vielleicht ist dein Freund weg.«

»Selbst wenn Provy nicht da ist, liegt immer ein Boot oder ein Kanu dort. Er ist Händler. Alle machen hier halt, um zu sehen, was er zu verkaufen hat.«

Maddie sah sich um. »Wo ist Provys Haus?«

»Im Dschungel«, erwiderte Nile. »Nachdem wir angelegt haben, gehen wir einen Pfad hinunter. Provys Haus liegt auf einer Lichtung.«

»Lebt er allein dort?«

Nile schüttelte den Kopf, während Jayme begann, das Boot an den Pier zu steuern. »Seit sieben Jahren lebt er mit einer Norwegerin namens Inge zusammen. Eines Tages waren die Kautschukbarone der Meinung, es gäbe nicht genug Frauen für ihre Arbeiter, und deshalb überredeten sie die Regierung in Manaus, die Bordelle zu schließen und die Frauen flußaufwärts zu schicken. Inge war eine dieser Frauen. Sie zog Provy den *Seringueiros* vor und seitdem sind sie zusammen.«

Maddie meinte: »Nach dem Komfort in Manaus muß es ein schweres Leben für eine Frau sein.«

»Inge hat das nie gestört. Nach dem, was sie mir erzählt, war sie in Norwegen nicht auf Rosen gebettet. Und ich glaube, sie zieht es vor, nur einen Mann zu lieben und nicht Dutzende.«

»Das würde ich auch sagen.«

Das Boot legte an, und Jayme vertäute es. Nile nahm eins der Gewehre, trat auf den Pier und streckte dann Maddie eine Hand hin, um ihr aus dem Boot zu helfen.

Der Steg knarrte und ächzte, als Maddie eilig darüberging. »Er scheint nicht sehr stabil zu sein«, sagte sie zu Nile, der sich wachsam umschaute, als ob er erwartete, jeden Augenblick überfallen zu werden.

»Irgend etwas stimmt nicht«, sagte er bedrückt. »Provy hat seine Anlegestelle immer in Ordnung gehalten.«

Als sie den Steg verließen, konnte Maddie den Pfad sehen, von dem er gesprochen hatte — er war schmal und wurde bald vom Dschungel verschluckt.

Nile, der sein Gewehr schußbereit hielt, blieb stehen und drehte sich zu Maddie um. »Du bleibst besser hier bei Jayme.«

»Und soll dich dort allein hineingehen lassen? Auf keinen Fall.«

Ärger verdunkelte seine Augen. »Ich dachte, wir hätten abgemacht, daß ich die Befehle auf dieser Expedition gebe und du gehorchst?«

»Stimmt, aber wenn ich die andere Winchester nehme, haben wir zwei Gewehre.«

»In Ordnung. Wenn du unbedingt tollkühn sein willst, will ich dich nicht aufhalten. Geh und hol dir das andere Gewehr.«

Maddie ging zurück zum Boot und kehrte kurz darauf mit dem anderen Gewehr zurück.

»Gehe hinter mir und halte die Augen offen«, wies Nile sie an und ging den Pfad hinunter.

Maddie klopfte das Herz, als sie dem Weg in die Wildnis folgten und der Dschungel sie aufzusaugen schien. Seit ihrer Ankunft in Brasilien war sie jetzt das erste Mal im Dschungel, und die Großartigkeit dieser grünen Hölle raubte ihr den Atem.

Sie blickte hoch, aber die Bäume waren so hoch, daß sie sich wie eine grüne Kathedrale über ihr wölbten und den Blick zum Himmel versperrten. Obwohl der Pfad sauber war, so daß Nile und sie rasch vorankamen, konnte Maddie sehen, daß die Ranken und das Unterholz bereits anfingen, ihn zuzuwuchern. Sie schaute sich um, ständig auf der Hut vor Giftschlangen oder feindlich gesonnenen Indios, aber glücklicherweise entdeckte sie nichts. Oder vielleicht ging sie auch zu schnell, um etwas zu bemerken.

Endlich sah Maddie, daß es heller wurde. Als sie auf die Lichtung trat, fühlte sie sich, als wäre sie aus einem Tunnel ins Tageslicht gekommen, denn sie war einen Augenblick lang geblendet. Als Nile plötzlich stehenblieb und fluchte, wußte Maddie, daß etwas nicht stimmte.

»Was ist los?« erkundigte sie sich und versuchte über seine breiten Schultern zu blicken.

Er trat zur Seite. »Sieh selbst.«

Mitten auf der Lichtung stand ein Haus. Maddie brauchte nicht die Verzweiflung in Niles Stimme zu hören, um zu wissen, daß es verlassen war, und zwar schon seit geraumer Zeit. Die umlaufende Veranda war an ein paar Stellen gebrochen, und das Strohdach wies an einem Ende ein riesiges Loch auf.

»Was ist geschehen?« fragte Maddie entsetzt.

»Ich wünschte, ich wüßte es.« Niles Stimme klang tief besorgt.

»Das Haus sieht aus, als stünde es seit Jahren leer.« Sie drehte sich zu ihm um. »Ich nehme an, Provy und seine Frau haben hier gelebt, als du das letzte Mal zu Besuch warst.«

»Ja.«

»Ich frage mich, was sie veranlaßt hat, es zu verlassen. Und wo sind sie jetzt?«

»Genau das möchte ich auch wissen«, murmelte Nile mit zusammengebissenen Zähnen. »Es muß etwas sehr Schlimmes passiert sein, daß Provy sein Heim so zurückgelassen hat.«

Maddie machte einen Schritt vorwärts. »Vielleicht sollten wir uns umsehen. Er könnte etwas hinterlassen haben, was über seinen jetzigen Aufenthaltsort Aufschluß gibt.«

Nile packte sie am Arm. »Bleib da raus. Wahrscheinlich sind dort Schlangen.«

Maddie erbleichte und trat einen Schritt zurück. »Ganz wie du meinst.« Sie sah Nile an. »Was machen wir jetzt? Wohin fahren wir?«

»Zur Mission. Vielleicht weiß Amaryllis, was mit Provy und Inge geschehen ist. Und wenn sie es nicht weiß, dann tun es vielleicht die Männer auf der Kautschukplantage. Aguirres *Estradas* liegen ganz in der Nähe der Mission.« Nile sah sich noch einmal besorgt um, dann gingen sie zurück zum Boot.

Nachdem sie wieder auf dem Fluß waren, war Nile angespannt wie nie zuvor. Irgend etwas Schreckliches war Provy zugestoßen, das spürte er in den Knochen.

Wenn sein Freund einfach zusammengepackt und woanders hingezogen wäre, hätte er eine Nachricht für Nile in Manaus hinterlassen. Nein, das war seit undenklichen Zeiten Provys Heim gewesen, und obwohl der Amerikaner häufig davon gesprochen hatte, ein Heimatloser zu sein, hatte er dort tief Wurzeln geschlagen.

Doch bald würden sie bei der Mission ankommen, und

Nile betete darum, daß Amaryllis Antworten auf seine Fragen hatte.

10

Der Dschungel umgab den kleinen Friedhof. In einem Monat würden die schlichten Grabsteine von Ranken und Buschwerk überwuchert sein.

Amaryllis stand still mit gefalteten Händen und gesenktem Kopf vor den Gräbern, um für die Seelen der Verstorbenen zu beten.

»Der Herr ist mein Hirte, er ...«

Ihre Lippen bewegten sich, aber die Worte kamen nicht über ihre Lippen. Sie wurden verdrängt von den grausamen Bildern, wie ihr geliebter Freddie einen langen, qualvollen Tod, verursacht durch einen Schlangenbiß gestorben war. Jetzt hörte Amaryllis jedes Mal, wenn sie beten wollte, die schrecklichen Schmerzensschreie ihres Bruders in ihrem Kopf widerhallen. Es war lange her, seit sie das letzte Mal gebetet hatte.

Amaryllis seufzte, hob den Kopf und öffnete die Augen. Seit ihre kleine Gruppe vor sieben Jahren nach Brasilien gekommen war, um Gott zu dienen, waren sie einer nach dem anderen gestorben. Jetzt, nach Freddies Tod, war sie die einzige, die noch übrig war. Sie würde die Sonntagsgottesdienste abhalten, ihren Kindern Religionsunterricht erteilen und die Indios überzeugen müssen, ihren heidnischen Göttern abzuschwören. Sie würde auch mit den Kautschukarbeitern und ihrer barbarischen Art fertigwerden müssen.

Sie berührte das Silberkreuz, das sie an einem Lederband um den Hals trug und erschauderte. Sie hatte das Gefühl, die Last, die der Herr ihr aufgebürdet hatte, nicht ertragen zu können.

Ich bin dabei, meinen Glauben zu verlieren, sagte Amaryllis sich, als sie die stillen Gräber verließ. Ich habe alle verloren, die ich geliebt habe, und jetzt kann ich nicht mehr weiter. Ich kann einfach nicht.

Während sie langsam zurück zum Haupthaus ging, erstand vor ihren Augen das Bild Winston Belgraves. Der Teufel schickte ihr immer dann Winston, wenn sie ganz tief unten war, um sie in Versuchung zu führen. Jedoch gelang es ihr, immer zu widerstehen, indem sie ihre Gedanken spirituelleren Themen zuwandte. Jetzt fühlte sie sich allerdings zu schwach, um dagegen anzukämpfen.

Sie hatte ihn mit der ganzen Unschuld ihrer Jugend geliebt, damals, als sie noch die selben Ideale und Träume hatten. Aber dann war Win den Verlockungen des Reichtums erlegen, und sie konnte ihm nie verzeihen, daß er sie so betrogen hatte. Sie hoffte, daß er mit seinem Geld und seinen Buhlerinnen glücklich und zufrieden war. Aber wenn sie sich vorstellte, wie sein jungenhaftes Gesicht geleuchtet hatte, wenn er sie sah ...

»Warum quälst du dich so?« murmelte sie wild und ging schneller. »Winston Belgrave hat frei entschieden, vom Pfad der Gerechtigkeit abzugehen. Niemand hat ihn gezwungen.«

Da rief eine vertraute Stimme: »Mama! Mama!«

Amaryllis blieb stehen. Eines der Indio-Mädchen, die in der Mission lebten, kam auf sie zugelaufen.

»Mary, ist etwas passiert?« fragte sie und befürchtete das Schlimmste.

»Nein, Mama«, sagte das Mädchen aufgeregt. »Es sind Besucher da.«

»Wer? Kautschukleute?«

»Nein, Mama. Ein Weißer und eine Weiße. Den Mann habe ich schon einmal gesehen, weiß aber nicht mehr seinen Namen. Die Frau kenne ich nicht.«

In Amaryllis stieg Hoffnung auf. Könnte es sein ...?« Sie raffte ihre Röcke und rannte zurück zur Mission.

Als sie um das Haus bog und den großen Mann im weißen Anzug erblickte, blieb sie stehen. »Nile?« rief sie unsicher.

Er drehte sich um und grinste. »Wer sonst wäre so verrückt, den weiten Weg hierhin zu machen?«

Als er ihr die Arme entgegenstreckte, rief Amaryllis freudig seinen Namen und stürzte sich in seine Arme. Als Nile sie umarmte, stiegen ihr Freudentränen in die Augen. Gott hatte ihr Nile Marcus geschickt, als sie ihn brauchte.

Als sie sich lachend voneinander lösten, trat Amaryllis zurück. »Du weißt nicht, wie schön es ist, dich wiederzusehen, mein lieber, lieber Freund.«

Niles Lächeln erstarb. »Winston hat mir erzählt, was mit Fred passiert ist. Es tut mir so leid.«

Tränen stiegen ihr in die Augen. »Ich weiß. Danke. Es war Gottes Wille, was soll man sonst sagen.«

Dann blickte Amaryllis an Nile vorbei und sah die Frau, von der Mary gesprochen hatte. »Nile Marcus, wo sind deine Manieren geblieben?« schalt Amaryllis ihn. »Bitte stelle mir unverzüglich die Dame vor.«

Nile trat einen Schritt zur Seite. »Amaryllis Gates, darf ich dir Miss Maddie Dare vorstellen?«

Die große junge Frau in der seltsamsten Aufmachung, die Amaryllis je gesehen hatte, kam mit ausgestreckter Hand auf sie zu. »Ich freue mich sehr, Sie kennenzulernen, Miss Gates«, sagte sie und umfaßte Amaryllis mit festem Griff. »Nile hat mir so viel von Ihnen erzählt.«

Als Amaryllis ihr die Hand schüttelte, wurde sie von widersprüchlichen Empfindungen heimgesucht. Die Frau war eine zarte blonde Schönheit, die eher in einen Salon in Mayfair paßte, aber sie strahlte eine Härte und Stärke aus, die hier durchaus angemessen war. Und während ihre blauen Augen herzlich strahlten, blickten sie doch wachsam. Amaryllis spürte sofort, daß Maddie Dare eine Frau war, deren Vertrauen man sich verdienen mußte.

»Ich freue mich auch, Sie kennenzulernen, Miss Dare, und ...«

»Bitte, nennen Sie mich Maddie.«

»Dann also Maddie, und Sie müssen mich Amy nennen. Willkommen in unserer bescheidenen Mission.«

Amaryllis wagte noch nicht einmal zu vermuten, warum Nile allein mit einer so schönen Begleiterin reiste. Je älter sie wurde, desto weniger konnte sie schockieren, aber je weniger sie von Nile wußte, desto weniger würde sie in Versuchung geführt, ihn zu verurteilen.

Nile, der ihre Gedanken zu lesen schien, sagte: »Maddie und ich fahren flußaufwärts, weil wir ihren verschwundenen Verlobten suchen.«

Amarillys lächelte. »Dann müßt ihr beide nach der langen Reise müde sein und eine Erfrischung nötig haben. Kommt herein. Nachdem wir gegessen haben, können wir reden. Es gibt sicher viel zu erzählen.«

»Das klingt herrlich«, sagte Maddie.

Amaryllis wandte sich an Mary, die sich schüchtern im Hintergrund gehalten hatte. »Drei *Cafézinhos* und Brot, wenn du so freundlich sein würdest, Mary.«

»Ja, Mama.« Das Mädchen lief los.

»Verzeihen Sie mir, aber warum nennt das Mädchen Sie Mutter, obwohl Sie es offensichtlich nicht sind?« fragte Maddie verblüfft.

Nile brach in schallendes Gelächter aus.

Amaryllis lächelte verhalten. »Nein, das bin ich nicht. Sie nennen mich aus Achtung so. Ich nehme an, weil ich versuche für sie zu sorgen wie eine Mutter für ihre Kinder.«

»Du mußt Maddies lose Zunge verzeihen«, sagte Nils, als sie die Stufen hinaufgingen, die zur Veranda führten. »Sie ist Zeitungsreporterin und daran gewöhnt, Leuten freche, persönliche Fragen zu stellen.«

Jetzt war Amaryllis verblüfft. »Zeitungsreporterin? Ich dachte, das würden nur Männer machen.«

»Nicht mehr«, entgegnete Maddie. »Verzeihen Sie, wenn ich Sie beleidigt haben sollte.«

»Sie haben mich nicht beleidigt.« Amaryllis bot Maddie einen der beiden Stühle an, die an einem kleinen Tisch standen, während Nile sich an die Brüstung lehnte. Nachdem sie sich gesetzt hatten, sagte sie: »Sie sind also nach Brasilien gekommen, um ihren Verlobten zu suchen.«

»Ja.« Maddie griff in die Tasche ihres Hosenrocks und zog ein Foto heraus. »Vielleicht ist er hier vorbeigekommen. Sein Name ist . . .«

»Ben Thomas«, sagte Amaryllis, die ihn sofort erkannt hatte.

Nile fuhr auf. »Du hast ihn gesehen?«

Amaryllis nickte. »Er ist Fotograf bei einer Zeitung, nicht wahr?«

»Ja!« rief Maddie strahlend vor Aufregung. »Und Sie haben ihn gesehen? Wann? Hat er gesagt, wohin er wollte?«

Amaryllis hob lachend die Hände. »Bitte! Eine Frage nach der anderen.« Als Maddie schwieg, fuhr sie fort: »Er war vor sechs Monaten hier in der Mission. Ein netter und charmanter junger Mann. Als er ging, sagte er, er wollte flußaufwärts nach Iquitos in Peru.«

Maddie schaute Nile an. »Zumindest sind wir auf der richtigen Spur.«

»Es sieht so aus.«

Gerade da erschien Mary mit einem Tablett, auf dem drei kleine Tassen und ein Teller mit Brotscheiben standen.

Sofort stürzten sich Scharen von Insekten auf das Essen, aber Amaryllis verscheuchte sie nur ungerührt und fing an zu servieren. »Ich bin sicher, daß Sie es nicht gewöhnt sind, Insekten mitzuessen, Maddie, aber leider kommen sie hier draußen an alles, also kann man nichts anderes tun, als sich damit abzufinden. Die Eingeborenen machen dieses Brot aus getrockneten Bananen. Es schmeckt sehr gut.«

»Es gibt vieles, an das ich mich hier am Amazonas langsam gewöhne«, sagte Maddie, verscheuchte die lästigen Insekten, probierte das Brot und lobte es als äußerst schmackhaft.

Niles Augen funkelten spitzbübisch, während er an seinem *Cafèzinho* nippte. »Die Insekten fügen einen ganz bestimmten Beigeschmack hinzu, findest du nicht auch?«

»Und sind knusprig wie Nüsse«, entgegnete Maddie munter.

Amarilly schüttelte nur den Kopf. »Was für eine Sprache, Nile Marcus!«

»Und mich beschuldigt er, frech zu sein«, murmelte Maddie.

Niles Stimmung wechselte abrupt, und sein Gesicht wurde düster. »Amy, wo sind Provy und Inge? Bevor wir herkamen, haben wir bei ihrer Siedlung angelegt, und es sieht dort aus, als hätte seit Jahren niemand mehr dort gelebt.«

Amaryllis wurde schneeweiß und legte das Stück Brot hin, das sie gerade essen wollte.

»Was ist das?« fragte Maddie scharf.

»Nile«, sagte Amarillys mit schwankender Stimme. »Ich weiß nicht, wie ich es dir sagen soll, aber ... Provy ist tot.«

Nile erstarrte und sah sie verständnislos an. »Was?«

Amaryllis stand auf, ging zu ihm und nahm ihm die Kaffeetasse ab, ehe er sie fallenließ. »Er ist tot. Und Inge ist zurück nach Manaus, vermutlich, um ihr altes Leben wieder aufzunehmen.«

»Tot?« Nile schwankte.

Maddie brachte kein Wort über die Lippen, sie war von dem Schock sprachlos geworden.

Nile nahm seinen Hut ab und fuhr sich mit zitternden Fingern durchs Haar. »Wann? Wie ist es passiert? Ein Schlangenbiß? Fieber?«

Amaryllis sah Maddie hilfeflehend an und rang dann

hilflos die Hände. »Ich kann es dir leider nicht ersparen, Nile.« Sie schluckte schwer. »Provy wurde ermordet.«

Die drei Worte fielen wie Kiesel in einen Teich und lösten völlige Stille aus. Niles schockiertes, schmerzverzerrtes Gesicht war mehr, als Maddie ertragen konnte. Deshalb schaute sie auf den Tisch, wo ein Schwarm Fliegen bereits die Gelegenheit genutzt hatte und sich an dem Brot gütlich tat. Diesmal verscheuchte sie die Insekten nicht. Sie konnte sowieso nichts essen.

Nile würgte an dem Wort: »Wie?«

»Er wurde erstochen.«

»Erstochen?« Diese Todesart überraschte ihn.

Amaryllis nickte. »Inge hatte mich besucht, und als sie nach Hause zurückkehrte, wartete dort Ben Thomas auf sie und ...«

»Ben?« Maddie fuhr hoch. »Ben war dort, als Provy starb?«

Amaryllis nickte. »Er war damals gerade bei Provy, und als er von einer Fototour zurückkehrte, fand er Provy mit einem Messer im Rücken am Tisch.«

Nile fuhr sich mit der Hand über die Augen. Seine Stimme bebte. »Wer hat es getan? Die Eingeborenen? Ein *Seringueiro*?«

»Das weiß niemand. Inge war so hysterisch, daß sie sogar den armen Mr. Thomas beschuldigte.«

»Ben ein Mörder?« höhnte Maddie erbost. »Das ist lächerlich. Welchen Grund sollte er haben?«

Amaryllis zuckte hilflos die Achseln. »Inge behauptete, daß Provy ungeschliffene Diamanten aufgetrieben hätte und ...«

»Diamanten?« fragte Nile. »Woher sollte er Diamanten haben? In diesem Teil Brasiliens gibt es keine Diamantminen.«

»Niemand weiß, woher Provy seine Sachen bezog. Aber Inge sagte, Ben Thomas hätte Provy wegen der Diamanten umgebracht.«

»Ben ist kein Mörder«, beharrte Maddie. »Ich weigere mich zu glauben, daß er so etwas getan haben soll. Diese Inge muß hysterisch gewesen sein, als sie ihn beschuldigte.«

Nile ballte die Fäuste. »Und niemand hat etwas unternommen, oder?«

Amaryllis befingerte nervös ihr silbernes Kreuz. »Du kennst die Lage hier, Nile. Es gibt hier weder Gesetz noch Recht. Fitch verkörpert zwar den Staat, aber wenn er nicht irgendein persönliches Interesse an etwas hat, wird er nichts tun.«

»Hat er noch nicht einmal versucht, herauszufinden, wer Provy umgebracht hat?«

»Er hat Mr. Thomas verhört, der angab, er wüßte nichts von den Diamanten oder dem Mörder von Provy. Dann hat Fitch seine Leute verhört, aber natürlich wußte keiner etwas. Er kümmerte sich nicht weiter darum, weil Provy nicht zu seinen Leuten gehörte, genausowenig wie wir hier in der Mission. Wenn wir morgen massakriert würden, würde Fitch nichts unternehmen.«

Nachdem sie gehört hatte, wie Nile und Amaryllis Fitch mit wenig schmeichelhaften Worten beschrieben, freute sich Maddie nicht gerade darauf, Señor Aguirres Partner kennenzulernen.

»Und Inge ist zurück nach Manaus gegangen?« fragte Nile.

»Ja.«

»Warum hat sie sich nicht einen der *Seringueiros* genommen?« Niles freimütige Frage brachte die Missionarin durchaus nicht aus der Fassung.

»Inge sagte, daß Provy ihre große Liebe gewesen wäre und sie es nicht weiter ertragen könnte, hier draußen zu leben. Ich habe ihr angeboten, bei uns zu wohnen, aber sie meinte, die Mission wäre nicht der richtige Ort für eine Frau wie sie. Deshalb ist sie zurück nach Manaus gegangen.«

Nile schlug mit der Hand auf das Geländer. »Verdammt! Ich wünschte, sie wäre geblieben. Ich möchte mit ihr reden.«

Maddie sagte: »Wenn wir erst einmal Ben gefunden haben, kann er uns sagen, was er weiß.«

Nile sah sie an. In seinen Augen blitzte Interesse auf. »Treffer. Jetzt habe auch ich einen Grund, Ben Thomas zu finden. So. Wenn mich die Damen jetzt entschuldigen würden. Ich möchte eine Weile allein sein.«

Ohne noch ein Wort zu sagen, verließ Nile die Veranda und verschwand im Dschungel.

Amaryllis seufzte. »Ich hoffe, Gott wird ihm Trost schenken. Provy war wie ein Vater für ihn.«

»Tod ist nie leicht zu akzeptieren«, sagte Maddie. »Besonders nicht, wenn er gewaltsam ist.«

»Wie gut ich das weiß. Hier draußen in der gesetzlosen Wildnis sieht man es so oft.« Dann sagte Amaryllis: »Jetzt ist aber Schluß, ich möchte nicht mehr über den Tod sprechen. Würden Sie gerne den Rest der Mission sehen?«

Maddie hätte zwar lieber in Ruhe über diese bestürzenden Informationen und Ben nachgedacht, aber sie wollte nicht unhöflich zu ihrer Gastgeberin sein.

»Das würde mir sehr gefallen«, sagte sie und stand auf, um sich von Amaryllis durch die Mission führen zu lassen.

Während Maddie Amaryllis durch das Haus folgte und sich von ihr die Vorzüge einfacher Holzfußböden und fehlender Vorhänge in der Wildnis erklären ließ, war sie nicht bei der Sache. Dauernd gingen ihr die unvorhergesehenen, schockierenden Ereignisse des Tages im Kopf herum.

Der arme Nile. Es hatte ihn tief getroffen, Provy auf so schreckliche Art und Weise zu verlieren. Aber obwohl es Maddie danach verlangte, zu ihm zu gehen, wußte sie doch, daß er zuerst einmal mit seiner Trauer allein sein mußte.

Und welche Rolle spielt Ben in der ganzen Geschichte? fragte sie sich. Es sieht ihm gar nicht ähnlich, einer so scheußlichen Sache wie einem Mord nicht auf den Grund zu gehen. Sicher hätte er den Behörden in Manaus Bescheid geben können, bevor er wie geplant flußaufwärts nach Iquitos gefahren wäre.

Aber der Amazonas war eine gesetzlose Wildnis, das hatte Amaryllis selbst gesagt, und vielleicht war Ben zu dem Schluß gekommen, daß er nichts tun konnte.

»Maddie, ist etwas mit Ihnen?«

Amaryllis Stimme schreckte Maddie aus ihren Gedanken hoch. »Wie bitte?«

»Ich habe Ihnen gerade erklärt, wie die Frauen aus Maniowurzeln Mehl machen.«

»Verzeihen Sie mir meine Verträumtheit«, sagte sie.

»Entschuldigen Sie sich nicht, ich verstehe das vollkommen«, erwiderte Amy.

Sie gingen weiter, als ob nichts gewesen wäre, und Maddie hörte jetzt aufmerksam zu.

Maddie konnte nicht schlafen. Obwohl sie sich inzwischen an die seltsamen Laute gewöhnt hatte, die des Nachts aus dem Dschungel schallten, schreckte sie bei dem kleinsten Laut hoch und starrte an die Decke.

Als sie Schritte auf der Veranda hörte, schob sie das Moskitonetz beiseite, sprang aus der Hängematte und zog sich rasch an.

Wie sie vermutet hatte, fand sie Nile draußen. Er lehnte am Geländer der Veranda und starrte in den mondhellen Dschungel. Er fuhr sofort herum, als er sie hörte. Dabei hatte er die Fäuste erhoben, als wollte er einen Angreifer abwehren.

Maddie hob schützend die Hände. »Ich bin es nur.«

»Weißt du denn nicht, wie gefährlich es ist, sich an einen Mann heranzuschleichen?« knurrte er leise, um die schlafende Amaryllis nicht zu wecken.

»Ich konnte nicht schlafen und dachte mir: Geh nach draußen und gönne den Moskitos ein Picknick.«

»Verdammt und zugenäht, du wirst keine Witze mehr reißen, wenn du einmal Malaria oder Denguefieber bekommst!«

»Daran habe dann aber ich ganz allein die Schuld, nicht wahr?«

Nile fluchte leise über sture Frauen und starrte mit wütenden Augen in den Dschungel.

Maddie stand neben ihm und konnte seine Wut und Frustration förmlich spüren. Seine kräftigen Hände hielten das Geländer fest umklammert, als wäre das Holz Provys Mörder, und seine Kaumuskeln mahlten, während er krampfhaft versuchte sich zu beherrschen.

Maddie legte zögernd eine Hand auf seine Schulter und spürte, wie er erstarrte. »Es tut mir so leid«, sagte sie. »Ich weiß, was Provy dir bedeutet hat.«

Er ignorierte ihre Berührung. »Provy Brown besaß nie viel, aber das kümmerte ihn nicht. Alles, was er hatte, teilte er, ob das nun Essen oder sein Wissen war. Er hat mir beigebracht, wie man fischt, wie man mit einem Blasrohr jagt und wie man ein Messer wirft. Er wußte so viel über den Amazonas, und er lehrte mich, ihn zu respektieren und wie man ihn überlebt.«

Maddies Hand sank herab. »Er muß ein wundervoller Mann gewesen sein.«

»Wundervoll? Ich mache mir keine Illusionen über ihn. Wenn es ums Geschäftemachen ging, kannte er keine Skrupel. Einmal hat er mir erzählt, daß ein Händler am Fluß seinen Lebensunterhalt nur dann verdienen könnte, wenn er etwas für einen Pfennig einkaufen und es dann für einen Taler verkaufen würde. Und das hat er auch immer getan.«

Darüber mußte Maddie lächeln.

Nile fuhr fort: »Ich glaube, ich werde mich immer an ihn so erinnern, wie er bei unserer ersten Begegnung war.

Er paddelte in seinem Einbaum aus Zedernholz den Juruá hinauf und handelte mit allem möglichen — Lebensmittel, Kleidung, lebende Truthähne, Gewehre.«

»Das ist eine schöne Erinnerung«, sagte sie weich.

Nile drehte sich um und sah sie an. Seine Augen waren dunkel und unergründlich. »Ich habe diesen Mann geliebt, und ich werde seinen Mörder finden — und wenn es das letzte ist, was ich tue«, sagte er.

»Aber wie? Es könnte jeder gewesen sein. Das ist, als wollte man eine Nadel in einem Heuhaufen suchen.«

»Ich glaube, dein Verlobter ist der Schlüssel.«

Sie keuchte überrascht. »Ben? Was sollte er denn darüber wissen?«

»Er hat Provys Leiche gefunden. Vielleicht hat er etwas gesehen — wie jemand in den Dschungel floh zum Beispiel.«

Maddie funkelte ihn an. »Wenn er etwas gesehen hätte, hätte er es bestimmt gesagt.«

»Vielleicht.«

Sie erstarrte. »Jetzt hör mir einmal gut zu, Mr. Nile Marcus, mir gefällt deine Andeutung, daß Ben Thomas etwas mit dem Tod deines Freundes zu tun haben könnte, ganz und gar nicht.«

»Sprich leiser, sonst weckst du noch Amy auf.«

»Trotzdem mißfallen mir deine Andeutungen!« murmelte Maddie. »Ich kenne Ben Thomas seit Jahren, und er ist ein anständiger, ehrenwerter Mann. Glaubst du denn, ich würde ihn heiraten, wenn es anders wäre?«

Er schnaubte. »Das frage ich mich manchmal.«

»Ich danke dir, daß du meinem Urteilsvermögen so sehr traust!«

Nile sah sie herausfordernd an. »Wann hast du den letzten Brief von ihm bekommen?«

Die plötzliche Wendung des Gesprächs überraschte Maddie, und sie sprudelte heraus: »Vor sechs Monaten. Warum fragst du?«

Seine Augen wurden schmal. »Weil er keineswegs verschollen ist, wenn er hier auf dem Weg nach Iquitos vorbeigekommen ist. Und wenn er nicht verschollen ist, warum hat dir dein Liebster dann nicht früher geschrieben? Er hätte die Briefe leicht hier in der Mission deponieren können. Amy hätte sie schon dem nächsten Dampfboot nach Manaus mitgegeben, und dort wären sie dann aufgegeben worden.«

Maddie fehlten die Worte. Nile klatschte sich mit der Hand auf den Hals und sagte: »Aber du solltest jetzt besser hineingehen, ehe du bei lebendigem Leib aufgefressen wirst.« Dann ging er über die Veranda, drehte sich aber noch einmal um und sagte: »Denk darüber nach«, ehe er im Haus verschwand.

Maddie lag noch wach und dachte nach, als sie wieder in ihrer Hängematte lag, aber ihre Gedanken kreisten um Niles Vermutungen, die der Wahrheit so nahe kamen, daß es sie sehr beruhigte.

Sie kannte schließlich den wahren Grund, warum Ben ihr seit Manaus nicht geschrieben hatte: Das war Teil des Plans. Aber das wußte Nile nicht. Er konnte nur annehmen, daß Ben ihr nicht geschrieben hatte, weil er sie nicht liebte.

Maddie drehte sich unruhig um. Ihr Verlobter ... Ben Thomas war genausowenig ihr Verlobter wie Nile Marcus. Natürlich hatte Maddie gehofft, daß sich das ändern würde, wenn sie Ben gefunden und ihn triumphierend nach England zurückbegleitet hätte. Die Schiffspassage zurück hätte Gefühle geweckt, die sich dann in Liebe und eine gemeinsame Zukunft gewandelt hätten. Das hatte sie zumindest gehofft.

Jetzt fragte sie sich jedoch, ob sie sich damit nicht selbst betrogen hatte. Es war Wunschdenken gewesen.

Maddie zwang sich dazu, ihre wahren Gefühle für Ben zu ergründen. Sie glaubte ihn zu lieben, aber was wußte sie denn von ihm? Daß er gut aussah und charmant war.

Mehr nicht. Sicher, sie arbeiteten beide beim *Clarion,* aber sie waren nie richtig allein zusammen gewesen. Maddie hatte in den letzten Wochen mehr Zeit mit Nile verbracht als jemals mit Ben.

Dann fragte sie sich, ob sie Nile die Wahrheit sagen sollte. Inzwischen vertraute sie ihm, und sie begann sich schuldig zu fühlen, weil sie ihn so hinters Licht führen mußte.

Aber wenn sie es tat, würde er wütend werden und wahrscheinlich die Expedition abblasen. Das durfte sie nicht zulassen. Es stand zuviel auf dem Spiel.

Das ist nicht der richtige Zeitpunkt, die Pferde zu wechseln, Maddie, Mädchen, sagte sie sich. Du mußt das jetzt durchstehen, ob du willst oder nicht. Sam verläßt sich auf dich. Und der *Clarion* auch.

Sie schloß die Augen und schlief endlich ein.

Am nächsten Morgen erwachte Nile unter dem ohrenbetäubenden Geschrei der Brüllaffen, zog sich schnell an und ging hinaus auf die Veranda. Dort saß Amy bereits beim Frühstück.

»Wo ist Maddie?« war das erste, was er sagte.

Amy lächelte. »Ich wünsche dir auch einen guten Morgen, Nile Marcus. Maddie badet.«

»Ist sie dort sicher?« wollte er wissen und setzte sich.

»Vollkommen. Alle Frauen baden seit Jahren an dieser Stelle, und es ist noch keiner etwas passiert.«

Mary erschien mit einem *Cafézinho,* den Nile dankbar annahm.

Amy sagte: »Da Maddie nicht da ist, können wir ja einmal in Ruhe miteinander sprechen.«

Nile hob die Brauen. »Huh. Wenn du sprichst wie eine Lehrerin, weiß ich, daß mir eine Gardinenpredigt bevorsteht. Was habe ich diesmal verbrochen?«

Sie lächelte. »Ich habe nicht vor, dich zu schelten oder dir einen Vortrag über deine unsterbliche Seele zu halten.

Wir kennen uns zu lange, um das zu versuchen. Wenn du unbedingt eine schöne, unverheiratete Frau den Amazonas hinaufbegleiten willst, ist das deine Sache.«

»Warum habe ich dann das unbestimmte Gefühl, daß du mir den Kopf waschen willst?«

Amy lehnte sich zurück und faltete die Hände im Schoß. »Ich werde nichts dergleichen tun. Du selbst hast ein schlechtes Gewissen, das ist alles.«

»Ich habe kein Gewissen, das weißt du doch.« Nile lachte leise.

Amy schüttelte den Kopf. »Unbußfertig wie immer ...«

Nile trank einen Schluck Kaffee. »Genug von diesem Wortgeplänkel, Amy, obwohl ich es genieße. Was willst du?«

Sie bedachte ihn mit einem seltsamen Blick. »Du liebst Maddie, nicht wahr?«

Nile quollen die Augen aus dem Kopf und dann brach er in schallendes Gelächter aus. »Ich? Ich soll diese herrische, rechthaberische Schreckschraube lieben? Amaryllis Gates, du lebst schon zu lange hier draußen. Die Hitze ist dir ins Hirn gestiegen.«

»Beleidige mich ruhig soviel du willst, lieber Freund, denn du weißt, daß ich dir immer die andere Wange hinhalten werde. Aber ich habe gesehen, wie du sie ansiehst, wenn du dich unbeobachtet glaubst. In deinen Augen liegt eine Zärtlichkeit, die ich noch nie bei dir gesehen habe.«

»Zärtlichkeit in meinen Augen? So ein Gefasel habe ich mein Lebtag noch nicht gehört!« Nile sprang auf, ging zum Geländer und stellte sich mit dem Rücken zu Amy hin, damit sie nicht sehen konnte, wie er mit den widersprüchlichen Gefühlen, die in ihm aufstiegen, kämpfte.

»Ach, komm. Wir kennen einander zu lange, um nicht ehrlich zueinander zu sein.«

Nile drehte sich um und sah sie an. »Ich liebe Maddie Dare nicht. Sie hat mich angestellt, um ihren vermißten

Verlobten zu finden, mehr nicht. Nachdem das geschafft ist, nehme ich mein Geld und werde sie nie wiedersehen. Und so weit es mich betrifft, ist das völlig in Ordnung so.«

Warum nur löste diese Aussicht plötzlich bei ihm eine solche Leere aus?

»Nun ja«, meinte Amy achselzuckend, »wenn du es so empfindest ...«

»Ich gebe ja zu, daß ich etwas für sie empfinde, aber es ist reine Wollust ...« Nile grinste, als Amy die Augen gen Himmel richtete, um Gott um Stärke zu bitten ... mein persönlicher Favorit bei den sieben Todsünden.«

»Das habe ich schon gehört«, entgegnete Amy trocken.

»Ich bin nur ein armer Sünder. Ich habe nie behauptet, ein Heiliger zu sein.«

Amy schwieg einen Augenblick und meinte dann: »Ich mag Maddie, obwohl ich sie erst seit gestern kenne. Sie ist etwas Besonderes. Und ihr beide paßt sehr gut zusammen, Nile Marcus, ob du es nun glaubst oder nicht.«

»Selbst, wenn es stimmt, was du sagst — was ich bezweifle — vergißt du, daß sie einem anderen versprochen ist.«

Amy sah ihn spitzbübisch an. »Verlobungen können gelöst werden.«

Langsam wurde Nile ärgerlich. Wenn sie es darauf anlegte, hörte sie sich an wie eine lästige alte Jungfer. Um sie davon abzubringen, sich über Maddies Tugenden auszulassen, sagte Nile: »Winston läßt dir alles Liebe ausrichten.«

Amy wurde so grau wie ihr Kleid und umklammerte ihr Kreuz so fest, daß Nile schon befürchtete, sie würde es abreißen. »Ich möchte kein Wort mehr über diesen Mann hören.«

»Du hast keine Bedenken, mit mir über Maddie zu sprechen, warum soll ich dann Win nicht erwähnen? Schließlich hast du ihn einmal geliebt.«

Amy stand auf. Ihre wütenden Augen glitzerten gefährlich. »Das war ehe er den Teufel Gott vorzog!« Sie knetete ihre Hände, ging ein paar Stufen hinunter und wandte sich dann zu Nile um. »Dieser Ausbruch tut mir leid, mein Freund. Verzeih mir, daß ich mich von meiner Wut überwältigen ließ.«

»Du bist auch nur ein Mensch, Amy. Wie wir alle kannst auch du die Beherrschung verlieren.«

Sie schloß die Augen und preßte ihre Finger an die Schläfen. »Es hat mich nur aufgeregt, daß du Winston erwähntest. Was wir füreinander empfunden haben, ist vorbei und vergessen.«

»Winston empfindet es anders, Amy. Ich habe ihn gesehen. Er liebt dich immer noch. Tatsächlich liebt er dich so, daß er keine andere Frau gehabt hat, seit er das Predigen aufgegeben und nach Manaus gegangen ist.«

Sie riß die Augen auf, und für eine Sekunde waren ihre wahren Gefühle erkennbar. Nile sah eine Sehnsucht, die sie sonst eisern beherrschte. Doch das verging so schnell, wie es gekommen war.

»Ob es dir nun gefällt oder nicht, Amy, du bist für Winston die einzige Frau, und ich glaube auch, daß er der einzige Mann für dich ist.«

Sie reckte sich entschlossen. »Ich habe die Mission. Ich brauche nichts anderes — und erst recht keinen Mann.«

Maddie hatte recht — Missionare waren eine humorlose, scheinheilige Bande. Nile kam zu dem Schluß, daß er Amy genug gequält hatte, und löste sich vom Geländer.

»Ich werde einmal nach Maddie sehen. Sie ist schon so lange am Fluß.« Er zwinkerte Amy zu. »Mit etwas Glück hat sie ein Alligator gefressen, und ich bin sie ein für allemal los.«

Das entlockte ihr ein Lächeln, und Nile wußte, daß sie ihm seine harten Worte verziehen hatte.

»Komm, ich zeige dir, wo die Badestelle ist«, rief sie hinter ihm her.

»Das ist nicht nötig«, rief er zurück. »Ich weiß, wo sie ist.«

Jetzt hat sie etwas zum Nachdenken, grinste Nile in sich hinein und ging zum Fluß.

Der Badeteich hatte sich vor einem Wasserfall gebildet. Das fließende Wasser und der flache, felsige Boden schreckte die gefährlichen Bewohner des Flusses ab, so daß man sicher dort baden konnte.

Maddies Sachen und eine Decke, die als Handtuch diente, lagen ordentlich gefaltet auf einem großen flachen Stein am Ufer, aber von ihr war nichts zu sehen.

Einen Augenblick lang war Nile vor Angst wie gelähmt. Wild blickte er sich um. Es war wirklich nichts von ihr zu sehen. Doch als er zum Teich schaute und einen dunklen Schatten unter der Wasseroberfläche erblickte, atmete er erleichtert auf.

Dann kam Maddies goldener Schopf zum Vorschein, und noch ehe Nile überhaupt daran denken konnte, sich umzudrehen oder sich bemerkbar zu machen, stand sie auf.

Sie war nackt.

Nile gehörte nicht zu den Männern, die es genießen, Frauen in intimen Momenten zu beobachten, aber er konnte die Augen nicht von Maddie abwenden, denn er hatte das Gefühl, ein Entdecker zu sein, der eine der sagenhaften Amazonen erblickte.

Wie sie da im knietiefen Wasser stand und sich die Augen trocknete, bot Maddie einen überaus lohnenden Anblick — wie Eva im Paradies. Ihre langen, goldblonden Haare klebten an ihrem Kopf wie das Fell eines Seehunds, und die feuchten Spitzen lockten sich wie liebkosende Finger über ihren hohen, vollen Brüsten.

Nile stockte der Atem, als Maddie ihr Haar zusammenfaßte und es über die Schultern zurückwarf, wobei ihre Brüste provokativ bebten. Ihre Taille war schmal und perfekt geschwungen, ihr Bauch so flach wie der seine. Er war enttäuscht, daß ihre Hüften jungenhaft schmal waren, aber ihre langen, wohlgeformten Beine entschädigten ihn dafür.

Als Maddie sich bewegte und dabei sanft die Hüften schwang, spürte Nile wilde Erregung in seinem Unterleib.

Plötzlich blieb Maddie stehen und lauschte mit wachsamem Blick.

Aha, dachte Nile, während er beobachtete, wie sie ihre Umgebung musterte, sie fängt an, die Geräusche des Dschungels zu verstehen, und spürt es, wenn Gefahr naht.

Dann spürte er ihren Blick auf sich ruhen.

Beide erstarrten und sahen sich nur an. Eine kleine Ewigkeit verstrich. Nile wußte, daß er sich am besten umgedreht hätte und zurück zur Mission gegangen wäre, um sich dann später bei ihr zu entschuldigen, aber er konnte es nicht.

Zu seiner großen Überraschung kreischte Maddie weder auf, noch sprang sie zurück in den Teich. Später würde er sich darüber wundern, aber jetzt war er zu beschäftigt damit, zuzusehen, wie sie ihre Schultern straffte, ruhig aus dem Wasser schritt und nach ihrer Decke griff. Als sie sie um sich wickelte, zitterten ihre Finger, und ihre Wangen waren schamrot. Nile konnte erkennen, daß sie unter der tapferen, kühlen Fassade wütend war und vielleicht sogar ein wenig Angst hatte.

Trotz der schwülen Morgenluft klang ihre Stimme eisig, als sie ihn ansprach. »Hast du genug gesehen, Nile Marcus? Wärst du jetzt so freundlich, dich umzudrehen, damit ich mich in Ruhe anziehen kann?«

Er tat es nicht, sondern kam den Pfad herunter auf sie zu, und Maddie hatte plötzlich das Gefühl, eine große Raubkatze zu beobachten, die sich an ihr Opfer heranschleicht. Sie wußte, wie man eine drohende Gefahr in den Augen eines Mannes erkannte, diese Art von Entschlossenheit etwas zu nehmen ohne groß zu fragen, vor der nur die Flucht sie retten konnte. Und genau diese Entschlossenheit erkannte sie in Niles Augen, als er lautlos auf sie zukam. Aber diesmal wollte Maddie nicht fortlaufen.

Sie drückte die Decke an ihre Brust. »Geh und laß mich in Ruhe.«

»Schick mich nicht weg«, sagte er rauh, als er vor ihr stand. »Bitte.«

Ein Blick in sein gequältes Gesicht sagte Maddie, daß widersprüchliche Gefühle in Nile miteinander stritten. Er begehrte sie, das war offensichtlich, aber irgend etwas hielt ihn zurück. Vielleicht die Tatsache, daß sie einem anderen Mann versprochen war? Oder sollte dieser Mann etwa doch Skrupel haben?

Nile streckte die Hand aus und streichelte ihre Wange. Die Berührung war für einen so großen, starken Mann überraschend sanft und beruhigend. Maddie wußte, daß sie sich jetzt zurückziehen mußte, wenn sie ein Ende machen wollte.

»Maddie.«

Die Art, wie er ihren Namen aussprach, ließ ihre Standhaftigkeit dahinschmelzen wie Butter in der Sonne.

Irgend etwas sagt mir, daß ich das noch bedauern werde, dachte sie, bevor sie die Augen schloß und sich auf die Zehenspitzen stellte, um seinen Kuß zu empfangen.

Niles Finger gruben sich in ihre nassen Haare, kurz bevor seine warmen, leidenschaftlichen Lippen die ihren suchten.

Sein Mund war köstlich süß wie schwerer Wein, und sein Kuß ließ ihr Inneres erbeben und fegte alle Hemmungen beiseite.

Dann glitten ihre Hände über seine Brust und verschränkten sich in seinem Nacken, so daß nur noch die Decke ihre Körper trennte. Maddie drückte sich schamlos an ihn und öffnete die Lippen, damit seine Zunge tief in ihren Mund eindringen konnte. Seine Hände glitten dabei suchend über ihren Rücken und entflammten sie.

Als seine Finger ihr festes Hinterteil umfaßten und sinnliche Kreise über ihr Fleisch zogen, löste sich Maddie mit einem entzückten Keuchen von ihm.

Die Decke fiel zu Boden.

»Du bist so schön«, sagte Nile heiser, während er sie mit seinen Blicken verschlang.

Dann hauchte er Küsse auf ihr Gesicht und ihren Hals, während er sanft ihre Brust umfaßte.

Maddie spürte, daß ihre Brustwarze unter seiner Hand hart wurde. Sie bebte und schmiegte sich an ihn. Wildes Verlangen stieg in ihr auf und raubte ihr jeden Willen, ihm zu widerstehen. Als Nile schließlich den Kopf herabbeugte, um die rosige Knospe mit seiner Zunge zu liebkosen, verlor Maddie die Fähigkeit, rational zu denken. Jetzt wollte sie Nile nur noch in ihre Arme reißen und sich ihm hingeben. Es kümmerte sie nicht, welche Konsequenzen das haben würde, oder was morgen war. Sie war nur noch von dem wilden Verlangen erfüllt, von diesem aufregenden Mann genommen zu werden.

»Nile? Maddie? Alles in Ordnung?«

Amys Stimme von oben ließ Maddie und Nile auseinanderfahren.

»Verdammt und zugenäht!« fluchte Nile leise, ehe er Maddie ein letztes Mal besitzergreifend ansah. Dann drehte er sich um und ging ein paar Schritte, wobei er rief: »Alles in Ordnung, Amy. Maddie zieht sich wohl gerade an.«

Madie verstand den Wink, griff nach ihren Sachen, ging hinter einen Busch und fing an, sich eilig mit zitternden Fingern anzukleiden.

Sie wußte nicht, ob sie Amy wegen dieser Unterbrechung verfluchen oder ihr dankbar sein sollte.

11

Nachdem sie sich angezogen hatte, rannte Maddie den Pfad hinauf, wo Amy und Nile auf sie warteten.

Sie lächelte die andere Frau entschuldigend an. »Es tut mir leid, daß Sie sich wegen meiner Trödelei Sorgen gemacht haben, aber ich habe so lange kein Vollbad mehr genommen, daß ich einfach nicht widerstehen konnte.«

Falls Amy Vermutungen darüber hatte, was wirklich am Teich vorgefallen war, so zeigte sie es nicht. Als sie zurück zum Haus gingen, hakte sie sich freundschaftlich bei Maddie unter und sagte: »Ich weiß genau, was Sie meinen. Ein Eimer mit Flußwasser auf einem Boot kann kein richtiges Bad ersetzen!«

Maddie riskierte einen Blick auf Nile, aber der sah stur geradeaus. Sein ausdrucksloses Gesicht verriet nicht, was er über den Moment, als sie beide vom Verlangen verzehrt wurden, dachte.

Als sie das Haus erreichten, murmelte Nile etwas darüber, daß er einmal nach Jayme und dem Boot sehen müßte, und verschwand. Kurz darauf bot Amy Maddie an, sie in ein Eingeborenendorf zu begleiten, doch Maddie lehnte mit der Entschuldigung ab, daß sie noch einen Artikel schreiben müßte.

Maddie hatte gerade ein paar Sätze zu Papier gebracht, als Nile zurückkam.

Während er die Stufen zur Veranda hochkam, schaute er Maddie an, wandte aber dann den Blick verschämt ab. Er brach als erster das verlegene Schweigen, indem er fragte: »Wo ist Amy?«

»Sie ist in eines der Eingeborenendörfer gegangen.«

Er nickte, setzte sich auf das Geländer und sah sie an. »Ich halte es für das Beste, wenn du hier bei Amy bleibst, während ich nach Iquitos fahre und Thomas suche.«

Maddie saß nur da, als hätte sie der Schlag gerührt.

Nile faßte ihr Schweigen als Zustimmung auf und sagte: »Ich bin froh, daß du einverstanden bist. Dann ist es also abgemacht.«

Sie räumte die Blätter zusammen und stand auf. »Nein, nichts ist abgemacht. Wir haben vereinbart, daß du mir dabei hilfst, Ben Thomas zu finden, und wenn er in Iquitos ist, müssen wir eben gemeinsam dorthin. Ich will verdammt sein, wenn ich hierbleibe, Däumchen drehe und voller Sorge auf deine Rückkehr warte!«

Nile erhob sich. Seine Brauen waren finster zusammengezogen, und seine Augen glitzerten gefährlich. »Verdammt und zugenäht! Wie oft muß ich dir noch sagen, daß es gefährlich ist!«

Maddie reckte stur das Kinn. »Diese Diskussion hatten wir ja schon öfter, und langsam habe ich es satt! Bis jetzt habe ich nichts falsch gemacht, oder? Und ich bin mir sicher, daß ich den Rest der Reise auch unversehrt überstehen werde.«

Er riß sich den Hut ab und fuhr sich mit der Hand durchs Haar. »Dieser Seitenarm des Flusses ist viel gefährlicher. Es gibt mehr Stromschnellen und Strudel, ganz zu schweigen von feindlich gesonnenen Indios mit Blasrohren und vergifteten Pfeilen, die hinter jeder Flußbiegung im Hinterhalt liegen. Das mache ich besser allein. Außerdem«, fügte er schmeichelnd hinzu, »mache ich mir Sorgen um Amy. Sie ist jetzt ganz allein. Die Gesellschaft einer Frau wäre ihr sicher sehr recht.«

»Das ist ein Schlag unter die Gürtellinie, Nile — du versuchst mich bei meiner Sympathie für Amy zu packen. Nun, das wird nicht funktionieren. Amy sorgt bereits so lange allein für sich, daß sie es noch eine Weile länger aushalten wird.«

Er knurrte verärgert. »Bitte, Maddie. Sei doch vernünftig.«

Maddie schüttelte den Kopf. »Nein, ich werde dem nicht zustimmen. Ich fahre wie vereinbart mit dir. Ende der Diskussion.« Um ihren Standpunkt klarzustellen, setzte sie sich wieder hin, griff nach Blättern und Stift und begann demonstrativ zu schreiben, ohne ihn weiter zu beachten.

Mit einem wütenden Schnaufen stampfte er zu ihr, packte sie an den Schultern und riß sie hoch, so daß sie direkt vor ihm stand. Diesmal sprühten andere Funken zwischen ihnen. Als Maddie in sein verzerrtes Gesicht mit den schmalen Augen blickte, entdeckte sie zu ihrer Überraschung darin nicht nur Wut, sondern auch echte Angst.

»Ich nehme von niemandem Befehle entgegen, meine sture Maddie«, knirschte Nile mit zusammengebissenen Zähnen.

Seine Finger gruben sich schmerzhaft in ihre Schultern, als er sie kurz schüttelte. »Wenn ich sage, daß du hierbleiben sollst, dann bleibst du hier — ob es nun so vereinbart ist oder nicht. Ist das klar?«

Maddie sagte zuerst nichts und überlegte. Schließlich meinte sie: »Du bist eine größere Gefahr für mich als der Amazonas.«

Nile ließ sie sofort los und drehte sich um.

Sie fuhr unbarmherzig fort: »Davor hast du nämlich Angst, oder? Daß du dir nicht zutraust, mit mir allein sein zu können, nicht wahr?«

»Und ich habe allen Grund, davor Angst zu haben!« Er biß die Zähne zusammen. »Muß ich dich denn daran erinnern, was am Teich beinahe geschehen wäre?«

»Nein.«

»Ich ... Ich hätte dich beinahe mit Gewalt genommen.« Aus seiner Stimme klang Abscheu und Selbstverachtung. »Ich bin nicht mehr als ein ... geiler Hengst.«

Maddie legte die Hand auf seinen Arm. »Du darfst nicht dir daran die Schuld geben. Ich hätte schreien, weglaufen oder im Wasser untertauchen können, so daß du Gelegenheit gehabt hättest, die Beherrschung wiederzugewinnen. Aber ich habe nichts davon getan. Du hattest nicht allein die Schuld. Soweit ich mich erinnere ...« Maddie lächelte, als sie sich die Szene wieder in Erinnerung rief »... habe ich mich nicht gewehrt.«

Nile sah sie mißtrauisch an. »Das überrascht mich eigentlich. Schließlich bist du mit einem anderen Mann verlobt.«

Die plötzliche Wendung des Gesprächs brachte Maddie aus der Fassung. Fieberhaft suchte sie nach einer plausiblen Erklärung, die sie dem armen Ben gegenüber nicht treulos und unehrlich erscheinen ließ. Schließlich kannte Nile die Wahrheit nicht.

Sie senkte den Kopf. Ihre Wangen färbten sich rot. »Eigentlich habe ich nicht die Angewohnheit, einem Mann so dreiste Avancen zu machen. Ich entschuldige mich für mein schockierendes Benehmen. Ich ... Ich weiß nicht, was über mich gekommen ist, Nile. Zu meiner Verteidigung kann ich nur sagen, daß ich mich nach allem, was wir in den letzten Wochen zusammen durchgemacht haben, zu dir hingezogen fühlte.«

Ihre Erklärung schien ihm zu genügen. »Und ich glaubte, stark genug zu sein, um allein mit einer Frau zu reisen. Aber ich habe mich geirrt.« Ein leichtes Lächeln kräuselte seine Lippen, als er sie von oben bis unten anerkennend musterte. »Du bist eine wunderschöne Frau.«

Sie erwiderte sein Lächeln. »Und du hast nur fünf Wochen gebraucht, um es zu bemerken!«

»Oh, es ist mir schon bei unserer ersten stürmischen Begegnung im Club der Forscher aufgefallen!«

Niles Geständnis verunsicherte Maddie für einen Augenblick, und sie mußte den Blick abwenden, um das Verlangen in seinen Augen nicht mehr sehen zu müssen.

»Der wahre Grund, warum du möchtest, daß ich bei Amy bleibe, ist der, daß ich nicht Opfer deines maskulinen Appetits werde, richtig?« fragte sie leise.

Nile seufzte und strich mit einem Finger über ihr Kinn. »Ich bin nur ein Mann, Maddie, und habe die Bedürfnisse eines Mannes. Ich kann der Versuchung nur bis zu einem gewissen Grad widerstehen.«

Eine Gänsehaut kroch ihre Arme hoch, und sie mußte all ihre Kraft zusammennehmen, um ihm zu widerstehen. »Sam sagte mir, daß du gefährlich bist.«

»Hat er das getan? Du hättest auf ihn hören sollen. Er wußte, wovon er redete.«

Maddie zögerte. »Ganz egal, wie es ist — ich muß mit dir nach Iquitos. Das weißt du.«

Nile ertrug die Niederlage mit Anstand. »Ich weiß. Ich verspreche dir, daß ich mich von jetzt an anständig benehmen werde.« Er lächelte bitter. »Wenn wir Thomas erst gefunden haben, werde ich mir keine Sorgen mehr machen müssen, nicht wahr?«

Ohne auf eine Antwort von ihr zu warten, drehte er sich um und ging davon.

Maddie sah ihm nach. Ihre Gedanken waren in Aufruhr. Sam hatte sie vor den Gefahren gewarnt, die ein Alleinsein mit Nile Marcus in sich bargen, und sie war zu arrogant und selbstbewußt gewesen, um auf ihn zu hören. Maddie war bei ihrer Arbeit allen möglichen Männertypen begegnet, und sie war immer ungeschoren davongekommen. Selbst Ben hatte nie diese Wirkung auf sie gehabt. Aber Nile Marcus war anders. Sie hatte noch nie einen Mann wie ihn kennengelernt.

»Maddie, Maddie ...«, murmelte sie vor sich hin. »Hast du wirklich erwartet, daß du einen Käfig mit einem Jaguar teilen und ohne Schramme davonkommen könntest?«

Sie seufzte und zwang sich dazu, ihre Gedanken wieder aufs Schreiben zu lenken.

Nachdem sie drei Tage in der Mission zugebracht hatte, war Maddie davon überzeugt, daß mit Amy etwas nicht stimmte. Sie entschloß sich, mit Nile darüber zu sprechen, wenn sie allein waren.

Diese Gelegenheit ergab sich eines Abends nach dem Essen, als Nile aufstand und sagte, er wolle hinunter zum Fluß, um mit Jayme zu überprüfen, ob das Boot zur Weiterfahrt bereit sei.

Maddie erhob sich rasch. »Stört es dich, wenn ich dich begleite?«

Nile zögerte, und in seinen Augen konnte Maddie lesen, daß er sich fragte, ob es klug sei, mit ihr allein zu sein. Aber er zuckte nur die Achseln. »Wie du willst.«

Sie gingen zusammen den Weg zum Anlegesteg. Als sie außer Hörweite waren, sagte Maddie: »Nile, ich glaube, mit Amy stimmt etwas nicht.«

Er blieb stehen und blickte auf sie herunter. »Was willst du damit sagen?«

»Nun, du kennst sie länger als ich, aber kommt dir ihr Benehmen nicht ein wenig seltsam vor?«

»Auf welche Weise seltsam?«

»Sie scheint über irgend etwas zu brüten und ist ständig mit sich selbst beschäftigt. Sie starrt vor sich hin, und man muß mehrere Male ihren Namen rufen, um ihre Aufmerksamkeit zu erregen. Jetzt erzähle mir nicht, daß du das nicht bemerkt hast.«

Nile sah sie aufgebracht an. »Natürlich habe ich es gemerkt, aber das war abzusehen. Ihr Bruder ist kürzlich gestorben. Unter diesen Umständen kann man nicht wirklich erwarten, daß sie sorglos und unbeschwert ist, nicht wahr?«

»Natürlich nicht, aber ...« Maddie suchte nach den richtigen Worten, um ihn zu überzeugen. »Ach, ich weiß nicht. Du wirst mich für verrückt halten, weil ich das glaube, aber es ist nur so ein Gefühl, weißt du. Ich glaube, Amy steht kurz vor einem psychischen Zusammenbruch.«

»Ach und jetzt fügst du der langen Liste deiner Fähigkeiten auch noch die Tätigkeit als Ärztin hinzu, was?«

»Ich bin kein Fachmann, aber ich bin Zeitungsreporterin und kann Menschen einschätzen. Als ich in Afrika war, habe ich etwas Ähnliches erlebt. Dort gab es eine Missionarin, die sich ähnlich benommen hat wie Amy ...« Maddie holte tief Luft »... und zwar kurz bevor sie sich umbrachte.«

Da ging er in die Luft. »Amy und sich umbringen? Niemals! Amaryllis Gates ist eine der stärksten, verständigsten Frauen, die ich je kennengelernt habe, Anwesende eingeschlossen. Wenn sie das nicht wäre, hätte sie es nie so lange hier draußen ausgehalten.«

Er ging mit langen Schritten davon, als wollte er vor ihr flüchten, aber Maddie blieb ihm auf den Fersen.

»Daß sie so lange hier draußen überlebt hat, bedeutet nicht, daß sie auch zukünftig hier überleben wird«, meinte Maddie. »Und du mußt zugeben, daß der Amazonas körperlich bei ihr seinen Zoll gefordert hat. Sie sieht zehn Jahre älter aus, als sie in Wirklichkeit ist.«

Jetzt blieb Nile stehen und musterte sie nachdenklich.

Sie fuhr fort: »Früher hatte Amy ihren Bruder und die anderen Missionare als Stütze und Trost. Aber sie sind einer nach dem anderen gestorben, und jetzt ist sie ganz allein. Wie lange wird sie noch allein durchhalten können?«

»Aber sie ist nicht allein«, entgegnete er mit geradezu irrer Vernunft. »Sie glaubt, daß Gott bei ihr ist.«

»Vielleicht sagt Gott ihr auch, daß es Zeit ist, ihre Koffer zu packen und woanders hinzugehen.«

Ihre trockene Bemerkung entlockte ihm ein knappes Lächeln. Dann war er gleich wieder ernst. »Was schlägst du mir also vor?«

»Sprich mit ihr. Ich würde es ja machen, aber ich befürchte, daß sie meine Einmischung als anmaßend ansehen wird, denn eigentlich bin ich eine Fremde für sie. Laß sie wissen, daß wir nur ihr Bestes wollen, und daß es an der Zeit sei, ihre Niederlage einzugestehen und diesen Ort zu verlassen.«

Nile schüttelte den Kopf. »Amy und aufgeben? Niemals!«

»Dann muß man sie dazu bringen, Vernunft anzunehmen.«

Sie sprachen danach nicht mehr über Amy. Am Fluß hörten sie Jayme singen, noch ehe sie ihn sahen. Nachdem sie mit dem Brasilianer besprochen hatten, ob das Boot bereit war, gingen Nile und Maddie zurück zum Haus.

Inzwischen war es dämmrig geworden, und als sie am Haus ankamen, brannten bereits die Kerzen. Amy saß in ihrem Stuhl und hatte ihre zerlesene Bibel auf dem Schoß. Aber sie schien nicht darin zu lesen. Ihr leerer Blick war auf einen Ort gerichtet, den nur sie sehen konnte, und sie schaukelte leicht hin und her.

Maddie legte ihre Hand auf Niles Arme und warf ihm einen bedeutungsvollen Blick zu.

Nile schob das Kinn vor. »Amy?«

Sie reagierte nicht.

»*Amy!*« rief er, diesmal lauter und kräftiger.

Sie fuhr zusammen, und ihre Augen bekamen wieder Leben. »Tut mir leid«, sagte sie mit einem entschuldigenden Lächeln. »Ich muß geträumt haben und habe euch nicht gehört.«

Als sie die Stufen zur Veranda hinaufgingen, fragte Maddie: »Welche Stelle haben Sie denn gerade gelesen?«

Amy antwortete nicht sofort, sondern blickte schuldbewußt auf ihre Bibel. »Die Psalmen natürlich. Ich lese jeden Abend vor dem Schlafengehen darin. Ich finde sie immer so tröstlich.«

Aber Maddie vermutete, daß Amy in ihrer eigenen Welt gewesen war und überhaupt nicht gelesen hatte.

Am nächsten Morgen wachte Nile schlechtgelaunt und mit Kopfweh auf. Nachdem er sich gewaschen, rasiert und angezogen hatte, dachte er gründlich über Maddies

Worte nach. Wenn Maddie recht hatte und der Amazonas Amys Gesundheit gefährdete, mußte er Amy irgendwie überzeugen, die Mission zu verlassen und zu ihrer eigenen Sicherheit nach Manaus zu fahren.

Er seufzte schwer. Diese Aufgabe war genauso schwer wie den Amazonas mit einem Teelöffel auszuschöpfen. Diese Mission war der Eckpfeiler von Amys Leben, das Ergebnis ihres Glaubens. Und ihr Bruder war hier begraben. Sie würde das nicht kampflos aufgeben.

»Aber wenn Maddie recht hat«, murmelte er laut, »wird Amy diesen Ort verlassen — ob sie nun will oder nicht.«

Er fand Amy allein auf der Veranda.

»Guten Morgen«, begrüßte sie ihn lächelnd.

Heute morgen schien es ihr besser zu gehen. Ihre Augen blickten wach und strahlten, der hohle, leere Blick, den Nile gestern abend darin bemerkt hatte, fehlte.

»Guten Morgen«, entgegnete Nile und setzte sich, während Mary ihm *Cafèzinhos* und dicke Grütze aus Maniokmehl servierte.

»So«, sagte Amy, »wann werden Maddie und du nach Iquitos fahren, um ihren jungen Mann zu suchen?«

Nile trank einen Schluck Kaffee und zuckte mit den Schultern.

»Zuerst müssen wir einen Besuch auf Mr. Fitchs *Estrada* machen.«

Amys graue Augen wurden dunkel vor Ärger, und sie schauderte zusammen. »Warum willst du dorthin?«

»Maddie möchte eine Kautschukplantage besuchen und darüber einen Artikel für den *Clarion* schreiben. Als Señor Aguirre ihr dieses Angebot unterbreitete und ihr einen Empfehlungsbrief für den geschwätzigen Mr. Fitch mitgab, hat Maddie diese Chance sofort ergriffen.«

Amy schüttelte den Kopf. »Kannst du ihr das nicht ausreden? Du weißt doch, was für entsetzliche Sachen dort passieren. Sie wird zutiefst schockiert sein.«

»Och, ich glaube Maddie läßt sich nicht so leicht schokkieren. Außerdem kann nicht einmal Gott sie umstimmen, wenn sie sich einmal zu etwas entschlossen hat.«

»Hüte deine Zunge, Nile Marcus! Du magst ein guter Freund sein, aber ich werde keine Blasphemie dulden.«

Er grinste. »Ach, ich bin doch so ein liebenswerter Kerl.« Er hoffte, daß sein leichter, neckender Ton Amy in Sicherheit wiegen würde und nach der belustigten Miene zu schließen, die ihr Gesicht erhellte, war ihm das gelungen.

Nile lehnte sich zurück. »Und wie hältst du dich, Amy?«

»Gut.«

»Wirklich?« Es klang skeptisch.

Eine gewisse Wachsamkeit umschattete ihre Augen. »Ja, wirklich. Warum fragst du?«

»Ich mache mir nur Sorgen, weil du hier allein in der Wildnis lebst, mehr nicht.«

»Du brauchst dir keine Sorgen zu machen. Gott wird für mich sorgen, so wie er es immer getan hat.«

Hat er auch die Giftschlange geschickt, die Freddie gebissen hat, dachte Nile, sprach es aber nicht aus, denn er wußte, daß es nichts nützen würde.

»Aber du bist ganz allein hier draußen, Amy«, führte er aus, »kein Mann ist da, der dich beschützt. Alle Männer sind tot. Nur du bist noch übrig.«

Schmerz zeigte sich auf ihrem Gesicht, und sie wandte den Blick ab. »Das stimmt. Aber ich habe nach London geschrieben, und hoffentlich werden bald andere kommen.«

»Wie bald?«

»Ich weiß es wirklich nicht«, entgegnete sie verärgert. »Das entscheidet die Muttergesellschaft der Mission.«

»Und was willst du in der Zwischenzeit tun?«

Amy lachte hohl. »Mein lieber Nile, deine Sorge ist zwar rührend, aber völlig unnötig.«

Er kämpfte um Beherrschung. »Nein, Amy, ganz und

gar nicht. Du bist in erster Linie Missionarin und dann Frau. Muß ich dich daran erinnern, daß du die einzige Weiße im weiten Umkreis bist? Was ist, wenn einer von Fitchs Männern auf die Idee kommt, deine Lage, hm, auszunutzen?«

Ihre Wangen färbten sich schamrot. »Was für eine Sprache, Nile Marcus! Wenn das passieren sollte, werde ich Gottes Willen als Teil seines göttlichen Planes annehmen.«

Nile stöhnte: »Amy!«

»Du mußt nicht um meine Sicherheit fürchten. Ich stehe unter dem Schutz von Señor Aguirre, und deshalb wage ich es sehr zu bezweifeln, daß einer seiner Männer es wagen würde, den Zorn ihres Herrn zu erregen.«

»Dazu ist nur ein Aufsässiger nötig, Amy. Als Freddie und die anderen Männer noch lebten, konnte man dich beschützen. Aber sie sind tot«, fügte er behutsam hinzu.

Amy stand sichtlich verärgert auf und umfaßte ihr Kreuz. »Was ist los mit dir, Nile? Warum reitest du auf diesem Punkt herum? Du weißt doch, daß ich nie hier weggehen werde.«

Er stand ebenfalls auf und stellte sich hinter sie. Dabei legte er seine Hände in einer zarten, tröstenden Geste auf ihre Schultern. »Bist du jemals auf den Gedanken gekommen, daß es vielleicht an der Zeit ist wegzugehen?«

Sie fuhr herum. »Wie kannst du mir so etwas auch nur vorschlagen? Diese Mission ist mein Leben!«

»Selbst wenn sie dich dein Leben oder deine geistige Gesundheit kostet?«

Sie wich einen Schritt zurück. »Meine geistige Gesundheit? Worüber redest du da, Nile? Ich bin nicht geisteskrank.«

Er verfluchte sich innerlich, weil er sich verplappert hatte.

»Ich weiß, Amy, aber wie lange hältst du das noch aus? Wie lange kannst du, eine anständige Engländerin, noch hier allein unter Eingeborenen, unter Kautschukleuten, die schlimmer sind als Wilde, leben und ungeschoren davonkommen?«

»Ich bin nicht dabei, verrückt zu werden, Nile! *Nein!* Wie kannst du, ein alter Freund, so etwas auch nur denken?«

»Ich behaupte ja gar nicht, daß du verrückt bist, Amy«, sagte er weich. »Aber Einsamkeit kann einem Menschen seltsame Dinge antun. Und ohne Fred bist du einsam, nicht wahr?«

Nile ging zu ihr, nahm sie in die Arme und hielt sie, während sie von Schluchzern geschüttelt wurde. »Ich weiß, Amy. Ich weiß.«

Als sie endlich aufhörte zu weinen, schniefte sie. »Meine Unbeherrschtheit tut mir leid, Nile. Ich weiß nicht, was über mich gekommen ist.«

»Du brauchst dich nicht zu entschuldigen«, entgegnete er und ließ sie los. »Ich hätte dich nicht so weit bringen dürfen.«

Sie lächelte zu ihm auf. »Nein, das hättest du nicht. Aber ich verzeihe dir. Freunde?«

»Freunde.« Nile wandte sich zum Gehen. »Denke über das nach, was ich gesagt habe, ja?«

»Versprochen.«

»Mehr will ich gar nicht.« Dann drehte er sich um und ging.

Nachdem Nile im Haus verschwunden war, saß Amy allein auf der Veranda und lächelte in sich hinein.

Wie rührend von Nile, daß er sich so um mich sorgt, dachte sie, aber es ist grundlos. Mir wird es gutgehen, solange Gottes Kraft mich leitet.

Weil sie sich plötzlich ausgelaugt fühlte, schloß Amy die Augen und rieb sich die Schläfen. Sie war wieder in Devonshire und stand auf einem Hügel. Die warme Sommersonne wärmte ihren Rücken, und eine kühle Brise liebkoste ihr Gesicht. Zufriedenheit und Freude umgaben sie. Sie konnte Fred am Fuß des Hügels stehen sehen. Er winkte ihr, zu ihm zu kommen. Er wollte ihr etwas sagen, aber der Wind verwehte seine Worte. Sie wollte aber doch unbedingt hören, was er zu sagen hatte!

Amy spürte eine Hand auf ihrer Schulter. Die schöne Vision zerstob und hinterließ schmerzhafte Enttäuschung in ihr.

»Geht es Mama gut?« fragte Mary mit besorgtem Blick.

»Natürlich geht es mir gut!« Als Mary angstvoll die Augen aufriß und zurückwich, stieg Reue in Amy auf. Sie stand auf und umarmte die andere Frau. »Verzeih mir, daß ich dich so angefahren habe, Mary, aber Mama ist immer noch traurig, weil Don Fred tot ist.«

Mary nickte. »Don Fred war guter Mann.« Dann drehte sie sich um und ging davon.

Maddie, die sich ins Haus zurückgezogen hatte, stürzte sich sofort auf Nile, als er hereinkam.

»Konntest du sie überzeugen, wegzugehen?« fragte sie.

»Nein. Sie ist genauso stur wie du. Der Herr bewahre mich vor sturen Frauen!«

»Vielleicht sollte ich mit ihr reden.«

Nile hielt sie fest. »Das würde ich an deiner Stelle nicht tun. So sanftmütig Amaryllis sonst auch ist — sie könnte die Beherrschung verlieren, wenn sie glaubt, daß wir alle gegen sie sind.«

»Dann werde ich das Thema lieber vermeiden.«

Als Maddie die Veranda betrat und Amy sie mit den Worten empfing: »Vermutlich wollen auch Sie mich überreden, hier wegzugehen«, wußte Maddie, daß sie vorsichtig vorgehen mußte.

»Nein«, entgegnete Maddie und setzte sich. »Ich bin eigentlich hier, um Sie über Señor Aguirres Partner Haddon Fitch auszufragen.«

»Dieser Bastard!«

Dieser Ausbruch überraschte Maddie nun doch.

Doch Amy nahm sich sofort wieder zurück. »Herr, vergib mir. Ich weiß, daß ich mehr Nächstenliebe zeigen sollte, aber dieser Mann ist so böse, so verachtenswert, daß ich auch nur Verachtung für ihn empfinden kann.«

Maddie witterte eine Story und beugte sich vor. »Warum hassen Sie ihn so?«

Amy seufzte. »Ach, bestimmt ist er nicht übler als die anderen Kautschukbarone, aber seine Schlechtigkeiten sind immer noch schlimm genug für anständige, gottesfürchtige Menschen.«

Maddie verstand sofort. »Nile hat mir erzählt, wie sie die Indios zu Arbeitssklaven machen.«

»Sklaverei ... Ein Mensch kann heutzutage noch einen anderen besitzen! Und die Frauen ... Wissen Sie eigentlich, daß ein Mann eine Indiofrau für fünfzig Pfund *kaufen* kann? Die jungen Mädchen, die *Mulheres frescas,* erzielen den höchsten Preis.«

»Wie furchtbar. Warum hat bisher niemand versucht dagegen einzuschreiten?«

»Wer soll das denn tun? Hier draußen gibt es kein Gesetz. Ein Repetiergewehr ist das einzige Gesetz, und wer die Macht hat, hat recht.« Amy befingerte ihr Kreuz und bemühte sich um Haltung.

»Es muß sehr frustrierend für Sie sein zu versuchen, den Menschen hier zu helfen.«

»O ja«, entgegnete Amy bitter. »Wir mußten uns anbiedern, weil wir nur unter Señor Aguirres Schutz hierbleiben konnten.« Sie sah Maddie eindringlich an. »Ich gebe Ihnen einen guten Rat: Halten Sie sich fern von Haddon Fitch. Fahren Sie mit Nile nur den Juruá hinunter nach Iquitos, um Ben Thomas zu suchen.«

»Das geht nicht. Ich bin immer noch Zeitungsreporterin, und ich weiß, daß ein Artikel über eine Kautschukplantage meine Leser interessiert. Ich darf das Empfehlungsschreiben von Señor Aguirre auf keinen Fall verfallen lassen.«

Amy musterte sie. »Sie sind eine höchst bemerkenswerte Frau, Maddie.«

»Aber nein, Sie sind viel mehr wert.« Maddie blickte in den Urwald. »Allein dadurch, daß Sie hier draußen leben, stellen Sie sich jeden Tag unzähligen Gefahren, und Sie überleben.«

Ein Schatten legte sich über Amys Gesicht. »Aber nur knapp ...«, murmelte sie so leise, daß Maddie sie kaum verstehen konnte.

»Warum bleiben Sie dann?«

Kurz flammte Ärger in Amys Augen auf, wurde aber dann durch stoische Ruhe ersetzt. »Weil ich genausowenig meinen Beruf als Missionarin aufgeben kann, wie Sie den ihren.«

Maddie sah sie nur überrascht an und nickte dann ergeben.

Am nächsten Morgen packten Nile und Maddie ihre Sachen, verabschiedeten sich von Amy und gingen zu Jayme auf das Boot, um flußaufwärts zu Fitchs *Estrada* zu fahren.

12

Jaymes Boot war zirka eine halbe Meile auf dem Juruá gefahren, als ihnen ein größeres Boot entgegenkam, in dem ein Dutzend gewalttätig aussehender Männer mit Gewehren saß.

Maddie drückte sich an Nile. »Wer sind diese Männer? Wollen Sie uns etwas tun?«

»Sie gehören zu Fitchs Armee«, entgegnete er, ohne das schnell herankommende Boot aus den Augen zu lassen.

»Die gehören zu der sechshundert Mann Armee, von der du mir erzählt hast?«

»Genau.«

Maddie sah ihn an. »Ich bin beeindruckt.«

»Das solltest du auch sein.«

Als das andere Boot neben dem ihren war, rief einer von Fitchs Männern etwas auf portugiesisch, und die anderen starrten Maddie lüstern an.

Als das Boot vorbei war, fragte Maddie Nile: »Was hat der Mann über mich gesagt?«

»Etwas sehr Schlüpfriges, das ich lieber nicht wiederholen möchte.«

»Das habe ich vermutet.«

Nile sah sie leicht verärgert an. »Was hast du erwartet? Du bist eine schöne weiße Frau mitten in der Wildnis, wo eine Frau auf tausend Männer kommt. Du bist eine Rarität, etwas, für das viele von denen kämpfen würden.«

Maddie verzog verächtlich das Gesicht. »Wie barbarisch.«

»Ja, das ist es wohl.«

»Und vermutlich haben die Frauen da nichts zu sagen.«

»Die Stärksten bekommen eben alles.«

Maddie konnte ihren Augen kaum glauben. Am linken Ufer des Flusses war ein langer Pier, an dem ein Dutzend Einbäume lagen, die mit Brocken gefüllt waren, die aussahen wie riesige, schwarzgeräucherte Schinken. Andere Einbäume kamen den Fluß hinunter, und als diese Boote am Pier anlegten, wurden sie von Arbeitern entladen, die von bewaffneten Männern beaufsichtigt wurden.

Maddie beobachtete mit wachsendem Interesse den stetigen Strom der Kanus. »Was passiert hier?« fragte sie Nile.

»Heute ist Samstag, Fitchs Liefertag«, entgegnete er. »Einmal in der Woche liefern die *Estradas* flußaufwärts ihren wöchentlichen Kautschuk.«

»Das ist Kautschuk, diese schwarzen Ballen?«

Nile nickte.

»Faszinierend.« Maddie rümpfte die Nase und sog die Luft ein. »Kautschuk, das Parfum des Amazonas.«

Nile nickte und lächelte. »Der Duft des Geldes.«

Maddie blickte hinter den geschäftigen Pier. Ihre Neugier war geweckt. »Und was ist da hinten?«

»Der Handelsposten und Fitchs Haus, das viel größer ist als die Mission. Dahinter liegen die Baracken seiner Männer, die Ställe und, ähm, andere Gebäude.«

Maddie wußte, daß er damit das Bordell meinte, verdrängte diesen Gedanken aber entschlossen. Sie war hier, um einen Artikel zu schreiben, nicht, um zu beurteilen, was hier vorging. Sie würde nicht wegen etwas, das sie nicht ändern konnte, Niles und ihr eigenes Leben aufs Spiel setzen.

Jayme dockte an dem geschäftigen Pier an. Nile sprang heraus und half dann Maddie.

In dem Augenblick, als Maddie den Pier betrat, hörte jede Arbeit auf, und sie spürte Dutzende von gierigen, dunkeläugigen Blicken auf sich.

Zum ersten Mal seit langem war es Maddie unbehaglich zumute.

Sie hatte das Gefühl, von Wölfen umgeben zu sein, die nur auf ein Signal ihres Anführers warteten, um sich auf sie zu stürzen und zu verschlingen.

Instinktiv umklammerte Maddie Niles Arm fester. Sie drückte sich eng an ihn und tat damit kund, daß er ihr Beschützer war.

Nile sprach mit einem der Männer und führte Maddie dann vom Pier fort.

Als sie sich Fitchs Haus näherten, sah Maddie drei junge Indiofrauen auf der Veranda sitzen. Sie hörte wie Nile einen erstickten Laut von sich gab, und als sie ihn von der Seite anschaute, sah sie, daß er errötete und versuchte keine Notiz von den Frauen zu nehmen.

»Das ist Fitchs persönlicher Harem«, flüsterte er Maddie zu. »Das sind seine Konkubinen.«

Maddie machte große Augen. »Er tändelt mit drei Frauen herum? Ziemlich gierig, oder?«

»Ich wage zu behaupten, daß er nicht mit allen dreien zugleich, hm, tändelt.«

»Das will ich hoffen«, murmelte Maddie. »Sie sind sehr schön.«

»Es sind alles *Mamelucas* — halb weiß, halb indianisch. Fitch hat sie nur aus diesem Grund ausgesucht. Deshalb verabscheut ihn Amy auch so sehr.«

Maddie zog die Schultern hoch und holte tief Luft. »Eine richtige *Ménage à quatre.* Also, das wird sicher ein interessanter Besuch, muß ich schon sagen.«

»Fitch ist hier das Gesetz, mehr ein Diktator als ein König. Er kann sich hier draußen alles leisten.«

Als sie näher an die Veranda kamen, sahen die drei Frauen Nile und Maddie neugierig an, sagten aber nichts.

Nile begrüßte sie in einer fremden Sprache, die Maddie noch nie bei ihm gehört hatte, sie vermutete aber, daß es sich um eine Eingeborenensprache handeln mußte, denn zwei Frauen lächelten schüchtern und antworteten kurz.

»Ta, ta«, erklang eine dröhnende Stimme von der Türschwelle. »Wen haben wir denn da? Gäste?«

Maddie wandte den Kopf und erblickte einen großen, dünnen Mann. Er hatte lockige, rostrote Haare, Sommersprossen und einen beeindruckenden gezwirbelten Schnurrbart. An seinem Gürtel hing eine Peitsche.

Er lächelte breit. »Wenn das nicht Nile Marcus ist.«

»Fitch«, sagte Nile und steckte die Hand aus.

Fitch ergriff Niles Hand, aber der Blick seiner blaßblauen Augen ruhte auf Maddie. »Und wer ist dieses göttliche Wesen?«

»Maddie Dare«, entgegnete Nile und ließ die Hand des anderen Mannes los. »Darf ich dir Haddon Fitch vorstellen? Fitch, das ist Maddie Dare.«

Da bemerkte Fitch plötzlich seine Frauen. Sein Gesicht wurde vor Ärger noch röter, dann brüllte er etwas in der

Eingeborenensprache, so daß eine von ihnen zurückwich, als wären es Peitschenhiebe, und gleich im Inneren des Hauses verschwand.

Nachdem seine Wut verraucht war, wandte er sich mit einem entschuldigenden Lächeln an Maddie. »Sie müssen Tia verzeihen. Sie ist immer noch halbwild.« Fitch ergriff ihre Hand und beugte sich darüber. »Es ist mir ein Vergnügen, Miss Dare.«

Maddie neigte den Kopf. »Mr. Fitch.«

Als er den Kopf wieder hob, zwirbelte er seinen Schnurrbart, und seine hellen Augen musterten sie interessiert und anerkennend. »Sagen Sie mir doch, Miss Dare«, sagte er, »was eine entzückende Engländerin wie Sie in dieser gottverlassenen Wildnis sucht?«

»Ich bin Journalistin für eine Londoner Zeitung, den *Morning Clarion*«, erwiderte sie, »und ich suche hier meinen verschollenen Verlobten.«

Er hob die Brauen. »Ein verschollener Verlobter — wie interessant.«

Maddie griff in die Tasche ihres Rockes und zog ihr Empfehlungsschreiben heraus. »Hier ist ein Brief von Señor Aguirre.«

Fitch nahm den Brief, überflog ihn und gab ihn ihr dann zurück. »Wenn Antonio wünscht, daß ich Ihnen Hilfe und Gastfreundschaft gewähre, dann komme ich diesem Wunsch nur zu gern nach. Aber jetzt bringen wir Sie erst einmal unter, und dann bekommen Sie etwas zu essen. Sie müssen nach der langen Fahrt ja halb verhungert sein. Leider muß ich mich nun geschäftlichen Dingen widmen. Wenn Sie mich entschuldigen wollen ...«

Nachdem er seiner Haushälterin Anweisungen erteilt hatte, ließ Haddon Fitch sie allein.

»Was hältst du von unserem Gastgeber?« fragte Nile Maddie.

Sie saßen allein auf der Veranda und hatten gerade ein

gutes, sättigendes Essen aus Fisch und gewürztem Reis genossen.

»Also er ist richtig charmant«, entgegnete Maddie.

»Das klingt erstaunt.«

»Das bin ich auch. Er ist überhaupt nicht so, wie ich es erwartet habe.«

»Und was hast du erwartet?«

Maddie überlegte. »Einen verschlossenen, harten Menschen. Mit Hörnern und einem Bockshuf vermutlich. Kalt und seelenlos wie Calistro.«

»Unterschätze ihn nicht. Er *ist* wie Calistro. Haddon Fitch mag ja wie ein kultivierter, englischer Gentleman wirken, aber unter der Oberfläche ist er so rücksichtslos und hart wie nur irgendwas. Sonst hätte er hier draußen nicht überleben können.«

»Das werde ich mir merken.«

»Tu das, denn unser Gastgeber kommt gerade zurück.«

Maddie blickte auf, als Fitch auf die Veranda kam und sich mit einem muskulösen Unterarm den Schweiß von der Stirn wischte. »Verdammte Hitze. Das hört nie auf. Man glaubt, man würde sich daran gewöhnen, aber das tut man nie.« Dann schaute er Maddie an und lächelte. »Sind Sie mit der Unterbringung und dem Essen zufrieden?«

»Vollkommen. Endlich kann ich wieder in einem richtigen Bett und nicht in einer Hängematte oder einer Koje schlafen.«

»Wir tun unser möglichstes«, meinte er und setzte sich.

»Und das ist so hervorragend wie immer«, sagte Nile.

Fitch neigte dankend den Kopf und wandte sich dann an Maddie. »Erzählen Sie mir von Ihrer Suche, Miss Dare.«

Maddie erzählte ihm alles über Bens Verschwinden, wie sie nach Brasilien gekommen war, um ihn zu suchen, und wie weit ihre Suche gediehen war.

Fitch verzog finster das Gesicht. »Ein Fotograf sagten

Sie? Ich erinnere mich, daß er hier kurz haltgemacht hat, aber er ist nicht lange geblieben. Er ist zurück zu Provy Brown gefahren.« Er schüttelte den Kopf. »Der arme Provy. Sie wissen natürlich, daß er tot ist?«

Nile beugte sich vor. »Amy hat es uns erzählt. Wissen Sie, wer ihn umgebracht haben könnte und warum?«

Fitch spreizte die Hände in einer entschuldigenden Geste. »Ich habe keine Ahnung. Inge behauptete, daß dieser Fotograf ihn wegen ein paar ungeschliffener Diamanten umgebracht hat, aber ich gebe nicht viel auf diese Geschichte. Ich habe meine Männer verhört, und sie wußten auch nichts.« Er machte eine Pause und fügte hinzu: »Sie wissen doch, wie es hier draußen ist, Marcus. Ich bin hier für Recht und Ordnung zuständig.«

Nile stand auf und lehnte sich an das Geländer der Veranda. »Maddies Verlobter war der letzte, der Provy lebend gesehen hat, und wenn wir ihn gefunden haben, kann er uns bestimmt einen Hinweis geben, wer Provy umgebracht hat.«

»Falls es einer meiner Männer war«, sagte Fitch hart, »wird er jedenfalls dafür bezahlen, das kann ich Ihnen versichern.«

Nile zeigte sich bewegt wegen des Angebots des anderen Mannes.

Am nächsten Morgen, als Maddie und Nile beim Frühstück saßen, überraschte er sie mit der Äußerung: »Ich glaube, wir sollten so schnell wie möglich hier weg.«

Sie betrachtete ihn leicht verärgert. »Aber wir sind doch erst gestern angekommen. Außerdem habe ich noch nicht genug Informationen über Kautschuk gesammelt, um meinen Artikel schreiben zu können.«

Seine Augen wurden dunkel vor Wut. »Verdammt und zugenäht! Mußt du immer nur an deine verdammten Artikel denken!«

Maddie spürte sofort, daß Nile nicht auf sie wütend

war, sondern Angst um sie hatte. »Was ist los?« fragte sie weich. »Warum bist du heute morgen so biestig?«

»Ach, nichts«, murmelte Nile, und Maddie verfolgte das Thema nicht weiter.

Hufgeklapper ließ sie aufhorchen. Haddon Fitch kam vor das Haus geritten. Er saß auf einem kleinen Rappen und führte ein anderes Pferd am Zügel. Seine Lederpeitsche ringelte sich auf seinem Oberschenkel wie eine Schlange.

Fitch sah sie an und rief: »Ich hoffe, Sie können reiten, Miss Dare.«

»Das kann ich«, antwortete Maddie.

»Gut, dann es ist die einzige Möglichkeit, um einen Eindruck davon zu bekommen, wie Kautschuk gesammelt wird. Wenn Sie mich also begleiten möchten ...«

Noch ehe Maddie etwas sagen konnte, sprang Nile auf und sagte zu Fitch: »Wohin wollen Sie sie bringen?«

Fitch lächelte gemein. »Nur auf eine der Kautschuk-*Estradas*. Sie brauchen sich keine Sorgen zu machen. Sie ist bei mir völlig sicher.«

Nile sah ganz und gar nicht erfreut aus, und Maddie fragte sich warum. Irgend etwas mußte zwischen den beiden Männern vorgefallen sein, nachdem sie gestern abend ins Bett gegangen war, denn sie spürte unterschwellig Spannungen zwischen ihnen. Sie würde später mit Nile darüber sprechen müssen.

Maddie verließ die Veranda und stieg auf das Pferd, das Fitch für sie hielt, und winkte Nile zu, als sie losritten.

Sie ritten schweigend dahin bis das Haus außer Sicht war. Dann drehte sich Fitch im Sattel um und fragte: »Was wissen Sie über Kautschuk, Miss Dare?«

Maddie, die immer gründlich recherchierte, ehe sie einen Artikel schrieb, erwiderte: »Kautschuk konnte erst genutzt werden, als 1839 der Vulkanisierungsprozeß erfunden wurde.«

Fitch nickte anerkennend.

»Und ich weiß auch, daß Ihr Reichtum auf der Erfindung des Pneus vor zirka zehn Jahren begründet ist.«

»Vergessen Sie nicht diese wundervollen Erfindungen wie das Fahrrad und das Auto, die Pneus benötigen«, fügte Fitch lächelnd hinzu.

Sie ritten schweigend weiter, bis sie eine Art breiten Weg erreichten. Fitch erklärte: »Das ist eine der über hundert Kautschuk-*Estradas,* die Aguirre und ich besitzen. Jeder Weg ist kreisförmig, und jeden Tag gehen unsere Arbeiter ihre Routen ab und sammeln Kautschuk von den Bäumen der Art *Hevea brasiliensis.*«

In der Ferne hörte Maddie dumpfes Klopfen, das mit jedem Schritt ihrer Pferde lauter wurde.

»Was ist das?« fragte sie.

»Das ist eine Machete, die in die Rinde des Gummibaumes geschlagen wird. Wenn der Schnitt gemacht ist, wird eine Zinntasse an den Baum gehängt, um das Latex aufzufangen. Später kommen die Arbeiter wieder, um die vollen Tassen in große Behälter zu leeren. Jeder Mann muß eine bestimmte Quote erfüllen.«

Und wenn er die Quote nicht erfüllt? dachte Maddie bei sich. Ihr fiel auch auf, daß die Gummibäume nicht zusammen wuchsen, sondern weit auseinanderstanden, und das sagte sie auch Fitch.

Ihre Beobachtung amüsierte ihn, er grinste. »Wir sind hier im Dschungel, Miss Dare, nicht in einer Baumschule, wo alles in ordentlichen Reihen steht.«

»Dann müssen ihre Arbeiter sicherlich weit gehen, um von einem Gummibaum zum nächsten zu kommen?«

»Ja, das stimmt.«

Maddie schüttelte den Kopf. »Was für eine Art, sich sein tägliches Brot zu verdienen.«

Fitch zuckte nur die Achseln. Hier herrschte er. Das Wohlergehen seiner Arbeiter war ihm offensichtlich gleichgültig, solange sie ihre Arbeit taten und ihm die Taschen füllten.

»Haben Sie genug gesehen?« fragte Fitch.

Ich würde gerne dein Bordell sehen, dachte Maddie bei sich, mit allen unglücklichen Indiofrauen, die du dort als Sklavinnen hältst.

Aber es gelang ihr zu lächeln und zu nicken.

»Dann sollten wir besser zum Depot zurückkehren.«

Sie ritten zurück.

Als sie wieder am Haus ankamen, erwartete Nile sie auf der Veranda. Maddie hatte ihn noch nie so erleichtert gesehen.

»Hast du genug Informationen für deinen Artikel bekommen?« fragte er.

»Ja«, erwiderte sie und stieg ab. Dann sah sie Fitch an. »Es war sehr faszinierend. Ich bin mir sicher, daß es meine Leser auch interessieren wird.«

»Ich war Ihnen gern zu Diensten«, sagte Fitch und zwinkerte ihr zu. »Wenn Sie mich jetzt entschuldigen würden? Ich habe noch zu arbeiten.«

Nachdem Fitch außer Hörweite und Maddie zu Nile auf die Veranda gekommen war, sagte er: »Gehen wir hinunter zum Boot. Ich muß mit dir unter vier Augen sprechen.«

»Was ist los?« fragte Maddie leise, weil gerade ein paar bewaffnete Männer vorbeigingen. »Seit gestern abend benimmst du dich so komisch.«

»Wir müssen hier so schnell weg, wie es geht. Wir sind in Gefahr.«

»In Gefahr? Mr. Fitch scheint mir bei all seiner Verderbtheit sehr gastfreundlich zu sein.«

»Du warst gestern abend nicht bei uns, als wir auf der Veranda saßen.« Er packte ihren Ellbogen so fest, daß es schmerzte. »Er will dich kaufen, Maddie.«

Sie starrte ihn an. »Mich kaufen? Das kannst du nicht ernst meinen.«

»Ich meine es todernst. Und Fitch, dieser Bastard, auch.«

»Was hast du ihm denn geantwortet?«

»Daß du mir nicht gehören würdest und ich dich nicht verkaufen könnte, und ...« Er hielt inne und machte dann eine wegwerfende Handbewegung. »Sagen wir einfach, daß ich ihn auf anderem Weg überzeugt habe.«

Maddie hakte sich bei Nile ein, denn sie hatte seine Kraft nötig, als ihr blitzartig klar wurde, wie ernst die Lage war. Wenn Fitch sie wirklich haben wollte, konnte Nile nichts tun, denn er war allein gegen viele. Obwohl Nile nichts dergleichen gesagt hatte, vermutete Maddie, daß er für sie bis zum letzten Blutstropfen kämpfen würde.

»Wann fahren wir weiter?« fragte sie.

»Morgen«, erwiderte Nile. »Sag Fitch einfach, daß dein Verlobter in Iquitos auf dich wartet. Danke ihm für seine Gastfreundschaft, aber bestehe auf unserem Aufbruch. Ich lasse Jayme das Boot fertigmachen, und wir fahren morgen früh ab.«

»Ich glaube, das wäre am klügsten.«

»Da hast du verdammt recht«, knurrte Nile.

An diesem Nachmittag teilte Maddie ihrem Gastgeber mit, daß sie morgen früh abreisen wollten, weil sie schnell nach Iquitos zu ihrem Verlobten wolle. Fitch versuchte sie charmant zu überreden, noch ein paar Tage zu bleiben, weil er angeblich die Gesellschaft einer Landsmännin so sehr genösse, aber Maddie blieb stur.

Abends ging sie früh auf ihr Zimmer, um an ihrem neuesten Artikel zu arbeiten, aber es erschien ihr langweilig, einfach nur eine Kautschukplantage zu beschreiben. Sie brauchte etwas, um das Interesse ihrer Leser zu erregen, etwas, das sie vielleicht sogar schockierte. Sie hätte alles darum gegeben, Fitchs Bordell mit eigenen Augen zu sehen.

Es dämmerte, als Maddie am nächsten Morgen von einem Schrei geweckt wurde.

Sie saß mit klopfendem Herzen im Bett und lauschte. Da war es wieder — ein Schrei, der zu menschlich, zu schmerzerfüllt war, um von einem Brüllaffen zu stammen. Dann hörte es auf.

Maddie wartete, und als kein Laut die Stille durchbrach, stand sie auf, zog sich an und stellte Nachforschungen an.

Maddie folgte dem Pfad, der in den Dschungel führte. Nach ein paar Minuten hatte sie die Herkunft der Schreie geklärt.

Auf einer kleinen Lichtung sah sie eine Indiofrau, die an einen Pfahl gefesselt war. Ihre Haltung machte klar, daß sie durch die brutalen Schläge entweder ohnmächtig oder tot geprügelt worden war.

Maddie drückte erschreckt die Hand auf den Mund, um ihren Entsetzensschrei zu ersticken.

Der Rücken der Frau war so geschunden, daß man unter den blutigen Fetzen sogar die Knochen erkennen konnte.

Einen schier endlosen Augenblick lang stand Maddie, vom Schock gelähmt, nur da. Sollte sie nachschauen, ob die Frau noch lebte? Sie vom Pfahl losmachen? Es jemandem sagen und Hilfe holen?

Dann erinnerte sich Maddie an Niles Ermahnung, sich niemals einzumischen. Deshalb unterdrückte sie ihre Empörung, drehte sich auf dem Absatz um und ging zurück zum Haus.

Sie durfte sich jetzt nicht vom Mitleid für diese Frau überwältigen lassen, sondern mußte an ihr Überleben denken.

Als Maddie zum Haus kam, gelang es ihr, ungesehen wieder in ihr Zimmer zu schlüpfen. Dort nahm sie sich ins Gebet und zwang sich dazu zu vergessen, was sie gesehen hatte, bis Nile und sie diesen schrecklichen Ort und seinen niederträchtigen Herrn verlassen hatten.

Maddie stand mit Nile an Deck des Bootes und sah Fitchs Handelsposten hinter der Flußbiegung verschwinden.

Den ganzen Morgen über hatte sie sich beherrscht und so benommen, als wäre sie bloß eine Frau, die ganz schnell zu ihrem Verlobten wollte. Sie hatte gelächelt, wenn sie lieber geschrien hätte. Sie mußte sehr überzeugend gewesen sein, denn noch nicht einmal Nile schien gemerkt zu haben, daß sie innerlich von Schmerz zerfressen wurde.

Aber er würde es bald erfahren.

Ohne Vorwarnung fing Maddie plötzlich so stark an zu zittern, daß sie dachte, es würde nie mehr aufhören. Sie verschränkte die Arme und kippte fast um.

»Maddie, was ist los?« brummte Nile, der sofort an ihrer Seite war und einen Arm um sie legte.

Sie öffnete ihren Mund, um etwas zu sagen, aber es kamen nur erstickte Schluchzer heraus.

Nile nahm sie in den Arm, und sie klammerte sich so fest an ihn, als wollte sie mit ihm verschmelzen. Nur er bot ihr die Kraft und den Trost, wonach sie sich jetzt sehnte.

Er hielt sie einfach fest, und als ihr Zittern etwas nachließ, murmelte er: »Maddie?«

Sie hob den Kopf und blickte in seine fragenden Augen. »O Nile, es war entsetzlich, einfach entsetzlich!«

Er hielt sie immer noch fest. »Was war denn so entsetzlich? Erzähl es mir.«

Und das tat sie mit zitternder, stockender Stimme. Sein Gesicht wurde aschgrau.

Nachdem sie geendet hatte, verblüffte Niles Reaktion sie vollkommen. Er packte ihre Schultern und schüttelte sie.

»Du Närrin!« grollte er. »Habe ich dir nicht gesagt, du sollst nicht herumschnüffeln? Wir hätten beide getötet werden können!« Er stieß sie von sich und wandte sich zur Reling, um seine Wut abzukühlen.

Maddie verteidigte sich nicht, weil Nile recht hatte. Sie stand nur da und kam sich blöd vor.

»Warum ist die Frau ausgepeitscht worden?« fragte sie.

»Die Indios werden regelmäßig gepeitscht«, entgegnete Nile müde. »Es gibt hier einen Spruch: Sie sind keine Menschen, sondern Tiere. Wenn die Männer nicht arbeiten, werden sie geschlagen. Wenn die Frauen ihren Herren kein Vergnügen bereiten, werden sie geschlagen. Was du gesehen hast, ist bei den Kautschukleuten allgemein üblich. Die Indios sind nur Tiere für sie, also werden sie auch geschlagen wie Tiere.«

Maddie schauderte. »Ich wünschte, ich hätte ihr irgendwie helfen können.«

»Du hättest nichts tun können. Sei nur dankbar, daß keiner von Fitchs Männern dich gesehen hat und wir lebend dort herausgekommen sind.«

Maddie nickte, wischte sich mit dem Handrücken über die Augen und wollte dann nach unten in ihre Kabine gehen. Gerade als sie die Treppe hinunter wollte, sagte Nile: »Gratuliere.«

Sie drehte sich um und sah ihn verwirrt an. »Wofür?«

»Weil du heute morgen bei Fitch einen kühlen Kopf behalten hast. Wenn man das gesehen hat, was du sahst, und sich dann so benimmt, als wäre gar nichts geschehen . . .« Nile schüttelte den Kopf. »Das erfordert eine Menge Mut.«

Sein Kompliment freute sie, denn er war nicht gerade freigiebig damit. »Danke. Ich glaube, ich lege mich jetzt etwas hin.«

Als sie in ihrer Koje lag, versuchte Maddie die Erinnerung an Fitchs herzloses Reich zu verdrängen. Statt dessen dachte sie daran, daß Ben sie in Iquitos erwartete, aber das tröstete sie nicht. Dieses ganze Unternehmen schien auf einmal so sinnlos zu sein. Sie wollte jetzt nur noch das zu Ende bringen, was sie sich vorgenommen hatte, und dann zurück nach England fahren.

Aber wenn sie dem Amazonasgebiet nun den Rücken kehrte, bedeutete das auch, daß sie Nils verlassen mußte ...

13

»Ben ist nicht hier.«

Maddie rang hilflos die Hände, und Panik stieg in ihr auf, während sie in Mr. Hessels Salon auf- und abging. Ihre Nerven lagen blank, und sie fühlte sich, als ob sie in einem dunklen, kalten Meer ertrinken würde.

Sie blieb stehen und rieb sich über die Stirn. »Ben ist wirklich nicht hier. Wir haben alles in dieser stinkenden Stadt abgesucht, und niemand hat ihn gesehen. Wo zum Teufel steckt er?«

Nile ging zum Fenster und blickte hinaus auf den Fluß, der um diese Jahreszeit wenig Wasser führte. Er sah genauso erschöpft aus wie sie — dunkle Schatten lagen unter seinen Augen. »Das fragst du mich? Ich tappe genauso im Dunkeln wie du.«

»Ich verstehe das nicht!« Maddie ging wieder unruhig hin und her. »Amy sagte, Ben hätte ihr erzählt, er würde flußaufwärts nach Iquitos fahren — warum ist er dann nicht hier?«

Nile fuhr sich mit der Hand übers Gesicht. »Ich weiß es nicht. So ungern ich das sage, aber vielleicht ist ihm auf dem Weg etwas passiert. Vielleicht ist er niemals in Iquitos angekommen.«

Maddie blieb stehen und wurde schneeweiß. »Wenn er einen Unfall gehabt hätte oder überfallen worden wäre, hätten wir bestimmt etwas auf dem Weg hierher gehört.«

Sie hatten vier Tage gebraucht, um von der Mission nach Iquitos zu kommen, und bei keinem der Aufenthalte, die sie gemacht hatten, um Treibstoff und Lebensmittel aufzunehmen, hatte jemand einen Unfall auf dem Fluß erwähnt.

»Nicht unbedingt«, sagte Nile sanft. »Es stimmt zwar, daß solche Nachrichten sich gewöhnlich schnell verbreiten, aber wenn etwas passierte, das niemand gesehen hat ...« Er zuckte mit den Schultern. »Es könnte Wochen dauern, ehe jemand etwas erfährt.«

»Aber er ist auf einem Dampfschiff gefahren, nicht auf einem Boot«, meinte Maddie. Ihre Stimme war vor Verzweiflung schrill. »Es waren viele andere Passagiere bei ihm an Bord. Wenn sie alle vermißt würden, wäre doch bestimmt ...«

»Es sind schon Dampfschiffe untergegangen, ohne einen einzigen Überlebenden zu hinterlassen.«

»Das beruhigt mich ungemein, weißt du das?« fauchte Maddie und versuchte der Verzweiflung Herr zu werden, die drohte, sie zu überschwemmen.

Nile war sofort an ihrer Seite und umfaßte ihre eiskalten Hände. »Ich bin nur realistisch«, sagte er. »Ich weiß, daß es hart für dich ist, besonders nach dem, was du in Fitchs Depot gesehen hast. Aber du mußt der Tatsache ins Auge sehen, daß Ben Thomas vielleicht deshalb nicht in Iquitos ist, weil er ein weiteres Opfer des Amazonas geworden ist.«

Nile holte tief Luft. »Entweder das, oder er hat sich nach dem Verlassen der Mission anders entschieden und hat seine Fahrtroute geändert.«

»Aber wohin könnte er sich möglicherweise gewandt haben?«

»Flußabwärts nach Manaus.«

Maddie löste die Hände aus seinem warmen Griff, schüttelte den Kopf und plapperte dabei: »Nein, das ist unmöglich. Er muß irgendwo hier sein. So haben wir es geplant.«

Als sie merkte, welcher Fehler ihr unterlaufen war, beeilte sie sich, ihn wiedergutzumachen. »Ähm, er muß doch hier sein, weil Amy sagte, er würde nach Iquitos fahren.«

Nile zog nur seine Brauen finster zusammen. »Was hast du da gesagt?«

Maddie riß unschuldig die Augen auf. »Ich sagte, daß Ben eigentlich hier sein müßte, weil ...«

»Davor. Ich habe dich sagen hören: So haben wir es geplant.« Seine Stimme wurde katzenweich. »Was geplant, Maddie?«

Sie lächelte und versuchte die Situation zu entspannen. »Ach, nichts. Gar nichts.«

Aber Nile ließ sich nicht so leicht ablenken.

Er stand da und sah Maddie durchbohrend an. An seinem wechselnden Gesichtsausdruck konnte sie erkennen, was er dachte. Zuerst kniff er die Augen zusammen, während er überlegte, was ihre unbedachten Worte bedeuten konnten. Dann weiteten sich seine Augen erstaunt, und schließlich war in seinem Gesicht nur noch blanke Wut zu erkennen, als er endlich die Wahrheit erkannte.

»Ben Thomas war nie wirklich vermißt, nicht wahr?«

Maddie wußte, daß es keinen Zweck hatte, die Wahrheit länger zu verschweigen. Sie war einfach zu erschöpft, um weiter zu lügen. Nile und sie hatten in den letzten Monaten so viel zusammen durchgemacht, daß er Besseres verdient hatte.

»Nein«, sagte sie. »Ich wußte die ganze Zeit, wo er sein würde. Ich habe nur so getan, als würde ich seiner Spur folgen.«

Nile stand da, als hätte ihn der Blitz getroffen.

Maddie wandte sich ab, denn sie konnte die bittere Anklage, die in seinen Augen stand, nicht mehr ertragen. »Ich vermute, daß ich dir eine Erklärung schulde.«

Er packte ihre Schultern in einem schmerzhaften Griff und wirbelte sie herum. Sein Gesicht tat kund, daß er sie am liebsten an die Piranhas verfüttert hätte.

»Du *vermutest*, daß du mir eine Erklärung schuldest?« donnerte er. »Verdammt und zugenäht! Du hast mich unter falschen Voraussetzungen angeheuert, du hast das Leben von uns beiden riskiert — und alles nur für einen — einen *Schwindel?*«

Maddie wäre am liebsten vor seinem gerechten Zorn geflohen, aber er hielt sie so fest, daß sie sich kaum regen konnte. »Wenn du so freundlich wärst, mich loszulassen, werde ich es dir erklären.«

Er schüttelte sie noch einmal und stieß sie dann von sich, als könnte er es nicht mehr ertragen, sie anzufassen. »Rede. Und zwar schnell.«

Maddie holte tief Luft, um die Fassung wiederzugewinnen, aber ihr Herz klopfte stürmisch, und ihre Stimme zitterte. »Du hast recht. Meine Suche nach Ben Thomas ist nichts als ein Schwindel, den Sam Vincent und ich uns ausgedacht haben, um die Auflage der Zeitung zu erhöhen. Wir dachten, daß diese Expedition eine verdammt gute Story abgeben würde. Weißt du noch? REPORTERIN SUCHT IM DSCHUNGEL NACH IHREM VERMISSTEN LIEBSTEN . . . Mit dem Unterschied, daß Ben Thomas nicht mein Verlobter ist.«

Nile blieb der Mund offenstehen. »Er ist gar nicht dein . . .? Verdammt und zugenäht, dann hast du mich auch da angelogen?«

Der Hohn in seinen Worten ließ Maddie den Blick abwenden. »Ja. Es gab eine bessere Story, verstehst du. Beteiligte mich persönlich. Und da Ben gewillt war, mitzumachen, fanden wir es nicht schlimm, die Wahrheit ein wenig zu verändern.« Rasch fügte sie hinzu: »Zu dem Zeitpunkt wünschte ich mir eigentlich auch, daß Ben sich mit mir verlobt. Ich habe ihn immer geliebt — oder es geglaubt — aber er hat mich immer mehr wie eine kleine Schwester behandelt. Ich dachte, daß wir ja die ganze Rückfahrt allein zusammen wären, wenn ich ihm an den Amazonas folgte, und ich hoffte, er würde mich dann in einem neuen Licht sehen und sich vielleicht in mich verlieben.«

Niles böses Lachen ließ sie zusammenzucken. »Was für ein idiotisches Geschwätz! Und du bist stolz darauf, neben jedem Mann bestehen zu können ...« Er schüttelte den Kopf. »Ich sage dir was. Kein Mann, den ich kenne, würde jemals so dämlich sein.«

Maddies Wangen brannten, aber sie ignorierte seinen Seitenhieb.

»Wir drei — Sam, Ben und ich — haben dann alles bis ins kleinste ausgearbeitet: Ben würde nach Brasilien reisen, angeblich, um Fotos für den *Clarion* zu schießen; nach einer bestimmten Zeit sollte er dann keine Briefe mehr schreiben, ich sollte mir Sorgen machen und jemanden engagieren, der mir dabei hilft, ihn aufzuspüren; nachdem ich Bens Spur gefolgt wäre, sollte ich ihn wohlauf in Iquitos finden. Es war nicht so dramatisch, als wenn ich ihn als Gefangenen oder Eingeborenen oder unter Amnesie leidend im Dschungel gefunden hätte, aber es war realistisch. Wir wären unter dem Beifall der Leser zurückgekehrt und hätten die Auflage des *Clarion* kräftig in die Höhe getrieben.«

Nile hob die Hände und klatschte ironisch. »Bravo, Miss Dare. Bravo. Du bist eine Lügnerin und Betrügerin und hast einen unglaublichen, abscheulichen Plan erdacht. Solange du nur deine Story kriegst, sind dir alle Mittel recht, oder?«

»Nein, das st . . .«

»Du mußt ja unglaublich stolz auf dich sein. Es ist nur schade, daß du es mir erzählen mußtest.«

Sie trat einen Schritt vor und hielt dann inne. »Ich wollte dir die Wahrheit erzählen, Nile. Ehrlich.«

»Wann? Nachdem wir Thomas gefunden hätten?«

»Ja.«

»Warum hast du nicht die Wahrheit erzählt, als du mich angeheuert hast?«

»Weil Sam und ich befürchteten, daß du dann nicht mein Führer werden würdest.«

»Da hattet ihr beide verdammt recht!« Nile stürmte zu ihr, packte ihr Kinn mit einer Hand und sah ihr in die Augen. »Wenn ich gewußt hätte, was du vorhast, hätte ich dir unmißverständlich klargemacht, was du mit deinen tausend Pfund tun könntest. Ich behaupte nicht, ein Heiliger zu sein, aber ich betrachte mich als integren Mann, der noch ein paar Skrupel hat. Ich würde ebensowenig bewußt an einem solchen Schwindel teilnehmen, wie ich eine schwache, wehrlose Frau schlagen würde, aber verdammt und zugenäht, du, Maddie Dare, bringst mich wirklich in Versuchung, es zu tun!«

Als er sie losließ, sagte Maddie: »Ich kann es dir nicht verdenken, daß du wütend auf mich bist.«

»Wütend? Ha! Das ist noch untertrieben!«

»Und ich könnte es dir nicht verdenken, wenn du deine Hand von mir abziehst und mich hier verrotten läßt.«

Er funkelte sie an. »Führe mich nicht in Versuchung.«

Maddie spürte, daß Panik in ihr aufstieg. »Aber es ist alles schiefgegangen. Irgend etwas ist Ben zugestoßen, und du mußt mir helfen, ihn zu finden.«

»Ich muß gar nichts tun. Wie man sich bettet, so liegt man. Ich habe etwas dagegen, hinters Licht geführt und belogen zu werden, und mich zu fühlen wie der größte Narr der Welt.«

»Es tut mir leid«, murmelte Maddie und versuchte die Tränen zurückzuhalten. »Ich weiß, daß ich dich verletzt habe, und ich erwarte nicht, daß du mir verzeihst.«

»Gut, denn das werde ich auch nicht tun.« Er drehte sich zitternd vor Wut um und fuhr dann kurz darauf wieder herum. »Verdammt, Maddie!« brüllte er. »Ich habe dir vertraut. Wie konntest du mir das antun?«

Tränen rannen über ihre Wangen. »Es tut mir leid. Ich wollte dir nicht wehtun.«

»Nun, du hast es getan.«

Sie schwiegen beide. Nile fühlte sich tief verletzt, und Maddie sinnierte über die Ungeheuerlichkeit dessen, was sie getan hatte.

Schließlich brach sie das Schweigen. »Aber Ben soll nicht wegen meiner Fehler leiden. Das hat er nicht verdient. Man darf ihn nicht im Stich lassen.«

Nile seufzte schwer. »Das stimmt. Ganz gleich, was ich von dir halte, werde ich dir doch helfen, ihn zu suchen.«

Maddie wurde ganz schwach vor Erleichterung. »Danke, Nile.«

Doch das stimmte ihn nicht weicher. »Aber versteh mich richtig: Wenn ich nicht Thomas bräuchte, um Provys Mörder zu finden, würde ich euch beide hier verschimmeln lassen.«

Maddie senkte betreten den Kopf. Sie spürte, daß er näherkam, und als sie zu ihm aufblickte, stand er nur wenige Zentimeter vor ihr, und in seinen Augen brannte etwas, das sie nicht klar einordnen konnte.

Langsam fuhr er mit den Fingern über ihre Wange. Es war eine süße, beruhigende Liebkosung.

»Weißt du«, murmelte er, mit sanfter, verführerischer Stimme, »ich fing schon an zu glauben, daß ich mich in dir geirrt hätte. Ich habe sogar schon angefangen deinen Geist, deine Courage und Zähigkeit zu bewundern. Es gab sogar Zeiten, in denen ich dich als Frau begehrte.« Dann wurde seine Stimme eiskalt. »Aber jetzt erkenne ich, daß ich in bezug auf dich die ganze Zeit recht hatte.«

Seine Hand sank herab, und er sah sie rachsüchtig an. »Du bist nichts anderes als eine Lügnerin und Betrügerin. Lieber Himmel, ich bin mit Huren im Bett gewesen, die mehr Moral hatten als du! Zumindest waren sie ehrlich.«

Maddie zuckte zusammen, als hätte er sie geschlagen, sagte aber nichts zu ihrer Verteidigung. Was war hier schon zu sagen?

Nile drehte sich auf dem Absatz um und ließ sie einfach stehen.

An diesem Abend bei Sonnenuntergang konnte Nile nicht anders — er mußte sie einfach ansehen, als sie an der Reling stand. Sie zog ihn einfach an wie eine Sirene, und er war anscheinend nicht in der Lage, ihr zu widerstehen.

Wie sie so dastand und die untergehende Sonne ihr helles Gesicht mit einer Maske aus flüssigem Gold überzog, sah Maddie sowohl nachdenklich als auch besorgt aus, als würde sie gegen private Dämonen kämpfen. Ihre Stirn war in Falten gelegt, und ihre Lippen waren zu einem dünnen Strich zusammengepreßt.

Trotz seiner Wut auf sie spürte Nile den Wunsch, zu ihr zu gehen, sie in den Arm zu nehmen und ihr gut zuzureden, damit sie ihm erzählte, was los war. Er spürte, daß an diesem Schwindel mehr dran war, als Maddie ihm erzählt hatte, irgend etwas, das ihr Sorgen machte, und er wollte herausfinden, was es war. Aber sie hatte es in sich verschlossen und wollte es ihm nicht sagen. Und er würde sie nicht drängen. Ihr mangelndes Vertrauen ärgerte ihn nicht nur, sondern machte ihn auch traurig.

Dann wurde ihm mit einmal klar, warum er so wütend auf sie war. Teilweise deshalb, weil sie offenbar so leichtfertig schwindeln konnte. Aber was ihn wirklich störte war ihr Geständnis, daß Ben Thomas nie ihr Verlobter gewesen war. Indem sie das zugab, hatte Maddie Nile einen seiner Hauptgründe dafür, Distanz zu ihr zu wahren, geraubt. Jetzt gab es nichts mehr, was ihn aufhielt — seine eigenen Skrupel vielleicht ausgenommen.

Wenige Sekunden später hob Maddie die Hand, um sich eine lose Haarsträhne aus dem Gesicht zu streichen. Es war eine unbewußte Geste, aber doch so sinnlich, daß Nile schwer schlucken mußte und sich abwandte.

Er drehte sich um und ging nach unten, ehe er etwas tat, was er bestimmt bedauern würde.

Ein weiterer Tag verging, ehe sie die Mündung des Juruá erreichten.

Maddie, die sich die ganze Zeit resolut zurückgezogen hatte, sagte zu Nile: »Werden wir noch einmal einen Zwischenstop in der Mission einlegen, ehe wir zurück nach Manaus fahren?«

Er nickte. »Ich werde noch einen letzten Versuch unternehmen, Amaryllis zu überreden, die Mission zu verlassen und mit uns zu fahren.«

»Glaubst du, daß sie das tun wird?«

»Sie muß. Es ist zu gefährlich für sie, hier draußen allein zu bleiben.«

Maddie blickte hinaus in den Dschungel. »Wirst du ihr erzählen, was ich getan habe?«

Nile überlegte einen Augenblick und meinte dann: »Dein schmutziges kleines Geheimnis ist bei mir sicher.«

Maddie sah ihn dankbar an. »Danke.«

»Warum sollte es dich kümmern, was Amaryllis von dir hält?«

Maddie zuckte die Achseln. »Ich mag sie. Ich möchte nicht, daß sie schlecht von mir denkt, das ist alles.«

Nile sah sie mit einem seltsamen Gesichtsausdruck an, sagte aber nichts.

Während Jayme das Boot in die Mündung des Juruá hineinmanövrierte, ließ Maddie Nile allein und ging zu ihrem Stuhl. Sie betete darum, daß Nile Amy überzeugen konnte, mit ihnen zu fahren.

Jaymes Boot befand sich gerade in der Mündung des Juruá, als Maddie eines von Fitchs Patrouillenbooten buchstäblich aus dem Nichts auf sich zukommen sah.

Vor Maddies innerem Auge erstand das Bild der geschundenen Indiofrau und erfüllte sie mit Angst.

»Nile!« schrie sie und sprang auf.

Er war blitzschnell neben ihr und sah sie besorgt an. »Was ist los?«

Maddie zeigte auf das andere Boot. »Fitchs Männer.

Was ist, wenn sie wissen, daß ich die Indiofrau gesehen habe? Was ist, wenn sie nach uns suchen?«

»Mach dir keine Sorgen«, beruhigte er sie. »Es ist nur eine Routinepatrouille, die nachschaut, wer da in Fitchs Gebiet eindringt. Wenn sie erst einmal gesehen haben, daß wir es sind, werden sie uns weiterfahren lassen.«

»Das hoffe ich.«

»Du brauchst dir wirklich keine Sorgen zu machen.« Dann ging er nach vorn, um Fitchs Boot zu begrüßen.

Maddie blieb hinten, denn sie dachte, es wäre am besten, sich im Hintergrund zu halten und Nile alles zu überlassen.

Dann geschah das Unerwartete.

Als das andere Boot zirka fünfzehn Meter entfernt war und rasch näherkam, rief Nile etwas herüber und hob grüßend den Arm. Ohne Vorwarnung hoben daraufhin zwei von Fitchs Männern ihre Gewehre, zielten und feuerten.

Zwei Schüsse knallten.

Maddie beobachtete entsetzt, wie Niles Körper beim Aufschlagen der Geschosse nach vorne kippte und in den Fluß fiel.

»*Nile!*« schrie sie, während sie zusah, wie er in den wilden Wassern des Juruá versank.

Maddie rannte zu der Stelle, wo er gestanden hatte, umklammerte die Reling, beugte sich darüber und suchte im Wasser nach einer Spur von ihm.

»Nile!« schrie sie.

Gerade als sie sich hilfesuchend nach dem brasilianischen Kapitän umdrehte, erfüllte ein zweites Mal Gewehrfeuer die Luft. Maddie mußte entsetzt zusehen, wie die Kugeln Jaymes schutzlosen Körper trafen. Er bäumte sich ein paarmal auf, ehe er langsam auf das Deck niedersank. Jayme würde nie mehr singen. Er war tot.

Der Schock verbannte jeden klaren Gedanken aus Maddies Hirn. In ihr war nur noch mörderische Wut. Als sie eine von Niles Winchestern sah, nahm sie das Gewehr hoch und zielte auf die Männer in dem anderen Boot, das immer näher kam.

Einer von Fitchs Männern schrie etwas, das klang wie eine Warnung, das Gewehr fallenzulassen, aber Maddie kümmerte es nicht mehr, was mit ihr geschah.

»Ihr verdammten Hunde!« kreischte sie und hatte die Absicht, ein paar zu töten, ehe sie selbst zu Boden ging.

Die Männer gingen alle in Deckung, als Maddies Finger den Abzug durchzog, aber anstelle des dröhenden Gewehrfeuers ertönte nur ein schwaches Klicken.

Dann fiel es ihr ein. Nile hatte kurz vor seinem Tod das Gewehr gereinigt und es nicht wieder geladen.

Sie fluchte und suchte fieberhaft nach den Kugeln, selbst als die Männer alle wieder auftauchten, nachdem sie festgestellt hatten, daß diese Frau unbewaffnet und keine Bedrohung mehr war. Noch ehe sie die Munition gefunden hatte, hatte das andere Boot bereits beigelegt; sofort sprangen ein paar von Fitchs Männern herüber und vertäuten es. Sie fluchte noch einmal mit zusammengebissenen Zähnen und warf die nutzlose Waffe fort.

Maddie stand einfach mit stolz erhobenem Kopf da, während die Männer sich ihr vorsichtig näherten.

Ich komme nicht gegen alle an, dachte sie, deshalb werde ich es noch nicht einmal versuchen. Ich werde weder schreien noch weinen. Ich werde ihnen nicht die Befriedigung verschaffen, um mein Leben zu betteln. Wenn ich sterben soll, wird es würdig und mutig geschehen, so wie bei Nile.

Aus den Augenwinkeln sah sie, wie zwei Männer Jaymes Leiche hochhoben und über Bord warfen wie einen Sack Müll. Ihr Herz schrie protestierend auf, aber die Männer lachten nur.

Jetzt kam der Mann, der offenbar ihr Anführer war, langsam auf sie zu. Seine grausamen Augen musterten sie abschätzend. Aber da er viel kleiner als sie war, konnte sie ihn von oben herab mustern, und diese körperliche Überlegenheit machte ihr Mut.

Er brüllte ihr einen Befehl auf portugiesisch zu.

»Ich spreche nur Englisch«, entgegnete sie rauh und widerstand dem Drang, ihm die Augen auszukratzen oder ins Gesicht zu spucken.

Der Mann mochte ja ihre Worte nicht verstanden haben, aber er konnte den verächtlichen Ton nicht mißverstehen, denn sein Gesicht lief rot an, und Maddie erkannte in seinen Augen blanke Mordlust.

Sie hielt seinem Blick stand und weigerte sich, wegzuschauen — ganz gleich, welche Konsequenzen das haben würde.

Sie hatte gesiegt, als er etwas murmelte, zu ihrem Stuhl ging und darauf deutete. Offenbar wollte er, daß Maddie sich setzte. Mit hocherhobenem Kopf schlenderte sie zu ihrem Stuhl und setzte sich gerade wie ein Stock darauf.

Einer der Männer übernahm das Steuer, wobei es ihn nicht zu stören schien, daß er in Jaymes Blut stand. Fitchs Boot wendete und fuhr flußaufwärts, zögernd gefolgt von seinem Beutegut.

Maddie weigerte sich, an Nile zu denken.

Sie saß auf ihrem Stuhl und blickte starr geradeaus. Dabei ignorierte sie die Männer und verbannte alle Gedanken an Nile und seinen gewaltsamen Tod aus ihrem Kopf. Später würde sie Zeit haben, um ihn zu trauern, dem unendlichen Schmerz freien Lauf zu lassen, der tief in ihrem Bewußtsein darauf lauerte, sie in schwärzeste Verzweiflung zu stürzen. Aber im Augenblick konnte sie ich diesen Luxus nicht leisten. Sie brauchte ihre ganze Kraft, denn sie hatte das Gefühl, daß ihr die schwerste Prüfung noch bevorstand.

Maddie begann ihren journalistischen Verstand einzusetzen.

Es war klar, daß Haddon Fitch sie lebendig haben wollte. Das waren seine Männer, und sie hätten Nile und Jayme nie umgebracht, ohne Fitchs Befehl zu haben — die gleichen Befehle, die ihnen untersagten, ihr ein Haar zu krümmen oder sie umzubringen.

Warum wollte Fitch sie?

Dazu fielen Maddie nur zwei Gründe ein: entweder hatte er entdeckt, daß sie die Indiofrau gesehen hatte, die er zu Tode hatte peitschen lassen, oder er wollte sie zu seiner Geliebten machen.

Dieser Gedanke ließ Maddies Hände zittern, aber sie beherrschte sich mit aller Kraft, damit Panik und Angst sie nicht zu einem stammelnden Idioten machten.

Ganz gleich aus welchen Gründen Fitch sie auch haben wollte — er war verantwortlich für den Tod von zwei Männern, und sie würde irgendwie dafür sorgen, daß er dafür bezahlte. Erst dann ließ Maddie zu, daß der Schock sie taub und empfindungslos machte. Sie sah und hörte nichts mehr — noch nicht einmal den Pier der Mission, an dem sie vorbeidampften.

Maddie spürte eine grobe Hand auf ihrer Schulter. Sie erwachte aus ihrer Trance und erblickte Haddon Fitch. Er stand mit gespreizten Beinen auf dem Pier und begutachtete sie wie ein Pirat seine Beute.

Maddie holte tief Luft, um sich zu beruhigen und die wilde Wut zu beherrschen, die wie ein wildes Tier in ihr lauerte. Dann stand sie auf, strich ihren Rock glatt, als ginge sie zum Tee in den Buckingham Palast und stieg aus dem Boot. Dabei ignorierte sie bewußt Fitchs ausgestreckte Hand und sprang einfach auf den Pier.

Als sie ihn ansah, mußte sie wieder den Drang beherrschen, ihn zu schlagen und ihm das Gesicht zu zerkratzen. Sie sah ihm in die Augen und sagte nur ein Wort: »Warum?«

Seine Augen wurden groß, und er schüttelte den Kopf,

in seiner Stimme schwang so etwas wie Respekt, als er antwortete: »Sie sind aber eine ganz Harte, das muß ich schon sagen.«

Maddie wartete. Auch die anderen Männer ließen alles stehen und liegen, als wollten sie sehen, wie ihr Boss mit dieser Frau umging.

»Sie haben etwas gesehen, was Sie nicht sehen durften, meine Liebe«, sagte Fitch bedauernd. »Wenn es jemand anders gewesen wäre, würde ich darüber hinwegsehen und Sie in Ruhe lassen, denn am Amazonas werden jeden Tag Indios ausgepeitscht. Aber Sie sind Reporterin für eine britische Zeitung, und unsere Landsleute haben eine Menge Geld in unser profitables Unternehmen hier investiert. Ich kann es nicht dulden, daß Sie ihnen Gewissensbisse machen und eine Untersuchung in Gang setzen.«

Er schüttelte den Kopf und lächelte. »Das ist also reiner Selbstschutz.«

Maddie lächelte trocken, als ihr die Ironie ihrer Lage bewußt wurde. Wenn sie eine gewöhnliche Frau und keine Zeitungsreporterin wäre, würde sie immer noch frei sein und Jayme und Nile noch leben.

»Mußten Sie denn Nile und Jayme töten?«

»Das fragen Sie noch? Sie überraschen mich. Wie hätte ich Sie denn von Marcus' Seite reißen können, solange ein Funken Leben in seinem Körper war? Nein, leider mußte er sterben, und das macht mich genauso traurig wie Sie. Ich habe den Kerl sehr bewundert. Und da der Kapitän des Bootes Augenzeuge war …« Fitch zuckte wieder die Achseln. »Leider mußte er auch dran glauben.«

»Warum haben Ihre Männer mich nicht auch gleich umgebracht?«

Fitch sah sie gekränkt an. »Meine liebe Miss Dare, Sie verletzen mich tief. Ich würde nicht im Traum daran denken, eine Engländerin zu töten. Schließlich bin ich ein Gentleman.«

Maddie überlief ein Schauder. »Was haben Sie dann mit mir vor?«

Fitch legte nachdenklich einen Finger an die Lippen. »Ich habe mich noch nicht entschlossen. Vielleicht behalte ich sie für mich selbst. Vielleicht gebe ich Sie auch meinen Männern.«

Er sagte das so beiläufig, als wäre Maddie ein hübsch verpacktes Weihnachtsgeschenk, von dem er noch nicht wußte, wem er es geben sollte.

Er ist so verrückt wie ein Märzhase, dachte sie bei sich, aber solange ich am Leben bleibe, habe ich auch die Chance zu fliehen.

Maddie straffte die Schultern. »Da es so aussieht, als wäre ich für unbestimmte Zeit Ihr Gast, Mr. Fitch, würde ich es begrüßen, wenn man mich in mein Quartier bringen würde. Es war ein anstrengender Vormittag, und ich würde gern ein wenig ausruhen.«

»Bravo, Miss Dare!« rief er aus, und seine Augen leuchteten ob ihrer Unbeugsamkeit. »Ich bewundere starke Frauen, und ich glaube, wir werden hervorragend miteinander auskommen.«

Als Fitch ihr den Arm bot, als wollte er sie zum Dinner in seine Villa eskortieren, ignorierte Maddie ihn und machte einen Schritt, um an ihm vorbei den Weg zum Haus hinaufzugehen. Plötzlich spürte sie einen scharfen Ruck an ihrem Zopf, und sie wurde so hart zurückgerissen, daß ihr die Tränen in die Augen traten. Keuchend blieb sie stehen, und ihr Kopf wurde an Fitchs Schulter gezogen.

»Treiben Sie es nicht zu weit, Miss Dare«, zischte ihr Peiniger mit tiefer, gefährlicher Stimme. »Ich toleriere Widerspenstigkeit bei einer Frau nur bis zu einer gewissen Grenze. Wenn ich Ihnen höflich Hilfe anbiete, werden Sie sie annehmen. Ist das klar?«

»J . . . Ja.«

Er ließ sie sofort los. »Gut. Versuchen wir es nochmal.«

Als er ihr diesmal den Arm bot, nahm sie ihn, ohne ihn anzusehen, und es gelang ihr nur mit Mühe, ein Schaudern des Ekels zu unterdrücken.

Während sie zum Haus gingen, kehrte Fitchs gute Laune zurück, und er erzählte Maddie, welchen Komfort und begrenzte Privilegien sie als sein Ehrengast genießen würde. Aber er versicherte ihr rasch, daß diese Privilegien ihr nicht erlaubten, sich mit Amaryllis Gates zu treffen oder zu sprechen. Er warnte sie auch vor jedem Fluchtversuch. Nicht nur weil der undurchdringliche Dschungel, in dem seine Armee Patrouille ging, jeden Fluchtversuch unmöglich machte, sondern auch, weil er sie dann langsam und qualvoll töten würde. Er würde es zutiefst bedauern, solche drastischen Maßnahmen zu ergreifen, aber sie mußte begreifen, daß er ihr nicht gestatten könne, seinem Willen zuwider zu handeln.

Perverserweise empfand Maddie diese Drohung eher als beruhigend denn als einschüchternd. Sie wußte, daß es Schlimmeres gab als den Tod, und zumindest wies Fitch sie auf einen Ausweg hin, der ihr blieb, wenn ihre Gefangenschaft unerträglich wurde.

Als sie zum Haus kamen, zeigte man Maddie ihr Zimmer, das eigentlich ihr Gefängnis war.

»Ich werde Sie jetzt alleinlassen«, sagte Fitch. »Trotz Ihrer tapferen Fassade weiß ich doch, daß Sie jetzt zusammenbrechen und sich ausweinen wollen. Das würde jede Frau wollen, nachdem man ihren Geliebten vor ihren Augen umgebracht hat.«

»Nile war nicht mein Geliebter«, erwiderte Maddie dumpf. Sie war zwar erschöpft, hatte aber das Bedürfnis, das letzte Wort zu behalten.

»Oh, aber er wollte es. Das hat er mir selbst gesagt.«

Sie wollte ihn noch fragen, was er damit meinte, aber Fitch hatte bereits die Tür hinter sich geschlossen noch ehe Maddie ein Wort sagen konnte.

Während seine Schritte verklangen, blieb Maddie einfach mitten im Zimmer stehen und versuchte die Hysterie niederzukämpfen, die in ihr aufstieg. Sie wollte nicht zusammenbrechen und die Beherrschung verlieren, denn sie wußte, daß sie nicht mehr aufhören würde zu schreien, wenn sie erst einmal angefangen hatte. Und diese Genugtuung wollte sie Fitch nicht geben.

Aber dann dachte sie an Nile.

Er war tot. Und es war alles ihre Schuld. Wenn er nicht mit ihr zusammen gewesen wäre, würde er immer noch leben. Er hatte sein Leben wegen eines Schwindels geopfert.

Maddie öffnete sich dem Schmerz und ließ sich davon austrocknen. Sie umarmte sich, um nicht auseinanderzubrechen, als ihre Knie nachgaben und sie zu Boden sank. Dann schrie sie auf und weinte, bis sie keine Tränen mehr hatte.

Das letzte, woran sie sich erinnerte, bevor eine gnädige Dunkelheit sie einhüllte, war Gelächter in der Ferne.

14

Nile umklammerte mit seinem gesunden Arm den Baumstamm, der halb aus dem Wasser ragte und beobachtete, wie die Boote beidrehten und flußaufwärts dampften. Als er sicher war, daß niemand ihn sehen konnte, schwamm er zum Ufer, das nicht weit entfernt war.

In seinem geschwächten Zustand wirkte das Flußufer wie ein riesiger Berg, aber er war entschlossen, ihn zu besteigen. Sein Lebenswille war stärker als das Verlangen seines zerschlagenen Körpers, sich auszuruhen. Er dachte an Maddie, und der Schmerz wurde beherrschbar. Er kletterte weiter, obwohl das Ufer schlammig und verwachsen war. Minuten später war er in Sicherheit.

Keuchend vor Erschöpfung erlaubte sich Nile den Luxus, sich kurz auszuruhen. Dann machte er sich an die Arbeit. Zuerst untersuchte er seine Wunde. Erleichtert sah er, daß sie zwar schmerzhaft aber nicht tief war. Dann verband er sie, stand dann auf und sah sich um.

Zum Glück lag Amaryllis Missionsstation auf seiner Seite des Flusses. Wenn er am Ufer entlangging, würde er sie wahrscheinlich in zwei Stunden erreicht haben — falls er nicht vorher vor Erschöpfung zusammenbrach.

Über ihm schwebte ein Gesicht. Es war nicht das Gesicht, nach dem er sich sehnte, sondern das einer Indiofrau und irgendwie vertraut. Sie sagte etwas, aber er konnte es nicht verstehen.

»Nile!« rief eine andere Stimme, deutlicher und vertrauter. »Nile, ich bin es. Amy. Kannst du mich hören?«

Seine Augenlider waren schwer wie Blei, aber es gelang ihm, sie zu heben. Zuerst verschwommen, dann immer klarer, erkannte er Amys Gesicht.

»Amy?«

Sie lächelte. »Ja, Nile. Ich bin hier. Wir haben dich gefunden und werden dich zur Mission bringen. Mach dir keine Sorgen. Jetzt wird alles gut.«

Er spürte, wie er von starken Armen hochgehoben wurde, dann schwanden ihm die Sinne.

Als Nile das nächste Mal die Augen aufschlug, lag er nackt in einer Hängematte. Nur eine dünne Decke bedeckte seinen Unterleib. Ein frischer Verband lag um seinen Oberarm, und die Schmerzen hatten etwas nachgelassen. Er wußte, daß er in einem Zimmer der Mission lag und atmete erleichtert auf. Endlich war er in Sicherheit — zumindest für den Augenblick.

Er hörte Schritte. Kurz darauf stand Amy vor ihm und schaute auf ihn herunter.

»Ah, du bist wach«, sagte sie mit einem Lächeln. »Wie fühlst du dich?«

»Meine Kehle ist wie ausgetrocknet, und mein Arm

schmerzt einfach höllisch, aber sonst ...« Er zuckte die Achseln.

Amy goß ihm einen Becher Wasser ein, den er durstig trank und um mehr bat.

Während Nile den zweiten Becher leerte, sagte Amy: »Fühlst du dich kräftig genug, um mir zu erzählen, warum Marys Stammesbrüder dich mit einer Schußwunde im Arm im Dschungel gefunden haben? Und warum ist Maddie nicht bei dir?«

Nachdem Nile ausgetrunken hatte, reichte er ihr den Becher und räusperte sich. »Fitchs Männer haben uns angegriffen.«

Amy erstarrte, und ihre grauen Augen weiteten sich ungläubig. »Fitchs Männer? Bist du sicher?«

»Ja. Wir kamen aus Iquitos und fuhren in den Juruá, um dich zu besuchen, als plötzlich eins von Fitchs Booten auf uns zukam. Und gerade als ich sie begrüßen wollte, schossen sie auf mich.«

Amy packte ihr Kreuz, ihr Gesicht war schneeweiß. »Mein Gott! Was hast du getan?«

Nile holte tief Luft. »Als ich spürte, daß eine der Kugeln meinen Arm streifte, wußte ich, daß ich ein toter Mann sein würde, wenn ich länger auf dem Boot blieb und entschloß mich deshalb, mein Glück im Fluß zu versuchen. Ich ging über die Reling. Und als ich im Wasser war, bin ich um mein Leben geschwommen.«

Amy schloß die Augen und zitterte. »Du meine Güte, Nile. Das Blut hätte Kaimane oder Piranhas anlocken können.«

»Auf dem Boot standen meine Chancen nicht viel besser, Amy, nicht, wenn Fitchs Männer mich umbringen wollten. Glücklicherweise haben die Piranhas gerade anderswo gefrühstückt. Ohne daß sie es merkten, konnte ich ein- oder zweimal auftauchen, um Luft zu holen. Danach bin ich zum Ufer geschwommen, und da bin ich nun.«

»Aber was ist mit Maddie und dem Kapitän eures Bootes geschehen? Haben sie die etwa umgebracht?«

Nile biß die Zähne zusammen. »Ich glaube nicht, aber ich weiß es nicht sicher. Ich habe noch Schüsse gehört, nachdem Fitchs Männer das Boot geentert hatten.« Als Amy noch blasser wurde, sagte Nile scharf: »Alles in Ordnung, Amy?«

Sie machte eine wegwerfende Handbewegung. »Ja ja. Ich bin nur wie vom Donner gerührt, mehr nicht. Warum sollte Haddon Fitch so etwas tun? Ich weiß ja, daß er barbarisch mit den Indios umgeht, aber er hat noch nie Weiße bedroht. Wir haben immer in Frieden mit ihm gelebt und sogar seine Protektion genossen.«

Nile seufzte schwer und schloß die Augen. »Ich glaube, es geschah deshalb, weil Maddie, als wir dort waren, etwas gesehen hat, was sie nicht sehen durfte.«

»Was denn?«

»An dem Morgen, als wir nach Iquitos abfuhren, machte diese kleine Närrin einen Morgenspaziergang. Dabei ist sie an einem von Fitchs Pfählen zum Auspeitschen vorbeigekommen. Die Indiofrau, die in der Nacht zuvor zu Tode gepeitscht worden war, hing immer noch daran.«

»Ach Gott!« Amy schwankte und sank auf einen Stuhl.

»Sie war so gescheit, das, was sie gesehen hatte, für sich zu behalten, bis wir ein gutes Stück vom Handelsposten entfernt waren — das muß ich ihr zugute halten. Aber Fitch muß es irgendwie herausgefunden haben. Vielleicht hat sie einer seiner Männer an jenem Morgen gesehen und es Fitch gemeldet. Er wußte, daß wir auf dem Rückweg bei dir vorbeikommen würden, und befahl seinen Männern, uns aufzulauern.«

Amy runzelte die Stirn. »Aber warum sollte er Maddie entführen? Es weiß doch jeder, daß die Gummibarone Indios auspeitschen, und es wird allgemein geduldet. Selbst wenn sie ihn den Behörden gemeldet hätte, hätte niemand etwas gegen ihn unternommen.«

»Das, was Maddie so verwirrt hat, ist für Fitch keine Bedrohung.« Aber Nile beherrschte eine andere Angst, die er nicht in Worten ausdrücken konnte.

Das tat Amy für ihn. »Sie ist eine schöne Frau, und davon gibt es nur wenige hier draußen. Vielleicht möchte Fitch sie zu seiner Geliebten machen.«

»Das befürchte ich auch.« Nile wandte den Blick ab und starrte in die Weite.

»Als wir dort waren, wollte er sie mir abkaufen. Natürlich habe ich mich geweigert und ihm gesagt, daß sie nicht mir gehöre, ich sie also auch nicht verkaufen könne. Deshalb hat er vermutlich beschlossen, sich einfach das zu nehmen, was er wollte.«

Amy sagte: »Was hast du jetzt vor?«

»Ich werde sie zurückholen.«

»Wie? Fitchs Depot ist eine Festung. Da kommen hundert Gegner auf dich.«

»Aber ich habe einen taktischen Vorteil — Fitch hält mich für tot.«

»Selbst dann, Nile ...«

»Amy, sei doch nicht so pessimistisch. Ich kann Maddie einfach nicht Fitch auf Gnade und Ungnade ausliefern. Du weißt doch, was für ein sadistischer Bastard er ist. Als ich diesen Job übernommen habe, habe ich mich verpflichtet, sie zu beschützen, und das werde ich tun — ob ich nun dabei sterbe oder nicht.«

Er entschloß sich, Amy nichts von dem Schwindel zu erzählen, auch verschwieg er ihr, daß Maddie und er in den letzten Tagen böse aufeinander gewesen waren. Das erschien ihm jetzt zu unbedeutend.

»Nun ja, Gott hat dich bestimmt zu einem gewissen Zweck aus dem Fluß errettet. Vielleicht sollst du jetzt Maddie retten.«

»Diese Absicht habe ich.«

»Aber du bist noch schwach, und dein Arm ist nicht zu gebrauchen, obwohl ich die Wunde verbunden habe.«

Er grinste sie an. »Nach einem warmen Essen und einer durchschlafenen Nacht werde ich so gut wie neu sein.« Er blickte auf die Leinendecke herunter, die über ihm lag. »Wo sind übrigens meine Sachen?«

»Mary wäscht sie gerade. Und du mußt dir keine Sorgen deswegen machen, Nile Marcus. Marys Stammesbrüder haben dich ausgezogen und in die Hängematte gelegt, nicht ich.«

»Ich hatte mich schon gewundert.«

Das neckende Funkeln schwand aus Amys Augen, und sie wirkte wieder angespannt, als sie aufstand. »Wenn es dir gelingt, Maddie zu retten ...«

»*Nachdem* ich Maddie gerettet habe.«

»Was wirst du mit Fitch machen, *nachdem* du Maddie gerettet hast?«

»So gerne ich ihm auch bei lebendigem Leib das Herz herausreißen würde, weiß ich doch, daß ich wahrscheinlich nicht die Gelegenheit dazu bekommen werde, wenn ich uns dort lebendig herausbringen will. Deshalb werde ich mich damit zufriedengeben, Maddie von dort wegzuholen.«

»Ich werde die Mission verlassen müssen, nicht wahr?«

Nile nahm ihre Hand. »Ich will dich nicht anlügen, Amy. Ja, du wirst mit uns kommen müssen — sonst wird Fitch seine Wut an dir auslassen, und das kann ich nicht zulassen. Ich werde Maddie nicht um den Preis deines Lebens retten.«

»Aber was wird aus Mary und den anderen Gläubigen werden? Ich darf sie nicht einfach zurücklassen, Nile.«

Er drückte ihre Hand. »Das mußt du wohl. Wir können sie nicht mitnehmen. Sorge dich nicht um sie, Amy. Sie werden schon überleben. Da bin ich mir sicher.«

Sie schloß die Augen und schüttelte den Kopf. »Unsere ganze Arbeit hier wird dahin sein. Das will ich einfach nicht.«

»Du mußt. Es gibt bereits zuviele Märtyrer.« Er grinste.

»Außerdem würde Winston meinen Kopf fordern, wenn ich zulassen würde, daß dir etwas zustieße.«

Sie erwiderte sein Lächeln nicht und machte auch keine Bemerkung über Winston Belgrave. Sie seufzte nur mit starrem Gesicht. »Tief in meinem Inneren wußte ich, daß es eines Tages so weit kommen würde. Ich bete nur, daß Gott es mich akzeptieren läßt.«

Ohne noch ein weiteres Wort zu sagen, drehte sich Amy um und ging hinaus.

Haddon Fitch war wahnsinnig.

Während Maddie mit dem Irren und den Indiofrauen, die sie bei sich ›Hexen von Endor‹ nannte, am Tisch saß, blickte sie starr auf ihren Teller, damit sie nicht mitansehen mußte, wie Fitch Tias nackte Brust knetete.

Er sagte etwas in ihrem Stammesdialekt, und die Frauen sahen Maddie an und kicherten. Sie widmete sich weiter ihren Bohnen mit Reis, denn sie mußte kräftig bleiben, wenn sie überleben wollte.

»Ich habe ihnen gesagt, daß Sie rot würden«, sagte Fitch. »Beleidigt Sie mein Benehmen etwa, Miss Dare?«

Maddie sah ihn ruhig an. »Ich bin nicht daran gewöhnt, bei Tisch ein Benehmen zu ertragen, das eher in ein Bordell paßt. Ja, man könnte sagen, daß es mich beleidigt.«

Fitch lachte leise und tat so, als würde es ihn kalt überlaufen. »Diese kalte Mißbilligung in Ihrem Ton . . . Mir wird ja beinah eiskalt, was in diesem Klima wirklich ganz nett wäre.«

Maddie erwiderte nichts, sondern blickte wieder auf ihren Teller und aß weiter.

»Denken Sie etwa gerade an Nile Marcus? Wir alle haben doch gehört, wie Sie sich vor ein paar Stunden das Herz aus dem Leib geschluchzt haben.«

Als Niles Name erwähnt wurde, spürte Maddie das verräterische Brennen von Tränen in ihren Augen, aber sie verbiß es sich mit übermenschlicher Anstrengung. Sie würde diesem Monstrum nicht die Befriedigung verschaffen, ihrem Zusammenbruch zuzusehen.

»Sehen Sie mich an, wenn ich mit Ihnen spreche!« donnerte Fitch und schlug mit der Faust auf den Tisch.

Maddie fuhr zusammen und folgte dem Befehl.

Fitchs Augen glitzerten wie die eines wilden Tieres. »Ich habe Sie gefragt, ob Sie an Nile Marcus denken, Miss Dare, und erwarte eine Antwort.«

Maddie versuchte mit fester Stimme zu erwidern: »Nein, ich denke nicht an ihn. Ich dachte gerade an mich und daran, was aus mir wird.«

Er stützte die Ellbogen auf den Tisch, verschränkte die Hände und legte das Kinn darauf, während er sie musterte. »Das habe ich noch nicht entschieden. Oh, es ist noch nicht an der Zeit für Erleichterung, Miss Dare. Es gibt da viele verführerische Möglichkeiten, aber ich habe mich eben noch nicht entschieden.«

Als Maddie schwieg und sich somit weigerte, ihm eine unterhaltende Erwiderung zu geben, sah Fitch sie verärgert an. »Möchten Sie nicht hören, welche Möglichkeiten es gibt?«

»Eigentlich nicht.«

Er lehnte sich zurück. »Sie sind eine besonders widerspenstige Frau, meine Liebe. Zuerst erzählen Sie mir, daß Sie darüber nachdenken, was wohl aus Ihnen wird, und wenn ich Ihnen anbiete, es Ihnen zu erzählen, wollen Sie es nicht hören.« Fitch lächelte. »Nun ja, ich glaube, ich erzähle es Ihnen trotzdem, ob Sie es nun hören wollen oder nicht. Als erstes habe ich daran gedacht, Sie meinen Frauen zu geben. Als Leibsklavin.«

Maddie spürte, wie sie bei dieser Aussicht erbleichte.

Darauf ging Fitch sofort ein. »Ah, ich sehe, daß Sie das aufregt, aber eine Frau von Ihrer Intelligenz erkennt bestimmt die Ironie dieser Situation. Es wäre völlig neu, einmal zu sehen, wie ein Indio eine Engländerin versklavt, nicht wahr?«

»Leider ist es mir versagt, die Ironie zu erkennen, Mr. Fitch.«

Er lachte. »Ach, Sie sind so komisch! Jetzt zu meiner zweiten Idee, die Ihnen vielleicht eher zusagen wird.« Er machte eine Pause, um die Spannung zu steigern, und sagte dann: »Ich dachte daran, Sie dem Mann zu schenken, der Nile Marcus getötet hat.«

Diesmal konnte Maddie sich nicht beherrschen. »Nein!«

Ihr Gastgeber hob die Brauen. »Nein? Aber ja, meine Liebe. Wenn ich den Wunsch habe, Sie an ihn zu verschenken, dann wird das so geschehen.«

Sie saß steif da und mühte sich, die Beherrschung zu wahren, denn sie konnte erkennen, daß Fitch sadistisches Vergnügen an ihren Reaktionen hatte.

»Ich frage mich, wie es für eine Frau ist, in den Armen des Mannes zu liegen, der ihren Geliebten getötet hat?« grübelte er. »Ob sie ihn vielleicht auch irgendwann lieben wird?«

»Das bezweifle ich«, sagte Maddie kalt. »Keine Frau könnte einen Mörder lieben. Sie würde ihn oder sich bei der ersten Gelegenheit töten.«

Er wußte, daß sie damit auch ihn meinte, und seine Augen funkelten vor Vergnügen. »Ach, sind Sie tapfer. Ich bewundere Courage bei einer Frau sehr, weil es so selten ist.«

Ich fühle mich eigentlich nicht sonderlich tapfer, sagte Maddie bei sich.

»Und dann gibt es noch meine dritte Idee. Möchten Sie sie hören, Miss Dare?«

»Natürlich, denn es betrifft ja mich.«

Sein Gesicht verzog sich gemein. »Ich hatte daran gedacht, Sie zur Mutter meines Erben zu machen.«

Fitchs letzte Idee, die er offenbar für das schrecklichste Schicksal hielt, beeindruckte Maddie gar nicht. Sie wußte, daß es ihr körperlich unmöglich war, überhaupt ein Kind zu gebären, aber das wußte er nicht.

Jetzt war der Zeitpunkt gekommen, um Fitch die Reaktion zu geben, die er offenbar wollte.

»Sie Monster!« brüllte Maddie und sprang blitzartig auf. Sie ging mit erhobenen Fäusten auf ihn los, wurde aber von den drei Indianerinnen festgehalten, ehe sie ihn erreichte.

Fitch betrachtete sie verächtlich. »Sie enttäuschen mich, Miss Dare.« Er machte eine wegwerfende Handbewegung und sagte etwas zu seinen Frauen. Dann sagte er: »Ich habe ihnen gesagt, sie sollten Sie in ihr Zimmer bringen. Dort bleiben Sie, bis ich entschieden habe, was mit Ihnen geschehen soll.« Und sofort führten die Frauen sie weg.

Als sie endlich wieder allein war, setzte sie sich auf die Bettkante und versuchte die Fassung wiederzugewinnen. Sie konnte immer noch nicht glauben, daß Nile tot war. Die Trauer zerrte an ihr. Es tat ihr leid, daß sie ihn angelogen hatte und noch mehr, daß Nile gestorben war, als zwischen ihnen Streit und Bitterkeit geherrscht hatte. Jetzt würde sie keine Gelegenheit mehr haben, es wiedergutzumachen.

Sie holte tief Luft und trocknete sich die Augen. »Courage, Maddie«, sagte sie. »Du darfst nicht aufgeben, ganz gleich, was Fitch dir auch antut. Nile hätte gewollt, daß du kämpfend untergehst.«

Sie fragte sich, ob Fitch wohl heute nacht zu ihr kommen und seine Drohungen wahrmachen würde. Doch Maddie zweifelte eher daran, weil er so gerne die Qual verlängerte.

Sie würde aber auf jeden Fall auf einen Besuch vorbereitet sein.

Nile hatte das Gefühl bei lebendigem Leib gebraten zu werden, als er zusammengerollt unter einer Decke im Bug von Amys Einbaum lag. Schweiß lief ihm über das Gesicht, aber er wagte noch nicht einmal ihn abzuwischen. Er sollte nämlich einen Sack voller Bananen oder

Maniokwurzeln darstellen und durfte sich deshalb nicht bewegen.

Allerdings tröstete ihn die Tatsache, daß eine geladene Winchester in seiner Reichweite lag. Das Gewehr und ein Kanister voller Kerosin samt Streichhölzern war alles, was er brauchte, um seinen Plan in die Tat umzusetzen.

»Wie weit ist es noch?« flüsterte er Amy zu, die ruhig das Kanu paddelte.

Zum Glück waren Amy und ihr Einbaum voller Lebensmittel und Waren ein vertrauter Anblick auf dem Juruá. Keinem von Fitchs Männern würde etwas auffallen.

»Nicht mehr weit«, entgegnete sie. »Eins von Fitchs Booten ist gerade an uns vorbei flußaufwärts gefahren.«

Nile atmete erleichtert auf. Jetzt mußte nur noch Amy durchhalten.

Gestern hatte sie ihn fast zu Tode erschreckt, als sie ihn wie eine Fremde mit völlig ausdruckslosen Augen angestarrt hatte. Sie hatte sich aber schnell wieder erholt und war dann aufmerksam seinen Erläuterungen gefolgt und hatte auch einige Vorschläge für den Erfolg des Plans eingebracht.

Nile betete, daß sie nur verträumt gewesen war, aber er mußte auch an Maddies Behauptung denken, Amy stände kurz vor einem Nervenzusammenbruch. Wenn das stimmte, dann mußte er sich nicht nur darum Sorgen machen, Maddie heil bei Fitch herauszuholen, sondern auch um Amys Sicherheit.

»Verdammt und zugenäht«, flüsterte er.

Nile mußte auf sie zählen können, sonst war alles verloren. Obwohl er nicht mehr wußte, ob er an Gott glaubte, sprach er trotzdem ein kurzes Gebet.

»Kannst du schon den Anlegesteg sehen?« fragte Nile.

»Ja«, entgegnete Amy. »Und wir haben Glück. Heute liefert anscheinend niemand Kautschuk. Er wird nur von einem Mann mit einer Machete bewacht, und der sieht nicht so aus, als wäre er beunruhigt.«

»Gut. Siehst du auch Jaymes Boot?«

»Ich weiß nicht. Es liegen ein paar Boote dort.«

Nile grinste. »Nett von Fitch, sie dort für uns liegenzulassen, nicht wahr?«

Als Amy nicht antwortete, bekam Nile Angst. »Amy? Bist du sicher, daß du das durchstehst?«

»Natürlich«, entgegnete Amy schroff. »Ich wollte es schließlich, oder?«

Nile spürte wieder Selbstvertrauen. Sein Plan würde funktionieren. Er mußte einfach.

»Und was ist mit deinem verletzten Arm?«

»Geht schon in Ordnung. Er tut ein bißchen weh, aber das kann ich aushalten.«

Als Amy ein paar Augenblicke später sagte: »Mach dich bereit«, wußte Nile, daß sie jetzt das Kanu an die Anlegestelle für Einbäume gepaddelt hatte.

Er holte ein paarmal tief Luft, um sich zu beruhigen, und wartete.

»Jetzt!«

Nile spähte hinaus und sah, daß die Wache auf dem Pier ihm den Rücken zukehrte und in die andere Richtung ging. Nile schlug die Decke zurück, packte Kerosin und Gewehr, und noch ehe die Wache zurückkam, war Nile bereits den Pfad hinaufgerannt und im Dschungel verschwunden.

Er lief geräuschlos und wachsam die *Estrada* entlang, aber er hörte nichts Verdächtiges. Als er an Gummibäumen vorbeikam, an denen bereits die Tassen zum Auffangen des Latexsaftes hingen, lächelte er in sich hinein. Er hatte genau den richtigen Zeitpunkt erwischt. Die *Seringueiros* hatten bereits ihren ersten Rundgang hinter sich und würden erst viel später wieder vorbeikommen. Deshalb gab es keinen, der Nile beobachten und ihn fragen konnte, was er hier tat.

Dieser Bereich ist gut gewählt, dachte er, während er über den Pfad schlich. Fitch und seine Männer wurden weit genug vom Haus weggelockt, so daß Nile Zeit genug blieb, um Maddie zu retten und zu entkommen, bevor Fitch merkte, was in Wirklichkeit passiert war.

Nile blieb stehen und sah sich um. Hier war ein guter Platz, weil hier die Gummibäume näher beieinanderstanden, so daß Fitch ihren Verlust eher bemerken würde.

Er nahm den Kanister mit Kerosin und besprengte das Unterholz und die Büsche mit der Flüssigkeit. Es war Trockenzeit, und die Pflanzen würden gut brennen.

Als Nile das Unterholz anzündete und sah, daß es sofort in Flammen aufging, war er glücklich.

Dann drehte er sich um und lief die *Estrada* entlang in Richtung Anlegesteg. Das Knistern und Zischen der gierigen Flammen klang ihm dabei wie Musik in den Ohren.

Maddie saß zur gleichen Zeit auf der Veranda und frühstückte gerade mit Fitch und seinen schweigenden, wachsamen Frauen.

»Es tut mir leid, daß ich Sie enttäuschte«, schnurrte er lässig.

Sie hob die Brauen. »Wie bitte?«

Er beugte sich vor. »Weil ich heute nacht nicht zu Ihnen gekommen bin.«

»Sie haben mich nicht enttäuscht, ganz im Gegenteil.«

Tatsächlich war sie die halbe Nacht wach gewesen und hatte eine Todesangst gehabt, daß er sich ihr aufzwingen würde, wie er es gedroht hatte, und schließlich war sie einfach eingeschlafen.

»Aber sicher doch, meine Liebe. Diese dunklen Schatten unter ihren schönen blauen Augen sagen mir, daß sie nicht genug Schlaf bekommen haben, und das ist meine Schuld. Da haben Sie sich nach meiner Umarmung gesehnt, und ich bin nicht gekommen. Ich bin eben ein Schuft.«

Um Fitchs Mundwinkel spielte ein Lächeln, das Maddie hassen gelernt hatte. »Ich werde die Lage heute nacht zurechtrücken, denn schließlich darf ich eine Dame nicht warten lassen.« Er mußte es ihr jetzt sagen, denn die Vorstellung über die bevorstehende Nacht würde sie den ganzen Tag quälen.

Wie lange konnte sie diese geistige Folter wohl noch ertragen, ohne wahnsinnig zu werden?

»Ach, du meine Güte, ich scheine Sie aufgeregt zu haben. Lassen Sie mich ...«

Ein paar Männer kamen schreiend angelaufen und riefen ihm etwas zu. »Eine der *Estradas* brennt«, erklärte er. »So gern ich mich auch mit Ihnen unterhalte, Maddie, meine Liebe, kommt doch zuerst die Pflicht. Damit Sie meine Abwesenheit nicht als unangenehm empfinden, werden meine Frauen Sie zurück in Ihr Zimmer begleiten. Dort werden Sie bleiben, bis ich wiederkomme.« Er gab den Frauen einen Befehl, und sie zerrten Maddie hoch. Einer der Männer brachte Fitchs Pferd, und er ritt schnell davon.

Als Maddie über die Veranda geführt wurde, konnte sie dunkle Rauchwolken in der Ferne sehen.

»Ich hoffe, dieser Ort wird von diesem Feuer vollständig vernichtet«, murmelte sie.

Denn dann wäre sie endlich von Haddon Fitch befreit.

Die Panik regierte. Überall liefen brüllende und fluchende Männer herum.

Dutzende von *Seringueros* rannten an Nile vorbei. Alle wollten den Brandherd so schnell wie möglich erreichen, so daß ihnen nicht auffiel, daß er in die entgegengesetzte Richtung lief. Außerdem hatte er seinen Strohhut so tief ins Gesicht gezogen, daß noch nicht einmal seine eigene Mutter ihn erkannt hätte.

Plötzlich fühlte er die Erde unter sich beben und wußte, daß sich ein Pferd näherte. Nile riskierte einen Seitenblick und sah Fitch den Weg heruntergaloppieren.

Eine Sekunde lang überlegte Nile, ob er die Winchester

heben und den Mann erschießen sollte, der seinen Tod befohlen hatte, aber er verwarf diesen Impuls sofort. Wenn er das tat, würden sich Fitchs Männer sofort auf ihn stürzen, und er hätte keine Chance mehr, Maddie zu retten. Er senkte den Kopf und ging weiter. Fitch galoppierte vorbei, ohne ihm einen Blick zu schenken. Nile war für ihn offenbar nur einer seiner namenlosen, gesichtslosen *Seringueiros.*

»Warte, eines Tages«, murmelte Nile leise.

Als er die Anlegestelle erreichte, fand er sie verlassen vor — nur Amaryllis lief händeringend auf und ab.

»Nile!« schrie sie erleichtert, als sie ihn sah. »Du bist in Sicherheit.«

»Nur für den Augenblick.« Er ließ seinen Blick über die Dampfboote schweifen, die dort vertäut waren.

Als er Jaymes Boot erblickte, lief er sofort dorthin und ließ den Motor an, während Amaryllis aufpaßte, ob jemand kam. Dann ging er wieder auf den Pier. »Paß auf das Boot auf«, befahl er Amy, »aber laß dich nicht sehen.«

»Was machst du, wenn Maddie nicht im Haus ist?« fragte sie. »Was ist ...«

»Hör auf, dir Sorgen zu machen. Ich kenne Fitch. Er würde sie nie sofort in sein Bordell stecken.«

Ohne noch ein Wort zu sagen, lief er den Pier hinunter.

Da alles durch das Feuer abgelenkt war, erreichte Nile das Haus, ohne eine Menschenseele zu sehen. Doch er wiegte sich nicht in Sicherheit, denn Fitch konnte jederzeit zurückkommen. Außerdem wußte er nicht, wer im Haus zurückgeblieben war, um Maddie zu bewachen. Nile rechnete zwar mit Fitchs Frauen, aber er konnte eben nicht sicher sein.

Er hielt das Gewehr schußbereit und ging leise und langsam die Treppe zur Veranda hinauf. Auf dem Tisch zählte er fünf halbleere Kaffeetassen. Maddie war hier. Er betrat das Haus und schlich von Zimmer zu Zimmer. Alle waren leer.

Nile leckte sich seine trockenen Lippen. Der Angstschweiß stand ihm auf der Stirn, in seinem verletzten Arm pochte es. Was tat er, wenn man sie fortgebracht hatte? Wenn sie doch nicht hier war?«

Und dann hörte er eine vertraute Stimme, klar wie eine Glocke: »Wenn ihr Hexen mich nicht sofort loslaßt, kratze ich euch die Augen aus.«

Er hatte Maddie gefunden.

In ihrem Zimmer war Maddie gerade dabei, Tia abzuschütteln. Sie hatte die Nase voll von diesen Frauen, die sie ständig am Arm packten und wegführten. Wenn sie Streit suchten, dann war sie entschlossen, sich zu stellen.

Tia funkelte sie feindselig aus schmalen Augen an und wirkte sprungbereit. Doch gerade als sie sich auf Maddie stürzen wollte, wurde die Tür eingetreten.

Das Geräusch ließ Maddie zusammenfahren, aber der Anblick, der sich ihren ungläubigen Augen bot, erstaunte sie noch mehr.

»Nile!«

Falls er ein Geist war, dann war er ziemlich imposant. Aber als er das Zimmer mit triumphierenden Augen betrat, wußte Maddie, daß er aus Fleisch und Blut war.

Er war gekommen, um sie zu retten.

»Zurück«, befahl er ihr, wobei er die Frauen nie aus den Augen ließ. »Und komm mir nicht in die Schußlinie, ganz gleich, was du tust.«

»Was sollen wir mit ihnen machen?« fragte sie.

Noch ehe Nile antworten konnte, kreischte Tia auf und kam wie eine Giftschlange auf ihn zu, aber er war schneller. Im Bruchteil einer Sekunde hatte Nile die Winchester umgedreht, so daß die Frau genau auf den Kolben lief. Es gab einen dumpfen Schlag, und sie fiel bewußtlos zu Boden.

Aber Maddie hatte keine Zeit, Mitleid mit Tia zu empfinden, da sich eine der anderen Frauen im selben Augenblick brüllend auf sie stürzte. Ohne groß nachzudenken, holte Maddie aus und plazierte einen Faustschlag genau in der Magengegend ihrer Widersacherin. Sie klappte mit einem lauten ›Uff‹ zusammen und blieb nach Luft schnappend auf dem Boden liegen.

Maddie stand einfach da, blickte auf sie herunter und äußerte entsetzt: »Ach, du meine Güte, ich habe sie doch nicht umgebracht, oder?«

»Keine Sorge, die kommt wieder auf die Beine.«

Die dritte hielt sich zurück, als sie ihre Schwestern auf dem Boden liegen sah.

Nile gab Maddie das Gewehr. »Nimm das, während ich sie fessele.« Er griff nach dem Seil, das er um die Hüften geschlungen hatte wie Fitch seine Peitsche. »Erschieß sie, falls es nötig ist.«

Doch das mußte Maddie nicht, denn Nile fesselte und knebelte Fitchs Frauen in Windeseile. Dann nahm er Maddie das Gewehr aus den zitternden Händen.

»Jetzt aber raus hier.«

Maddie zögerte. Sie mußte ihm so viel sagen, so viel...

»Jetzt haben wir keine Zeit, Maddie«, knurrte er, als ob er ihre Gedanken gelesen hätte. »Wir müssen hier weg, ehe Fitch zurückkommt!«

Dann rannte er los, und sie mußte ihm folgen.

Als sie das Ende des Flurs erreichten, blieb Nile plötzlich stehen, murmelte etwas Unverständliches, schlang seinen freien Arm um Maddies Taille und wirbelte sie herum, so daß sie an seiner Brust lag. Noch ehe sie überrascht aufkreischen konnte, legten sich Niles Lippen in einem harten, schnellen Kuß auf ihren Mund, der zu Ende war, ehe er begonnen hatte.

Benommen und erregt stand Maddie da und blickte in seine Augen, die vor Leidenschaft dunkel waren.

»Ich dachte, du hättest gesagt, dafür wäre keine Zeit«, murmelte sie atemlos und fuhr mit der Zunge über ihre Unterlippe.

Seine Augen musterten sie besitzergreifend. »Haben

wir auch nicht, aber ich mußte es einfach tun. Jetzt aber raus hier.«

Während sie vom Haus wegliefen, war Nile so schnell, daß Maddie Mühe hatte, mitzukommen, aber sie strengte sich gern an. Da hatte sie geglaubt, er wäre tot, und jetzt war er hier, neben ihr — und er hatte sein Leben riskiert, um sie zu retten.

»Hat Fitch dich angerührt?« fragte er.

Trunken vor Freude entgegnete Maddie schweratmend: »Er hat mich einmal am Haar gezogen.«

»Das habe ich nicht gemeint.«

»Ich weiß, aber es schmerzt immer noch.«

»Maddie ...« Sein Ton verriet, daß er mit seiner Geduld am Ende war.

»Nein, er hat mich nicht angerührt.« Trotz der Hitze überlief sie ein eiskalter Schauder. »Nicht im körperlichen Sinne.«

Nile warf ihr einen wissenden Blick zu. Es war eine Mischung aus Mitleid und wilder Wut, so daß Maddie sich fragte, was er wohl mit Fitch machen würde, wenn dieser Mensch das Pech hatte, jetzt ihren Weg zu kreuzen.

Plötzlich blieb Nile stehen und gebot ihr Einhalt.

»Amy müßte am Pier auf uns warten«, flüsterte er. »Ich hoffe, ihr ist nichts geschehen.«

Das hoffte Maddie auch.

Amy hatte sich versteckt, wie Nile es ihr befohlen hatte.

Als die endlosen Minuten langsam verstrichen, hatte sie aufgehört, sich zu sorgen, und angefangen zu beten. Aber wie an den Tagen zuvor fiel ihr auch jetzt nichts ein, und sie gab es auf.

Wo war er?

Irgend etwas war schiefgelaufen, Maddie war bestimmt nicht im Haupthaus. Fitch hatte sie in sein Bordell gesteckt, und jetzt versuchte Nile, sie dort herauszuholen.

Amys Kopf begann zu schmerzen, und sie legte die

Hand auf die Stirn. Niles gewagter Plan war fehlgeschlagen.

Sie waren alle zum Untergang verurteilt.

»Es sieht so aus, als würde ich meinem Schöpfer früher begegnen, als ich es gedacht habe«, flüsterte Amy.

Dann hörte sie Schritte.

»Nile!« Sie rannte die Stufen hinauf. »Hast du Maddie gefun ...«

Die Wache mit der Machete war zurückgekommen.

Amy erstarrte.

»Was machen Sie hier, *Señorita?*« wollte er wissen. »Warum ist dieses Boot zum Auslaufen bereit? Der Patron hat es nicht befohlen.«

Amy überlegte kurz. »Der Patron hat es mir als Geschenk für die Mission gegeben.«

Die Wache musterte sie mißtrauisch. »Mir hat er davon nichts gesagt.«

»Aber ich sage Ihnen, daß er mir diese *Lancha* geschenkt hat. Bestimmt wollen Sie nicht den Wünschen des Patrons zuwiderhandeln.«

Der Mann war nicht überzeugt. »Kommen Sie, *Señorita.* Suchen wir den Patron.«

Sie geriet in Panik. »Nein!« schrie sie.

Amy sprang vom Boot und lief den Pier hinunter. Sie konnte hören, wie die Wache ihr folgte. Dann packte ein Arm ihre Taille, sie wurde hochgehoben und flog auf den Pier.

Als sie aufsah war da nur noch die funkelnde Klinge der Machete ...

Dann schwanden ihr die Sinne, und sie war wieder in Devon. Ihre Mutter stand in der Tür und streckte ihr lächelnd die Arme entgegen. Amy lief wie auf Flügeln zu ihr und hörte ihre Mutter sagen: »Willkommen daheim.«

Amy ging hinein und war endlich zu Hause.

»Amy!« Maddie schüttelte sie und versuchte den toten Wachmann, den Nile gerade erschossen hatte, nicht zu beachten.

Nile kniete neben ihr. »Ist sie ...?«

»Nein. Die Machete hat sie nicht berührt. Ich glaube, sie ist einfach ohnmächtig geworden. Hilf mir dabei, sie ins Boot zu tragen.«

Nile gab ihr das Gewehr und hob Amys bewußtlose Gestalt hoch. Dann trug er sie unter Deck in die Kabine, während Maddie nervös Wache stand.

Als Nile wieder auftauchte, sagte er: »Die Maschine läuft. Ich will nur rasch die übrigen Boote in Brand setzen, damit Fitch uns nicht verfolgen kann, und dann fahren wir los.«

Maddie stand da, war mit den Nerven am Ende und beobachtete den Weg, der zu Fitchs Haus führte. Sie erwartete jeden Moment, Haddon Fitch mit einer Armee von Männern zu sehen. Doch ehe das passieren konnte, hatte Nile das Boot bereits losgemacht und steuerte vom Pier weg.

Minuten später brannten die anderen drei Boote lichterloh.

15

Maddie ging zur anderen Seite des Bootes, umklammerte die Reling und sah zu, wie Haddon Fitchs Besitz verschwand und sie nur noch die Rauchschwaden sah, die den tropischen Himmel verdüsterten.

Ihre Prüfung lag hinter ihr.

Sie seufzte, schauderte und ging dann quer über das Deck zu Nile, der am Steuerrad stand. In dem Augenblick, als sie die Arme um seine Taille schlang und sich an seinen breiten Rücken schmiegte, war es ihr, als ob ein

Damm in ihr brechen würde, und sie brach in hemmungsloses Schluchzen aus.

Nile drehte sich um und schloß sie fest in seine Arme, und sie gab sich dem Trost hin, den er ihr bot.

Seine Arme formten einen schützenden Kokon um sie. »Pscht, Maddie, weine nicht. Es ist alles vorbei. Fitch kann dir nichts mehr tun. Bitte weine nicht.«

»Ach, Nile«, schluchzte sie an seinem Gesicht. »Ich hielt dich für tot.«

Sie spürte, daß er lächelte. »Um mich zu töten, braucht man mehr als ein paar Kugeln — weißt du das nicht?«

Trotz alledem mußte Maddie lachen.

»So ist es besser«, sagte er.

Sie schloß die Augen und versank noch ein paar Augenblicke in seiner Umarmung. Als sie dann zu ihm aufblickte, bemerkte sie verblüfft und enttäuscht, daß sein Gesichtsausdruck neutral war und in seinen Augen keineswegs die Leidenschaft brannte, die sie erhofft hatte. Er grollte ihr also noch immer wegen des Schwindels.

Sie löste sich von ihm und lächelte strahlend, um ihre Enttäuschung zu verbergen. »Wie konntest du dich retten? Ich sah dich doch in den Fluß stürzen.« Sie sagte ihm nicht, daß sie ihm am liebsten hinterhergesprungen wäre.

Niles Gesicht verzog sich schmerzlich, und Maddie bemerkte zum ersten Mal den Verband um seinen rechten Arm.

»Was hast du am Arm?« fragte sie.

»Dort hat mich eine Kugel gestreift«, entgegnete er. »Ich wußte, daß sie mich töten würden, wenn ich auf dem Boot blieb, und deshalb habe ich mich entschlossen, mein Glück im Fluß zu versuchen und dich später zu holen.«

Nachdem Nile seine Geschichte beendet hatte, sagte Maddie erschüttert: »Sie haben Jayme umgebracht, weißt du. Sie haben ihn direkt vor meinen Augen erschossen und dann seine Leiche in den Fluß geworfen.«

Nile fluchte leise. »Der arme Jayme. Er hatte nie eine

Chance.« Er sah sie an. »Ich nehme an, Fitch wollte dich zu einer seiner Konkubinen machen.«

Sie schüttelte den Kopf und erzählte ihm dann, aus welchem Grund Haddon Fitch sie in erster Linie entführt hatte.

Nile sah sie erstaunt an. »Dann hatte er also Angst davor, daß du ihn bei deiner Rückkehr nach England bloßstellst.«

»Das hat er zwar behauptet, aber mich wundert es immer noch. Ich weiß zwar, daß die Presse auf die öffentliche Meinung großen Einfluß hat, aber das hier ist Brasilien. Selbst wenn ich einen Artikel über Fitchs grausame Behandlung der Indios geschrieben hätte — was könnte man in England dagegen tun?«

»Eine ganze Menge«, sagte Nile zu ihrer Überraschung. »Erstens ist Fitch britischer Staatsangehöriger. Und wenn britische Banken Geld in Aguirres Unternehmen investiert haben, haben sie Einfluß auf das, was hier passiert. Es würde ihnen sicherlich nicht gefallen, wenn man von ihnen glaubt, daß sie eine solche Barbarei gutheißen.« Er strich sich nachdenklich übers Kinn. »Ich würde sagen, daß du gute Chancen hast, Aguirre und Fitch zu Boden zu zwingen, Maddie.«

Sie lächelte zufrieden. »Nach allem, was mir dieser Bastard angetan hat, wird es mir ein Vergnügen sein.«

»Ich dachte, du hättest behauptet, er hätte dich nicht angerührt.«

»Oh, nicht körperlich, sondern geistig ... Er hatte seine Freude daran, mir bis in die kleinste Einzelheit alles zu beschreiben, was er mir antun würde. Und er hat mir hinterher immer viel Zeit gegeben darüber nachzudenken. Die Erwartung kann manchmal schlimmer sein als das Erlebnis.« Maddie ballte die Hände zu Fäusten und erzählte von Fitchs ›Ideen‹ und lachte dann bitter.

Einen Augenblick lang sagte Nile nichts, und Maddie vermutete schon, daß es ihm die Sprache verschlagen hatte. Dann stellte er sich hinter sie und legte die Hände auf ihre Schultern.

Es war eine seltsam unpersönliche Berührung, eine Geste des Trostes, die jedem gelten konnte. Aber Maddie sehnte sich nach einer leidenschaftlichen Umarmung, die ihr sagte, daß er ihren Schmerz wirklich teilte und nicht nur Mitleid mit ihr hatte. Doch er sagte nur: »Das muß die Hölle für dich gewesen sein.« Dann ließ er die Hände sinken und ging wieder ans Steuerrad.

Maddie verdrängte ihre zarte, weibliche Empfindsamkeit und fing wieder an, wie eine Journalistin zu denken. »Glaubst du, daß Fitch bei lebendigem Leib verbrannt ist?«

»Ach wo. Ich habe nur einen Teil der *Estrada* in Brand gesteckt, um alle vom Haus wegzulocken. Bestimmt haben sie das Feuer schon gelöscht, ehe es wirklich Schaden anrichten konnte.«

»Schade.« Maddie blickte über den Fluß. »Was ist, wenn Fitch uns folgt? Wenn er mich aufhalten will?«

Auf den Gedanken war Nile offenbar noch nicht gekommen, denn er wurde unter seiner Bräune blaß. »Das ist möglich. Er ist ein entschlossener Bastard, besonders, wenn er wütend ist.«

»Und wahnsinnig dazu. Vergiß nicht diesen charmanten Aspekt seines Charakters.«

Niles Gesicht wurde verschlossen. »Dann werden wir versuchen müssen, unser Leben zu retten.«

»Das könnte sehr gut sein. Denn wenn er uns diesmal fängt, wird er uns mit Sicherheit nicht mehr am Leben lassen.«

»Auch Amaryllis nicht.«

»Amaryllis! Die hatte ich ganz vergessen. Ich gehe besser nach unten und schaue nach ihr.«

In Niles Kabine rüttelte Maddie Amaryllis' Schulter. »Du kannst jetzt aufwachen. Wir sind in Sicherheit.«

Amy schlug die Augen auf und starrte Maddie an. »Wer — wer sind Sie?«

»Ich bin's. Maddie.«

Amy setzte sich auf. »Tut mir leid, aber ich kenne niemanden namens Maddie.«

»Ach du lieber Gott«, dachte Maddie entsetzt.

Sie versuchte es noch einmal. »Aber ja. Ich bin Niles Freundin, weißt du das nicht mehr?«

Die grauen Augen starrten sie verständnislos an. »Tut mir leid, aber ich kenne Sie nicht.« Dann erhellte sich ihr Gesicht, und Maddie bekam neue Hoffnung. »Jetzt habe ich es! Sie sind sehr hübsch, also müssen Sie Lady Trevellyn sein.«

»Lady Trevellyn?« wiederholte Maddie. »Wer ist das denn?«

»Na, Sie! Sie leben in dem Schloß auf dem Hügel neben unserer Farm. Ich habe Sie auf Ihrem Schimmel vorbeireiten sehen.«

Maddie versuchte gegen die wachsende Panik anzukämpfen. Und da sie wußte, daß sie Nile benachrichtigen mußte, sagte sie zu Amy: »Würden Sie hier einen Augenblick warten, bis ich wieder da bin?«

Sie lief rasch aufs Deck und fand Nile am Steuerrad vor.

»Wo ist Amy?« fragte er. »Es geht ihr doch gut, oder?«

Maddie legte ihre Hand auf seinen Arm. »Nile, ich weiß nicht recht, wie ich es dir sagen soll, aber ich glaube, Amy hat den Verstand verloren.«

Auf seinem Gesicht zeichneten sich zuerst Unglaube und dann Ärger ab. »Das ist absurd. Amaryllis Gates ist die verständigste Person, die ich kenne.«

»Hör mir bitte zu, Nile. Als ich gerade herunterging, hat sie mich nicht erkannt. Sie erzählte mir, ich müßte eine Lady Trevellyn sein und in einem Schloß in der Nähe ihrer Farm leben — wo immer das auch sein mag.«

»Amys Eltern besaßen eine Farm in Devon«, sagte er gepreßt.

»Sie ... sie wirkt wie ein Kind. Es scheint so, als ob ihr Verstand sich in ihre Kindheit nach England zurückversetzt hat.«

Nile schüttelte ablehnend den Kopf. »Es muß einen Grund für dieses Verhalten geben. Vielleicht ist sie mit dem Kopf aufgeschlagen, als der *Seringueiro* sie auf den Pier geworfen hat.«

»Oder ihr schweres Leben hier draußen und der Tod ihres Bruders haben sie schließlich um den Verstand gebracht. Wir haben doch beide gesehen, wie seltsam sie sich bei unserem ersten Besuch in der Mission aufgeführt hat.«

»Verdammt und zugenäht, nicht Amy!«

Maddie sagte weich. »Soll ich sie heraufbringen, damit du es mit eigenen Augen siehst?«

Nile nickte.

Maddie ging nach unten und fand Amy dort vor, wo sie sie verlassen hatte.

Maddie streckte die Hand aus. »Komm.«

Amy ergriff die Hand vertrauensvoll wie ein Kind. »Wohin gehen wir?«

»Zu einem Freund.«

»Wie heißt er?«

»Sein Name ist Nile.«

»Was für ein lustiger Name. Ist er ein sehr guter Freund?«

»Ja, Amy, ein sehr guter Freund.«

Sie lächelte so süß und unschuldig wie ein Kind und Maddie dachte, das Herz müßte ihr brechen.

Als sie oben waren, schob Maddy Amy vor und sagte weich: »Amy, das ist dein Freund Nile.«

Amaryllis sah Nile neugierig an und senkte dann schüchtern den Kopf. »Er ist nicht mein Freund. Ich weiß noch nicht einmal, wer er ist.«

Nile fluchte.

»Nicht!« fauchte Maddie, als Amy leise zu weinen anfing und sich an sie drückte. »Du machst ihr Angst.«

Er fuhr sich mit einer Hand durchs Haar und mühte sich um Beherrschung. Als er sich beruhigt hatte, sagte er: »Aber ich kenne dich und auch deinen Bruder.«

Amys Gesicht erhellte sich sofort. »Freddie? Sie kennen meinen Bruder Freddie?«

»Ich kannte — kenne ihn sehr gut.«

»Dann müssen Sie mein Freund sein. Papa sagt, daß Freddie sehr klug ist und wenn wir mehr Geld hätten, würde er bestimmt nach Oxford oder Cambridge gehen.«

»Ja, Freddie ist sehr klug.«

Da Maddie unbedingt mit Nile allein sprechen wollte, zeigte sie auf einen Stuhl, der am Bug des Bootes stand, und sagte zu Amy: »Warum setzt du dich nicht dorthin und schaust auf den Fluß hinaus?«

Amy entgegnete nur kurz: »Der Exe ist ein so schöner Fluß, nicht wahr?« und tat wie ihr befohlen.

Maddie wandte sich an Nile. »In ihrer Vorstellung ist sie ein Kind und lebt in England. Sie weiß noch nicht einmal, wo sie sich gerade befindet.«

Nile sah sie an, wie sie brav auf ihrem Stuhl saß, und sein Gesicht wurde weich. »Arme Amy.«

»Vergiß nicht den armen Winston Belgrave«, fügte sie leise hinzu. »Er wird am Boden zerstört sein, wenn wir sie so zu ihm zurückbringen.«

Nile atmete tief durch. »Daran habe ich noch gar nicht gedacht. Du hast recht. Er liebt sie mehr als sein Leben, und sie so zu sehen ...« Dann setzte er hinzu: »In diese Wildnis gehört keine Frau. Winston wollte ihr ein leichtes, schönes Leben bieten. Und wenn er jetzt endlich die Chance dazu bekommt, raubt ihm der Amazonas auch noch das.«

Maddie seufzte. »Ich muß dir inzwischen zustimmen. Die Wildnis hier draußen ist kein Ort für eine Frau. Ach, sieh mich nicht so schockiert an, Nile Marcus. Ich bin wirklich die erste, die es zugibt, wenn ich mich geirrt habe.«

»Das ist unfair. Ich habe nie deine Intelligenz angezweifelt.«

Nur meine Moralvorstellungen, dachte sie erbost.

Sie reckte ihr Kinn und versteckte sich hinter einer tapferen und forschen Fassade. »Ich habe die Absicht, hier lebend herauszukommen, Nile. Ich tue alles, was erforderlich ist, damit wir drei überleben. Du mußt nur die Wahrheit über unsere Lage sagen und was ich tun muß, um dir zu helfen.«

Ihre Prahlerei entlockte ihm ein kleines Lächeln. »Setz dich neben mich, während ich dieses hervorragende Dampfboot steuere, undd ich werde es dir sagen.«

Maddie ließ sich neben ihm auf dem Deck nieder und lauschte, während Nile anfing zu sprechen.

Er erklärte ihr sein geplantes Vorgehen, doch sein letzter Satz lautete: »Und selbst wenn wir es bis Manaus schaffen, heißt das noch lange nicht, daß wir in Sicherheit sind.«

Maddie stöhnte. »Darf ich dich fragen, warum nicht?«

»Fitch ist kein Narr. Er wird Antonio Aguirre benachrichtigen, damit er uns erwartet.«

Sie sah Nile an. »Ich werde nicht zulassen, daß er uns in die Knie zwingt. Er wird seine Hand nie wieder auf mich legen.«

Noch ehe Nile das kommentieren konnte, sprang Amy auf, lief zur Reling und rief: »So ein hübscher Vogel! Blau, gelb und rot. So einen habe ich noch nie gesehen!«

Maddie schürzte die Lippen. Mehr als um ihre eigene Sicherheit fürchtete sie um Amys, falls Fitch sie fangen sollte, und als sie Nile ansah, merkte sie, daß er es ebenso empfand.

Sie mußten es eben einfach schaffen. Sie hatten keine andere Wahl.

Als es auf dem Fuß dunkel wurde, spürte Maddie die Erschöpfung in allen Gliedern.

Nachdem sie die Mündung des Juruá erreicht hatten und den Amazonas hinunterfuhren, hatte sich Maddie etwas entspannt — bis Nile sie daran erinnert hatte, daß nun bald die Stromschnellen kamen, die sie auf der Hinfahrt passiert hatten. Doch diesmal fuhren sie flußabwärts mit der Strömung, so daß es Nile gelang, die gefährlichen Stromschnellen mit einer Meisterschaft zu überwinden, die Jayme stolz gemacht hätte.

An diesem Abend hatten sie dank Niles Fähigkeiten als Angler ein herzhaftes Mahl aus Eiern und Fisch genossen, und nachdem das Boot für die Nacht vertäut worden war, hatte Maddie Nile, der in einer Hängematte auf Deck schlafen würde, eine gute Nacht gewünscht, Amy in seiner Kabine ins Bett gebracht und sich in ihre Kabine zurückgezogen.

Doch obwohl ihr Körper erschöpft war, kam ihr Geist nicht zur Ruhe.

Während sie dem Summen der Moskitos lauschte, fragte sie sich, ob Haddon Fitch jetzt irgendwo dort draußen war und auf die Morgendämmerung wartete, um die Jagd fortzusetzen. Selbst, wenn sie ihm entkommen konnten und Manaus erreichten, wußten sie doch immer noch nicht, was mit Ben geschehen war.

Ben . . . Maddie hatte ihn fast vergessen.

Sie schloß die Augen. Langsam fing sie an zu bedauern, in diesen Betrug verwickelt worden zu sein. Sie wollte jetzt nur noch zurück nach London und ihr Leben als Reporterin des *Clarion* wieder aufnehmen. Aber was war mit Nile?

Maddie riß die Augen auf und starrte in die Dunkelheit. Zweifellos würde Nile, nachdem sie Fitch entkommen waren und Ben gefunden hatten, hierbleiben, um Provys Mörder zu finden und dann erst nach England zurückkehren. Und nachdem Maddies Story erschienen war, würde er auch zweifellos wieder auf Orchideensuche geschickt werden. Ihr Leben würde weitergehen wie immer.

Aber es würde ihr etwas fehlen.

»Sieh der Wahrheit ins Gesicht, Maddie«, murmelte sie, »nachdem das hier vorbei ist, wirst du Nile Marcus nie mehr wiedersehen.«

Erst als sie diese Gedanken verdrängen konnte, schlief sie endlich ein.

Am nächsten Morgen waren sie etwa zwei Stunden gefahren, als Maddie merkte, daß mit Nile etwas nicht stimmte.

Dauernd sank sein Kopf nach vorn, als würde er im Stehen schlafen. Dann riß er sich wieder hoch und starrte grimmig entschlossen auf den Fluß hinaus. Und genauso oft fuhr er sich mit der Hand über die Stirn.

»Nile, bist du in Ordnung?«

Sein Gesicht war aschgrau, und sein Körper zitterte vor Kälte. »Nein, ich ...«

Noch bevor Maddie Nile erreichen konnte, sank er auf die Knie und riß dabei das Steuerrad herum, so daß das Boot sich auf die rechte Seite legte.

»*Nile!*«

Maddie wollte ihm helfen, aber als erstes mußte sie das Boot wieder auf Kurs bringen. Sie löste Niles Hände vom Steuerrad und drehte es langsam. Das Boot reagierte sofort und fuhr wieder in der Mitte.

Maddie schlug das Herz bis zum Hals, während sie das Steuerrad ruhig hielt, bis sie das Boot genau dort hatte, wo sie es haben wollte.

Dann kniete sie sich neben Nile. Noch ehe sein Körper anfing zu zucken, wußte sie, daß er wieder einen Malariaanfall hatte.

»Ein feiner Zeitpunkt, um mich im Stich zu lassen, Marcus«, murmelte sie.

Sie war hin- und hergerissen. Da war zum einen Nile, der zu ihren Füßen in Fieberschauern lag und zum anderen der Amazonas, der nur darauf wartete, ihr Boot zu zerstören.

»Amy, komm her!« rief Maddie. »Sofort!«

Gleich war Amy bei ihr. »Ja?«

Maddie leckte sich ihre trockenen Lippen. »Amy, wir spielen jetzt ein Spiel. Würde dir das gefallen?«

»O ja! Freddie und ich spielen immer zusammen.«

»Gut.« Sie zog Amy hinüber zum Steuerrad. »Ich möchte sehen, wie lange du dieses Rad festhalten kannst, ohne daß es sich bewegt. Kannst du das für mich tun?«

»Das ist leicht.« Entschlossen packte sie das Steuerrad.

Maddie wartete ab, und als es so aussah, als ob das Boot zumindest eine Zeitlang den Kurs halten würde, ging sie, um sich um Nile zu kümmern.

»Nile, kannst du mich hören?« fragte sie und kniete sich neben ihn.

Er regte sich und schlug nur die Augen auf. Einen Augenblick lang starrte er Maddie blicklos an, dann erkannte er sie.

»Maddie?«

»Du hast wieder einen Malariaanfall«, sagte sie drängend. »Ich muß dich ins Bett bringen, aber du mußt mir dabei helfen.«

Dank Maddies Hilfe kam Nile auf die Füße, obgleich er bedrohlich schwankte. Er wirkte benommen, aber da er sich auf Maddies Schulter stützen konnte, gelang es ihm, unter Deck zu stolpern und erst auf seiner Koje zusammenzubrechen.

»Mach dir keine Sorgen, Nile«, murmelte sie. »Wenn wir dir etwas Chinin einflößen, geht es dir bald besser.«

Aber als sie in ihre Kabine ging und nach dem Arzneikoffer suchte, konnte sie ihn nicht finden. Panik stieg in ihr auf, und sie suchte fieberhaft. Verdammt! Diese Schufte mußten ihn mitgenommen haben, als das Boot bei Fitch war.

Ohne Chinin würde Niles Fieber einfach seinen Lauf nehmen, und niemand wußte, wie lange das dauern würde. Stunden? Tage?

Maddie schluckte schwer. Jetzt war nur noch sie übrig. Sie würde das Boot steuern und Essen besorgen müssen.

Maddie wußte, daß sie jetzt ihre einzige Hoffnung war, aus dieser Sache lebendig herauszukommen.

Maddies Nerven waren zum Zerreißen gespannt. Sie hatte feuchte Hände und rutschte dauernd vom Steuerrad ab. Es war ihr gelungen, den Nachmittag über den Kurs fehlerlos zu halten, und sie begann sich zu fragen, ob wohl der Geist Jaymes neben ihr stand und sie leitete. Sie versuchte ruhig zu bleiben und sich daran zu erinnern, was er ihr über den Fluß erzählt hatte.

Was die Maschine anging, so schien Jaymes Geist sie immer zu warnen, wenn es Zeit war, sich darum zu kümmern. Dann ließ sie Amy ihr kleines ›Spiel‹ spielen, während Maddie unter Deck rannte, um Kohlen nachzulegen oder Wasser in den Kessel zu füllen.

Jedes Mal nahm sich Maddie ein paar Sekunden, um nach Nile zu sehen. Er war immer noch bewußtlos und murmelte Unverständliches. Sie gab ihm Wasser, wischte ihm den Schweiß von der Stirn und ging wieder ans Steuerrad.

Maddie verlor jeden Zeitbegriff. Sie sah nur noch auf den Fluß vor sich und zog ständig die Möglichkeit in Betracht, daß Fitch hinter ihr auftauchen konnte. Allein diese Aussicht hielt sie aufrecht, als sie nur noch zusammenbrechen und hundert Jahre schlafen wollte.

Als schließlich die Dämmerung hereinbrach und Maddie nichts mehr erkennen konnte, fuhr sie ans Ufer und suchte eine tiefe Stelle, wo sie das Boot für die Nacht festmachen konnte.

Nachdem das geschehen war, brach sie auf der Stelle zusammen. Sie konnte es nicht glauben, daß sie den ersten Tag überlebt hatte.

»Nile?« rief Maddie leise.

Er hörte sie nicht. Er lag in Fieberschauern da und seine Haut war brennendheiß — genau wie bei seinem letzten Malariaanfall. Nur daß sie diesmal nicht zu ihm ins Bett konnte, um ihn zu wärmen.

Sie hielt es für das beste, heute nacht an Deck in einer Hängematte zu schlafen. Sie schlug das Moskitonetz zurück und küßte seine rauhe, unrasierte Wange, aber auch die zärtliche Berührung ihrer Lippen zeitigte keine Regung bei ihm.

Sie verließ die Kabine, ging an Deck, stieg in die Hängematte, zog das Moskitonetz darüber wie einen Schleier und schloß die Augen.

In dieser Nacht schlief Maddie sehr unruhig. Jedes Mal, wenn das Boot ächzte, glaubte sie, Fitch würde an Bord kommen, erwachte zitternd und griff nach dem Gewehr. Als sie dann schließlich eindöste, träumte sie von Stromschnellen und Strudeln, die sie nach unten zogen, bis sie schweißbedeckt und schreiend erwachte.

Als sie dann schließlich erschöpft einschlief, erwachte sie durch das Lärmen der Affen.

Der Morgen war zu schnell angebrochen, und es war Zeit weiterzuschuften.

Es war später Morgen, als Maddie das erste Mal das andere Boot sah.

Sie war gerade von Nile gekommen, als sie es auf dem Fluß auf sie zudampfen sah. Obwohl es noch zu weit weg war, um erkennen zu können, wer darauf war, wußte sie sofort, wer es war.

»Fitch!«

Übelkeit erfaßte sie, und das Deck schwankte leicht unter ihren Füßen. Maddie atmete tief durch, damit sie nicht ohnmächtig wurde.

Irgendwie war es Fitch gelungen, sie einzuholen.

Maddie überlegte hin und her und versuchte zu entscheiden, was sie tun sollte. Wenn sie ihm entkommen wollte, mußte sie mehr Kohlen auflegen, aber sie wußte nicht, wieviel der Kessel vertragen konnte, ohne zu explodieren.

Sie blickte über die Schulter. Das andere Boot kam zunehmend näher. Jetzt konnte sie bereits Gestalten an Deck erkennen.

Als Maddie wieder auf den Fluß sah, erblickte sie nicht weit entfernt eine kleine Siedlung. Vielleicht würde ihnen dort jemand helfen. Das sagte sie sich immer wieder, während sie mit dem Boot auf den Anlegesteg zuhielt.

Sie blickte auf das Gewehr, das zu ihren Füßen lag. Wenn sie es mußte, konnte sie Haddon Fitch töten, ehe er Nile oder Amy ein Leid antun konnte.

Maddie sah sich nicht um, während sie auf den Pier und die Häuser am Ufer zufuhr. Das Boot forderte ihre gesamte Konzentration, denn sie wußte, daß sie den Pier rammen würden, wenn sie die Maschine nicht im richtigen Augenblick drosselte. Erst nachdem sie den Motor abgestellt hatte, drehte sie sich wieder um.

Das andere Boot war nur noch zehn Meter entfernt.

Fitch hatte gewonnen.

Doch als Maddie genauer hinsah, konnte sie die Besatzung des Bootes genauer erkennen — Fitch war nicht dabei und die Männer waren offenbar unbewaffnet. Eigentlich sahen sie eher aus wie brasilianische Farmer.

Das andere Boot hatte sie gar nicht verfolgt.

Die Erleichterung machte Maddie ganz benommen, und sie mußte sich die Hand auf den Mund pressen, um nicht hysterisch loszuschreien. Sie waren immer noch in Sicherheit.

»Amy«, sagte sie mit süßem Lächeln, »wenn du etwas zu essen willst, mußt du mir deine hübsche Kette geben.«

Amy reichte sie ihr, ohne ein Wort zu sagen.

Heute abend würden sie dank Amys Kreuz, das aus ›Tränen des Mondes‹ gefertigt war, gut essen.

16

Maddie hatte die alltägliche Routine verinnerlicht und funktionierte wie ein gut ausgebildetes Arbeitspferd.

Die meiste Zeit verbrachte sie hinter dem Steuerrad. So oft wie möglich ließ sie Amy ihr ›Spiel‹ spielen, während sie unter Deck lief, um nach Nile zu sehen, der endlich in den Schlaf der Erschöpfung gefallen war, nachdem das Fieber etwas nachgelassen hatte.

Wenn sie dann wieder hinter dem Steuerrad stand, schaute Maddie sich ständig um, ob Fitch irgendwo zu sehen war.

Diese harte Zeit forderte auch körperlich ihren Tribut, aber wenigstens war sie nicht mehr hungrig. Amys Silberkreuz war gegen einen soliden Vorrat an Büchsenfleisch und Trinkwasser eingetauscht worden. Maddie hatte es sorgfältig rationiert und den Löwenanteil für Nile übriggelassen, wenn es ihm besser ging.

Aber die konstante Bedrohung durch die Natur und Haddon Fitch forderte ihr noch weit mehr ab. Da sie nicht einen Moment aufhören konnte, wachsam zu sein, waren ihre Nerven zum Zerreißen gespannt.

Dann hörte sie immer diese Stimme, die sich immer dann meldete, wenn sie ganz unten war.

»Immer noch nicht bereit aufzugeben, was?« hauchte sie. »Komm, komm. Du bist tapfer, Maddie Dare, und kannst es mit jedem Mann aufnehmen, weißt du das nicht mehr? Du darfst nicht aufgeben. Denn wenn du das tust und Fitch dich schnappt, wird Nile sterben.«

Nile wird sterben.

Mehr als diese Ermahnung brauchte Maddie nicht. Sie verdrängte entschlossen die Zweifel und raffte ihren Mut zusammen, um das zu tun, was getan werden mußte.

Nile schlug die Augen auf, und einen Augenblick lang wußte er nicht, wo er war. Dann lichtete sich der Nebel in seinem Kopf, und er erkannte seine Kabine. Er lag kurz ruhig da, denn sein Körper war so wund und geschunden, als hätte man ihn auf dem Streckbett gefoltert.

Schließlich setzte er sich auf und schwang die Beine über die Bettkante. Alles drehte sich um ihn, und am liebsten hätte er sich wieder hingelegt und weitergeschlafen.

Dann fiel ihm ein, zu welchem Zweck er hier war, und jeder Gedanke an Schlaf verflog.

Maddie.

Als Nile aufstand, fühlte er sich sehr schwach, aber er lehnte sich an eine Wand und kämpfte dieses Gefühl nieder. Als seine Beine nicht mehr so wacklig waren, stolperte er durch seine Kabine und die Treppe hinauf.

Als das gleißende Sonnenlicht seine Augen traf, mußte er blinzeln.

»Willkommen im Land der Lebenden«, sagte eine vertraute Stimme.

Nile öffnete die Augen. Der Anblick, der sich ihm bot, freute ihn, zerriß ihm aber auch das Herz, denn das, was er an diesem feuchten grauen Märztag im Club der Forscher vorausgesagt hatte, war schließlich eingetroffen. Noch vor drei Monaten wäre er zutiefst befriedigt gewesen, jetzt bedauerte er nur noch, daß er rechtgehabt hatte.

Maddie stand am Steuer, aber er erkannte sie kaum noch. Ihre Bluse war verschwitzt und ihr Hosenrock zerrissen. Das einst so seidige blonde Haar hing in wirren, schlaffen Locken über ihre Schultern.

Und ihr Gesicht ... ihr Porzellanteint war vom Sonnenbrand dunkelrot gefärbt, und auf ihren Wangen und dem Hals waren dunkle Flecken dort zu sehen, wo sich Sandfliegen gütlich getan hatten.

Doch was Nile am meisten erschreckte, waren ihre Augen. Sie funkelten nicht mehr trotzig, sondern blickten glanzlos und müde drein, wie die eines geschlagenen Hundes, der verzweifelt versucht, noch eine Tracht Prügel zu erdulden, ehe er aufgab.

Nile holte tief Luft und spürte Wut und Reue. Er hätte nie seine Einwilligung geben dürfen. Niemals.

Mit rauher Stimme fragte Maddie: »Wie fühlst du dich?«

Wie ein großer Schuft, sagte er bei sich. Aber zu Maddie sagte er: »Viel besser.«

»Gut. Dort drüben steht Büchsenfleisch, und ich würde dir raten, es zu essen, bevor Amy es tut. Sie hat zwar schon ihre Portion gegessen, aber ...« Maddie lächelte, allerdings ohne daß das Schmunzeln ihre Augen erreichte »... du weißt ja, wie sie ist.«

Nile schaute sich um. »Wo sind wir?«

»Ich weiß es nicht«, entgegnete Maddie und blickte stur geradeaus. »Wir sind seit drei Tagen auf dem Fluß, deshalb vermute ich, daß wir kurz vor Manaus sind.«

»Du fährst dieses Boot jetzt seit *drei* Tagen?« fragte er ungläubig.

Die selbstbewußte Maddie kam plötzlich wieder zum Vorschein. »Ich darf dir sagen, daß ich ganz allein diesen Fluß bewältigt habe, ohne daß das Boot in die Luft geflogen oder auf Grund gelaufen ist.«

Sie brauchte nicht zu erwähnen, daß sie das geleistet hatte, während sie zusätzlich eine Wahnsinnige und einen kranken Mann versorgen mußte — Nile brauchte sie nur anzusehen, um zu wissen, daß es nicht leicht gewesen war. Nun ja, jetzt war sie nicht mehr allein.

»Maddie ...« Er breitete die Arme aus.

Zuerst blickte sie stur geradeaus auf den Fluß und schien ihn nicht zu bemerken. Dann begann ihre Unterlippe zu zittern, und ihr Gesicht verzog sich.

»O Nile ...« schluchzte sie, warf sich in seine Arme und klammerte sich an ihn, als wollte sie ihn nie mehr loslassen. »Halt mich fest. Bitte halte mich fest.«

Er drückte sie so fest an sich, wie er konnte. »Pscht, Maddie, es ist ja alles gut. Du hast es gut gemacht, aber jetzt mußt du nicht mehr tapfer sein.«

Wilde Schluchzer schüttelten sie, als sie sich fallenließ und die Last, die sie so lange allein getragen hatte, endlich teilen konnte. Nile hielt sie fest, bis sie aufhörte zu weinen und ruhig wurde.

Sie blickte zu ihm auf. »Ich mußte weitermachen, sonst wärst du gestorben. Das durfte ich nicht zulassen, weil ... weil ... ich liebe dich nämlich, Nile.«

Unbändige Freude stieg in ihm auf. »Was hast du gesagt?«

»Ich sagte, daß ich dich liebe. Erst als Fitch mich gefangennahm und ich dich für tot hielt, merkte ich wie tief meine Gefühle für dich waren.«

Während Maddie auf seine Antwort wartete, waren Niles Gefühle in Aufruhr.

Er wußte, daß er etwas für sie empfand, aber war es Liebe? Und selbst, wenn es so war, konnte er doch die Tatsache nicht vergessen, daß sie nicht in dieser schwierigen Lage wären, wenn sie ihn nicht in bezug auf Ben Thomas angelogen hätte.

Sie spürte, daß er sich von ihr entfernte, denn sie löste sich aus seinen Armen. Ihre Augen waren ungläubig aufgerissen. »Warum behandelst du mich so, Nile? Warum bist du plötzlich so ... so kalt?«

»Maddie, ich ...« Er zuckte die Achseln, denn im fehlten die Worte.

»Es ist der Schwindel, nicht wahr? Du willst mir nicht verzeihen. Du hältst mir das noch immer vor, oder?«

Er konnte ihr nicht in die Augen sehen. »Ich kann nicht anders, Maddie. Wenn du mich nicht wegen Ben Thomas angelogen hättest, wären wir nicht in dieser Lage.«

»Du selbstgerechter Bastard!« Ihre Unterlippe zitterte, als sie versuchte die Tränen zurückzuhalten. »Das mußt du mir bei jeder Gelegenheit vorhalten, nicht wahr? Jawohl, ich habe gelogen, gelogen, *gelogen!* Aber ich habe dir auch das Leben gerettet. Und Amys. Aber das zählt nicht, oder?« fügte sie bitter hinzu. »In deinen Augen bleibe ich eine Lügnerin und Betrügerin, und nichts, was ich tue, kann dich davon abbringen.«

In Nile regte sich Scham. Maddie hatte recht. Niemand war vollkommen, er selbst am allerwenigsten. Welches Recht hatte er, sie zu verdammen? Es war an der Zeit das alles zu vergessen.

Er wollte sie gerade wieder in die Arme nehmen, als Maddie hysterisch lachte und murmelte: »Nun ja, besser als Schaf gehängt zu werden denn als Unschuldslamm.« Als sie ihn ansah, funkelten ihre Augen trotzig. »Ich muß dir ein Geständnis machen, Nile. Mein richtiger Name ist nicht Maddie Dare, sondern einfach Janie Japes. Es wird dich freuen zu erfahren, daß mein Leben eine einzige Lüge ist.«

Doch ehe sie das erklären konnte, brach Maddie ohnmächtig zusammen.

Als sie wieder zu sich kam, lag sie in der Hängematte und hatte einen kühlen, feuchten Lappen auf der Stirn. Nile stand am Steuer, und Amy saß neben ihm auf den Planken.

Maddie wollte sich nicht bewegen. Es war so schön, einfach sorglos dazuliegen und jemand anderem die Sorge um Haddon Fitch und ihre Flucht vor ihm zu überlassen. Aber dieses schöne Gefühl hielt nicht an. Ihr wurde klar, daß sie Nile eine Erklärung schuldete.

»Nile?« rief sie, überrascht wie schwach ihre Stimme klang.

Er drehte sich sofort um, als hätte er nur darauf gewartet, daß sie erwachte, verließ das Steuer und beugte sich mit undurchdringlichem Gesicht über sie. »Ja?«

»Wir müssen reden. Ich habe dir etwas sehr Wichtiges zu sagen.«

»Laß mich zuerst das Boot für die Nacht vertäuen.«

Nachdem er das erledigt hatte, kam er wieder zu ihr und lehnte sich an die Reling. »Wie fühlst du dich?«

»Erschöpft«, antwortete sie wahrheitsgemäß, sagte ihm aber nicht, daß ihre Haut von den ganzen Insektenstichen brannte wie Feuer.

»Dann lasse ich dich besser ausruhen.«

»Nein, mir geht es gut. Ehrlich. Ich muß dir unbedingt etwas erzählen, ehe ich die Nerven verliere.«

Ein schattenhaftes Lächeln glitt über das gutaussehende, besorge Gesicht. »Maddie Dare die Nerven verlieren? Nie!«

Sie blickte auf ihre Hände. »Aber das ist genau der Punkt: es gibt keine Maddie Dare. Sie existiert nicht. Ich habe sie erfunden.«

»Für mich sieht sie sehr real aus«, sagte Nile sanft.

»Nun, sie ist eine Lüge. Und sie ist nicht die Tochter eines Landpfarrers aus Somerset. Sie ist nur die Tochter armer Fabrikarbeiter und in den Slums von London aufgewachsen.«

»Janie Japes«, sagte Nile. »Warum erzählst du mir nicht von ihr?«

Maddie zögerte. Sie hatte noch nie jemandem von Janie erzählt, noch nicht einmal Sam Vincent, dem sie doch vertraute, und den sie verehrte. Sie hatte sich ihrer Vergangenheit immer geschämt. Eigentlich wußte sie gar nicht, warum sie es jetzt Nile erzählte — sie hatte nur das Gefühl, daß er ein Recht hatte, es zu erfahren.

»Ich habe bei meinen Eltern und meinen drei Brüdern und drei Schwestern in verschiedenen Zwei-Zimmer-Wohnungen gelebt«, begann sie. »Als ich zehn Jahre alt war, starb meine Mutter. Sie stürzte in eine Maschine in der Fabrik.«

Nile zuckte zusammen, und sie konnte sein Mitgefühl spüren, noch ehe er sagte: »Das tut mir leid, Maddie. Das muß sehr schwer für dich gewesen sein.«

»Das war es auch. Meine Mutter und ich standen uns sehr nahe, und als sie starb, hatte ich das Gefühl, meine beste Freundin verloren zu haben. Verstehst du, du hattest wenigstens eine Mutter, obwohl sie dich alleingelassen hat, um durch die Welt zu reisen. Obwohl zwei meiner Brüder älter und kräftiger waren als ich, mußte ich alles machen — für meine vier jüngeren Geschwister sorgen, kochen, putzen und flicken — sonst verprügelte mich mein Vater. Das tat er besonders gern, wenn er betrunken war — was bei ihm fast immer der Fall war. Aber das war nicht das schlimmste.« Maddie zwang sich dazu, Nile anzusehen und betete um Courage. »Ich weiß nicht, wie ich dir das sagen soll, aber ich möchte dich warnen — das, was ich zu sagen habe, könnte dein Anstandsgefühl verletzen.«

Nile beugte sich über sie. »Was denn, Maddie? Du weißt, daß du mir vertrauen kannst.«

Sie holte tief Luft. »Als ich zwölf war, fing mein Bruder Dickie an, mich ... er fing an ...« sie zögerte. »Nile, wir wurden ein Liebespaar.«

Niles Augen weiteten sich. Dann verzog er verächtlich die Lippen. »Mit deinem *Bruder?*«

Die Verzweiflung ließ sie hastiger sprechen. »Ich war noch ein Kind, Nile. Er sagte, es wäre in Ordnung so, daß es nicht falsch war, was wir täten. Ich schwöre, daß ich es nicht besser wußte, und ... und ...«

»Pscht, Maddie, ist ja schon gut«, beruhigte er sie und streichelte über ihre tränennasse Wange. »Ich weiß, daß es nicht deine Schuld war. Bitte, denk nicht, daß ich dir die Schuld gebe.«

Maddie atmete ruhiger, als sie in Niles Augen größeres Mitleid sah, als sie es je erhofft hatte.

»Man hätte deinen Bruder für das, was er dir angetan hat, erschießen müssen. Dieser kleine Bastard.«

»Wir waren unwissend und arm, Nile. Dickie wußte es auch nicht besser.«

»Trotzdem möchte ich ihn gern in die Finger kriegen — und sei es nur für ein paar Minuten.«

Dann sagte Maddie: »Es gibt noch mehr, Nile, und ich

fürchte, es ist nicht erfreulich.« Sie seufzte, schloß die Augen und bekannte gepreßt: »Mit dreizehn wurde ich schwanger.«

»Oh, Maddie …« Nile nahm ihre Hand und drückte sie. »Wie furchtbar für dich.« Er zögerte einen Augenblick und fragte dann leise: »Was ist aus deinem Baby geworden?«

Ohne seine tröstliche Berührung, die ihr Kraft gab, hätte Maddie nie losfahren können. »Ich hatte eine Fehlgeburt«, sagte sie, »und kann seitdem keine Kinder mehr bekommen.«

Ohne ein Wort zu sagen, sank Nile neben der Hängematte auf die Knie und zog sie in seine Arme. Sie spürte, daß er zitterte, und dann tropften seine Tränen auf ihre Wangen. »Meine arme, arme Maddie.«

»Weine nicht wegen mir, Nile«, murmelte sie und streichelte ihm übers Haar. »Es ist schon lange her, und ich akzeptierte es inzwischen.«

Schließlich stand er auf, ging an die Reling und starrte in den Dschungel.

»Etwa zu dieser Zeit lernte ich die Frau kennen, die meine Rettung wurde«, fuhr Maddie fort. »Sie hieß Stephania Raleigh und war eine reiche Witwe. Wir lernten uns kennen, als ich mit dreizehn Zimmermädchen bei ihr wurde. Sie entdeckte etwas an mir, was kein anderer gesehen hatte, am allerwenigsten ich selbst. Sie bezahlte meinem Vater eine stattliche Summe, um mich legal zu adoptieren, und dann machte sie aus mir die Tochter, die sie nie gehabt hatte. Seitdem habe ich meine Familie nie wiedergesehen.«

»Du hattest sehr viel Glück, daß diese Mrs. Raleigh dich zu sich genommen hat«, sagte Nile.

»Sehr viel Glück. Nachdem ich lesen und schreiben gelernt hatte, habe ich jedes Buch in ihrer riesigen Bibliothek verschlungen und auch selbst Geschichten geschrieben. Ich habe bemerkenswerte Fortschritte gemacht, wenn ich so sagen darf, und Mrs. Raleigh freute sich, daß ihr Urteil sie nicht getrogen hatte. Als ich älter war, führte sie mich in die Gesellschaft ein und reiste sogar mit mir ins Ausland, als wäre ich ihre eigene Tochter. Sie war diejenige, die mich überredet hat, Zeitungsreporterin zu werden.«

Sie versuchte aufzustehen, fiel aber keuchend zurück. Nile war sofort neben ihr und schaute sie besorgt an. »Du hast dich überanstrengt. Warum ruhst du dich nicht aus und wir reden morgen weiter?«

»Nein, ich muß das zu Ende bringen, was ich angefangen habe, bevor ich den Mut dazu verliere. Du mußt es einfach verstehen.« Sie blickte zu ihm auf. »Ich brauchte einen neuen Namen, der zu dem neuen Leben paßte, das ich mir aufgebaut hatte, für den neuen Menschen, zu dem ich dank Mrs. Raleigh geworden war. Die arme, unwissende Janie Japes existiert nicht mehr, und so wurde ich Maddie Dare, was besser zu der wagemutigen, selbstbewußten Frau paßte, die ich geworden war.«

Maddie holte tief Luft. »Jetzt kommen wir zu dem schwierigen Teil. Nur wegen meines Schreibens bin ich Maddie Dare, Nile. Es macht mich zu etwas Besonderem und gibt meinem Leben einen Sinn. Ohne mein Schreiben habe ich das Gefühl, wertlos zu sein.«

»Du bist nicht wertlos, Maddie. Sag das nie wieder.«

Seine Worte machten ihr Mut. »Darum brauche ich das Schreiben so nötig wie die Luft zum Atmen. Ich kann es nicht aufgeben. Und deshalb habe ich Sam geholfen, den Schwindel zu planen, obwohl ich wußte, daß es falsch war.«

Sie sah ihn an, aber sein Blick war verhangen, und sie konnte nicht erkennen, was er empfand.

»Ich habe noch nie jemandem von Janie Japes erzählt«, sagte Maddie leise.

»Es ehrt mich und schmeichelt mir, daß du es mir erzählt hast.«

Seine Worte ließen sie hoffen. »Ich dachte, wenn du erst weißt, mit welchen Dämonen ich zu kämpfen habe, wirst du begreifen und mir verzeihen, daß ich dich hintergangen habe.«

Nile streichelte über ihre Wange. »Warum versuchst du nicht etwas zu schlafen? Ich muß über eine Menge nachdenken.«

Maddie sah ihn davongehen, aber anstatt zu schlafen, starrte sie vor sich hin.

Ihr war klar, daß sie das größte Spiel ihres Lebens gewagt hatte, als sie Nile von ihrer schlimmen Kindheit erzählte. Sie wußte, daß sie ihn tief schockiert hatte. Jeder gute, anständige Engländer würde das sein, wenn er eine so unglaubliche Geschichte hörte, denn sie lag außerhalb des Erfahrungsbereichs solcher Menschen. Aber Maddie war nun einmal arm geboren worden und Opfer der Trunksucht ihres Vaters und des widernatürlichen Verlangens ihres Bruders geworden. Sie betete darum, daß Nile es verstand und sie nicht verdammte.

Er muß es einfach verstehen, sagte sie sich. Er muß einfach. Dann schloß sie die Augen und fiel in einen leichten Schlaf.

Als Maddie das nächste Mal die Augen aufschlug, fühlte sie sich viel kräftiger. Ihr war, als wäre eine schwere Last von ihr genommen worden. Es war kurz vor der Morgendämmerung, und Nile beugte sich über sie.

»Es tut mir leid«, sagte er.

Maddie schöpfte neue Hoffnung. »Was denn?«

»Daß ich so eklig gewesen bin.« Er kniete nieder, so daß ihre Gesichter auf gleicher Höhe waren. »Kannst du mir verzeihen?«

»Es gibt nichts zu verzeihen, Nile.«

Er nahm ihre Hand. »O doch. Ich war dumm und blind. Du hattest recht, als du sagtest, daß es für mich nur schwarz oder weiß gibt. Aber jetzt kann ich erkennen, daß deine Gründe, bei diesem Schwindel mitzumachen, nicht so einfach zu verstehen sind. Zeitungsreporterin zu sein ist dein Leben.«

»Ja, das stimmt.« Maddie packte seine Hand fester, und ihre Stimme hatte einen stählernen Unterton, als sie sagte: »Ich will nie wieder dorthin zurück, wo ich einmal war, Nile. Niemals. Es war ein hoffnungsloses Leben voller Mißbrauch.«

»Das wirst du nie müssen.«

Ein seltsamer Ausdruck glitt über sein Gesicht, und er schluckte schwer, als müßte er allen Mut zusammennehmen, um ihr etwas zu sagen. Als er etwas Unverständliches stammelte, fragte Maddie: »Was hast du gesagt?«

»Ich sagte, daß ich dich liebe, Maddie.«

Sie wagte kaum zu hoffen, daß sie ihn richtig verstanden hatte. Mit feuchten Augen legte Maddie ihre Hand auf seine Wange. »O Nile ...«

Er schloß seufzend die Augen und wandte den Kopf, so daß er ihre Handfläche küssen konnte. Seine Lippen liebkosten heiß und drängend ihre Haut. Dann sah er sie an, und in seinen Augen war das wilde Verlangen zu erkennen, das er auch an jenem Tag am Badeteich gehabt hatte.

»Ich liebe dich«, sagte er noch einmal. »Bis Fitch dich entführte, wußte ich nicht wie sehr. Ich weiß noch, wie wütend ich war, weil er es wagte, sich etwas zu nehmen, was mir gehörte, und ich war bereit, einen Kampf auf Leben und Tod mit ihm auszufechten, um dich zurückzubekommen.«

Dann schwieg Nile, als ob er auf einen Kommentar von Maddie warten würde. Als sie nichts sagte, grinste er. »Willst du nicht dagegen Einspruch erheben, als Eigentum eines Mannes betrachtet zu werden, Maddie Dare?«

»Nein, Mr. Marcus«, entgegnete sie lässig. »Jeder Frau würde es gefallen, wenn man um sie kämpft.« Ihr Blick ruhte auf seinen Lippen. »Besonders wenn es sich um einen so männlichen, gutaussehenden Vertreter seiner Art handelt, wie du es bist.«

Maddie hörte, wie er scharf einatmete, und dann spürte sie Niles Mund auf dem ihren. Seine harten Lippen waren heiß und fordernd und entlockten ihr fachmännisch das Verlangen, den Kuß zu erwidern. Maddie schloß die Augen und schwelgte in den herrlichen Gefühlen, die seine Berührung in ihr auslöste. Als sie ihre Lippen öffnete und seinen Mund mit ihrer Zunge erkunden wollte, löste Nile sich von ihr.

»Tu das, und ich werde dich gleich hier auf dem Deck nehmen«, knurrte er.

Maddie lachte leise. »Du vergißt Amy.«

»Vielleicht sollte ich sie in ihrer Kabine einschließen.« Er sah so entschlossen aus, daß Maddie wieder lachen mußte.

Dann wurde Nile ernst. »Ich wußte, daß ich dich von Fitch wegholen mußte, aber damals wußte ich noch nicht warum. Ich dachte, es wäre nur deshalb, weil ich mein Ehrenwort gegeben hatte, dich zu beschützen. Aber jetzt weiß ich, daß es nur deshalb war, weil ich in dich verliebt war und dich einfach wiederhaben mußte.«

Trunken vor Glück sagte Maddie: »Was liebst du an mir am meisten? Meinen starken Willen? Meine schneidenden Bemerkungen? Komm schon, das will jede Frau wissen.«

»Das alles und noch mehr. Nachdem ich dich gerettet habe, hast du keine Zustände gekriegt wie jede andere Frau. Und als wir flüchteten, haben wir zusammengearbeitet. Es war, als ob uns der gleiche Geist beseelte. Du hast nicht um Sonderbehandlung gebeten, du hast einfach ohne zu klagen das getan, was getan werden mußte. Ich kenne keine Frau, die das geschafft hätte.«

»Habe ich dir nicht schon immer gesagt, daß ich sehr außergewöhnlich bin?« sagte Maddie und lächelte nekkend.

»Das hast du in den letzten Tagen bewiesen, als du dieses Boot allein manövriert hast.«

»Sag es nicht meinen Lesern, aber ich hatte entsetzliche Angst.«

»Aber weißt du, was mich wirklich demütig hat werden lassen?«

»Nein, was?«

»Als ich an Deck kam, war dir zuerst mein Wohlergehen wichtig und nicht deins. Da standest du und sahst so schlecht aus, daß ich dich kaum erkannte und ...«

»Schlecht?« Maddie strich über ihr Haar und spürte entsetzt, daß es total verfilzt war. Dann wurde sie rot und schlug die Augen nieder. »Ich muß schon ein scheußlicher Anblick sein.«

»Stimmt«, pflichtete Nile ihr bei und lachte leise, weil ihre Eitelkeit sich meldete. »Aber du bietest den schönsten Anblick, den ich je gesehen habe.«

Wieder senkte sich sein Gesicht auf das ihre. Maddie schlang die Arme um seinen Hals und zog ihn näher heran. Sie schloß die Augen, als sein linker Arm sie umschlang, um sie zu halten. Dann küßte er sie wieder, diesmal besitzergreifender. Die Welt um sie herum versank. Es gab nur noch Maddie und Nile und ihre brennende Liebe füreinander.

Abrupt löste Nile sich von ihr. Als Maddie ihn fragend ansah, sagte er: »Nach dem, was dein Bruder dir angetan hat, willst du wirklich, daß ich ... ich ...« Ihm fehlten die Worte, und er sah weg.

»Ist schon gut«, sagte sie weich, um alle Zweifel zu zerstreuen. »Was Dickie tat, läßt mich nicht die Avancen eines Mannes fürchten, Nile, oder hat mich gefühllos gemacht. Bitte, höre nicht auf. Ich begehre dich so sehr.«

Mit einem erleichterten Seufzer küßte Nile sie wieder, und sie ließ sich in diesen Kuß fallen, der sowohl erregend als auch beruhigend war. Als Nile von ihr Besitz ergriff, wurde sie von einem leidenschaftlichen Verlangen erfaßt, das sich langsam wie eine Flamme in ihr ausbreitete.

Seine Zunge schob sich in ihren Mund, und Maddie stöhnte ob dieser sinnlichen Besitznahme. Zur gleichen Zeit glitten seine Finger über ihre Bluse und öffneten gekonnt einen Knopf nach dem anderen. Maddie hielt den Atem an, wartete und alles in ihr schrie danach, daß er nicht aufhörte. Er öffnete die Bluse, und seine Hand glitt unter das Kamisol.

In dem Augenblick, als Niles warme, rauhe Hand sich über Maddies nackter Brust schloß, bemerkte er, daß er den Kuß beendete. Sie stöhnte protestierend auf und versuchte seinen Kopf herunterzuziehen, damit sie ihn weiter genießen konnte.

»Liebestolle Frau«, flüsterte er belustigt. »Ich möchte nur dein Gesicht sehen, wenn ich das mache ...«

Seine Finger schlossen sich sanft um ihre Brustwarze, und Maddie riß die Augen auf, als weißglühendes Verlangen sich in ihr ausbreitete. Sie starrte Nile an, dessen Gesicht nur Zentimeter von dem ihren entfernt war. Sein Blick strotzte vor Stolz darüber, daß er fähig war, sie auf diese Art zu erwecken. Er verstärkte seine Liebkosungen, und Maddie stöhnte hemmungslos, während sie sich ihm mehr und mehr hingab.

»Arme Maddie«, neckte er sie.

Niles heißer Atem zeichnete eine glühende Spur über ihren Hals und ihre Brust, als er seinen Kopf auf ihre Brust senkte.

Mit einem drängenden Wimmern bog sie sich ihm entgegen. Nile lachte leise, während seine Zunge die steife Brustwarze streichelte und sie neckte, bis Maddie glaubte zu vergehen.

»Nile, bitte!«

Sein Mund schloß sich über der rosigen Warze und langsam saugte er zuerst an der einen, dann an der anderen Brustwarze, bis Maddie sich vor Lust wand.

»Süße, schöne Maddie ... ich will dich lieben, bitte«, murmelte Nile rauh.

»O ja, Nile! Bitte!«

Plötzlich rief eine Stimme: »Was macht ihr da? Betet ihr?«

Maddie und Nile fuhren auseinander.

»Verdammt und zugenäht! Ich hatte Amy ganz vergessen«, murmelte Nile und sprang auf.

Maddie knöpfte eilig die Bluse zu, ehe Amy sie halbnackt sehen konnte. »Ja, Liebes«, entgegnete sie süß, während ihr Körper vor unbefriedigtem Verlangen schrie. »Nile und ich haben gerade gebetet.«

Niles frustriertes und wütendes Gesicht war komisch anzusehen, als Amy ohne zu wissen, was sie gerade unterbrochen hatte, über das Deck auf sie zuschlenderte.

»Ich bete immer vor dem Schlafengehen«, sagte Amy. »Meine Mama ist dann immer bei mir und hört zu.«

Maddie stand aus der Hängematte auf. Es überraschte sie, daß sie überhaupt noch stehen konnte, nachdem Nile sie in weißglühendes Verlangen verwandelt hatte. Sie sagte: »Warum legst du dich nicht für eine Weile in die Hängematte und schaust dir den schönen Sonnenuntergang an? Die Moskitos werden bald schwärmen, und dann müssen wir sowieso in unsere Kabinen.«

Amy lächelte und folgte gehorsam.

»Und ich gehe Holz hacken, glaube ich«, murrte Nile.

Maddie unterdrückte ein Lächeln. »Wir haben keine Axt.«

»Dann wird mich vielleicht ein Bad im Fluß abkühlen.«

Sie nahm ihn beiseite und außer Hörweite von Amy, die friedlich in der Hängematte lag. »Wir können nichts machen, solange Amy in der Nähe ist. Wir dürfen nicht riskieren, daß sie uns noch einmal überrascht.«

Nile fuhr sich mit der Hand durchs Haar, sein Körper zitterte vor Verlangen, sie zu berühren — ein Verlangen, das Maddie mit ihm teilte. Sie wollte sich nur noch in Niles Arme werfen und von ihm geliebt werden.

»Warum machen wir nicht einen kleinen Spaziergang in den Dschungel?« schlug Nile mit glühenden Augen vor.

»Da gibt es Schlangen, und wer weiß, was sonst noch!«

»Blutsaugende Vampirfledermäuse und Blutegel — ganz zu schweigen von den Moskitoschwärmen.«

»Wundervoll! Egal, wie sehr ich dich auch liebe, Nile Marcus, habe ich doch nicht die Absicht, zuzulassen, daß sich Schwärme von Moskiots an meinem halbnackten Körper gütlich tun.«

Er zwinkerte, als sein Blick auf ihre Brüste fiel. »Und an so einem entzückenden Körper noch dazu.«

Maddie errötete bis an die Haarwurzeln. »Außerdem können wir Amy nicht alleinlassen. Man weiß ja nie, was sie anstellen könnte.«

»Treffer.«

»Was ist mit deiner Kabine, nachdem Amy eingeschlafen ist?«

»Eine schlechte Idee. Ich bin bei der Liebe ungestüm. Sie würde nicht lange schlafen.«

Beide schwiegen frustriert.

Schließlich musterte Nile sie lüstern. »Wenn ich dich liebe, möchte ich das in einem großen Bett tun. Ich möchte mir die Zeit nehmen, jeden Zentimeter deines entzückenden Körpers zu entdecken.« Seine Stimme wurde rauh und verführerisch. »Dann werde ich dich in Flammen setzen, Maddie Dare, bis du mich anflehst, dich zu nehmen.«

Niles Worte waren so erregend wie seine Berührungen, und Maddie fühlte, wie ihre Leidenschaft wieder neu angefacht wurde. Sie schluckte schwer. »Wenn du so weitermachst, werde ich nie in Manaus ankommen, Amy hin oder her.«

»Wenn ich mit dir fertig bin, wirst du wissen, daß du nur noch mir gehörst.«

»Das hört sich gut an.«

Er grinste gefährlich. »Es wird dir nicht leid tun.«

»Und wird Luizhinha für dich bürgen?«

Unwillkürlich trat er einen Schritt auf sie zu. »Du kleine Hexe, allein wegen dieser Bemerkung werde ich dich im Bett behalten, bis du keinen Schritt mehr gehen kannst.«

Die köstlichen Aussichten, die ihr bevorstanden, ließen Maddie fast weich werden. »Wirst du wohl damit aufhören, Nile?«

Er hob die Brauen und machte ein unschuldiges Gesicht. »Ich weiß, daß du dich danach sehnst, mir die Kleider vom Leib zu reißen, aber du mußt dich eben beherrschen.«

Maddie wurde die Antwort durch ein Aufheulen von Amy erspart. Sie stürzte aus der Hängematte und wedelte sich mit der Hand die Moskitos vom Gesicht.

»Zeit zu Bett zu gehen«, sagte Maddie und maß Nile mit einem leidenschaftlichen Blick.

»Ich wünschte, es wäre so.«

17

Winston Belgrave stand vor dem Spiegel und band sich seine Krawatte. Dann fuhr er sich mit dem Kamm durchs Haar, und als er zufrieden mit seinem Aussehen war, ging er an das Fenster seines Schlafzimmers und sah in die untergehende Sonne.

Gewöhnlich rührte ihn der Sonnenuntergang. Es bedeutete stets das Ende eines weiteren profitablen Tages. Aber in den letzten Wochen war er immer unzufriedener mit seinem Leben gewesen. Es war nicht so, daß er es satt hatte, Geld zu verdienen, oder den Komfort, den man damit kaufen konnte, verabscheute. Es war ... Der wahre Grund verschloß sich ihm.

Winston strich sich ungeduldig die Tolle aus der Stirn. Nein, das stimmte nicht. Er führte sich selbst in die Irre. Der Grund für seine Unzufriedenheit war, wie immer, Amaryllis Gates.

Er liebte sie. Er brauchte sie, um wieder ein ganzer Mann zu sein, denn sie lieferte ihm etwas, was ihm schrecklich fehlte.

»Das ist alles Niles Schuld«, sagte er laut.

Nile zusammen mit Maddie zu sehen hatte Winston an all das erinnert, was in seinem Leben fehlte. Obwohl Maddie mit einem anderen verlobt war, war es nicht zu leugnen, daß Maddie und Nile etwas verband. Selbst wenn die beiden aufeinander wütend waren, schwang etwas zwischen ihnen. Es war eine Schande, daß Nile und sie getrennte Wege gehen würden, wenn sie erst einmal ihren Verlobten wiedergefunden hatte. Und das, dachte Winston, wäre ein tragischer Fehler, denn er hatte noch nie zwei Menschen gesehen, die so gut zueinander paßten — ob sie es nun wußten oder nicht.

Als die Sonne langsam verblaßte, fragte Winston sich, was die beiden wohl gerade erlebten. Es verging kein Tag, an dem er nicht voller Angst an sie dachte. Aber er war davon überzeugt, daß Nile jedes Unheil abwenden würde.

Schließlich seufzte er und drehte sich um. Er freute sich eigentlich nicht auf die Oper heute abend, aber auf diese Weise hätte er zumindest etwas zu tun und wäre von Amaryllis abgelenkt — zumindest für ein paar Stunden.

Es klopfte an der Tür, und sein Diener erschien.

»Señor Marcus möchte Sie sehen, Señor«, meldete er.

Winston sah seinen Diener nur ungläubig an. »Was hast du gesagt?«

Als Bento es wiederholte, wurde Winstons anfänglicher Schock durch Aufregung ersetzt. »Und Señorita Dare auch?«

Bento bejahte. Winston stürmte an seinem Diener vorbei den Flur im ersten Stock entlang und fragte sich dabei, in welchem Zustand er Nile wohl vorfinden würde.

Er bekam seine Antwort, als er die Treppe herunterschritt und seinen Freund in der Eingangshalle vorfand.

»Willkommen daheim, o König der Orchideen . . .« Ihm blieb das Wort im Hals stecken, als sein Freund sich herumdrehte.

Der Mann sah mehr tot als lebendig aus. Er schwankte und hielt sich nur kraft seines Willens aufrecht. Niles Augen waren müde und blutunterlaufen, auf seinem unrasierten Gesicht zeichneten sich tiefe Falten der Anstrengung und Erschöpfung ab. Seine Kleider waren schmutzig und zerrissen.

»Mein lieber Marcus«, sagte Winston entsetzt. »Du siehst aus, als wärst du durch die Hölle gegangen.«

»Ich habe keine Zeit, die üblichen Höflichkeiten auszutauschen, Win«, sagte Nile, »also hör mir einfach zu, und zwar aufmerksam.«

Winston hatte viele Fragen, aber er wußte, daß er am besten genau Niles Anweisung folgte. »Erzähle«, sagte er und kam zu ihm herunter.

»Maddie und ich haben Amaryllis bei uns.«

Winstons Herz hüpfte vor Freude. »Sie ist hier? Sie ist mit dir zurückgekommen? Das muß bedeuten, daß . . .«

»Wirst du wohl ruhig sein und mir zuhören?« donnerte Nile.

Winston wurde still, als sein Freund ihn überraschend kräftig am Arm packte.

»Es geht ihr nicht gut«, sagte Nile offen mit mitleidigem Blick. »Ich kann es dir nicht schönreden — sie hat den Verstand verloren, Win. Amaryllis ist wahnsinnig geworden.«

Er schüttelte Niles Arm ab und trat ungläubig einen Schritt zurück. »Nein! Das kann nicht sein! Amy ist die stabilste Frau, die ich kenne.«

Nile fuhr sich müde mit der Hand über die Augen.

»Win, ich ...« Er schüttelte den Kopf und suchte nach Worten. »Es bringt mich fast um, daß ich dir das sagen muß, aber es stimmt. Sie bildet sich ein, wieder ein Kind zu sein, redet ständig von ihrem Elternhaus in Devonshire und von Fred. Ich wollte es dir vorher sagen, damit du nicht so schockiert bist, wenn du sie siehst und sie dich nicht erkennt.«

Winston war wie gelähmt und am Boden zerstört. Aber er mußte es später verarbeiten. Jetzt brauchte Amy ihn.

»Wo ist sie?« fragte er.

»Im Salon bei Maddie.«

Ohne Nile noch einen Blick zu gönnen, eilte Winston zu den geschlossenen Doppeltüren, blieb davor stehen, raffte allen Mut zusammen und öffnete sie.

Die beiden Frauen, die auf dem Sofa saßen, standen auf, als er in das Zimmer kam.

»Winston«, sagte Maddie mit schwachem Lächeln. »Es ist sehr schön, Sie wiederzusehen.«

Er zwang sich dazu, sie anzusehen, und nicht Amaryllis, um sich zu wappnen. Als er sah, was der Amazonas dieser Frau angetan hatte, wußte er, daß sie Glück gehabt hatte, überhaupt wieder lebend herauszukommen.

Dann legte Maddie den Arm um Amaryllis, und Winston wußte, daß es jetzt kein Entrinnen mehr gab. Sein Blick glitt zu der anderen Frau und blieb daran hängen. Es war nicht Amys verfilztes Haar oder ihr schmutziges Gesicht, die ihm das Herz brachen, sondern der leblose, stumpfe Ausdruck in ihren grauen Augen. Sie waren so durchscheinend wie Glas — die Fenster einer toten Seele.

Er zwang sich zu einem Lächeln, obwohl er eigentlich laut aufschreien wollte. »Hallo, Amy. Weißt du noch, wer ich bin?«

Mit jeder Sekunde, die verstrich, während sie ihn anstarrte, stiegen Winstons Hoffnungen. Aber dann schlug sie die Augen nieder und sagte: »Nein.«

»Mr. Belgrave ist ein Freund von Freddie«, erklärte Maddie sanft.

Amy fuhr auf, und ihr Gesicht wurde lebhafter. »Sie kennen meinen Bruder?«

»Ja, Amy.«

»Mama sagte, Freddie sei sehr klug, und wenn wir nicht so arm wären, würde er nach Oxford oder Cambridge gehen.«

Winston drehte sich um, damit sie nicht seine wilde Wut sehen konnte und sie irrtümlich auf sich bezog. Als er merkte, daß Nile ihm gefolgt war und am Türrahmen lehnte, sagte er: »Ihr alle müßt ja am Verhungern und total erschöpft sein. Bento wird euch einen Imbiß bringen und dann das Abendessen servieren. Danach könnt ihr mir erzählen, was passiert ist.«

Nile löste sich langsam vom Türrahmen. »Winston, du ißt nicht ...«

»Wenn ihr mich entschuldigen wollt«, sagte er und versuchte ruhig zu sprechen. »Ich muß allein sein.«

Nachdem er Bento angewiesen hatte, seinen Gästen einen leichten Imbiß zu servieren und ihn erst zum Abendessen zu rufen, zog er sich in sein Arbeitszimmer zurück. Er schloß die Tür hinter sich und lehnte sich erschöpft dagegen.

Amy ... seine schöne, beseelte Amy war zu einer Fremden geworden, eine leere Hülle, ein Kind im Körper einer Frau.

Winston lehnte seinen Kopf an die Tür, so daß er das Holz an seiner Kopfhaut spürte, und Tränen des Schmerzes traten in sein Augen.

Es war alles seine Schuld. Gott benutzte Amy, um Winston für seine unzähligen Sünden büßen zu lassen. Ein schlauer Gott. Warum sollte er Winston Belgrave selbst strafen, wenn er doch viel mehr litt, wenn man seine Liebste leiden ließ?

Er löste sich mit geballten Fäusten von der Tür und

starrte zur Decke, als wenn Gott von dort auf ihn herabschauen würde.

»Warum?« schrie er und schwang drohend die Faust. »Warum mußt du sie für etwas leiden lassen, was ich tat? Sie ist unschuldig! Unschuldig, du verdammter Hund!«

Er sank zu Boden, wildes Schluchzen schüttelte seinen Körper. »Bitte, mach sie wieder gesund. Ich tue alles, was du willst. Alles.«

Er blieb wimmernd liegen, bis er Bentos vorsichtiges Klopfen an der Tür hörte. Dann stand er auf, sehr demütig, denn er wußte jetzt, was er zu tun hatte, um sich zu erlösen.

Nile, Maddie und Winston saßen um den Eßtisch, nachdem sie heißhungrig dem üppigen Mahl zugesprochen hatten, das Winston hatte auftischen lassen. Maddie hatte die erschöpfte Amy bereits ins Bett gepackt, und obwohl Nile sie gedrängt hatte, ebenfalls ins Bett zu gehen, hatte sie sich geweigert. Sie blieb lieber bei den Männern, während Nile Winston von Provys Tod, der Auseinandersetzung mit Haddon Fitch und der darauffolgenden wilden Flucht den Amazonas hinunter erzählte.

Win lehnte sich zurück und spielte mit dem Stiel seines Weinglases. »Dann glaubst du also wirklich, daß Fitch hinter euch her war?«

Nile zuckte die Achseln. »Ja. Schau, er hat versucht, mich umzubringen und Maddie gekidnappt, weil er glaubte, sie würde sein kleines Königreich zugrunderichten. Wenn ich Fitch wäre, hätte ich sie auch nicht entkommen lassen, sondern versucht sie aufzuhalten. Ich würde auch meinem Partner telegrafieren, damit er sie spätestens in Manaus aufhält.«

»Ich habe nichts darüber gehört«, sagte Win.

Maddie lächelte. »Ich glaube, Sie wären der letzte Mensch, dem Aguirre etwas verraten würde. Schließlich sind Nile und Sie sehr gute Freunde.«

»Stimmt«, meinte Win.

»Deshalb sind wir auch hierher gekommen, anstatt uns in ein Hotel einzumieten, erklärte Nile. »Niemand soll erfahren, daß wir in Manaus sind, und natürlich werden wir nicht sehr lange bleiben.«

Winston musterte ihn scharf. »Sei nicht albern. Natürlich könnte ihr so lange hierbleiben, wie ihr möchtet.«

Nile schüttelte den Kopf. »Ich möchte dich nicht auch noch in Gefahr bringen, alter Freund.«

»Wohin willst du?« wollte Winston verärgert wissen.

Er stützte die Ellbogen auf den Tisch und verschränkte die Finger. »Mir schwebt da ein ganz bestimmter Ort vor, aber darüber sollten wir jetzt nicht sprechen. Maddie wird gleich über ihrem Dessert einnicken und sollte deshalb lieber ins Bett gehen.«

Sie unterdrückte ein Gähnen. »Aber bevor ich das tue, würde ich gerne ein langes, heißes Bad nehmen.«

Nile rümpfte die Nase, als ob er faule Eier riechen würde. »Also, das ist eine hervorragende Idee.«

Maddie setzte sich gerade hin und sah ihn überheblich an. »Ich bin nicht die einzige hier, die ein Rendezvous mit heißem Wasser und einem Stück Seife vertragen kann, Mr. Marcus!«

Er grinste und hob die Hände. »Touché, Miss Dare.«

Als Maddie aufstand, sagte Win: »Bento wird Ihnen das Bad einlassen und Ihnen Salbe für die Insektenbisse bereitlegen. Wenn Sie Ihre Kleider vor der Tür lassen, sind sie morgen früh wieder frisch gewaschen und gebügelt.«

Maddie dankte ihm herzlich und fügte dann hinzu: »Machen Sie sich keine Sorgen, Win. Ich weiß, daß Amy wieder gesund wird. Es mag ein wenig dauern, aber eines Tages ist sie bestimmt wieder sie selbst.«

Dann wünschte sie den Männern eine gute Nacht und ging.

Niles Blicke folgten ihr. Als Maddies Schritte nicht

mehr zu hören waren, wandte er sich an Win und sagte: »Jetzt können wir offen miteinander sprechen.«

Win schüttelte den Kopf. »Du hast verdammtes Glück gehabt, daß du da überhaupt lebend herausgekommen bist, o König der Orchideenjäger.«

»Niemand von uns wäre heute noch am Leben, wenn Maddie nicht gewesen wäre«, sagte Nile.

»Trügen mich meine Ohren, oder spreche ich wirklich mit dem gleichen, der nur widerwillig eine Frau mit auf diese Expedition genommen hat?«

»Du sprichst mit dem gleichen«, gab Nile zu. »Du hättest dabei sein sollen, Win. Sie war bemerkenswert. Sie hat nicht nur während unserer Flucht einen kühlen Kopf bewahrt, wenn jede andere Frau hysterisch geworden wäre, sie hat sogar das Boot gesteuert, als ich mit einem Malariaanfall im Bett lag.«

Wins Augen wurden groß. »Du machst Witze, oder?«

»Wenn du es schon so empfindest, kannst du dir ja vorstellen, wie ich mich gefühlt habe, als ich an Deck stolperte und Maddie am Steuer unseres Bootes sah, das sie bereits den halben Amazonas heruntergebracht hatte.«

Win hob die Brauen. »Entdecke ich da etwa so etwas wie Bewunderung in deiner Stimme?«

Nile trank einen Schluck Wein. Er war zwar völlig erschöpft, würde sich aber erst hinlegen, wenn alles gesagt war, was gesagt werden mußte. »Bewunderung, Respekt und — Gott hilf mir, Win — ich glaube, ich liebe diese Amazone.«

Diesmal hatte sein Freund keine komische Antwort parat. »Es ist herrlich, wenn einem die richtige Frau über den Weg läuft, nicht wahr?« murmelte er nachdenklich.

Nile stützte die Ellbogen auf den Tisch und legte den Kopf auf die Hände. »Du kennst mich, Belgrave. Ich hatte nie das Bedürfnis, eine feste Partnerschaft einzugehen. Kurze Beziehungen haben mir immer gereicht. Aber mit Maddie ist es anders. Der Gedanke, daß sie nicht mehr

Bestandteil meines Lebens ist ...« Ihm verschlug es die Sprache.

»Aber was ist mit Ben Thomas?« sagte Win und blickte mitleidig auf seinen Freund. »Wenn du ihn gefunden hast, wirst du sie freigeben müssen.«

»Ben Thomas ist nicht ihr Verlobter«, erklärte Nile. »Von Anfang an ist diese Suche nach ihm ein Schwindel gewesen.«

Während Win wie vom Donner gerührt dasaß, erzählte Nile ihm alles von dem Schwindel, den Maddie und ihre Zeitung ersonnen hatten, und wie er ihn entdeckt hatte, als sie Thomas nicht in Iquitos vorfanden.

»Die hat Nerven, das kann man wohl sagen«, murmelte Win. Dann fügte er hinzu: »Ich kann mir deine Reaktion vorstellen, als sie dir alles gebeichtet hat.«

»Ich wollte ihr den Hals umdrehen«, gestand Nile. »Ich habe sie eine Lügnerin und Betrügerin genannt und ihr jedes Schimpfwort an den Kopf geworfen, das mir einfiel.«

»Aber offenbar hast du deine Meinung geändert.«

Nile nickte ruhig. »Sie hat mir ins Gesicht geschleudert, daß niemand vollkommen ist. Sie hat mir auch ein paar gute Gründe dafür genannt, warum sie das getan hat.«

Win strich sich eine Haarsträhne aus den Augen. »Ich freue mich für dich, mein Freund.«

»Deine Zustimmung bedeutet mir viel«, sagte Nile. Er musterte seinen Freund. »Was ist mit dir und Amy?«

Nackte Verzweiflung überschattete Wins Gesicht. »Ich werde mit ihr nach England fahren. Ich bin sicher, daß es dort Spezialisten gibt, die ihr helfen können. Und wenn sie es nicht können ...« Er sah Nile an. »Ich werde sie nie mehr verlassen, auch wenn sie für den Rest ihres Lebens ein Kind bleibt.«

Wins Worte waren so eindringlich, daß Nile die Einwände, die ihm einfielen, gar nicht erst aussprach. Ganz gleich, ob Wins Motive nun Schuldgefühlen oder Liebe entsprangen, es war ganz allein seine Entscheidung.

»Wirst du mir vor deiner Abfahrt noch einen Gefallen tun?« fragte Nile.

»Welchen?«

»Schau einmal, ob du herausfinden kannst, ob Ben Thomas nach Manaus zurückgekehrt ist. Er ist mein einziges Bindeglied zu Provys Mörder.«

Win nickte.

Nile wurde von der Müdigkeit übermannt, die er so lange zurückgedrängt hatte. »Ich muß ins Bett, ehe ich zusammenbreche.«

Win stand auf. »Geh schon vor. Ich muß noch über einiges nachdenken.«

Nile erhob sich und verließ das Eßzimmer. Ehe er zu Bett ging, würde er noch einmal bei Maddie hereinschauen. Er grinste in sich hinein, weil er im selben Atemzug an Maddie und das große Bett gedacht hatte. Langsam ging er die Treppe hinauf.

Maddie ließ sich bis zum Hals in das warme Wasser sinken und träumte vor sich hin.

Sie war in Sicherheit. Sicher.

Plötzlich riß sie die Augen auf und starrte auf eine der Badezimmerkacheln, die mit einer goldenen Arabeske verziert war.

Sie durfte sich nicht in Sicherheit wiegen. Antonio Aguirre und Haddon Fitch könnten just in dieser Minute nach ihnen suchen. Und selbst wenn aus dieser Richtung keine Gefahr drohte, blieb immer noch das Geheimnis um Ben Thomas.

Wo ist er, fragte sie sich. Steht er irgendwie in Verbindung mit Provys Tod? Gott helfe ihm, wenn es so ist, denn Nile wird seinen Kopf fordern.

Das Knacken des Türknopfes der Badezimmertür riß Maddie aus ihren Gedanken. Sie setzte sich so abrupt auf, so daß heißes Wasser aus der Wanne schwappte.

»Verzeihung«, rief sie, »aber das Bad ist besetzt.«

»Ich weiß«, erwiderte eine vertraute Stimme. Die Tür ging auf, und Nile kam herein. »Darum bin ich ja hier.«

»Nile Marcus, wie kannst du es wagen, eine Dame beim Baden zu stören!«

Er schloß die Tür hinter sich und grinste. »Du bist schon so lange hier drin, daß ich fürchtete, du wärst entweder ertrunken oder sähst wie eine Dörrpflaume aus.«

Maddie verschränkte die Arme über ihren Brüsten und sah böse zu ihm auf. »Weder das eine noch das andere. Du darfst dich also umdrehen und gehen.«

Aber Nile machte keine Anstalten dazu. Er sah sie nur hungrig aus müden Augen an, und Maddie spürte, daß sie rot wurde.

»Benimm dich wenigstens wie ein Gentleman und wende deine Augen ab«, sagte sie.

»Dazu bist du viel zu verführerisch. Außerdem«, schnurrte er, »habe ich das alles schon gesehen.«

»Wenn du schon nicht an mein Schamgefühl denkst, denke wenigstens an Winston. Wir sind Gäste in seinem Haus, und wenn er dich hier oben hört, wird er zutiefst schockiert sein.«

»Stimmt«, meinte Nile, griff nach ihrem Handtuch und hielt es ihr ausgebreitet hin. »So, ich glaube es ist an der Zeit, daß du aus der Wanne kommst und ins Bett gehst.«

Maddie wußte, daß Nile nicht wegschauen würde, deshalb stand sie auf und wurde von ihm sofort in das Handtuch gewickelt, das er für sie bereithielt. Dann nahm er ihre Hand und stützte sie, als sie aus der Wanne stieg, aber in dem Augenblick, als sie mit beiden Füßen auf dem Boden stand, zog er sie in seine Arme.

Maddie stockte der Atem, als sie ihn ansah. Obwohl sein Gesicht von der Erschöpfung gezeichnet war, hatte sie das Gefühl, ihn für den Rest ihres Lebens ständig anschauen zu müssen.

Nile schloß die Augen und legte wortlos seine Stirn an

die ihre. Sein Körper strahlte Zufriedenheit aus, weil er sie in den Armen hielt.

»Wir haben es geschafft«, murmelte Maddie und streichelte ihn mit ihren Lippen. »Wir haben den Amazonas geschlagen.«

Er machte die Augen auf und bog den Kopf zurück, um sie anzuschauen. »Niemand schlägt den Amazonas, Maddie. Wir haben nur überlebt, weil der Amazonas nachsichtig mit uns war.«

Seine Worte erschütterten sie, denn sie wußte, daß er Recht hatte.

Als er sie mit Blicken verschlang, flüsterte sie: »Willst du heute nacht bei mir schlafen?«

Nile sah aus, als hätte man ihm ein großes Geschenk gemacht, und er umfaßte ihr Gesicht mit beiden Händen. »Ich wünsche mir das mehr als alles andere, aber wir müssen an Winstons Gefühle denken. Wir sind Gäste in seinem Haus, und ich möchte sein Gefühl für Anstand nicht verletzen. Er ist ein guter Freund, aber so moralisch wie eine alte Jungfer.«

»Verstehe. Außerdem sind wir wahrscheinlich sowieso sehr müde.«

In Niles Augen glomm ein Funke auf. »Dazu bin ich nie zu müde, Miss Dare.«

»Wann also dann? Ich hoffe bald!«

»Maddie, Maddie, du stellst meine Selbstbeherrschung wirklich auf die Probe. Ja, bald. Versprochen.«

Sie küßte ihn noch einmal. »Bis morgen.«

»Bis morgen.«

»Maddie, wach auf.«

Eine Hand schüttelte sie und störte ihren Schlaf. Verschlafen öffnete sie die Augen. Nile saß angezogen auf der Bettkante.

»Weißt du nicht, daß ein Gentleman eine Dame nie in ihrem Schlafzimmer aufsucht?« murrte sie.

»Du bist keine Dame, wie du mir immer wieder versichert hast, sondern Journalistin«, gab er lachend zurück, »und deshalb kann ich mich in deinem Schlafzimmer aufhalten, so oft ich will. Das heißt natürlich nur, wenn Belgrave mich nicht erwischt.«

»Wirf mir nur meine Worte an den Kopf.« Sie blinzelte in das grelle Licht, das den Raum erfüllte. »Wie spät ist es?«

»Mittag vorbei«, entgegnete er.

Maddie rollte sich auf den Rücken und sah zu Nile auf. »Ich muß den Schlaf wirklich gebraucht haben.«

Auch er sah ausgeruht aus, seine Augen funkelten vergnügt. »War es nicht herrlich, zu schlafen, ohne von Moskitos umschwirrt zu werden?«

»Und dann auch noch in einem richtigen Bett anstatt in einer Hängematte.« Sie gähnte und streckte sich wie eine zufriedene Katze. »Ich freue mich auch auf ein richtiges Frühstück.«

Niles Gesicht verdüsterte sich. »Wir dürfen nicht zu bequem werden. Wir müssen immer noch versuchen, Thomas zu finden und sowohl Aguirre als auch Fitch aus dem Weg gehen.«

Diese ernüchternde Bemerkung wirkte auf Maddie wie ein Guß kalten Wassers. Sie setzte sich auf.

»Glaubst du, wir können Ben finden?« fragte sie.

»Wenn er in Manaus ist, finden wir ihn. Win und ich vermuten, daß er flußabwärts gefahren ist, also muß er zumindest hier durchgekommen sein.« Nile stand auf und ging zum Fenster. »Ich hoffe, daß er immer noch hier ist, weil er sonst überall sein könnte — in Pará, Rio de Janeiro oder sogar Paris.«

Maddie schwieg einen Augenblick. »Du glaubst, daß Ben Provy wegen der Diamanten umgebracht hat, nicht?«

Nile drehte sich um. »Ich will ehrlich zu dir sein, Maddie. Ja, das tue ich. Nach Inges Angaben war er der letzte, der Provy lebend gesehen hat. Und warum ist er flußabwärts gefahren, wenn er sich doch mit dir in Iquitos treffen sollte? Das läßt vermuten, daß er plötzlich zu Geld gekommen ist und sich entschloß, seinen Job als Fotograf beim *Clarion* aufzugeben.«

Maddie fuhr sich frustriert durch ihre Haare. »Was du da sagst, macht Sinn, Nile, aber ...« sie zuckte hilflos die Achseln »... ich kenne Ben Thomas. Er bringt niemanden um. Das ist nicht seine Art.«

»Ein Vermögen in ungeschliffenen Diamanten kann den stärksten Mann in Versuchung führen.«

»Ich hoffe, du irrst dich.«

»Deinetwegen hoffe ich das auch.« Dann ging Nile zur Tür. »Du ziehst dich jetzt besser an. Wir müssen Pläne schmieden, und Belgrave müßte jede Minute mit deiner Verkleidung zurückkommen.«

»Meiner Verkleidung? Und was soll das sein?«

»Du wirst schon sehen«, sagte Nile mit strahlendem Lächeln.

Dann verließ er das Zimmer, damit sie sich anziehen konnte.

Maddie starrte auf die weiße Leinenhose und das Jackett, die Nile ihr gerade gegeben hatte.

»Das ist meine Verkleidung?« quiekte sie.

»Genial, nicht wahr?« strahlte Winston. »Dieser Anzug paßt vielleicht nicht genau, aber es war der beste, den ich auf die Schnelle finden konnte.«

Niles Augen funkelten spitzbübisch. »Du hast immer damit geprahlt, daß du es mit jedem Mann aufnehmen kannst, Maddie, also laß uns einmal sehen, wie gut du als Mann bist.«

Sie schleuderte den Anzug in sein belustigtes Gesicht. »Monster!«

Er fing ihn gekonnt. »Aber, aber, Miss Dare ...«

Maddie verschränkte die Arme. »Warum muß ich mich überhaupt verkleiden?«

»Weil wir untertauchen werden, bis wir sicher wissen, daß Aguirre nicht hinter dir her ist«, erwiderte Nile.

»Ich dachte, wir würden uns hier verstecken«, sagte sie.

»Win kann besser für uns spionieren, wenn Aguirre glaubt, daß er uns nicht gesehen hat.«

Winston runzelte die Stirn. »Das ist ja gut und schön, Nile, aber ich hätte es lieber, ihr würdet hierbleiben und mich mein Glück versuchen lassen.«

Nile schüttelte den Kopf. »Das können wir nicht riskieren. Es steht zuviel auf dem Spiel.«

»Und was ist mit Amy? Nehmen wir sie mit?« fragte Maddie.

Winston sah sie gequält an. »Sie wird bei Bento und seiner Frau wohnen. Dort ist sie in Sicherheit.«

Nile sah aus dem Fenster und gab Maddie dann den Anzug zurück. »Du ziehst das jetzt besser an. Wir verschwinden hier, sobald es dunkel ist.«

Vom Foyer aus sah Maddie in den plüschigen Salon, der nach Rauch, Parfum und Zügellosigkeit roch.

Sie funkelte Nile aufgebracht an. »Du hältst ein Bordell für ein angemessenes Versteck?« zischte sie ihm ins Ohr.

Seine Augen zwinkerten spitzbübisch. »Chloes Etablissement ist der richtige Ort. Niemand würde daran denken, uns hier zu suchen.«

»Da bin ich ganz anderer Meinung«, widersprach sie wütend. »Es ist der erste Ort, an dem man nach *dir* suchen würde!«

Nile schüttelte den Kopf. »Maddie, Maddie, du enttäuscht mich. Du bist überhaupt nicht wagemutig.«

»Laß dir sagen, daß ich schon in Bordellen gewesen bin«, sagte sie. Als Nile schockiert die Augen aufriß, fügte sie hinzu: »Natürlich nur als Reporterin.«

»Natürlich.«

»Es ist nicht der Ort, sondern die Art, wie die Frauen

dich anschauen.« Sie knirschte mit den Zähnen. »Als ob du ein alter und geschätzter Kunde bist.«

Von den über zwanzig Frauen, von denen die meisten eher nackt als bekleidet herumsaßen, warfen mindestens zehn Nile einladende Blicke zu. Jede von ihnen sah hinreißend aus, und es war etwas für jeden Geschmack dabei.

»Du bist ja eifersüchtig!« rief er erfreut.

»Wenn du nicht bald leiser sprichst«, sagte Maddie, »wird man deine Männlichkeit anzweifeln. Ich soll doch ein Mann sein!«

Gemaßregelt räusperte Nile sich und trat zurück. Eine Frau mit orientalischem Aussehen kam auf sie zu, musterte Maddie scharf und bewundernd und sagte etwas auf portugiesisch zu Nile.

»Was hat sie gesagt?« fragte Maddie Nile.

»Chloe wollte wissen, was ich mit einer Frau vorhabe, die wie ein Mann gekleidet ist.«

Maddie wandte sich ab und hüstelte, um die Röte zu verdecken, die in ihre Wangen gestiegen war.

Nile unterhielt sich kurz mit Chloe und sagte dann zu Maddie: »Sie will uns verstecken. Komm mit mir nach oben und versuche dich unauffällig zu benehmen.«

Maddie bemühte sich, und Nile führte sie zu einem Zimmer am Ende des Flurs. Gleich nachdem Nile die Tür hinter sich abgeschlossen hatte, riß er Maddie in seine Arme und küßte sie, bis sie atemlos war und weiche Knie hatte. Als sie sich schließlich voneinander lösten, sah er in heißem Triumph auf sie herunter.

»Endlich habe ich dich da, wo ich dich wollte, Maddie Dare.«

»Ich weiß schon. Du willst mich als Sklavin verkaufen.«

Nile schüttelte den Kopf. »Weißt du, warum ich Chloes Bordell als Versteck gewählt habe?«

»Nein. Sag es mir.«

»Was habe ich dir denn an jenem Abend auf dem Boot

versprochen, als du dich mir so dreist angeboten hast und ich mich dir widerwillig verweigern mußte?«

Maddie lächelte versonnen. »Du sagtest, daß du mich in einem riesigen Bett lieben wolltest.«

Nile wies auf das andere Ende des Zimmers. »Reicht das da?«

Ihr Gesicht strahlte auf, als sie das riesige Himmelbett sah. »Das würde sehr wohl reichen, ja.«

Er bog ihren Kopf zurück und ließ seine Lippen ihren Hals heruntergleiten. »Was habe ich dir an diesem Abend noch versprochen?«

Sie schauderte erregt. »Daß du mich mindestens vier Tage nicht mehr aus dem Bett lassen würdest.«

»Mach fünf daraus.«

Maddie schlang die Arme um seinen Hals. »Keine Amy, kein Winston, keine Störungen.«

»Genau.«

»Schlauer Nile.«

Plötzlich verschwand das neckende Funkeln aus seinen Augen, und er sah sie ernst an.

»Nile, was ist los?« fragte sie besorgt.

»Willst du wirklich mit mir schlafen, Maddie?« Er liebkoste ihre Wange.

»Natürlich! Ich wäre nicht mit dir hier, wenn ich es nicht wollte.«

Nile holte tief Luft. »Nach dem, was dein Bruder dir angetan hat, war ich nicht sicher, was du empfindest.«

»Das ist lange her, Nile«, sagte sie leise. »Seitdem bin ich mit keinem Mann mehr zusammen gewesen, aber auch nur deshalb, weil ich keinen kennengelernt habe, mit dem ich hätte schlafen wollen. Ich habe keine Angst, es mit dir zu versuchen.«

Er sah sie erleichtert an. »Ich mußte sicher sein. Ich will dir nämlich nicht weh tun, Maddie.«

»Das könntest du nie.«

Er schloß die Augen und legte für einen Moment seine

Stirn an die ihre. Dann sagte er: »Ziehen wir dir diesen Anzug aus.«

Als Nile nach Maddies Jackett griff, gebot sie ihm Einhalt. »Weißt du, Nile, du hast mich dreimal nackt gesehen und ...«

»Zweieinhalbmal. Auf dem Boot warst du nur halbnackt.«

Maddie verbiß sich ein Lächeln. »Gut. Aber das ist ja auch egal, ich habe dich auf jeden Fall noch nie nackt gesehen. Warum ziehst du nicht zuerst den Anzug aus?«

»Du bist ungeheuer dreist und schamlos«, flüsterte er, aber das Funkeln in seinen Augen strafte seine Worte Lügen.

Maddie zog ihm sein Jackett schnell aus, nahm sich aber Zeit beim Aufknöpfen seines Hemdes. Sie machte das so quälend langsam, daß Nile es sich schließlich selbst vom Leib riß.

»Jetzt meine Hose.« Seine Stimme war rauh und bebte vor Leidenschaft.

»Noch nicht.« Ehe Nile protestieren konnte, fuhr Maddie mit beiden Händen über seine breite Brust und bewunderte die dichte Brustbehaarung und die festen Muskeln, die darunter lagen. Dann glitten ihre Finger liebkosend über seine Schultern und die Arme, die so hart wie Stahl waren. Sie spürte, wie er zu zittern begann, weil er sich so zurückhalten mußte, und ihre Erregung stieg.

Als sie an den Hosenbund griff, zitterten ihre Finger leicht, und sie zögerte.

»Maddie, was ist los?«

Sie zuckte entschuldigend mit den Schultern und betrachtete anerkennend Niles Brust. »Ich habe schon einmal einen Mann nackt gesehen, aber bei dir habe ich das Gefühl, es wäre das erste Mal.«

Er hob ihr Kinn, so daß sie ihn ansehen mußte. »Wenn du aufhören willst, dann sage es.«

Anstelle einer Antwort begann sie damit, seine Hose

aufzuknöpfen. Sie konnte spüren, daß er stark erregt war. Nachdem die Hose mit einem leisen Rascheln auf den Boden fiel, sah sie endlich Nile in seiner ganzen Pracht. Und er war hinreißend schön.

Maddie holte tief Luft und konnte die Augen nicht von ihm abwenden. Als ihre neugierigen Finger den langen, harten Schaft berührten, bebte und pulsierte er, als hätte er ein Eigenleben.

Nile stöhnte mit zusammengebissenen Zähnen. »Wenn du so weitermachst, wird das nichts. Warum gehen wir nicht ins Bett?«

Als Maddie lächelte, und die Hand sinken ließ, fing Nile an, sie auszuziehen, aber er machte das nicht so langsam, wie sie kurz zuvor bei ihm. Innerhalb von Sekunden lag Maddies Anzug zerknüllt auf dem Boden, und Nile wickelte die Bandage ab, die sie um ihre Brüste gebunden hatte.

»Ich fühle mich wie eine dieser ägyptischen Mumien im British Museum«, murrte Maddie.

Er grinste lüstern. »Ich habe das Gefühl, es wäre Weihnachten und ich würde ein heißersehntes Geschenk auspacken.«

Maddie lächelte leise, aber das Lachen blieb ihr in der Kehle stecken, als sie merkte, daß er sie ansah wie eine Raubkatze. Dann hob er sie hoch, als wäre sie leicht wie eine Feder, und trug sie hinüber zum Bett. Er legte sie sanft hin und folgte ihr.

Dann stützte er sich auf einen Ellbogen und schaute sie nur an, während er mit seiner freien Hand ihre Haare glattstrich. Dann hauchte er unzählige Küsse auf ihr Gesicht — die Stirn, die Wangen und schließlich den Mund. Während er ihre Lippen mit der Zunge in Besitz nahm, glitt seine Hand weiter nach unten und erweckte ihre rosige Brustwarze zum Leben, ehe sie sich weiter ihrem flachen Bauch und der jungenhaft schmalen Hüfte zuwandte.

Unter Niles forderndem Mund und Händen öffnete sie sich wie eine Blüte, als ob ein Eisberg in ihrem Inneren langsam schmelzen würde. Als Niles heiße Lippen über ihren Hals glitten, begann Maddie seine Liebkosungen zu erwidern und genoß das sinnliche Erlebnis, steinharte Muskeln unter seidenweicher Haut zu spüren.

Sie hielt den Atem an, als sein Kopf sich nach unten bewegte, denn sie wußte, was als nächstes kommen würde und ihr Körper bebte in seliger Erwartung. Als Niles heißer Atem ihre rechte Brustspitze traf, stöhnte sie, noch bevor seine Zunge darüberstreichelte, bis die Brustwarze sehnsüchtig schmerzte. Dann wechselte er zur anderen Brust, der er ebensoviel liebevolle Aufmerksamkeit schenkte, was Maddie in steigende Verzückung versetzte.

Er saugte mit quälender Langsamkeit abwechselnd an beiden Brüsten, bis Maddie vor Lust keuchte und sich hilflos unter ihm wand. Sie war verloren. Nile war ihr Herr und Meister. Sie konnte ihm nur noch gehorchen.

Er liebte sie mit Bedacht, und gerade als sie glaubte, vor Lust zu vergehen, hob Nile den Kopf, küßte sie sanft und teilte dann ihre Beine mit einem Knie. Er legte sich auf sie und drang langsam und sanft in sie ein.

Maddies Augen wurden groß, und sie keuchte, als er sie ganz in Besitz nahm. Als er anfing, sich zu bewegen, paßte sie sich dem zeitlosen Rhythmus an, und ihr Verlangen stieg mit jedem Vorstoß. Jegliche Vernunft löste sich auf in blendender Ekstase, die Niles Namen ihren geöffneten Lippen entriß.

Ihre ungehemmte Lust brachte auch ihn zum Höhepunkt, denn er warf den Kopf zurück und brüllte ihren Namen, ehe er bebend und zuckend auf ihr zusammenbrach.

Später, als sie sich befriedigt und erschöpft in den Armen lagen, schliefen sie mit zärtlichen Liebesworten auf den Lippen ein.

18

Maddie erwachte langsam und lächelte, als sie an die letzte Nacht dachte. Nile hatte sie geliebt. Er hatte nicht nur jeden Zentimeter ihres Köpers mit Händen und Lippen liebkost, sondern auch ihren Geist beflügelt, als sie eins wurden.

Maddie drehte sich vorsichtig um, weil sie leise befürchtete, daß er fort sein könnte. Aber er lag neben ihr auf dem Rücken und schlief noch.

Sie schaute ihn an, und ihre Augen sahen sich satt an seinen verwuschelten Haaren, dem im Schlaf entspannten Gesicht und dem entschlossenen Kinn. Sie beobachtete, wie sich seine Brust hob und senkte, und erinnerte sich daran, wie es gewesen war, in diesen Armen zu liegen, die jetzt entspannt dalagen, die Bewegungen seiner Hüften zu spüren, die sich mit solcher Beherrschung und Vollkommenheit bewegen konnten. Nie hatte sie erwartet, in den Armen eines Mannes solche Freude zu erleben. Und sie wollte es immer wieder erleben. Sie streckte die Hand aus und fing an, ihn zu streicheln, während ihr Blick auf seinem Gesicht ruhte.

Nile riß die Augen auf. Er war wie ein wildes Tier — sofort hellwach und wachsam. Er musterte Maddie durchbohrend.

Sie ließ ihn sofort in Ruhe und wurde schamrot. Es war eine Sache, nachts mit einem Mann intim zu sein, aber eine ganz andere, ihm am nächsten Tag ins Gesicht zu sehen.

Dann hob er ihr Kinn an, so daß sie ihn ansehen mußte. In seinen Augen war Verständnis und Sympathie zu lesen.

»Am Morgen danach ist man immer ein wenig verlegen«, sagte er sanft. »Aber es gibt eine Methode, die Scham verschwinden zu lassen.«

»Und wie geht das?«

Er knabberte an ihrem Ohr und flüsterte: »Indem man sich noch einmal liebt.«

Dann nahm er ihre Hand und führte sie zu seiner Männlichkeit, die unter ihrer Berührung bebte und hart wurde. So ermutigt, umfaßte sie sie und liebkoste sie auf eine Art und Weise, die ihm das größte Vergnügen bereitete.

Nile keuchte auf und rollte dann auf den Rücken, wo er bebend liegenblieb. »Meine Güte, Maddie ...«

Die Verlegenheit verschwand. Maddie beugte sich über ihn und küßte seine Brustwarzen, dann fuhr sie mit der Zunge über seine Rippen und den glatten Bauch. Sie umkreiste mit der Zunge den Nabel, ehe sie ins Innere vorstieß. Ein lustvoller Krampf ließ Niles Körper zucken.

»Genug!« knurrte er und zog sie endlich an sich.

Viel später, als sie beide befriedigt und schweratmend nebeneinanderlagen, entdeckte Maddie, daß sie keine Spur von Verlegenheit mehr empfand. Sie hatte das Gefühl, Nile und sie wären seit Jahren ein Liebespaar. Als er sich wieder auf den Ellbogen stützte und sie genießerisch betrachtete, färbte diesmal kein Hauch von Röte ihre Wangen.

»Du bist hinreißend«, murmelte er und strich ihr die feuchten Haare zärtlich aus der Stirn. »Und es ist es wert, daß man auf dich wartet.«

Maddie lächelte ihn kokett an. »Bin ich besser als deine Luizhina?«

»Du wirst es sein ... mit etwas mehr Übung.«

Maddie schubste ihn weg. »Monster!«

Nile lachte nur zufrieden. Als Maddie sich aufsetzte und so vorgab, sie wäre wütend, legte er nur einen Arm um ihre Taille und zog sie an sich.

»Weißt du eigentlich, wie glücklich du mich machst?« fragte er und küßte ihre Haare.

»Nein. Mache ich dich wirklich glücklich?« murmelte sie unsicher.

»O ja. Warum zweifelst du daran?«

Sie schluckte schwer. »Weil ich so anders bin als die Frauen, die du anscheinend sonst begehrst.«

»Und was für Frauen sind das deiner Meinung nach?«

»Och, Frauen, die daheim bleiben, deine Socken stopfen — und nicht eine, die durch die Welt reist und Zeitungsartikel schreibt. Konventionelle Frauen eben ...«

Mit einem hörbaren Seufzer ließ Nile sie los und sah sie an. »Früher einmal mag ich mir eine solche Frau gewünscht haben, Maddie, aber das ist nicht mehr so, denn als wir vor Fitch flohen und du unser Leben gerettet hast, habe ich endlich gemerkt, wie sehr ich eine Frau wie dich brauche, eine Frau, die ein gleichwertiger Partner ist.«

Ihr Lächeln war etwas zittrig. »Du weißt gar nicht, wieviel es mir bedeutet, daß du das sagst, Nile. Endlich akzeptierst du mich, so wie ich bin.«

Er küßte sie auf die Nasenspitze. »Das wurde auch Zeit, meinst du nicht auch?«

Maddie nickte glücklich, kuschelte sich an seine Schulter und fühlte sich geborgen und sicher. Plötzlich erfaßte sie dennoch eine innere Unruhe. »Nile, glaubst du, daß wir jemals lebend aus Manaus herauskommen?«

Er streichelte geistesabwesend ihren Arm und erwiderte ernst: »Ich will dich nicht anlügen, Maddie. Ich weiß es nicht. Das hängt davon ab, ob Belgrave Thomas findet, ehe Aguirre oder Fitch uns finden. Aguirre mag ja eine gewisse Macht in dieser Stadt haben, aber ich verspreche dir, daß er uns nicht kampflos bekommen wird ...«

Sie wurden durch ein Klopfen an der Tür unterbrochen, und während sich Maddie die Decke bis ans Kinn zog, stieg Nile aus dem Bett und zog sich den seidenen Morgenmantel an, der für ihn bereitlag. Er ging zur Tür, öffnete und kehrte mit einem Tablett voller guter Sachen zurück.

Maddie lachte, als Nile es auf einem kleinen Tisch absetzte und sie Brötchen mit importierter Konfitüre, dicke

Scheiben Schinken und dampfende *Cafèzinhos* darauf sah.

»Chloe muß dich sehr schätzen, wenn sie dir solch ein Festmahl serviert«, meinte sie.

Nile zuckte die Achseln. »Ich war früher ein guter Kunde.«

Maddie warf ein Kissen nach ihm, verfehlte ihn aber. »Gauner!«

»Aber du liebst mich trotzdem.«

»Das tue ich, Nile. Von ganzem Herzen.«

Sein Blick wurde weich, und er streichelte ihre Wange. Dann sagte er: »Jetzt aber genug von diesem sentimentalen Gewäsch, Dare. Essen wir, wir brauchen unsere Kraft noch.«

»Wozu denn?«

»Nach dem Essen werde ich es dir zeigen.«

Und das tat er.

Am dritten Tag hätte Maddie die Wände hochgehen können.

Nile und sie waren die ganze Zeit in ihrem Zimmer gewesen, und obwohl sie zugeben mußte, daß ein Großteil der Zeit der höchst genußreichen Beschäftigung sich besser kennenzulernen gewidmet gewesen war, setzte das Eingesperrtsein sie zunehmend unter Druck. Sie konnte schließlich nur eine begrenzte Zeit im Bett oder im Bad verbringen. Sie ging zu einem der Fenster und spähte hinaus. »Ich wünschte, wir würden etwas von Winston hören.«

»Ich bin mir sicher, daß er sich früher oder später meldet.«

Genau in diesem Augenblick klopfte es an der Tür und Nile ging hin. Maddie hörte ihn etwas auf Portugiesisch sagen. Seine Stimme wurde lebhafter.

Schließlich drehte er sich um und sagte: »Zieh dich an. Winston wartet unten auf uns.«

Fünfzehn Minuten später wurden Maddie und Nile in einen kleinen Salon auf der ersten Etage geführt.

Winston schien sich in einer solchen Umgebung etwas unbehaglich zu fühlen, denn er knetete nervös seine Finger und sein jungenhaftes Gesicht war düster.

Gleich als sie ihn sah, fragte Maddie: »Wie geht es Amy, Winston?«

»Immer noch das gleiche«, erwiderte er traurig. »Aber Bento und seine Frau kümmern sich sehr lieb um sie.«

Nile sagte: »Warum bist du gekommen? Hast du Neuigkeiten für uns?«

Winston nickte. »Große Neuigkeiten. Setzt euch, und ich erzähle es euch.«

Nachdem Nile und Maddie gespannt auf einem Plüschsofa saßen, holte Winston tief Luft und sagte: »Haddon Fitch ist tot.«

»Was?« riefen Maddie und Nile wie aus einem Mund und tauschten einen erstaunten Blick.

Winston nickte. »Ein Unglück auf dem Fluß. Sein Boot geriet in einen Strudel, und er und seine gesamte Mannschaft ertranken. Don Antonio selbst hat mir die traurige Nachricht gestern abend in der Oper mitgeteilt.«

»Don Antonio?« Nile sah ihn verblüfft an. »Du hast gestern abend mit Aguirre in der Oper gesprochen? Warum? Er ist unser Feind.«

»Du irrst dich, alter Freund«, meinte Winston grinsend. »Nach allem, was ich gestern abend herausgehört habe, hat Fitch Aguirre nicht mitgeteilt, was Maddie gesehen hat und warum er euch verfolgte. Offenbar war sein Selbstbewußtsein so groß, daß er glaubte, er könne euch ohne die Hilfe seines Partners aufhalten.«

»Dann hat Fitch Aguirre also nie ein Telegramm geschickt«, schloß Nile.

»Anscheinend nicht.«

Maddie fügte hinzu: »Dann müssen wir uns nicht länger verstecken.«

Winston strich sich seine Tolle aus der Stirn. »Als ich mit Aguirre gesprochen habe, schien er richtig verblüfft darüber zu sein, daß Fitch auf dem Weg nach Manaus war. Er wußte auch nicht, daß Nile und Sie in Manaus sind, denn er fragte mich, ob Sie Ihren Verlobten bereits gefunden hätten.«

»Vielleicht hat er sich nur verstellt«, meinte Nile, »damit du unaufmerksam wirst und uns verrätst.«

»Das glaube ich nicht. Er schien die Wahrheit zu sagen. Ich habe ihm aber sowieso nicht erzählt, daß ihr in der Stadt seid.«

Maddie drückte Niles Hand. »Ich bin froh, daß wir vorsichtig waren.«

Nile lehnte sich zurück und schüttelte den Kopf. »Dann ist Fitch also tot. Jetzt müssen wir nur noch Ben Thomas finden und hören, was er uns über den Mord an Provy erzählen kann.«

Winston steckte die Hände in die Taschen und betrachtete sie gelassen. »Ich weiß, wo Thomas ist.«

Maddie blieb der Mund offen stehen, und sie sprang auf. »Ben ist hier? In Manaus?«

Auch Nile staunte. »Wo hast du ihn gesehen?« wollte er wissen.

»Nun ja, ich bin mir nicht sicher, schließlich habe ich sein Foto nur einmal gesehen, aber der Mann sah ihm bemerkenswert ähnlich.«

»Wo haben Sie ihn gesehen?«

»Ebenfalls in der Oper«, entgegnete Winston. »Er saß in der Loge eines der reichsten Bankiers von Manaus.«

Maddie überlief es eiskalt. »Wie kann ein einfacher Fotograf es sich erlauben, gesellschaftliche Kontakte zu einem reichen Bankier zu pflegen?«

»Wenn er nicht gerade zu Geld gekommen ist. Einer Menge Geld«, fügte Nile hinzu.

»Provys ungeschliffene Diamanten«, sagte Winston.

»Das wissen wir nicht!« schrie Maddie. Sie konnte es

immer noch nicht ertragen, auch nur daran zu denken, daß Ben eines Mordes fähig war.

Nile legte eine Hand auf ihre Schulter. »Was könnte es denn sonst sein, Maddie?« fragte er leise. »Woher sollte Thomas sonst das Geld nehmen? Und warum hat er nicht in Iquitos auf dich gewartet, wie ihr es geplant hattet?«

»Vielleicht war er wegen eines Kredits bei dem Bankier. Einem Kredit für ein Fotostudio hier in Manaus.«

»Du suchst doch nur nach Entschuldigungen für ihn, Maddie«, sagte Nile.

Sie senkte den Kopf und rieb sich die Stirn. »Ich weiß.«

»Du magst ja davon überzeugt sein, daß Thomas schuldig ist«, sagte Winston, »aber es zu beweisen ist eine andere Sache.«

Diese Bemerkung mißfiel Nile. »Wie meinst du das?«

»Wer hat gesehen, daß er Provy umgebracht hat?« führte Winston an. »Niemand. Nur Inge behauptet, daß es Thomas war, und sie ist ebenfalls verschwunden. Und wo sind diese ungeschliffenen Diamanten, die Thomas angeblich gestohlen hat? Du kannst einen Mann nicht deshalb einsperren, weil er nicht in Iquitos war, wo er auf dich warten sollte.«

Auf Niles Gesicht zeichnete sich für einen Augenblick Ungeduld und Frustration ab. Dann strahlte er auf. »Wie wäre es, wenn wir zu allen Diamantenhändlern in Manaus gingen und fragten, ob der Mann ihnen ungeschliffene Diamanten verkauft hat? Würde das nicht beweisen, daß er Provys Diamanten gestohlen hat?«

Winston rieb sich nachdenklich das Kinn. »Das könnten wir machen. Natürlich gibt es keine Garantie dafür, daß sie uns etwas sagen.«

»Es ist der einzige Weg, um Beweise zu sammeln, die wir dann den Behörden vorlegen könnten«, sagte Nile.

»Wobei die nicht viel unternehmen werden«, erinnerte Winston ihn.

»Dann werde ich die Sache wohl selbst in die Hand nehmen müssen, nicht wahr?«

Maddie sah ihn scharf an, denn sie hatte ihn noch nie so eiskalt sprechen gehört oder eine so wilde Entschlossenheit in seinen Augen gesehen.

»Sie wissen nicht zufällig, wo er wohnt?« fragte Maddie.

»Aber ja«, entgegnete Winston. »Während der Pause habe ich gehört, wie Thomas von dem kleinen Haus erzählte, das er gemietet hat.« Er griff in seine Brusttasche, zog einen Zettel heraus und las: »Dolorosa Straße zehn.«

»Mehr brauchen wir nicht«, sagte Nile. »Besuchen wir jetzt erst einmal die Diamantenhändler.«

Maddie ging zurück in Winstons Haus, während die Männer die Diamantenhändler abklapperten. Sie verbrachte einige unruhige Stunden, bis sie schließlich durch ein Geräusch aufgeschreckt wurde. Nile kam mit langen Schritten in den Salon. Ein Blick auf sein triumphierendes Gesicht sagte ihr, daß er Erfolg gehabt hatte.

Maddie trat zögernd einen Schritt vor. »Du hast etwas herausgefunden.« Es war eher eine Feststellung als eine Frage.

Nile nickte. »Einer der Diamantenhändler hat sich sofort an Thomas erinnert. ›Wie könnte ich den Mann vergessen, der mir einen der größten ungeschliffenen Diamanten verkauft hat, die ich je gesehen habe‹, sagte er.«

Maddie seufzte verzweifelt. »Dann hat Ben Provy tatsächlich umgebracht.«

»Es tut mir leid, Maddie, aber es sieht so aus.«

»Was willst du jetzt tun? Die Polizei informieren?«

Er sah sie ruhig an. »Ich glaube immer noch nicht, daß ich genug Beweise habe. Thomas hätte diesen Stein überall herkriegen können. Ich kann noch nicht beweisen, daß er Provy gehörte.«

»Was hast du also jetzt vor?«

»Ich werde sein Haus durchsuchen. Vielleicht ist dort etwas, was eine Verbindung zu Provy herstellt. Wenn ich das nicht beweisen kann ...« Er schüttelte den Kopf.

Maddie wußte bereits, was Nile tun würde, wenn er nichts beweisen konnte.

»Wo ist Winston?«

»Ich weiß es nicht. Ich dachte, wir würden Zeit sparen, wenn wir uns trennen.«

»Solltest du nicht besser auf ihn warten?«

»Je weniger Leute dabei sind, desto besser.«

Maddie sah ihn an. »Du gehst nicht allein. Ich komme mit.«

Nile schüttelte entschieden den Kopf. »Das ist zu gefährlich.«

»Genauso gefährlich, wie ein Boot den Amazonas herunterzubringen?« warf sie ihm an den Kopf.

»Maddie, das ist etwas anderes.«

»Nein, ist es nicht. Wenn du nicht wolltest, daß ich mitkomme, hättest du nicht hierher kommen müssen, sondern gleich von dem Diamantenhändler zu Bens Haus marschieren müssen. Du bist aber hier, also komme ich mit.«

Niles Augen wurden finster. »Maddie ...«

Sie ging zu ihm und legte eine Hand auf seinen Arm. »Ich komme mit! Schließlich geht es auch mich etwas an! Ben Thomas war mein Freund, ich habe sogar geglaubt, ihn zu lieben. Ich will dabei sein, wenn er alles erklärt. Außerdem habe ich einen Plan.«

»Verdammt, Maddie! Ich will nicht, daß dir etwas passiert!«

»Gar nichts wird passieren. Du wirst da sein, um mich zu beschützen.« Sie ging in Richtung Tür, drehte sich um und sah ihn an. »Willst du dir jetzt anhören, was ich zu sagen habe?«

Nils gab nach und folgte ihr.

Maddie hatte das Gefühl, tausend kleine Schmetterlinge im Bauch zu haben, als sie auf das kleine Haus in der Dolorosa Straße blickte.

»Es gefällt mir nicht«, murrte Nile, »ganz und gar nicht.«

»Es ist unsere einzige Chance«, sagte Maddie. »Ich werde mir Ben vorknöpfen, während du durch die Hintertür das Haus betrittst. Mit etwas Glück, sagt er uns alles, was wir wissen wollen, und du wirst mithören.«

»Und wenn er es nicht tut?«

»Dann kannst du alles machen, was du willst.«

»Das ist fair. Aber mir gefällt die Idee, dich als Köder zu benutzen, immer noch nicht, Maddie.«

Sie lächelte ihn an und streichelte kurz über seine Wange. »Mach dir keine Sorgen, Nile. Mir wird nichts geschehen.«

Sie lächelte ihn noch einmal an und überquerte die Straße, während Nile sich auf den Weg zur Hintertür machte.

Als sie die Haustür erreichte, wartete sie ein paar Minuten, um Nile Zeit zu geben, die Hintertür zu erreichen. Dann holte sie tief Luft, um sich zu beruhigen, und klingelte.

Ein paar Sekunden später wurde die Tür geöffnet.

»Hallo, Ben«, sagte sie.

Allein seinen Gesichtsausdruck — eine Mischung aus Erstaunen und Schuldbewußtsein — zu sehen war es Maddie wert, die mögliche Gefahr in Kauf zu nehmen.

Sie hob die Brauen. »Es scheint dich zu überraschen, mich zu sehen, und ich frage mich warum.«

Er faßte sich unsagbar rasch, das mußte sie ihm zubilligen. »Ja, Maddie ...«

»Willst du mich nicht hereinbitten?« fragte sie. Nile war bestimmt schon im Haus. »Oder hast du vor, mich auf der Türschwelle stehen zu lassen?«

»Natürlich nicht.«

»Gut, denn wir haben eine Menge zu besprechen, und irgendwie zweifle ich daran, daß du möchtest, daß deine Nachbarn hören können, was ich zu sagen habe.«

Furcht flackerte kurz in seinen blauen Augen auf. Er trat zurück, damit sie eintreten konnte. »Komm herein.«

Er grinste, als wollte er sie entwaffnen. »Ach, es ist schön, dich zu sehen, Maddie.« Aber als er sie umarmen wollte, wich sie zurück.

»Warum warst du nicht wie verabredet in Iquitos, Ben?« fragte sie ruhig. »Bis dahin hattest du eine Spur für mich hinterlassen. Mein Führer und ich haben dich tagelang in der Stadt gesucht, aber du warst nirgendwo zu finden. Bald war uns klar, daß du nie dort gewesen bist.« Sie lauschte, um zu hören, ob Nile irgendwo war, aber zu ihrer Enttäuschung vernahm sie keinen Laut.

»Komm in mein Arbeitszimmer«, sagte er. »Ich werde dir alles erklären.«

»Das hoffe ich. Sam wird über den Ausgang dieser Expedition nicht sehr erfreut sein.«

Als Maddie Ben durch den Flur folgte, sah sie sich um, weil sie hoffte, Nile zu entdecken, aber sie sah nichts. Ben öffnete schließlich eine Tür und ließ sie eintreten. »Bitte, setz dich«, sagte er.

Maddie nahm Platz und wartete.

Bens Lächeln war charmant und selbstbewußt. Er setzte sich auch und sagte: »Ich entschuldige mich dafür, daß ich nicht am verabredeten Ort war und du den ganzen Weg umsonst gemacht hast, Maddie. Aber die Sache verhält sich in Wahrheit so, daß ich eine Partnerschaft mit einem Makler hier in Manaus eingegangen bin und beim *Clarion* kündigen werde.«

Maddie sah ihn skeptisch an. »Sag mir doch, Ben, woher du das Geld hast, um so etwas zu machen?«

»Ich habe dir alles gesagt«, entgegnete er mit kalter Stimme. »Ich muß mich vor dir nicht rechtfertigen.«

»Das mußt du auch nicht, denn ich weiß bereits, woher

du das Geld für diese Partnerschaft hast«, sagte sie. »Du hast einen Händler namens Providence Brown ermordet und ihm ein Vermögen in Rohdiamanten gestohlen.«

Eine Sekunde lang sah Ben so schuldbewußt aus, als hätte Maddie ihn in flagranti mit der Mordwaffe erwischt. Dann wurde sein Gesicht verschlossen. »Das ist lächerlich!« brüllte er. »Ich kenne keinen Menschen dieses Namens — wie war er noch?«

»Brown. Providence Brown. Und spiel mir hier keine Komödie vor, weil ich ein paar Augenzeugen dafür habe, die bereit sind zu beschwören, daß du sein Gast am Juruá warst.«

»Sie lügen.«

Maddie schüttelte den Kopf. »Ich weiß von Brown, weil mein Führer und er sich sehr nahestanden. Wir haben bei Browns Siedlung Halt gemacht und von einer Missionarin, die weiter flußaufwärts lebt, dann erfahren, was vorgefallen ist. Hast du etwa geglaubt, ich könnte den Juruá hinauffahren und würde nicht erfahren, was du getan hast?«

»Ermordete Händler, Rohdiamanten ...« Ben lachte leise. »Maddie, deine Fantasie geht mit dir durch. Du arbeitest schon zu lange für den *Clarion*.«

»Sei nicht so überheblich!« fauchte sie. Da hörte sie draußen vor der Tür das Knarren eines losen Dielenbrettes, als wäre jemand daraufgetreten. Sie hielt den Atem an und musterte Bens Gesicht, um zu sehen, ob er es auch gehört hatte, aber er schien zu sehr abgelenkt zu sein, um so etwas zu bemerken.

Plötzlich ging er in die Offensive. »Gut, dann war ich also bei Brown. Das beweist aber noch lange nicht, daß ich ihn umgebracht oder seine Diamanten gestohlen habe.«

»Aber ich kann es beweisen, Ben«, sagte Maddie. Sie empfand trotz seiner Tat Mitleid mit ihm. »Du hast hier in Manaus einen Diamanten einem Händler verkauft, der dich identifizieren kann.«

Ben überkam eine eisige Ruhe. Doch plötzlich änderte sich Bens Haltung. Seine blauen Augen wurden kalt und leidenschaftslos, und sein gutaussehendes Gesicht verzerrte sich zu einer wütenden Maske.

Er seufzte, als er die oberste Schublade seines Schreibtischs öffnete.

»Maddie, es tut mir wirklich leid, daß du da hereingeraten bist«, sagte er bedauernd, »weil ich dich nämlich jetzt auch töten muß.«

Als seine Hand aus der Schublade kam, hielt sie eine Pistole. Und sie zielte direkt auf Maddies Herz.

Der Schock ließ sie erbeben, aber sie zwang sich dazu, ruhig zu bleiben und ihm ins Gesicht zu blicken. »Selbst, wenn du mich umbringst, wird man dich finden. Man weiß, wo ich gerade bin und was passiert ist. Du kannst nicht entkommen, Ben.«

Er stand auf und zuckte sorglos die Achseln. »Manaus ist nicht die einzige Stadt auf der Welt. Es gibt Rio de Janeiro, sogar Paris. Ich bin hier weg, ehe jemand überhaupt gemerkt hat, daß du vermißt wirst.«

Maddie stand ebenfalls auf und hoffte, daß ihre Knie nicht nachgeben und sie so ihre Angst verraten würden. »Warum? Warum hast du es getan?«

»Warum sollte ich dir in letzter Minute noch alles gestehen?«

»Warum nicht? Du wirst mich sowieso töten. Wem könnte es schaden?«

Er verzog verächtlich die Lippen. »Weswegen habe ich es wohl getan? Wegen des Geldes, Maddie, mehr Geld als ich im Leben mit meiner Sklavenarbeit beim *Clarion* je verdient hätte. Eines Abends hörte ich, wie der alte Narr und seine Schrulle über ihren Schatz sprachen, also wartete ich. Als er zu seinem Versteck ging, folgte ich ihm. Zuerst wollte ich die Steine nur stehlen und abhauen, aber er hat mich erwischt. Er hätte mich umgebracht, wenn ich ihn nicht zuerst getötet hätte.«

Maddie sah ihn mitleidig an. »Was ist aus dem Ben Thomas geworden, den ich einmal kannte?«

»Er hatte es bis obenhin satt, zuzusehen, wie nur die anderen reich wurden.« Als Maddie darauf nichts erwiderte, sagte er: »Nun ja, jetzt heißt es Abschied nehmen, Maddie.«

»Thomas!«

In der Sekunde, die Maddie brauchte, um sich umzudrehen und Nile auf der Türschwelle stehen zu sehen, flog Niles Messer bereits aus seiner Hand und schoß wie ein Falke auf sein Opfer zu. Noch ehe Ben abdrücken konnte, bohrte sich das Messer in seinen Brustkorb.

Ben ließ die Pistole fallen und blickte auf das Blut, das zwischen seinen Fingern heruntertropfte. Sein letztes Wort war »Maddie ...« dann sank er in sich zusammen.

Nile kam ins Zimmer und blickte auf ihn herunter. »Das war für Provy.«

Maddies Knie gaben nach, und sie mußte sich an der Stuhllehne festhalten. »Ich habe schon angefangen, mich zu fragen, ob du überhaupt noch einmal kommen würdest.«

Nile packte ihre Schultern und schüttelte sie. »Du kleine Idiotin. Du hast es übertrieben. Er hätte dich töten können.«

Sie lächelte ihn an. »Aber ich wußte doch, daß du mich retten würdest — genau wie vor Haddon Fitch.«

Er zog sie heftig in seine Arme. »Ich glaube, ich werde dich für den Rest meines Lebens retten müssen, weil du mir mehr wert bist als der Schweiß der Sonne, die Tränen des Mondes oder Diamanten.«

Maddie erwiderte gerührt seine Umarmung. Als sie sich voneinander lösten, blickte sie auf Ben. »Was machen wir jetzt?«

»Zuerst werde ich die Diamanten suchen und dann die Polizei rufen.«

»Was wirst du mit den Steinen tun, wenn du sie gefunden hast?«

Nile sah sie nachdenklich an. »Wenn ich sie finde, werde ich sie Inge geben. Sie haben Provy gehört und sind nach seinem Tod ihr rechtmäßiges Eigentum.«

Maddie nickte. »Du bist ein großzügiger Mann, Nile Marcus. Diese Diamanten sind wahrscheinlich ein Vermögen wert. Du hättest keine Sorgen mehr, wenn du sie behalten würdest.«

»Ich will sie nicht. Ich habe dich, und mehr brauche ich nicht.«

Dann zog er sie in seine Arme, um sie leidenschaftlich zu küssen. Danach machten sie sich auf die Suche nach den Diamanten.

Eine Stunde später fanden sie die Diamanten unter einem losen Dielenbrett in Bens Schlafzimmer.

Nile öffnete den Lederbeutel und schüttelte den Inhalt in seine Hand.

Maddie hatte Mühe, ihren Ekel zu verbergen. »Die sehen nicht so aus, als wären sie etwas wert.«

»Das sind eben echte Rohdiamanten. Sie mögen nach nichts aussehen, aber wenn sie erst geschliffen sind ... Zwei Menschen sind bereits wegen dieser Steine gestorben. Ich frage mich, wie viele andere deswegen ihr Leben lassen mußten.«

»Solange sie nur nicht uns gehören.«

Nile nicke ruhig. Dann schüttelte er die Steine wieder in den Beutel, und Maddie und er riefen die Polizei.

19

Maddie lehnte sich zurück und lächelte zufrieden auf die Blätter hinunter, die sie in der Hand hielt.

Endlich hatte sie die Geschichte ihrer unglaublichen Abenteuer auf dem Amazonas zu Papier gebracht, und als sie es sich zum dritten Mal durchlas, war sie sehr stolz. Es war der beste Artikel, den sie je geschrieben hatte. Sam würde bestimmt damit zufrieden sein, und ihre Leser würden ihn verschlingen. Die Auflage des *Morning Clarion* würde in die Höhe schnellen. Sie würde triumphierend nach England zurückkehren und den Neid der gesamten Presse erregen.

Ihr Lächeln wurde noch breiter, als sie an Nile dachte. Immer wenn sie allein waren, zog er sie stets leidenschaftlich in seine Arme, und wenn sie am Eßtisch saßen, ignoriete er buchstäblich Amy und Winston, um an ihren Lippen zu hängen.

Maddie stand auf und begann unruhig hin- und herzugehen. Trotz der Freude, die sie erfüllte, machte sie sich Sorgen. Was würde passieren, wenn sie erst wieder in England waren? Würden sie heiraten oder in wilder Ehe leben? Und wenn sie heirateten, würde Nile weiter auf Expeditionen gehen? Maddie hatte nämlich die Absicht, weiter beim *Clarion* zu arbeiten.

Maddie runzelte die Stirn. Nile und sie würden sich noch unterhalten müssen, ehe sie in drei Tagen mit Winston und Amy nach England fuhren.

Ein Klopfen an der Tür riß sie aus ihren Gedanken, und als sie rief »Herein«, ging die Tür auf, und Nile stand da.

Maddie sagte zuerst nichts, sondern war nur damit zufrieden, ihn anzusehen. Nile stand nur da, und sein Raubtierblick ruhte auf ihr. Dann grinste er, schloß die Tür hinter sich und kam mit katzenhafter Grazie auf sie zu.

Er blickte sich um. »Sind wir wirklich allein? Belgrave

versteckt sich doch nicht in einer Ecke und wartet darauf, uns zur Ordnung zu rufen, oder?«

Maddie lachte und breitete die Arme aus. »Wir sind wahrhaftig allein, o König der Orchideenjäger. Ich hörte wie der geschätzte Mr. Belgrave Bento mitteilte, daß er heute mit Amy zum Schneider geht, um sie für die Rückreise einzukleiden.«

Nile umarmte sie so heftig, daß sie beinahe umfiel. Dann küßte er sie bis sie ganz atemlos und benommen war ...

»Wie lange werden sie fort sein?« flüsterte er und knabberte an ihrem Ohr.

»Ach, vermutlich Stunden.«

Auf Niles Gesicht zeigte sich Begierde. »Warum nutzen wir die Gelegenheit dann nicht? Mein Schlafzimmer ist nur eine Treppe höher.«

Maddie spürte, wie das Verlangen sich in ihr ausbreitete, sie erbeben ließ, und ein süßer Schauder überlief sie. Aber sie widerstand. »So gern ich das auch tun würde, Nile, glaube ich doch, daß wir besser miteinander reden sollten.«

»Reden? Über was denn?« fragte er entgeistert.

Maddie trat unsicher zurück. »Darüber, was ... was aus uns beiden wird, wenn wir wieder in England sind.«

Er schwieg einen Augenblick und rieb sich das Kinn. »Nun, ich hatte gedacht, daß ich versuchen würde, den Auftrag für eine Expedition zu bekommen — diesmal vielleicht nach Burma —, und daß du weiter für den *Clarion* arbeitest.«

Maddie holte tief Luft, um die Panik, die in ihr aufstieg, zu dämpfen. »Aber was wird aus uns, Nile?«

»Ich verstehe nicht.«

Dann wollte er sich also wieder dumm stellen und sie zwingen, alles offenzulegen. Sie legte die Hände auf seine Arme und blickte ihm tief in die Augen. »Ich liebe dich, Nile, und ich möchte dich nicht verlieren. Du bist mein Liebster und mein Freund, und ich kann mir ein Leben ohne dich nicht vorstellen.«

Er schien ratlos zu sein. »Aber du hast deine Arbeit beim *Clarion* und sie ist dir sehr wichtig. Das hast du mir selbst gesagt.«

Das also wollte er hören — daß der *Clarion* nicht ihr Leben war, daß es auch noch einen Platz in ihrem Herzen für ihn gab.

»Aber dich brauche ich auch, Nile«, sagte sie leise. »Ich möchte nicht, daß dieses Glück zu Ende ist, wenn wir erst wieder in England sind. Ich möchte, daß es ewig so weitergeht . . . Ich will dich immer an meiner Seite haben.«

Es war demütigend, so verzweifelt, so verlangend zu klingen, aber Maddie konnte nicht anders. Sie brauchte und begehrte Nile mehr als ihren dummen Stolz.

Seine Augen wurden schmal. »Maddie Dare, du dreiste, freche Kröte, machst du mir etwa einen Heiratsantrag?«

Als sie merkte, daß in seiner Strenge Lachen mitschwang, erwiderte sie: »Aber ja, Nile, das tue ich.« Sie kniete nieder wie ein liebeskranker Verehrer, rang flehend die Hände und blickte zu ihm auf. »Nile Marcus, ich bitte dich um deine Hand. Wirst du mir die Ehre erweisen, mein Mann zu werden?«

Er kämpfte sichtlich um Beherrschung. »Da mein Vater nicht mehr lebt, solltest du dir vielleicht die Zustimmung meines Onkels Winston einholen.«

Dann begannen seine Schultern zu zucken, und er lachte so schallend, daß ihm die Tränen in die Augen stiegen. »Das paßt wirklich zu dir, Maddie Dare.« Dann zog er sie hoch, packte sie um die Taille und drehte sie herum. »Natürlich werde ich dich heiraten!«

Maddie lachte laut auf vor Freude, und das Herz barst ihr schier vor Glück. »O Nile . . .«

Aber als er sie wieder losließ, verblaßte die jubelnde Stimmung. »Bist du dir sicher?« fragte sie leise.

»Natürlich. Ich habe gerade deinen Heiratsantrag angenommen, oder? Und ich bin ein Ehrenmann.«

»Obwohl du weißt, daß ich dir nie Kinder schenken kann?«

Er nahm sie in die Arme und hielt sie fest. »Ich heirate *dich*, Maddie, nicht das, was du mir geben kannst. Alles, was ich will, bist du, Süße. Du wirst mich auf meinen Reisen begleiten und Reisebücher schreiben.«

Sie lächelte ihn unter Tränen an. »Ich glaube, jetzt liebe ich dich noch mehr. Du ahnst nicht, wie glücklich es mich macht, daß du das gesagt hast.«

Dann drehte sie sich um, ging zum Schreibtisch und nahm den Artikel, den sie geschrieben hatte. Sie gab ihn Nile. »Das wird wahrscheinlich der letzte Artikel sein, den ich für den *Clarion* geschrieben habe. Ich möchte gern, daß du ihn liest.«

Seine Augen funkelten, als er ihn nahm. »Ich werde ihn gleich jetzt lesen.«

»Dann gehe ich hinunter, um auf Winston und Amy zu warten, damit ich dich nicht ablenke.«

Fünf Minuten später hörte Maddie die Haustür aufgehen. Als sie in die Halle kam, stürmte eine aufgeregte Amy auf sie zu.

»Du solltest die herrlichen Kleider sehen, die Winston für mich gekauft hat!« rief sie und klatschte in kindlicher Freude in die Hände. »Wartet nur, bis Mama, Papa und Freddie mich darin sehen!«

Amys Zustand hatte sich seit ihrer Ankunft in Manaus nicht gebessert. Aber zumindest akzeptierte sie Winston als Freund, und Maddie hielt das für ein gutes Zeichen.

Um die Sorgenfalten in Winstons Gesicht zu glätten, sagte Maddie: »Komm mit in den Salon, ich muß dir etwas sagen.«

Winston lächelte. »Nach dem Leuchten in deinen Augen zu urteilen, ist es etwas Wundervolles.«

»Das ist es auch.«

»Ich bin hungrig«, sagte Amy und rannte in die Küche.

»Laß sie gehen«, meinte Winston nachsichtig. »Sie würde es sowieso nicht begreifen.«

Maddie fühlte sich plötzlich schuldig, weil sie so glücklich war, und Amy und Winston nicht. »Mach dir keine Gedanken, Winston. Amy wird es bestimmt besser gehen, wenn ihr erst wieder in England seid und du sie zu guten Ärzten gebracht hast.«

Er seufzte. »Ich hoffe es, Maddie.« Doch dann lächelte er. »Aber jetzt reden wir nicht mehr von meinen Problemen. Du hast mir etwas zu sagen?«

Gleich nachdem sie im Salon waren, sagte sie: »Eigentlich müßte ich auf Nile warten, denn meine gute Neuigkeit betrifft ihn auch.«

Winstons Augen wurden groß. »Er hat dich gebeten, ihn zu heiraten.«

»Eigentlich war es genau andersherum. Ich habe ihm einen Antrag gemacht, und er hat ihn angenommen!«

»O Maddie, ich freue mich so für dich!« Winston nahm ihre Hände und küßte sie auf die Wange.

Sie wurde rot. »Danke, Winston. Ich weiß, daß du es ehrlich meinst.«

»Nun, das schreit ja geradezu nach einer Feier.« Er ging zum Sideboard und nahm eine Flasche Champagner heraus. »Wo ist der König der Orchideenjäger?«

»In deinem Arbeitszimmer. Er liest gerade meinen Artikel über die Abenteuer auf dem Amazonas«, sagte Maddie, als Winston den Korken knallen ließ und eingoß. »Er müßte gleich kommen.«

Schritte ertönten, als Winston gerade die Gläser eingegossen hatte, und Nile stand in der Tür.

Ein Blick auf sein Gesicht verriet ihr, daß irgend etwas fürchterlich schiefgelaufen war.

Winston, der mit dem Rücken zu Nile stand, merkte nichts. »Gratuliere, o König der Ochideenjäger!« rief er herzlich. Mit einem Glas in jeder Hand, drehte er sich um. »Maddie hat mir gerade die wundervolle Neuigkeit erzählt und ich ...«

»Nile, was ist los?« fragte Maddie und ging zögernd auf ihn zu. Aber als sie die Mischung aus Enttäuschung und Wut in seinen Augen sah, und die Kälte spürte, die er ausstrahlte, blieb sie stehen.

Winston erstarrte und sah seinen Freund ungehalten an. »Ja, was ist los?«

Nile kam schweren Schrittes ins Zimmer. Unter seinem verächtlichen Blick kam sich Maddie vor wie eine Mörderin, die man auf frischer Tat bei einem scheußlichen Verbrechen ertappt hat.

»Laß uns allein, Belgrave«, fauchte er. »Das geht nur Maddie und mich etwas an.«

Winston stellte schweigend die Gläser ab, verließ den Salon und schloß die Tür hinter sich.

Als Nile und Maddie allein waren, stellte er sich vor sie hin und blickte auf den Artikel, den er in der Hand hielt.

»Ich habe deinen Artikel gelesen und gesehen, daß du immer noch vorhast zu behaupten, daß Thomas dein Verlobter war.«

Das war also der Grund für Niles Zorn.

»Ach, Nile was soll das schaden?« Sie lächelte ihn an. »So ist es eine viel spannendere Geschichte.«

Er sah sie eiskalt an. »Ist dir je der Gedanke gekommen, die Wahrheit zu sagen? Den Schwindel aufzudecken und von der Suche nach einem Mörder und Dieb zu berichten? Ist das nicht spannend genug?«

Maddie schlug die Augen nieder. »Aber das würde den Lesern des *Clarion* verraten, daß wir sie die ganze Zeit hinters Licht geführt haben. Das konnte ich Sam nicht antun.«

»Und was ist mit deiner persönlichen Integrität?«

»Nile, so versteh doch. Wenn ich den Schwindel verrate, erzähle ich meinen Lesern, daß ich Ihnen gegenüber nicht ehrlich bin, daß man mir nicht trauen kann. Mein

Ruf wird zum Teufel gehen, und ich werde Leser verlieren.«

»Daran hättest du denken sollen, bevor du eingewilligt hast, bei diesem Betrug mitzumachen.«

Maddie wandte sich ab. »Ja. Aber was geschehen ist, ist geschehen, und ich muß das Beste aus der Situation machen.« Sie sah ihn an. »Ich verspreche dir, daß ich es nie wieder tun werde. Von jetzt an wird in meinen Artikeln nur noch die Wahrheit stehen, ich schwöre es. Aber dieser Artikel muß so erscheinen, wie ich ihn geschrieben habe.«

Nile pfefferte den Artikel auf den Boden. »Hat dich denn nichts von dem, was ich dir in Iquitos gesagt habe, berührt? Bedeuten die Versprechen in bezug auf Ehre und Integrität, die du mir gegeben hast, gar nichts?«

»Du ... du verstehst nicht.«

»Ich verstehe vollkommen«, sagte er müde. »Du hast mir gesagt, wie leid es dir tut, bei dem Schwindel mitgemacht zu haben, und auch deine Gründe angeführt. Und ich dachte, du hättest dich geändert. Doch jetzt lese ich deinen Artikel und entdecke, daß du dich überhaupt nicht geändert hast. Du bist entschlossen, es bis zum Ende durchzuziehen — egal um welchen Preis.«

»Nur noch dieses eine Mal, Nile, das verspreche ich dir.«

Er seufzte. »Kümmert es dich gar nicht, was ich denke? Bedeuten dir meine Gefühle gar nichts?«

»Natürlich tun sie das.«

»Dann beweise es. Schreib diesen Artikel neu und erzähle die Wahrheit.«

Maddie stand mit gefalteten Händen vor ihm. »Und wenn ich es nicht tue?«

Nile betrachtete sie schweigend. »Ich kann keine Frau lieben, die unehrlich ist, Maddie. Ich brauche eine Frau, der ich vertrauen kann.« Er seufzte schwer. »Ich dachte, du wärst so eine Frau, aber offenbar habe ich mich geirrt.«

Sie starrte ihn entsetzt und ungläubig an. »Was sagst du da?«

»Ich sagte, daß es aus ist. Wenn ich durch diese Tür gegangen bin, werden wir einander nie wiedersehen.«

Maddie trafen seine Worte, als wären es Schläge. »Du könntest mich verlassen — nach allem, was wir miteinander durchgemacht haben?«

»Es wird nicht einfach sein«, gab er zu. »Ich habe dich mehr geliebt als jede andere Frau.«

Hoffnung stieg in ihrem Herzen auf, aber die folgenden Worte vernichteten sie jäh. »Aber ich ziehe das Alleinsein einem Zusammenleben mit einer Frau ohne Skrupel vor. Tut mir leid, Maddie, aber so empfinde ich es nun einmal.«

Maddie sah ihn nur an und spürte, wie sich ein gähnender Abgrund zwischen ihnen auftat. Was Nile für sie an Liebe empfunden hatte, war durch Verachtung ersetzt worden, und ihre Verzweiflung wandelte sich plötzlich zu selbstgerechtem Zorn.

»Und was ist mit mir? Was ist mit meinen Gefühlen?« schrie sie. »Ich muß immer nur alles unter deinem Gesichtspunkt betrachten, aber du versuchst nie, mich zu verstehen.«

Nile schüttelte ungeduldig den Kopf. »Du begreifst es einfach nicht.«

Sie wandte sich unbeugsam von ihm ab. »Ich kann es nicht tun, Nile«, sagte sie. »Ich kann nicht tun, worum du mich gebeten hast.«

»Dann gibt es wohl nichts mehr zu sagen. Lebwohl.«

Maddie stand da. Tränen brannten in ihren Augen, und sie wartete darauf, daß Nile sie sanft herumdrehen würde, um sie ein letztes Mal zu küssen. Aber sie hörte nur eilige Schritte und kurz darauf schloß sich die Tür hinter ihm.

Geh ihm nach! So schrie es in ihr, aber sie ignorierte es.

Nachdem Maddie die ganze Nacht geweint hatte, überreichte ihr Winston am nächsten Morgen einen Brief, den Nile unter die Haustür geschoben hatte. Darin verabschiedete er sich von ihr und wünschte ihr für ihre weitere Karriere als Journalistin alles Gute.

Tränenlos und gefühllos faltete Maddie den Brief zusammen und steckte ihn in ihre Rocktasche. Dann setzte sie sich zusammen mit Winston hin und besprach mit ihm die Rückreise nach England. Obwohl sie Winston gegenüber ruhig wirkte, brach ihr dabei das Herz.

Der heftige Oktoberwind trieb den Regen vor sich her und verwandelte die Dover Street in einen kleinen Bach.

Maddie fror in ihrer Kutsche. Sie erinnerte sich an die Hitze in Brasilien und wie sie sich dort nach kühlem, englischen Regen gesehnt hatte. Jetzt hätte sie alles darum gegeben, wieder mit Nile am Amazonas zu sein.

Denk nicht an ihn, Mädchen, tadelte sie sich, sonst fängst du wieder an zu weinen.

Fast vier Monate waren vergangen, seit Maddie mit Winston und Amy nach England zurückgekehrt war, und Nile fehlte ihr immer noch. Sie vermutete, daß das immer so sein würde.

Die Kutsche hielt vor ihrem Reihenhaus. Maddie stieg aus und bezahlte den Fahrer.

Eilig lief sie zur Haustür und suchte nach ihren Schlüsseln.

Aber die Tür war offen.

Maddie erstarrte. Jemand war in ihr Haus eingebrochen. Sie schluckte schwer, und ihr Herz schlug schneller. Ein Teil von ihr riet ihr, schnell zur Polizei zu laufen, aber ein anderer Teil war wütend, daß es jemand gewagt hatte, in ihr Haus einzubrechen.

Ihre Wut war so groß, daß sie gleich hineinmarschieren und diese Person zur Rede stellen wollte, obwohl sie wußte, daß eine solche Handlungsweise ausgesprochen unklug war.

Langsam, Maddie, dachte sie, gerate nicht in Panik. Vielleicht ist der Einbrecher schon längst weg.

Dann sah sie, daß Licht in ihrem Salon brannte. Sie spähte durch die dicken Vorhänge und sah, daß jemand behaglich in einem Sessel vor dem Kamin saß.

Maddie holte tief Luft, öffnete die Tür und ging hinein. Sie machte sich gar nicht erst die Mühe, ihren nassen Mantel auszuziehen, sondern ging gleich zum Salon.

Ein Mann stand auf. »Hallo, Maddie.«

Sie starrte ungläubig auf den Eindringling. »Nile.«

Er hatte sich verändert seit jenem Tag in Manaus. Er war dünner geworden, das Gesicht war hager und wirkte unzufrieden. Eigentlich hätte Maddie das freuen müssen, aber es zerriß ihr nur das Herz.

Sie blickte in seine Augen, in denen gewöhnlich wilde, animalische Energie funkelte und fand sie so dumpf und leblos wie Milchglas.

»Ich wußte nicht, daß Einbruch auch zu deinen vielen Talenten gehört«, sagte sie.

Ein schwaches Lächeln umspielte seinen Mund. Dann kam er auf sie zu. »Laß dir den Mantel abnehmen«, sagte er. »Du bist völlig durchnäßt un wirst dich erkälten.«

Nachdem er ihr aus dem Mantel geholfen hatte, hing er ihn in der Halle auf.

»Komm, setz dich ans Feuer, damit du warm wirst«, sagte er und griff fürsorglich nach ihrem Ellbogen. Bildete Maddie sich das nur ein oder zitterten seine Finger wirklich ein wenig?«

»Du hast es dir ja schon gemütlich gemacht«, sagte sie trocken.

»Ich bin auch naß geworden«, sagte er, »deshalb dachte ich, es würde dich nicht stören, wenn ich Feuer mache und den Teekessel aufsetze.«

Das störte sie durchaus nicht. Sie stellte sich dankbar vors Feuer und ließ sich davon wärmen, doch trotzdem war ihr immer noch kalt.

Schließlich setzte Maddie sich, aber Nile blieb stehen.

Maddie knetete nervös ihre Finger. »Warum bist du hergekommen, Nile? Das letzte Mal, als wir uns gesehen haben, hast du mir unmißverständlich klargemacht, wie sehr du mich verachtest und daß du mich nie mehr wiedersehen willst. Deshalb muß ich gestehen, daß es mich doch sehr überrascht, dich zu sehen.«

Er blickte in das Feuer, als würde er die Antwort in den brennenden Kohlen finden. »Genau das habe ich auch geglaubt, nachdem ich deinen Artikel gelesen hatte«, sagte er. »Ich habe eine Passage auf dem erstbesten Schiff nach England gebucht. Ich mußte einfach weg von dir. Aber dann habe ich gemerkt, daß ich nur vor mir davonlief.«

»Was meinst du damit?«

Er sah sie an. »Du hast mir so sehr gefehlt, Maddie. Ich fühle mich, als hätte man mir das Herz aus dem Leib gerissen.«

Sie empfand Glück, traute aber dem Gefühl nicht. Wenn Nile sie wollte, mußte er sie davon überzeugen. Sie war zu tief verletzt worden, um sich ihm diesmal völlig hinzugeben. Sie würde ihm nicht helfen.

Sie stand auf, ging aber nicht zu ihm, sondern wandte sich ab und sagte: »Du hast mir an diesem Tag ein paar sehr schreckliche Sachen an den Kopf geworfen, Nile.«

»Ich weiß, und seitdem ist kein Tag vergangen, an dem ich es nicht bedauert habe.«

Maddie wartete darauf, daß er wieder seinen üblichen Sermon über ihre moralischen Fehler anfing, aber er tat es nicht.

»Wie bitte?« sagte sie und drehte sich um. Sie sah ihn mit erstaunt erhobenen Brauen an. »Willst du damit etwa sagen, daß du mich nicht mehr für eine Lügnerin und Betrügerin hältst?«

Er seufzte schwer. »Auf der Rückreise hatte ich viel Zeit, darüber nachzudenken — und noch mehr Zeit, als ich hier angekommen bin.«

»Und zu welchem Schluß bist du gekommen?«

»Ich habe erkannt, daß ich wieder nur schwarzweiß gesehen habe. Dann habe ich versucht, mich in dich hineinzuversetzen und die Lage aus deinem Blickwinkel betrachtet. Und bin zu dem Schluß gekommen, daß es mir egal ist, welche Story du dem *Clarion* vorsetzt. Das ändert nichts an dem Menschen oder meinen Gefühlen dir gegenüber.«

Er kam einen Schritt näher. Er sah sehr verletzlich aus. »Ich begehre dich immer noch, Maddie — und zwar so, wie du bist, aber ich kann es dir nicht verdenken, wenn du mir jetzt sagst, daß ich zur Hölle gehen soll. Ich habe dir sehr wehgetan, und ich weiß, daß ich nicht das Recht habe, von dir zu erwarten, daß du mir verzeihst.«

Maddie starrte ihn nur an und konnte kaum glauben, daß dieser stolze, dickköpfige Mann sich so vor ihr demütigte.

Nile mußte ihr Schweigen als Zurückweisung betrachten, denn in seinen Augen flammte ein wildes, verzweifeltes Feuer auf. Er eilte zu ihr und packte ihre Handgelenke.

»Maddie, du darfst mich nicht abweisen, du ...«

»Nile, laß mich los.«

»*Nein!* Nie wieder!«

Sie lächelte in sein geliebtes Gesicht. »Also, das gleicht schon eher dem Nile Marcus, den ich kenne — so wild und besitzergreifend.«

Noch ehe sie einmal Luft holen konnte, ließ er ihre Handgelenke los und riß sie in seine Arme.

»Maddie, mein Leben ...«, murmelte er in ihre Haare. »Ich will dich nie wieder verlieren.«

Er trat zurück, um sie anzuschauen. Sein Blick glitt bewundernd über sie hin, als könnte er nicht glauben, daß sie wirklich vor ihm stand. Anbetend betrachtete er ihre Lippen, ehe sein Mund den ihren suchte.

Maddie glaubte, zerquetscht zu werden, so leidenschaftlich drückte er sie an sich, während er ihren Mund erkundete. Maddie schlang die Arme um seinen Hals und versuchte ihm zu zeigen, daß sie ihm verziehen hatte und ihn ebenso begehrte wie er sie.

Als seine heißen Lippen ihren Mund liebkosten, spürte Maddie in sich jene Wärme aufsteigen, von der sie nur geträumt hatte, seit Nile sie verlassen hatte. Doch jetzt war er leibhaftig da, und sie würde jeden Augenblick genießen.

Sie fuhr mit den Fingern durch seine seidigen Locken, während sie sich an ihn schmiegte. Maddie runzelte verärgert die Stirn, denn die Stäbe des Korsetts stellten eine unüberwindliche Barriere zwischen ihnen dar.

Nile hörte auf, sie zu küssen, und sah sie bekümmert an. »Du trägst ja ein Korsett.«

»Ich bin ja auch wieder in England.« Maddie lächelte verführerisch. »Meine Kleider würden mir nicht mehr passen, wenn ich keins trüge. Aber das können wir schnell ändern.«

Seine Augen wurden dunkel vor Leidenschaft. »Bist du sicher?«

»Ganz sicher.«

»Maddie, Liebling ...«, hauchte er heiser.

Maddie trat zurück. »Nile, ehe wir uns ... in mein Schlafzimmer zurückziehen, muß ich dir noch etwas erzählen.«

Er machte ein ängstliches und besorgtes Gesicht. »Was denn?«

Sie nahm seine Hände. »Ich habe meinen Job beim *Clarion* gekündigt.«

Nile sah sie erstaunt an. »Du hast was?«

»Ich habe meinen Job beim *Clarion* gekündigt.«

»Aber ... aber warum, Maddie? Dieser Job hat dir doch alles bedeutet!«

Sie lächelte, ließ seine Hände los und ging hinüber zum Kamin. »Er hat mir früher einmal alles bedeutet. Aber nachdem du mich verlassen hattest, hatte auch ich eine Menge Zeit, um nachzudenken.« Sie sah ihn an. »Ich habe darüber nachgedacht, was du gesagt hast, und bin hart mit mir ins Gericht gegangen, Nile. Und mir hat nicht gefallen, was ich da gesehen habe. Der Schwindel war und blieb unehrlich. Als ich also nach London zurückkam, habe ich Sam Vincent erzählt, daß ich nicht den letzten Artikel über die Abenteuer von Maddie Dare am Amazonas schreiben würde.«

Niles Gesicht glühte vor Freude. »Ich bin stolz auf dich, Maddie. Ich weiß, wieviel es dir bedeutet, Zeitungsreporterin zu sein. Es muß dir sehr schwergefallen sein.«

»Ja, aber es gab mir auch das gute Gefühl, mich irgendwie reingewaschen zu haben.«

»Was hat Sam gesagt, als du es ihm erzählt hast?«

»Er war natürlich wütend bei der Aussicht, daß der *Clarion* soviel Geld verlor — vor allem deshalb, weil er dich gerade bezahlt hatte. Ich glaube, er hatte auch das Gefühl, daß ich ihn verraten hatte. Er stellte mir die Bedingung, entweder den Artikel zu schreiben oder mir eine neue Stelle zu suchen.«

»Und hast du es getan?«

Sie schüttelte den Kopf. »Nein. Sam hat dafür gesorgt, daß mich keine andere Zeitung einstellt. Und das ist ärgerlich, denn ich möchte unbedingt einen Artikel schreiben, der Antonio Aguirres Versklavung der Indios anprangert.«

Nile schüttelte nur den Kopf.

Maddie lächelte tapfer. »Du brauchst dir keine Sorgen um mich zu machen. Ich habe meine Ersparnisse und schreibe außerdem ein Buch. Es wird sicherlich ein Verkaufsschlager werden.«

Nile grinste. »Darauf möchte ich wetten.«

Maddie fuhr mit der Hand durch die Luft, als stünde der Titel des Buches dort. »*Meine Abenteuer am Amazonas* von Maddie Dare.«

Er kam mit ausgebreiteten Armen auf sie zu. »Ich glaube, ›Maddie Marcus‹ klingt besser, glaubst du nicht auch?«

Als sie zu ihm ging und seine Arme sie umfingen, schlug Maddies Herz rasend schnell. »Soll das etwa ein Heiratsantrag sein, Nile Marcus?«

»Ein richtiger Heiratsantrag diesmal — das heißt, falls es dich nicht stört, die Flitterwochen in Burma zu verbringen.«

»In Burma!«

»Dorthin schickt mich einer meiner Auftraggeber. Ich soll für seine Sammlung blaue Vanda-Orchideen finden.«

Maddie trat überrascht zurück. »Jemand finanziert dir eine Expedition?«

Er nickte. »Anscheinend ist der Jäger, den er geschickt hat, mit leeren Händen zurückgekommen, und jetzt möchte er, daß ich es für ihn einmal in Burma probiere.«

»O Nile, das ist ja wundervoll!« rief Maddie und fiel ihm um den Hals.

»Das müssen wir feiern.«

»O ja«, sagte sie atemlos. »Und ich weiß auch wo.«

»Wo denn?«

»Oben.« Sie nahm ihn bei der Hand und zeigte ihm den Weg.

Einige Zeit später, als Maddie an Nile geschmiegt dalag und auf den Regen lauschte, der auf das Dach trommelte, seufzte sie zufrieden.

Er fuhr mit den Lippen über ihre Haare. »Woran denkst du gerade?«

»Ich denke gerade daran, was für ein glückliches Leben wir zusammen führen werden, und wünsche mir nur, daß Winston und Amy so glücklich sein könnten wie wir beide.«

Nile zog sie enger an sich. »Ich auch. Aber das mindeste, was wir tun können, ist, uns unendlich zu lieben. Das ehrt die Erinnerung daran, was die beiden einst hatten und verloren haben.«

»Ich will dich nie verlieren, Nile. Niemals.«

»Und das wirst du auch nie, Maddie — solange noch ein Funken Leben in meinem Körper ist.«

»Ich liebe dich, Nile.«

»Und ich liebe dich, Maddie.«

Sie lächelte ihn verführerisch an. »Zeige es mir noch einmal.«

Und er tat es.

Epilog

Maddie starrte auf die Koffer, die sich in ihrer Halle stapelten und lächelte ihren Mann an.

»Es ist schön, wieder daheim zu sein, nicht wahr?«

Zehn Monate waren vergangen, seitdem sie zum letzten Mal einen Fuß in ihr Reihenhaus gesetzt hatten, und Maddie war froh, wieder in ihrer vertrauten Umgebung zu sein.

Nile grinste, während er ihre Taille umfaßte und sie in die Arme nahm. »Überall wo du bist, ist es schön, mein Liebling.«

Nachdem er sie ausgiebig geküßt hatte, lächelte Maddie: »Du hast deinen Auftraggeber ja wirklich zu einem glücklichen Mann gemacht. Ich dachte, er würde vor Freude ohnmächtig werden, als er die ganzen blauen Vandas und die anderen Orchideen, die du aus Burma mitgebracht hast, sah.«

Nile nickte zufrieden. »Du hast mir Glück gebracht, Maddie. Nur ein paar Pflanzen sind auf der Überfahrt eingegangen, und er glaubt jetzt, ich brächte alles fertig.«

Maddie lachte leise, nahm ihren Hut ab und machte sich daran, die Schonbezüge von den Möbeln zu nehmen. »Es hat mir zwar gut in Burma gefallen, aber ich kann es kaum erwarten, mich hier wieder einzurichten und mit der Arbeit an meinem neuen Reisebuch anzufangen. Ich hoffe, es ...«

Da klingelte es an der Haustür. Sie runzelte die Stirn. »Wer könnte das sein?«

»Ich gehe schon«, sagte Nile. »Wahrscheinlich ist es Sam Vincent, der dir deinen alten Job anbieten will.«

Aber als Nile rief »Belgrave!«, wußte Maddie, daß es

nicht ihr früherer Arbeitgeber war. Sie lief sofort in die Halle, um ihren alten Freund zu begrüßen.

»Winston!« rief sie und breitete die Arme aus.

Winston Belgrave hatte sich kein bißchen verändert, seitdem er Niles Trauzeuge bei der Hochzeit gewesen war. Aber heute strahlte sein jungenhaftes Gesicht, und seine grünen Augen funkelten.

Er sagte: »Nile und Maddie, ich habe euch jemanden mitgebracht.«

Dann trat er beiseite. Auf der Türschwelle erschien Amaryllis.

»Hallo, Maddie«, sagte sie strahlend. »Hallo, Nile.«

Maddie verschlug es für einen Augenblick die Sprache, dann kreischte sie entzückt auf. »Amaryllis, du hast uns erkannt. Es geht dir wieder gut!«

»Ja!« entgegnete Amy und umarmte lachend und weinend zugleich Nile und Maddie.

Winston erklärte: »Die Ärzte in der Wiener Klinik haben vor etwa drei Monaten einen Durchbruch erzielt. Amy hörte endlich auf, in der Vergangenheit zu leben, und ist zu uns zurückgekommen.«

»Ich bin zu dir zurückgekommen, Winston«, sagte sie. Ihre grauen Augen blickten zärtlich, als sie nach seiner Hand griff.

Nile und Maddie hörten aufmerksam zu, als Winston ihnen alles über die Privatklinik in Österreich erzählte, in die er Amy gebracht hatte, und wie die Ärzte Amaryllis geholfen hatten.

Amy griff wieder nach Wins Hand. »Sie haben mir nicht nur dabei geholfen, endlich Freds Tod zu akzeptieren, sondern mir auch die Erkenntnis vermittelt, daß ich Win liebte, obwohl wir getrennte Wege eingeschlagen hatten.«

Winston löste seinen anbetenden Blick nur so lange von Amy, um zu sagen: »Wir haben auf eure Rückkehr gewartet, damit ihr bei unserer Hochzeit dabeisein könnt.«

»Ihr heiratet?« rief Maddie. »Das freut mich so für euch!«

Amy nickte glücklich. »Es war an der Zeit, daß ich endlich vernünftig wurde, glaubst du nicht auch?«

Nile griff nach Maddies Hand und sah ihr verliebt in die Augen. »Ich glaube, wir alle sind gerade rechtzeitig zur Vernunft gekommen.«

»Unser Glück schreit nach einem Trinkspruch, o König der Orchideenjäger«, sagte Winston. »Hast du eine Flasche Champagner da?«

»Leider müssen wir uns mit Sherry begnügen«, sagte Nile und ging, um eine Flasche und vier Gläser zu holen.

Als ein paar Minuten später jeder ein Glas in der Hand hatte, hob Nile seins. »Auf den Amazonas, wo uns alle das Schicksal ereilt hat.«

»Auf den Amazonas.«

Nachdem sie getrunken hatten, lächelte Maddie ihren Mann über den Rand ihres Glases hinweg an, denn sie hatte endlich ihr Glück gefunden.